Solo con me

BROOKE MONTGOMERY

Playlist

Ascolta su Spotify

Slow It Down | Benson Boone
Stargazing | Myles Smith
us | Gracie Abrams, Taylor Swift
Carry You Home | Alex Warren
Everywhere, Everything | Noah Kahan, Gracie Abrams
Disconnected | Anna Clendening
Close To You | Gracie Abrams
I Like It | Alesso, Nate Smith
Die With A Smile | Lady Gaga, Bruno Mars
Intrusive Thoughts | Natalie Jane
Next Thing You Know | Jordan Davis
The One That You Call | Mackenzy Mackay
Creek Will Rise | Conner Smith
My Home | Myles Smith
Cowboys Cry Too | Kelsea Ballerini, Noah Kahan
Untouchable | Taylor Swift

Welcome to

SUGARLAND CREEK

RANCH AND EQUINE RETREAT

SUGARLAND CREEK, TN

~Benvenuti al Ranch e Agriturismo con maneggio
Sugarland Creek~

La cittadina di Sugarland Creek ospita oltre duemila residenti ed è circondata dagli spettacolari monti Appalachi. Ci troviamo a soltanto quindici minuti dal centro, dove potete fare shopping nei graziosi negozietti, gustare un buon caffè, guardare un film o semplicemente godervi il panorama.

Il nostro è un ranch all-inclusive. Per quanto rustici, tutti i nostri bungalow sono accessibili agli ospiti con mobilità ridotta grazie alle rampe e ai sentieri con superfici stabili e lisce. In caso di necessità e in qualunque momento, il personale può offrire assistenza per il trasporto da un'attività all'altra con uno dei nostri mezzi accessibili. Non esitate a contattare la reception; altrimenti digitate il tasto "0" sul telefono della vostra stanza. Siamo a vostra completa disposizione.

Per rendere il soggiorno ancora più speciale, vi consigliamo di incontrare tutta la famiglia, per scoprire come il nostro ranch potrà offrirvi la vacanza più memorabile della vostra vita!

Ecco la famiglia Hollis:
Garrett e Dena Hollis

Il signore e la signora Hollis sono sposati da più di trent'anni e hanno cinque figli. Il Ranch Sugarland Creek ha ospitato più di tre generazioni Hollis. Oltre vent'anni fa, quando la famiglia ha acquistato la proprietà, ha deciso di aggiungere un agriturismo con maneggio per condividere con il pubblico il suo amore per i cavalli e la natura.

Wilder e Waylon
Fratelli gemelli, i maggiori

Landen
Il terzo figlio

Tripp
Il più giovane dei fratelli

Noah
L'unica figlia e la piccola della famiglia

Sia che abbiate scelto questo posto per rilassarvi e godervi il panorama, sia che siate pronti a sporcarvi le mani, svariate sono le attività che potete svolgere nel ranch:

Escursione a cavallo e tour
(10:00 e 16:00)
Trekking, mountain bike e pesca
(mappe disponibili alla reception)
Serata giochi di gruppo
(domenica e mercoledì)
Karaoke e square dance
(venerdì e sabato sera)
Miniclub
(aperto 24/24 7/7)
Piscina
(aperta dalle 9:00 alle 21:00 7/7)
Falò e marshmallow
(venerdì)
...e molto altro, a seconda della stagione!

L'agriturismo resta aperto 24 ore al giorno. Troverete la reception per gli ospiti, il ristorante e saloon "Sugarland" e una zona dedicata alla registrazione alle nostre attività.

Rimani sempre aggiornato su
sugarlandcreekranch.com

Siamo orgogliosi di offrire ai nostri clienti l'autentica cucina del Sud; quindi vi preghiamo di comunicarci in anticipo se avete eventuali restrizioni dietetiche o preferenze, così da potervi servire al meglio. Dalle 8:00 alle 13:00 offriamo il brunch. Il ristorante è aperto per la cena dalle 17:00 alle 19:00. Se gradite recarvi fuori dal ranch per un pasto o svolgere altre attività, distiamo a meno di un'ora da Gatlinburg e saremmo lieti di fornirvi mappe e suggerimenti.

Vi ringraziamo per la visita.
Speriamo di regalarvi un soggiorno magico!

-La famiglia Hollis e il team Sugarland

Vedi la mappa nella pagina successiva!

A	The Lodge/ Guest Services		**D**	Pool House & Swimming Area
B	Ranch Hand Quarters		**E**	Trail Horse Barn & Pasture
C	Guest Cabins		**F**	Riding Horse Corral

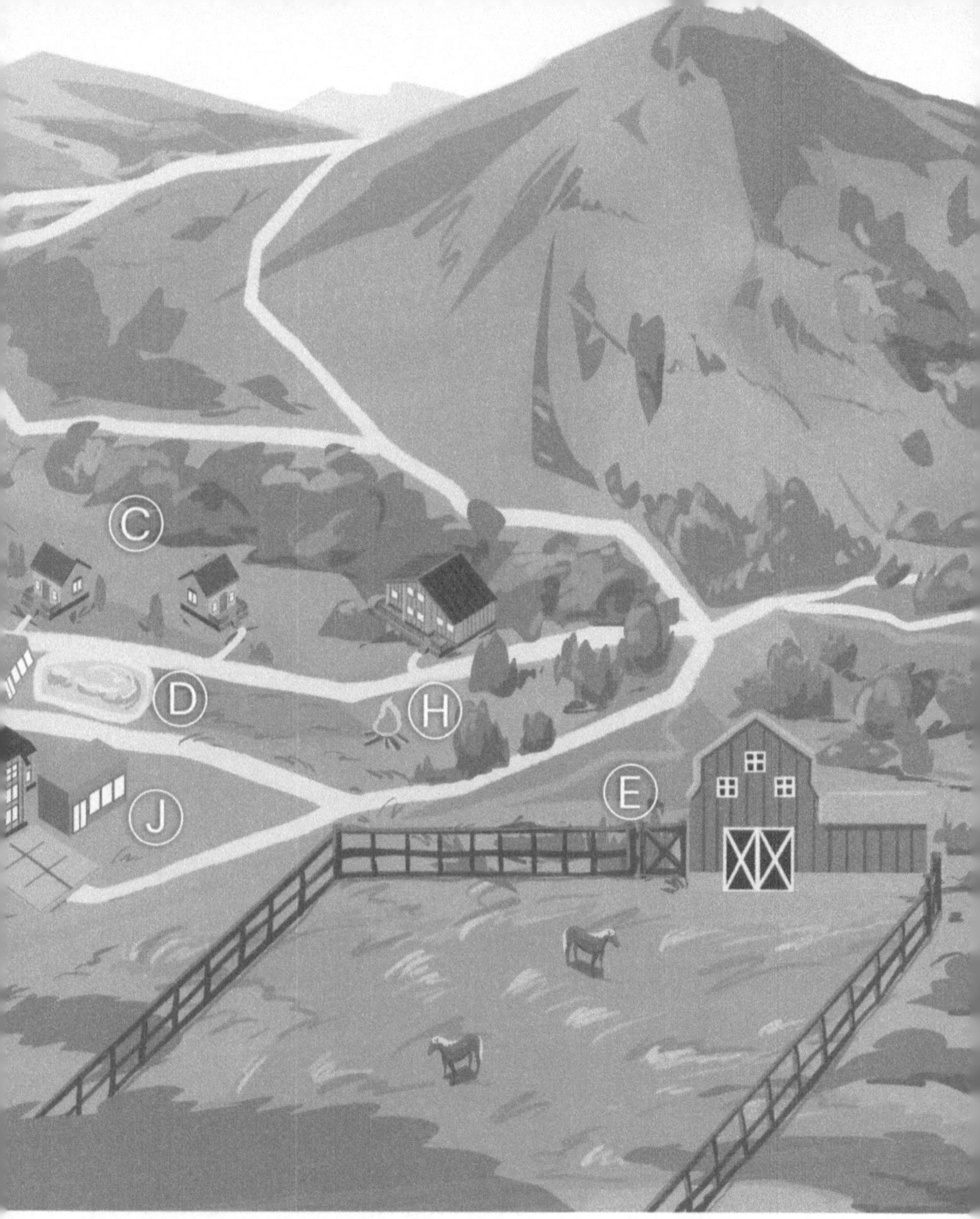

G	Hollis Fishing Pond & Hut
H	Bonfire Area
I	Family Game Nights Area
J	Gift Shop

Nota dell'autore

Cari lettori,

Questa storia presenta contenuti profondamente personali che possono disturbare alcune persone. Ci sono molti aspetti della vita familiare di Harlow e Waylon che sono intrecciati alla mia, e volevo metterli in evidenza per aumentare la consapevolezza e la comprensione di cosa significhi vivere accanto a qualcuno con disabilità, che soffre di dolore cronico, affronta problemi di salute mentale e convive con la depressione. Questo libro illustra soltanto le vite di due persone e non intende rappresentare le esperienze di tutti; piuttosto mostra come le loro vite siano uno dei tanti modi in cui molte famiglie affrontano e gestiscono il trauma.

Voglio anche assicurarmi che tutti siano a conoscenza dei contenuti potenzialmente sensibili intessuti nella storia, ma anche evidenziare che il prologo comprende i seguenti: testimonianza di autolesionismo non suicidario (tagli), sangue e discussioni sulla depressione. Se anche solo uno di essi dovesse metterti a disagio, salta pure al primo capitolo (o leggi rapidamente). Non è necessario leggere il prologo per comprendere il resto della storia, poiché i fatti verranno menzionati brevemente nei capitoli successivi.

Altre menzioni su pagina nel corso del libro sono:
conversazioni e argomenti riguardanti la salute mentale, i tentativi
di suicidio, il dolore cronico, l'overdose non letale e letale,
l'aggressione aggravata (flashback e presente) e la morte di un
genitore.

Vorrei riconoscere che questi temi di lotta e resilienza possono
toccare profondamente molte persone. Se tu o qualcuno che
conosci state attraversando momenti di disperazione o angoscia,
voglio che sappiate che non siete soli.

Se avessi bisogno di ulteriori dettagli su una qualunque di
queste avvertenze o circa i capitoli da evitare, puoi scrivermi
un'email all'indirizzo brookewritesromance@gmail.com o
mandarmi un direct a @brookewritesromance. Per favore, prenditi
cura della tua salute mentale e non sforzarti di leggere qualcosa che
non ti metta a tuo agio.

Con affetto e amore,
Brooke

Prologo
Waylon

TREDICI ANNI FA

Il suono di uno schianto in lontananza mi desta dal mio sonno profondo e il martellio tra le tempie mi fa chiedere se per caso non sia stata la mia testa a svegliarmi. Assottiglio gli occhi e mi guardo intorno nella stanza, cercando di capire se il mio fratello gemello è nel suo letto oppure no.

Già, ancora adesso, a diciannove anni, condividiamo una stanza nella casa dei nostri genitori.

Per fortuna è spaziosa e abbiamo comunque le nostre aree, però questo è ciò che succede quando hai una famiglia numerosa. Perlomeno, quando siamo diventati troppo grandi per il letto a castello, a nove anni, i miei ce ne hanno comprati due di dimensioni normali.

Sporgendomi verso il comodino, accendo l'abat-jour e noto che le sue coperte sono state scostate. Visto che ieri sera siamo usciti e siamo tornati insieme, dev'essere qui da qualche parte. È impossibile che si sia messo a guidare, dopo tutto quello che ha bevuto, però non sarebbe insolito per Wilder passeggiare al piano di sotto o perfino all'esterno, quando non riesce a dormire.

Il ranch della nostra famiglia si trova su un paio di acri di terreno a quindici minuti da Sugarland Creek. È un paesino del sud che conta solo duemila persone. La maggior parte di loro vive qui da tutta la vita, come me e i miei quattro fratelli.

Metà del ranch viene usata per il nostro agriturismo con maneggio. Abbiamo cinque bungalow ai piedi della montagna che gli ospiti possono affittare e poi offriamo escursioni a cavallo, nuoto, pesca, trekking e qualche altra attività. Io e Wilder trascorriamo molto tempo insieme, dato che ci occupiamo dei cavalli da passeggiata e guidiamo gli ospiti nelle escursioni.

L'altra metà comprende i cavalli personali della mia famiglia e quelli in pensione, così come l'allevamento. I miei fratelli minori lavorano soprattutto lì quando sono liberi dagli impegni scolastici, nei weekend e durante l'estate. Non abbiamo mai conosciuto altra vita, però amiamo comunque ciò che facciamo. Crescere nel Tennessee orientale offre un ottimo clima e panorami fantastici. Non riesco a immaginare di vivere da nessun'altra parte.

Dato che l'orologio segna le quattro di notte, contemplo l'idea di rimettermi a letto, ma la sensazione fastidiosa nel mio stomaco mi spinge a uscire dalla stanza alla ricerca di mio fratello. Un senso di… angoscia, quasi, e ondate di tristezza mi consumano. Devo scoprire se è colpa del fatto che sono mezzo addormentato o se ha qualcosa a che vedere con Wilder.

Nel resto della casa regna un silenzio inquietante. La sveglia di mio padre suona alle cinque. Le faccende in un ranch non si fermano nei weekend; quindi ci si aspetta che siamo svegli e pronti a lavorare entro le sei. Mia madre adora cucinare e prepara la colazione per tutti prima che usciamo; quindi la casa sarà ben illuminata e chiassosa entro la prossima ora. Non c'è cosa peggiore, dopo aver passato tutta la notte fuori, però è il prezzo da pagare per avere una vita sociale.

Io potrei fare a meno di spassarmela, però non mi piace lasciare Wilder da solo. Adora divertirsi e sa essere un tornado; quindi preferisco stare con lui per assicurarmi che stia bene e che torni a casa. Anche se *legalmente* non possiamo ancora bere, questo non ha mai fermato nessuno in questo paesino, tra feste nei fienili, nei campi o in casa. Abbiamo partecipato a tutte quante. A volte nella stessa notte.

Mentre percorro il corridoio, noto che la porta del bagno è socchiusa e la luce notturna con sensore è accesa; quindi dev'esserci qualcuno dentro.

Dato che non voglio vedere Wilder che fa le sue cose, busso piano.

"Ehi, tutto ok?"

Non so bene da quanto tempo sia lì dentro, ma, quando non risponde, spingo la porta per sbirciare all'interno.

Ridacchio sottovoce perché quell'ubriacone è svenuto sul pavimento del bagno con addosso soltanto i boxer. Non è riuscito nemmeno a tornare a letto dopo aver pisciato. Tipico.

Dandogli un calcio al braccio, gli dico: "Bello, alzati! Papà e mamma ti ammazzano, se ti trovano così".

Quando lo colpisco una seconda volta, addirittura più forte, non fa altro che emettere un grugnito.

Dopo che non si è mosso per diversi secondi, il mio cuore comincia a battere più rapido. C'è qualcosa che non va.

"Wilder? Alzati, bello!"

Quando lo muovo, calpesto un liquido con il piede nudo.

Lo sollevo e provo a scuoterlo. "Cristo santo, hai pisciato per terra?"

Di nuovo, nessuna reazione.

"Ok, è ora di svegliarsi, fra'".

Accendo la luce, e la stanza si illumina. Questo dovrebbe attirare la sua attenzione.

"Giuro su Dio, io non lo trasporto il tuo culone a…"

Quando i miei occhi si abituano alla luce, mi rendo conto che sul pavimento non c'è pipì.

È *sangue*.

"Porca puttana…" Inginocchiandomi accanto a lui, do una rapida occhiata al suo corpo, cercando una ferita prima di notare che i boxer neri sono inzuppati.

Il sangue proviene dalla coscia.

"No, no, no…" mormoro, afferrando l'asciugamano vicino per fare pressione sulla zona dove compaiono dei tagli di rasoio orizzontali. "Mi sa che hai inciso un'arteria, cazzo!"

Non c'è modo di dire da quanto tempo è svenuto o sta sanguinando, ma la posizione fetale in cui è ha probabilmente contribuito a non far uscire il sangue più velocemente.

Controllo il battito: è debole, però c'è.

Poi ascolto il suo respiro corto.

Dato che non ho il telefono con me e ho troppa paura per lasciarlo qui o spostare le mani dalla ferita, decido di chiamare aiuto. Anche se qui dormono tutti come sassi, uno di loro dovrebbe sentirmi.

"Aiuto! Qualcuno si svegli! Ci serve aiuto qui dentro!"

Alla terza volta, mia madre si precipita in bagno e sbianca non appena si rende conto di quello che è successo.

"Oh, mio…"

"Chiama il 911, subito!" esclamo, interrompendola, e lei torna in tutta fretta in camera sua.

"Da quanto tempo sta sanguinando?" chiede papà, correndo al mio fianco.

"Non lo so. L'ho trovato pochi minuti fa. Respira ancora, ma non si sveglia".

Papà si mette la testa di Wilder sul grembo per liberargli le vie respiratorie, poi controlla il battito. "Probabilmente è svenuto poco prima che arrivassi tu".

"Che sta succedendo?"

I miei fratelli minori, Landen e Tripp, sono sulla porta. Riassumo brevemente l'accaduto per non perdere altro tempo.

"Non gli serve il massaggio cardiaco?" chiede Landen.

Papà si china sulla sua bocca e gli scuote la testa. "Respira ancora".

"A malapena", aggiungo.

Landen ha seguito un corso per bagnini e lezioni di primo soccorso l'estate scorsa, quando aveva sedici anni, e ha insegnato a tutti cosa fare in caso di emergenza.

Mamma ritorna con il telefono all'orecchio, mentre parla con un operatore, e poi si inginocchia accanto a me per afferrare la mano di Wilder.

"Stanno arrivando", dice con voce strozzata.

Papà ordina a Landen e Tripp di vestirsi e di aprire il portone per i paramedici. La mia sorellina, Noah, si sveglia poco dopo ed entra in panico.

"Wilder!" urla, scuotendogli il braccio.

"Starà bene", le dico, anche perché ho bisogno di sentirlo io stesso.

"Ha perso troppo sangue. Probabilmente avrà bisogno di una trasfusione", spiega papà.

Purtroppo, non sarebbe la prima volta. E nemmeno la seconda.

Quando avevamo quindici anni, si squarciò la gamba per sbaglio con un pezzo di metallo affilato, sopra una recinzione. Non si rese conto di quanto era grave e continuò a lavorare. Il sangue gli colò lungo la gamba e gli finì nello stivale. Lo trovai svenuto nel fienile e papà lo portò di corsa all'ospedale.

Quando arrivammo lì, stavano parlando di sepsi, infezione e trasfusioni di sangue. È stata una fottuta fortuna che l'abbia trovato quando l'ho fatto.

La seconda volta fu per una ferita autoinflitta, un anno dopo.

Avevamo sedici anni, e lo trovai nella vasca.

C'era tantissimo sangue nell'acqua. All'inizio non riuscivo a vedere dove fosse la ferita. La coscia opposta rispetto a quella dell'incidente con la recinzione era ricoperta di taglietti. Però uno verticale aveva causato la maggior parte dei danni.

Fu la prima volta che vidi mio padre piangere, dalla rabbia e dalla paura.

Fu come se una parte di me stesse morendo, e non riuscivo a comprendere perché l'avesse fatto. E adesso di nuovo. Vorrei liberarlo dal suo dolore.

Mio fratello, ovvero il buffone della classe sin dal giorno in cui avevamo cominciato l'asilo, quello chiassoso e insopportabile sempre pronto a festeggiare, la persona più esuberante che conoscessi, si faceva del male.

Non aveva alcun senso.

Wilder non ha un misuratore del pericolo. È un amante del rischio fino al midollo. La scarica di adrenalina che ne ricava ha alimentato anni di cazzate, che l'hanno lasciato ferito diverse volte. Ricordo quando si inventò il torneo di salto sul trampolino dal tetto della scuderia e si lanciò di sotto con un tuffo a bomba. Invece di atterrare sui piedi, rimbalzò e volò dritto contro un albero. Ne uscì con una commozione celebrale e una costola rotta.

Verrebbe da pensare che quello gli abbia fatto mettere il freno, ma un mese dopo andammo a Blackhole Granite per nuotare nella cava. Aveva bevuto un po' troppo e, quando si tuffò in acqua dalla rupe di sei metri, non tornò più a galla. Landen e Tripp si buttarono in suo soccorso e lo trascinarono fuori. Gli feci il massaggio cardiaco finché non tossì fuori l'acqua.

È quasi come se non si preoccupasse dei rischi, e c'è una piccola parte di me che si chiede se non lo faccia di proposito.

Dopo la prima volta che si tagliò l'interno coscia, i nostri genitori lo mandarono da uno psicologo e uno psichiatra perché diagnosticassero correttamente il problema. Lui giurò che non lo faceva perché voleva morire. Piuttosto, voleva lenire il dolore. Attenuare la tristezza che ogni tanto lo assaliva. Provare sollievo dalle emozioni travolgenti che non sapeva come gestire.

Ho il sospetto che sia anche per questo che beve fino a perdere i sensi.

Comunque sia, ce l'hanno portato due volte al mese fino ai diciott'anni, quando Wilder è stato abbastanza grande da prendere la decisione di non andarci più.

Vorrei che avesse continuato.

Quella depressione che cercava così disperatamente di mascherare mi soffocava più di quanto lui abbia mai realizzato. Provavo anche io quei sentimenti, però non ci ho mai messo un'etichetta sopra. Pensavo che la mia stessa tristezza mi stesse consumando, e forse in parte è così oppure è un qualcosa che condividiamo come gemelli, però non riuscivo a comprendere come lui potesse sentirla così intensamente da dover trovare dei modi per alleviarla. Per conviverci.

Forse percepiva anche la mia e il peso dei sentimenti di entrambi era troppo gravoso per una persona sola.

Vorrei poterli spegnere, portarglieli via ed essere io quello che ha sofferto per tutti e due. Odio non poterlo fare.

Per quanto ne sapevo, erano tre anni che non si tagliava. Questa sarebbe la seconda volta in cui è andato così in profondità da perdere i sensi.

Wilder parlava raramente dei suoi sentimenti. Perfino quando provavo a farmi dire come si sentiva, lui giurava di stare benone. Come se non avesse voluto gravare nessuno con la consapevolezza che forse non era vero. O magari ammetterlo a se stesso. In ogni caso, tenersi tutto dentro stava causando più danni.

Mi si serra la gola mentre lo fisso, facendo più pressione possibile sulla sua coscia. Lo amo più di ogni altra cosa. Perfino quando mi rompe i coglioni. Mi preoccupo più del suo benessere che del mio. Non voglio che si senta triste e preferirei che mi parlasse, quando soffre, ma sapere che non lo fa mai è il motivo per cui vado dappertutto con lui. È la ragione per cui non faccio tante storie quando fa il cretino o combina qualche stronzata perché, almeno per un momento, sta ridendo ed è felice. Che sia una farsa o meno, non sempre riesco a capirlo.

È bravo a mettere su una maschera.

"Sono arrivati", mi annuncia papà mentre mi perdo nei miei pensieri. Sto ancora fissando Wilder.

Non appena entrano i paramedici, spiego rapidamente cos'è successo quando l'ho trovato e poi mi sposto. Lo puliscono e fasciano in tutta fretta la gamba, prima di caricarlo sulla barella e portarlo fuori verso l'ambulanza.

"Waylon..." La voce tonante di mio padre mi riscuote dalla trance.

Ha una mano sulla mia spalla, che sta stringendo. "Hai le mani e le gambe ricoperte di sangue. Datti una pulita, e poi andiamo all'ospedale. Tua madre è sul retro con lui".

Non riesco a fare altro che annuire.

Dopo aver sciacquato le mani nel lavandino, entro nella doccia, afferro il sifone e poi rivolgo il getto sulle gambe nude finché non sono pulite. La mia mente è assente e il cuore corre a mille senza sosta mentre, meccanicamente, mi vesto e raggiungo gli altri fratelli di sotto. Rimane vuota mentre papà guida fino al paese.

Soltanto ore dopo un'infermiera ci raggiunge in sala d'attesa e ci dice che si è svegliato e sta chiedendo di me. Il dottore ci spiega brevemente quello che hanno fatto e cosa dobbiamo aspettarci.

Wilder è attaccato a una flebo e ad un bracciale per misurare la pressione. La coscia è fasciata e coperta da un lenzuolo; quindi non posso vederla, però il dottore ha detto che ci hanno messo del tempo a suturare il taglio adeguatamente. Gli rimarrà una bella cicatrice.

Lo psichiatra di turno ha già incontrato Wilder e i nostri genitori. Adesso che mio fratello è un adulto, può parlare a nome suo. Dato che ha sostenuto che non si è trattato di un tentato suicidio e che era molto stressato quando l'ha fatto, il dottore ha scelto di non ricoverarlo in regime di degenza. Però gli stanno fissando degli appuntamenti con uno psicologo per individuare la radice della depressione.

Se sapessi che non mi riderebbe in faccia, gli direi che avrebbe bisogno di seguire sessioni di terapia regolari. Maledizione, ci andrei insieme a lui.

Però conosco mio fratello e so che non si prenderebbe mai un simile impegno. Però non vuol dire che io non possa provarci quando non sarà imbottito di farmaci e potrò manifestargli i miei timori.

"Ehi, che si dice, Way-Way?" chiede Wilder mentre mi avvicino al lato del lettino d'ospedale, e vorrei levargli dalla faccia quel sorrisetto storto con un ceffone.

Quando eravamo molto piccoli, non riusciva a dire il mio nome per intero e alla fine mi ha chiamato Way-Way per anni, perfino quando l'ha imparato. Adesso lo fa solo per infastidirmi.

"Oh, niente di che", rispondo con fare impassibile. "Sto giusto passando una normalissima serata al pronto soccorso".

Annuisce. "Che sballo".

"Già, un vero sballo". Lo fisso con gli occhi assottigliati, lo sguardo intenso. I suoi riflettono i miei, solo che sono colmi di vergogna e rimorso. Ricordo che le volte precedenti si è sentito una merda per averci fatto passare tutto questo, e poi provo a placare la mia frustrazione. "Ti senti male?"

"No". Indica accanto a sé con il pollice. "La signora flebo mi sta pompando dentro la roba buona".

"Bene. Allora non sentirai nulla quando ti prenderò a pugni in faccia".

Un luccichio divertito gli fa brillare gli occhi. "Probabilmente quello lo sentirei".

Alzo gli occhi al cielo. "Non so se abbracciarti o menarti. Sono incazzatissimo. E triste. Ma soprattutto, spaventato. Hai perso molto sangue".

"Lo so. Mi stanno dando anche quello". Indica l'altra flebo con un cenno del capo.

Prendendo un'altra sedia, mi metto più vicino a lui. "Parlami. Cos'è successo ieri che ti ha spinto a fare questo?"

Non so cos'altro chiedergli; quindi vado dritto al punto. Sa che voglio delle risposte.

Evita di guardarmi mentre solleva una spalla. "Non so come spiegarlo. C'è questo schiacciante senso di sconforto associato alla depressione. Tipo lo stress di dover essere un adulto e prendere decisioni da grande. Le aspettative perché sono il fratello maggiore. La pressione per impressionare in modo positivo papà e fare un buon lavoro al ranch. C'è questa tristezza di fondo che mi consuma in modi strani ed è incontrollabile. Perfino quando non c'è nulla in particolare a rendermi triste, lei è lì, a perseguitarmi e tormentarmi. Voglio raggomitolarmi su me stesso e dormire per non pensare al dolore, però non posso farlo.

Ho delle responsabilità; quindi provo a ignorarlo e faccio tutto il possibile per distrarmi, ma alla fine diventa insostenibile. Avevo bisogno di liberarmi da questo dolore, anche se solo temporaneamente. A un certo punto, diventa un impulso che non posso più reprimere. Quel momento appena prima di svenire è quando mi sento finalmente insensibile, e poi diventa un qualcosa che voglio disperatamente provare ancora e ancora. *Sollievo*".

Ogni parola della sua confessione è come una pugnalata allo stomaco. Quella strana tristezza? La sento anche io. La pressione e lo stress... sono sempre lì. Quel livello di dolore, la ricerca di sollievo, anche io ne percepisco le ondate. Che stia provando le mie o le sue, non sempre lo so.

"Purtroppo ti capisco", dico dolcemente, prendendogli la mano. "Però non ho mai pensato di fare..." Indico con un cenno del capo la sua coscia, senza riuscire a dire quelle parole ad alta voce. "Capisco cosa si prova quando diventa troppo".

"Mi vengono degli impulsi e trovo modi per gestirli senza farmi male, ma stavolta ne avevo semplicemente... bisogno. È stata quasi un'esperienza extracorporea. Qualcosa che non potevo controllare, ma, allo stesso tempo, era come se non potessi fermarmi, una volta iniziato. Appena ho visto il sangue, mi si è svuotata la mente. I pensieri depressivi sono svaniti. In quel momento dovevo concentrarmi soltanto su una cosa: tagliarmi".

Rabbrividisco visibilmente mentre ne parla. Non è che il sangue mi impressioni, ma solo il pensiero di vedere il mio mi fa venire la nausea.

"Non fa male quando... lo fai?"

"Cazzo sì, fa male, però è come una sensazione di euforia. Non appena il filo del rasoio mi incide la pelle, la mia concentrazione è sul dolore fisico. Il cervello smette di ripetere pensieri negativi e la mente si spegne per la prima volta da settimane, mesi o addirittura anni. È lì che sento la scarica di endorfine, perché non mi viene più detto quanto sono insignificante e impossibile da amare. È liberatorio".

Affondo i denti nella parte interna di una guancia per impedire alle mie emozioni di prendere il sopravvento.

"Stanotte mi sono spinto troppo oltre", ammette.

"Quindi non stai cercando di toglierti la vita?" chiedo infine con voce strozzata, perché ho bisogno di sentire la sua conferma.

"No. Solo di affrontarla".

"Allora perché non ti sei fermato prima che la situazione peggiorasse in questo modo?"

Fa spallucce. "Immagino che volessi vedere quanto ero capace di sopportare perché quel sollievo durasse di più".

Mi fanno male la testa e il cuore a sentirlo parlare di queste cose, però sono contento che lo stia facendo. Meglio che sia onesto con me, così spero di poter notare i segnali prima che si tagli di nuovo. Voglio che si apra con me prima che le cose peggiorino.

"Fidati, non mi piace farlo", continua. "Il senso di colpa per avervi fatto passare di nuovo questa cosa. La vergogna di aver avuto una ricaduta. Non ne vale la pena quando le conseguenze sono peggiori. Però sul momento non ci ho pensato".

Ha senso. *Riusciva a pensare soltanto al sollievo.*

"Che ne dici di vedere uno psicologo? O uno psichiatra? Prendere qualcosa che ti aiuti con la depressione, così che per lo meno sia un po' più tollerabile quando senti che sta prendendo il controllo della tua mente".

"L'ho già fatto in passato, ricordi? I farmaci mi facevano sentire del tutto insensibile – e non in modo positivo – e mi hanno causato dei terribili effetti collaterali neurologici. Parlare dei miei problemi adolescenziali a un adulto mi faceva sentire un idiota".

"Non lo sei, e ci sono altre varianti di medicinali che puoi provare. Non è un farmaco universale. La chimica cerebrale di ciascuna persona risponde in modo diverso alle cure. Devi continuare a provare finché non trovi quelli giusti".

"Mi sembra una rottura di palle", mormora.

"*Tu* sei un rompipalle", ribatto.

Ridacchia. "Sì, sì. Dove sta la novità?"

"Non c'è, a quanto pare". Faccio una risata nasale, però lo sa che lo sto solo stuzzicando. "Meglio se faccio entrare gli altri, così finalmente puoi riposare".

Alzandomi, mi sporgo sul letto e lo prendo tra le braccia. All'inizio è rigido, incerto se ricambiare il gesto, ma poco dopo lo fa.

"Ti voglio bene, lo sai?" gli dico quando mi ritraggo.

Appoggia di nuovo la testa al cuscino e annuisce. "Sì, ti voglio bene anche io".

Giro intorno alla sedia per poi camminare verso la porta, però Wilder attira la mia attenzione. "Waylon".

Girandomi verso di lui, inarco un sopracciglio. "Sì?"

La sua espressione tormentata mi strazia il cuore. "Mi dispiace di averti fatto passare di nuovo questa cosa".

Un lato della mia bocca si solleva nel sentirlo così sincero. Anche se, vedendolo così, le mie emozioni stanno minacciando di traboccare, faccio un sorriso forzato per rassicurarlo un po'. "Lo so. Non ti preoccupare, ok?"

Annuisce con decisione a labbra strette, trattenendo anche lui le sue emozioni.

Quando vado verso l'uscita, provo un dolore lancinante al petto che mi fa espirare con forza. Giuro che uno di questi giorni mio fratello mi farà venire un infarto. Questi attacchi d'ansia vanno e vengono, soprattutto durante le situazioni molto stressanti; tuttavia, sono comunque snervanti e fastidiosi.

Prima che esca nel corridoio, uno dei macchinari di Wilder risuona con un bip terribilmente squillante. Un'infermiera si precipita nella stanza ancora prima che io possa voltarmi e vedere cosa sta succedendo.

Wilder ha gli occhi rovesciati e il suo corpo è scosso da convulsioni.

"Che sta succedendo?" chiedo subito all'infermiera, che però mi ignora mentre gli tiene ferma la testa.

Entrano altri infermieri, trascinandomi indietro, e mi ritrovo ai piedi del suo letto, a osservare impotente.

"Che succede?" chiede papà mentre entra con mamma. I miei fratelli li seguono a ruota.

"N-Non lo so. Stavamo parlando e stava bene, ma poi tutto d'un tratto…"

"Sta avendo un attacco epilettico", risponde una delle infermiere. "Ho bisogno che usciate tutti, per favore. Verrò a chiamarvi quando sarà stabile".

Un'altra ci spinge fuori in corridoio. Ho l'impressione che il mio petto stia per esplodere e non c'è nulla che possa fare al riguardo perché mio fratello gemello – la mia altra metà con cui condivido sentimenti e dolori fisici analoghi – si trova lì dentro, a lottare per la sua vita.

E la mia.

Perché la mia vita finirebbe, se lui non dovesse sopravvivere.

Capitolo Uno

Waylon

"Accidenti!" Wilder fa un fischio. "Stasera c'è il pienone".

La musica country a tutto volume mi invade le orecchie non appena mettiamo piede nel Twisted Bull. È il bar più popolare del paese, con una pista da ballo di dimensioni decenti che attrae un sacco di donne pronte a sculettare e passare la notte a bere. Non importa il periodo dell'anno – ora che siamo a metà novembre ci sono temperature da congelare le palle – questo posto è sempre affollato, nel fine settimana.

Wilder è l'unica ragione per cui mi trovo qui il sabato notte, invece di godermi una serata tranquilla a casa da solo.

Certo, mi piace bere, però so quando fermarmi. Wilder no. Assicurarmi che torni a casa è la mia priorità assoluta, però lo è anche fare in modo che non si renda ridicolo.

La seconda non sempre è fattibile.

"Ehi, tesoro".

La parlata strascicata di Wilder attira la mia attenzione mentre camminiamo verso il bancone.

"Devo chiederti una cosa", continua, parlando con qualcuno. Guardando meglio, noto che si sta rivolgendo a una tipa che non ho mai visto prima. Considerando quanto è piccolo il nostro paese e che tutti conoscono tutti, dev'essere venuta a trovare qualcuno oppure si è appena trasferita qui.

"Ehi", risponde lei. "Qual è la tua domanda, cowboy?"

Wilder solleva il cappello da cowboy, si passa le dita tra i capelli spettinati e poi se lo piazza di nuovo sulla testa. "Tu ci credi nell'amore a prima vista oppure devo passarti di nuovo davanti?"

Stringendomi la radice del naso, scuoto la testa per la patetica battuta d'abbordaggio.

"Funziona davvero?" chiede la ragazza. "L'ho già sentita cinque anni fa".

Ridacchio per il fatto che non si sia buttata subito in ginocchio per lui come fanno molte tipe. Anche se io e Wilder siamo identici, è la sua personalità estroversa a contraddistinguerci maggiormente. Io preferisco stare in mezzo a una piccola folla, circondato da persone che conosco, invece di andare in posti con musica assordante e ubriaconi sgradevoli.

"Sono riuscito a farti parlare con me, giusto?" ironizza lui, e so che le ha appena scoccato il suo famigerato occhiolino. "Sono Wilder. Lascia che ti offra il tuo prossimo drink".

"Va bene". La ragazza alza gli occhi al cielo, però sorride come se farsi pagare da bere fosse una seccatura.

Attiro l'attenzione della barista e ordino una birra; poi Wilder ordina per sé e...

No, non le ha manco chiesto cosa vuole!

Classico di Wilder.

Apre un conto e poi io li seguo a un tavolo. Non appena lei si gira verso di lui, Wilder le affonda il viso nel collo, mormorando qualcosa. La ragazza arrossisce e si fa una risatina.

Adoro essere il terzo incomodo.

"Lui è il mio gemello, Waylon". Finalmente mi presenta.

È il mio segnale per chiederle come si chiama.

"Ehi, piacere di conoscerti..."

"Bethany", completa. "Piacere di conoscervi".

"Sei di queste parti?" chiede Wilder.

"Nashville. Sono qui da alcune amiche". Agita la mano per aria. "Sono qui in giro da qualche parte".

"Forte. Balliamo?" Wilder le porge la mano.

"Sì, certo!" Le brillano gli occhi e, come al solito, io rimango al tavolo a tenere d'occhio i loro drink.

Dovremmo incontrarci anche con i nostri fratelli. Però Wilder è voluto venire prima. Un tempo Tripp era il nostro autista designato, però adesso è sposato e ha due bambini; quindi riesce a uscire solo per un paio d'ore, visto che Magnolia rimane a casa con loro.

Dopo aver ballato tre canzoni, ritornano a recuperare i bicchieri.

"Tu non balli?" mi chiede Bethany.

Sollevo una spalla. "A volte, sì".

"Faccio venire alcune delle mie amiche e…"

"Oh, non è necessario. Sto aspettando che arrivino gli altri miei fratelli".

Ignora le mie parole e fa cenno alle amiche di avvicinarsi.

Non appena vedo una delle ragazze del gruppo, mi porto il bicchiere alle labbra per mascherare la mia espressione divertita mentre mi scolo la birra.

Ci sarà da spassarsela.

"Mi sono trovata un cowboy! Al suo gemello serve una ballerina!" urla Bethany per sovrastare la musica.

La ragazza bionda si gira e il suo largo sorriso si trasforma in un cipiglio. "Pezzo di merda! Ci stai provando con la mia amica dopo che sono stata nel tuo letto lo scorso weekend?"

"Ehi, cosa?" Wilder indietreggia con un sussulto, sollevando una mano. Non so se per fingere la sua innocenza o se per evitare un ceffone.

"Lo conosci?" chiede Bethany a Jen, il *flirt* tira e molla di mio fratello. Passano dal vedersi ogni fine settimana all'ignorarsi per mesi finché uno dei due non contatta l'altro e ripetono l'intero fastidioso processo.

Sono estenuanti.

"Non sapevo che fosse una tua amica", spiega Wilder.

"Oh, vai a farti fottere!" ringhia Jen.

Wilder agita le sopracciglia. "Ok. Tu saresti disponibile?"

Cristo santo!

Ridacchio, scuotendo la testa perché riesce costantemente a cacciarsi in questi casini.

"Ti piacerebbe. Mai più. Io e te abbiamo chiuso", sbotta Jen, afferrando la mano di Bethany, per poi infilarsi con rabbia tra la folla.

"Dice sempre così", mormora lui tra sé e sé, poi raddrizza la schiena e solleva la testa mentre urla più forte: "Tornerai! Lo fai sempre!"

"Sei davvero un bel soggetto, lo sai?"

Fa spallucce. "Non siamo mai stati monogami".

"Lei lo sapeva?"

"Sì! Voleva solo spassarsela di tanto in tanto, non a tempo indeterminato", mi rassicura.

Faccio una sommessa risata nasale. "Wow… Chissà come mai non hai mai avuto una relazione seria".

"Oh, e tu invece ce l'hai avuta negli ultimi dieci anni?" mi provoca; poi beve un sorso di birra.

"Ne ho avuta una", gli ricordo.

"Merda, è vero!" Ci pensa su. "Delilah Fanning tipo quanti… nove anni fa?"

"Sette", lo correggo.

Siamo stati insieme per due anni, ma, comunque, in quel lasso di tempo abbiamo a malapena avuto l'occasione di far funzionare le cose. Tra l'incidente sul lavoro del padre e l'incidente della sorella, aveva troppa carne al fuoco per trovare del tempo per noi. Sapevo che la famiglia doveva venire prima di tutto, ma quando suggerì di prenderci una pausa, invece di permettermi di starle accanto, immaginai che tra di noi fosse finita. Mi feci una tipa un paio di settimane dopo e Delilah sostenne che l'avevo tradita.

Non mi ha mai dato una seconda chance, nemmeno quando l'ho supplicata di farlo.

Solo con me

Avevo soltanto venticinque anni, a quei tempi, ed ero molto immaturo.

Però mi spezzò il cuore quando mi disse che, considerate le circostanze, non avremmo dovuto stare insieme, perché mi ero fidato di lei e le avevo confidato tutto di me; cosa che non avevo mai fatto con le mie precedenti ragazze. Sapeva bene ciò che avevo passato con Wilder, meglio di chiunque altro.

La prossima volta che mi aprirò per qualcuno sarà quando finirò sul tavolo per le autopsie.

"Colpa mia", dice impassibile. "Quindi immagino che questo ti renda l'esperto".

Alzando gli occhi al cielo per il commento del cazzo, mi guardo intorno per vedere se c'è qualcuno che potrei riconoscere. La maggior parte della gente è più giovane di me: ragazzini che non erano manco alle superiori quando io mi sono diplomato. Se proprio vogliamo dirla tutta, a trentadue anni sono troppo vecchio per essere qui. È per questo che incontro raramente qualcuno: gran parte di queste donne hanno appena vent'anni.

Ma il fatto che io non abbia una relazione o non voglia qualcosa di serio con qualcuno non ha nulla a che vedere con i problemi a impegnarsi che ha lui. Però non gli ho mai detto la vera ragione, e spero che non la scopra mai.

"Ehi, Hollis!"

Mi giro sentendo il mio cognome e faccio un largo sorriso quando vedo uno dei miei più cari amici, che conosco sin dalle elementari.

"Jake, ehi. Come va?"

Si avvicina con una birra in mano e mi dà un colpetto spalla contro spalla.

"Cazzo, sto bene. Tu?" Il suo sorrisetto scemo mi dice che sta bevendo da un po'.

"Idem".

Poco dopo, arrivano i miei fratelli e continuiamo a passare il tempo insieme. Ci spostiamo dalla pista da ballo alla sala sul retro e giochiamo prima a biliardo e poi a freccette. Inizio a bere esclusivamente acqua dopo le mie due birre; invece Wilder ne ha fatte fuori almeno sei insieme a qualche shot.

Jake scrive messaggi al telefono ogni tot minuti, però che io sappia non ha una ragazza; quindi lo prendo per il culo dicendo che sta sicuramente frequentando qualcuno in segreto.

"Ma no, al momento sono single. Sto seguendo questo club e abbiamo creato una chat di gruppo; quindi arrivano messaggi per tutto il giorno con conversazioni a caso".

"Che tipo di club?" chiedo, sedendomi al tavolo più vicino. Abbiamo appena terminato l'ultimo round di freccette, dove l'ho distrutto.

"Può sembrare patetico, però giuro che non lo è. È un club di cavalli".

Sollevo un sopracciglio. "Un club di *cavalli?*"

"Sì, per le persone a cui piacciono i cavalli".

Faccio una risata nasale. "Sì, immaginavo. Ma di cosa si tratta?"

"La maggior parte di loro lavora nel mondo dei rodei: *barrel racing*, *bronc riding*, vari tipi di discipline equestri. Alcuni sono addestratori oppure semplicemente dei cavalieri esperti. Cazzeggiamo parlando di roba a caso, però era stata pensata come una chat di aiuto. Per chiunque avesse bisogno di aiuto con un'abilità specifica, volesse condividere le sue conoscenze ed esperienze… cose del genere".

"Forte!" dico.

La famiglia di Jake Murphy possiede un maneggio e, anche dopo aver traslocato in un appartamento in paese, lui continua a lavorarci a tempo pieno. Vive tra i cavalli da tanto tempo quanto me: sin dalla nascita.

"Ti aggiungo! Sai un sacco di cose sui cavalli e probabilmente potresti rispondere a domande oppure dare suggerimenti. Sono quasi tutti più giovani di noi; quindi apprezzeranno l'esperienza in più".

"No, non…"

Tira fuori il telefono prima che possa finire la frase e aggiunge il mio numero alla chat.

"Ecco, sei dentro. Farò le presentazioni domani da sobrio".
Ridacchia. "Però sono tutti gentili".

"Sono tutte persone del posto?"

"La maggior parte, ma c'è qualcuno che vive a una o due ore da
qui".

Non sto a rimuginarci sopra mentre cerco Wilder. Dopo che Jen
si è allontanata con Bethany, si è trovato qualche altra ragazza con
cui tenersi occupato. Stanno ballando e bevendo da ore.

"Oh, merda! Tuo fratello sta salendo sul toro". Jake indica
dall'altro lato del bar. "Non durerà otto secondi su quel coso".

Sospiro nel vederlo sventolare il cappello da cowboy per aria.
"Porca puttana! Giuro, quello lì pensa di avere nove vite o chissà
che cazzo".

Landen e Tripp se ne sono andati un'ora fa, lasciandomi a
gestire quell'ubriacone.

Jake mi segue mentre mi avvicino e, quando raggiungo Wilder,
ha la faccia spiaccicata sul tappetino.

Tutte le ragazze che stavano passando la serata con lui urlano il
suo nome. Nel frattempo, io entro nell'arena improvvisata e provo
a tirarlo su per il retro della camicia.

"Riesci ad alzarti?" chiedo. "O devo trascinarti fuori da qui?"

"Ma no, s-sto benone", risponde balbettando, mentre striscia
fino a mettersi in piedi. "Ce l'ho fatta?"

"Quasi". Faccio una risata nasale, scoccando un'occhiata
all'orologio che segna cinque secondi.

"Accidenti! La prossima volta". Fa un sorrisetto.

Il prossimo in fila si sta già facendo strada tra la gente per il suo
turno; quindi trascino via Wilder.

"È il momento di pagare il conto e chiudere qui la serata", gli
dico, muovendomi verso il bar.

"Cosa? Ma restano aperti per un'altra ora".

Jake gli passa un braccio attorno alla vita, aiutandolo a reggersi
in piedi. "Come va, amico?"

"Tu chi sei?"

Scuoto la testa. Conosce Jake da quando lo conosco io.

"Teddy", risponde Jake, invece di dargli il suo vero nome, e io reprimo una risata. È uno scherzo che porta avanti ogni volta che Wilder è troppo ubriaco per ricordarsi di lui: gli dà tutte le volte un nome falso diverso.

"Teddy? Ok, forte. Vuoi farti uno shot prima che ce ne andiamo?"

Cristo, è implacabile!

"Magari la prossima volta, ok? Devo tornare a casa presto", risponde Jake.

Gli lancio un'occhiata, ringraziandolo tacitamente per l'aiuto.

Quando la barista mi dice il totale del conto, allungo la mano perché Wilder mi passi la sua carta. Solo il signore sa quanti altri drink ha offerto stasera alle ragazze, e non ho intenzione di pagare trecentoquaranta dollari per lui.

Aggiungo una cospicua mancia da parte sua, firmo e la ringrazio di nuovo, soprattutto per aver sopportato le bravate di mio fratello. Ci prova senza sosta con lei, anche se ogni volta che le chiede di uscire con lui lei si rifiuta.

"Sicura di non voler passare da me dopo il turno?" Wilder si appoggia al bancone, guardandola agitando le sopracciglia.

"Mmh… per quanto sembri invitante, *sul serio*… non sono sicura che alla mia ragazza farebbe piacere".

"Perché no? Può venire anche lei. Più siamo, meglio è…" Le mostra il piercing alla lingua. "Conosco un trucchetto strepitoso con la lingua".

"D'accordo…" dico strascicando la parola, afferrando di nuovo il retro della sua camicia. "È ora di andare, Casanova".

Lancio un'occhiata dispiaciuta a Rainy e poi ci dirigiamo tutti e tre verso l'uscita.

"Teddy viene, così posso spaccare il culo a entrambi su Fortnite?" chiede Wilder, salendo sul sedile del passeggero del mio pick-up.

"Possiamo fare un'altra volta? Devo lavorare domattina… o meglio…" Jake controlla l'ora sul telefono. "…tra poche ore".

"Anche noi", ricordo a Wilder.

"Cagasotto", biascica Wilder, ricadendo indietro sul sedile.

"Sì, sì. Allaccia la cintura", gli dico prima di chiudergli la portiera.

Jake fa un sorrisetto, e scuoto la testa. "Grazie per l'aiuto".

"Figurati, bello".

"Ti serve un passaggio?" gli chiedo prima di mettermi al volante.

"No, vado a piedi".

Jake vive a due isolati di distanza; quindi non insisto. "D'accordo, allora ci sentiamo".

"Sì, nella chat di gruppo! Saranno felicissimi di averti".

"Certo". Faccio una risata priva di allegria. Lo sa che non sono molto socievole. Specialmente con persone che non conosco. A differenza di Wilder, che potrebbe stringere amicizia con un muro di mattoni.

Quindici minuti dopo, sto aiutando Wilder a raggiungere il suo appartamento, sopra il mio. Tecnicamente è uno dei bungalow con due unità abitative per il personale. Mamma ci ha cacciati di casa a ventun anni perché era stufa di vederci tornare alle tre di notte. Non che possa biasimarla: ce la spassavamo alla grande nel weekend.

"Eddai, una partita?" suggerisce, inciampando sulla scarpa che ha appena fatto volare via dal piede.

"Vai a letto. Dovrai lavorare con i postumi".

Mi scaccia con un gesto della mano. "Sei un guastafeste".

Cammino all'indietro verso la porta. "Ci vediamo fra quattro ore".

"E se facessimo… sei?" Sfodera un largo sorriso. "Sostituiscimi".

Girandomi, lo saluto con la mano sollevando il dito medio e scendo i gradini fino al mio appartamento. Ci metterò inevitabilmente un'ora per addormentarmi e poi la sveglia suonerà fin troppo presto.

Capitolo Due
Waylon

Proprio come previsto, mi faccio solo tre ore di sonno prima che il telefono mi urli addosso.

Seguo la mia solita routine: indosso gli abiti da lavoro, divoro un bagel mezzo tostato, riempio la mia bottiglia gigantesca con acqua ghiacciata e poi mi dirigo alle scuderie dell'agriturismo. Teniamo separati i cavalli in pensione da quelli per gli ospiti e, dato che io e Wilder siamo gli accompagnatori per le escursioni, è nostro compito pulire i box, riempire le mangiatoie e i secchi d'acqua.

Poi porto fuori i cavalli al pascolo perché possano brucare per un po' prima che usciamo per la prima escursione della giornata, alle dieci. La seconda non è prima delle quattro; quindi nel frattempo pranziamo e sbrighiamo varie faccende.

La sera, diamo di nuovo da mangiare ai cavalli e mettiamo dell'acqua pulita e poi io me ne vado a casa alle sei o alle sette.

Turni di dodici ore al giorno, sei giorni su sette.

Quelli del weekend di solito sono più brevi e abbiamo un giorno intero di riposo ogni settimana, però non è mai sicuro quale sarà.

Le giornate sono lunghe e a volte calde, però posso andare a cavallo e lavorare con la mia famiglia. Non c'è nient'altro che preferirei fare.

Al momento, il tempo è tollerabile. Mancano un paio di settimane al Ringraziamento e le temperature restano sui venti gradi. La mattina e la sera tardi c'è più fresco, però è sempre meglio che sudare come un cammello in piena estate, quando si superano i trenta. Specialmente dovendo cavalcare indossando jeans e stivali da lavoro.

"Ehilà".

Sollevo la testa mentre sto spalando il letame in uno dei box, stupito che Wilder sia entrato tutto impettito un'ora prima del previsto. E sembra sveglio e pieno di energie.

"Mi sorprende che tu ce l'abbia fatta a venire", dico, tornando alla mia mansione. "Pensavo che avrei dovuto buttare giù la porta di camera tua per farti alzare il culo".

"Le tue accuse mi feriscono, Way-Way", dice in modo strascicato, premendosi una mano sul petto.

"Smettila di chiamarmi così! E qualche ora fa riuscivi a stento a camminare; quindi scusami se pensavo che ti saresti lamentato per il mal di testa".

"Oh, non preoccuparti. La testa mi sta uccidendo. Sto solo scegliendo di ignorarla".

Ridacchio sotto i baffi. "D'accordo. Allora puoi cominciare da lì. Io ho quasi finito con questa fila".

"Sì, signor capitano". Con un sorrisetto arrogante, mi fa il saluto militare e cammina verso la selleria.

Scuoto la testa pensando alla sua capacità di svegliarsi e comportarsi normalmente.

Il mio telefono sta continuando a vibrare da trenta minuti; dunque, quando finisco con questo box, finalmente lo controllo.

Quarantasette messaggi.

Ma che cazzo? Neanche mi piacciono quarantasette persone.

Quando clicco sui miei messaggi, vedo che a bombardarmi il telefono è la chat di gruppo del club di cavalli di Jake.

Accidenti, cominciano presto!

Scorro la conversazione in cui parlano del cavallo infortunato di qualcuno e chiedono notizie sulle sue condizioni. Ci sono una marea di messaggi tipo *vi penso* e *tenetemi aggiornato*. Il problema è che non ho idea di chi sia nessuna di queste persone, a parte Jake. Vedo soltanto numeri di telefono a caso e non ne riconosco neanche uno.

Dato che non voglio intromettermi in un momento delicato, aspetterò che sia Jake a presentarmi.

Alle nove e mezza, io e Wilder raduniamo i cavalli che ci servono per la prima escursione. Quando gli ospiti fanno il check-in al Lodge, Tripp dà una mano alla reception e decide quale cavallo è più adatto a ogni persona, in base alla loro esperienza e conoscenza. Poi ognuno cavalca il cavallo che gli è stato assegnato per tutta la durata del soggiorno.

"Ieri sera eri al Twisted Bull, vero?" chiede Gabby, sorridendo a Wilder dopo che ho fatto il mio discorso sulle misure di sicurezza e le linee guida.

"Proprio così. Però avrei notato una ragazza bellissima come te". La parlata lenta e suadente di Wilder mi fa alzare gli occhi al cielo.

"Io e le mie amiche ti abbiamo visto sul toro meccanico", spiega lei, indicando le altre tre ragazze. "Volevo offrirti uno shot, però te ne sei andato poco dopo".

Wilder mi scocca un'occhiata omicida, come se fosse colpa mia se ieri notte è rimasto a secco. Se si fosse dato una regolata, allora sarebbe riuscito ad arrivare a fine serata senza doversi far trasportare fuori.

"Ci tocca organizzare qualcosa per rimediare, eh? Che fai stasera?" le chiede, e io mi schiarisco la gola per attirare la sua attenzione.

Wilder solleva una mano, poi si sporge verso Gabby e sussurra: "Più tardi dammi il tuo numero, così possiamo vederci stasera".

Gabby fa un largo sorriso.

"Come stavo dicendo…" dico, scandendo le parole e fulminando Wilder con lo sguardo. Abbiamo un gruppo di quattro persone ed è importante che spieghi tutto, prima di partire. "…questi sono cavalli da passeggio esperti e conoscono i percorsi, ma, nell'eventualità che il vostro si allontani o che vi perdiate, non fatevi prendere dal panico. Gridare spaventerà o confonderà il cavallo, e stringere le gambe lo spronerà a correre. Dunque è cruciale che vi rilassiate e manteniate la calma. Si effettuano controlli di sicurezza ogni quattrocento metri; quindi uno di noi devierà dal sentiero per venire a cercarvi, se non sarete con il resto del gruppo. Ci sono domande?"

Scuotono la testa e così comincio la mia dimostrazione fornendo le istruzioni per montare in sella. Hanno quasi tutte esperienza; quindi non sono troppo preoccupato. Devo solo stare attento che Wilder non si comporti da idiota.

Prova A: Wilder si gira completamente sulla sella per rivolgersi verso gli ospiti alle sue spalle, invece di reggere le redini e guardare avanti.

"Dimmi un po', Gabby, da dove vieni?"

"Adesso vivo a Knoxville. Frequento il penultimo anno all'Università del Tennessee".

Sbarro gli occhi e ridacchio piano per quanto è giovane. Probabilmente ha ventun anni.

"Oh, bello! Che studi?" chiede Wilder… come se gli importasse.

"Ingegneria", risponde lei.

"Oh, merda!" Scoppio a ridere, girandomi a guardarla, per poi incrociare gli occhi di Wilder al mio fianco. "È troppo intelligente per te".

"Mi piacciono le donne intelligenti", ribatte lui.

"Già, scommetto che potrebbe insegnarti una cosetta o due".

Le tre amiche di Gabby ridacchiano.

Finalmente Wilder si gira e portiamo a termine l'escursione di un'ora. Attraversiamo le montagne e passiamo nei pressi dell'agriturismo prima di tornare alle scuderie.

Come c'era da aspettarsi, Wilder si fa dare il numero da Gabby, mentre io porto i cavalli nei box per la toelettatura per rimuovere le selle e striglizarli. Wilder mi raggiunge quindici minuti dopo.

"È troppo piccola per te", gli dico.

"Sei solo geloso".

"Di una tipa a malapena maggiorenne? No, non credo".

"È maggiorenne da un po'; quindi fottiti". Wilder prende una delle spazzole e lavora su uno degli altri cavalli.

"Ma cosa potreste mai avere in comune?"

Una persona così tanto più giovane sarà in una diversa fase della vita. Non vive nemmeno da queste parti ed è ancora all'università. Anche se per mia sorella ha funzionato con un uomo che ha il doppio dei suoi anni, non vedo come potrebbe funzionare a lungo termine per la gran parte delle persone.

"Ci scambiamo orgasmi. Oppure, come hai detto tu, magari può insegnarmi una cosetta o due. Le tipe intelligenti che hanno sempre la faccia tra i libri sono le più perverse". Fa un sorrisetto come se fosse molto furbo.

Scuotendo la testa, lascio perdere perché non ha senso provare a ragionare con Wilder.

Non ce l'ha mai.

Dopo che i sei cavalli sono di nuovo nei loro box, hanno mangiato e i secchi d'acqua sono pieni, ci dirigiamo al Lodge per il pranzo. È il posto in cui gli ospiti e il personale possono godersi un tipico buffet del sud completo per il brunch e la cena. Dato che io e Wilder non cuciniamo, possiamo mangiare qui almeno una volta al giorno.

"La chiamerai?" gli chiedo quando varchiamo la soglia della reception.

"Sì. Ci stiamo organizzando adesso", risponde, scrivendo mentre cammina e per poco non finisce contro un tavolo.

"Stasera c'è la cena domenicale di famiglia", gli ricordo.

Mamma e nonna Grace preparano un banchetto per tutti i figli e nipoti una volta alla settimana e siamo *tenuti* a esserci, senza eccezioni, tranne forse la morte. Dopo aver cenato e mangiato il dolce, tirano fuori gli album di famiglia e passano un altro paio d'ore a spettegolare e fare *scrapbooking*. Di solito, per poter finire le mansioni serali, evitiamo di restare, però io cerco di rimanere almeno una volta al mese per fare felice mamma.

Solo con me

"Allora me ne vado prima". Wilder fa spallucce.

Sbuffo. "Buona fortuna".

Dopo essermi riempito un piatto e aver preso due fette di crostata, trovo un posto al nostro solito tavolo. Il mio cellulare continua a vibrare da dieci minuti; quindi alla fine do un'occhiata.

SCONOSCIUTO #1

Mi sa che c'è un chiodo conficcato nello zoccolo di Gretchen. Sta zoppicando e non vuole fare gli affondi.

JAKE

Chiama il tuo maniscalco perché faccia un controllo. Probabilmente c'è un'infezione.

SCONOSCIUTO #1

Già chiamato. È pieno di lavoro fino a mercoledì. Ogni cosa che ho letto dice di mettere a mollo lo zoccolo, però lei non mi ci fa avvicinare neanche per guardarlo o per metterlo in un secchio d'acqua tiepida.

JAKE

Magari prova con qualcun altro presente che la tenga calma, così puoi sollevarlo e controllare. Se sta sanguinando, devi estrarlo il prima possibile.

SCONOSCIUTO #3

Posso venire io ad aiutarti! Sto per uscire e posso passare.

SCONOSCIUTO #1

Sul serio? Non voglio disturbarti.

SCONOSCIUTO #3

Ma certo! Sarò lì tra venti minuti!

SCONOSCIUTO #1

Grazie! Sei la mia salvezza.

Anche se non ho idea di chi siano due di queste persone, è chiaro che sono un gruppo affiatato. Dato che Jake non mi ha presentato e non ho nulla da dire per contribuire alla conversazione, metto il telefono in tasca e finisco di mangiare.

"Ehi". Noah entra e attira la nostra attenzione. "Uno di voi due può passare alle scuderie dopo pranzo? Mi serve una mano".

"Pensavo fosse per questo che hai dei garzoni", ribatte Wilder mentre mastica.

Noah lo ignora, guardando me. "Ho bisogno di aiuto per spazzare il centro d'addestramento. Ellie viene nel pomeriggio per allenarsi, e voglio assicurarmi che sia in perfette condizioni".

La moglie di Landen è una cavallerizza professionista di *barrel racing* e dopo il Ringraziamento andrà a Las Vegas per competere nelle finali nazionali. Tutta la famiglia sarà lì a sostenerla e ci sarà da divertirsi.

"Sì, nessun problema", le dico. "Sarò lì tra venti minuti".

"È per questo che sei il mio fratello *preferito*", dice lei lentamente, spostando lo sguardo su Wilder.

"Leccaculo", mormora.

Ridacchio mentre Noah si allontana.

"Sa soltanto a quale fratello rivolgersi, se vuole un lavoro fatto bene".

"Potrei spazzare quell'arena mentre dormo", mi sfotte.

"Probabilmente perché l'hai fatto più volte con i postumi della sbornia che senza".

"E ho finito comunque il lavoro, giusto?"

Scuotendo la testa, ricomincio a mangiare e ignorare i miei messaggi.

Il centro d'addestramento è la fonte di guadagno di Noah. Cavolo, genera grosse entrate per il ranch in generale. È dove ha luogo il suo addestramento professionale. Noah è famosa nello stato e nelle aree circostanti come la donna che sussurra ai cavalli e di solito ha una lista d'attesa di due anni. Principalmente perché è specializzata in varie discipline dei rodei. Non credo che esista qualcosa che non conosce, quando si tratta di cavalli. È così sin da quando era un'adolescente.

Se non sapevi chi fosse prima di incontrarla, non diresti mai che ha soltanto ventisei anni. È già sposata, con una figlia di due anni.

Fisher, il marito, è il maniscalco del ranch e, ironicamente, il padre dell'ex di Noah.

Landen e Tripp potrebbero averlo minacciato una volta o due, prima che i due confessassero di avere una relazione segreta.

Dopo pranzo io e Wilder ci separiamo, lui diretto alla scuderia dell'agriturismo e io al ranch. Non vengo spesso da queste parti, solo quando c'è un grosso lavoro da fare per cui serve un aiuto extra o se qualcuno non c'è perché sta male.

"Ehi, Ruby", saluto. È una dei garzoni di Noah.

"Ehi, che fai?"

Le spiego dove sto andando e, prima che possa raggiungere il posto in cui teniamo le spazzatrici, due pick-up si immettono nella strada serrata che conduce alle scuderie. È un vialetto lungo, però credo che uno dei veicoli sia di Ellie. Anche se lei e Landen vivono dalla parte opposta del ranch, verso le montagne accanto al lago, probabilmente stava sbrigando qualche commissione in paese.

"Un pomeriggio bello pieno, eh?" chiedo a Ruby.

"Come al solito", risponde.

"Come sta il tuo fidanzato?" chiedo, facendo conversazione mentre mi segue verso i quad. Una volta attaccata la spazzatrice al retro del quadriciclo, giro in tondo all'interno dell'arena del centro di addestramento finché non è pulita e livellata.

"È fantastico! Eccezionale. *Perfetto*". Le stelline nei suoi occhi mi strappano una risata.

Finalmente ha scaricato quello sfigato del suo ex mesi fa, quando si è rifiutato di farle la proposta di matrimonio dopo sei anni insieme, e ha cominciato a uscire con il migliore amico di lui, Levi. Il suo ex, Nash, l'ha rapita e l'avrebbe ammazzata se Levi e Tripp non l'avessero trovata in tempo. Nash ha sparato a Levi nel momento stesso in cui Tripp ha sparato a Nash al petto, e poi mio fratello si è tuffato nel lago per salvare Ruby prima che annegasse.

È stato uno scandalo enorme.

Il paese ha definito Tripp un eroe e Levi ci ha messo mesi a riprendersi dalla ferita da arma da fuoco.

Considerando quanto follemente sono innamorati, non mi sorprenderebbe se presto si fidanzassero ufficialmente.

"E tu, invece? Finalmente stai pensando di sistemarti?" chiede Ruby quando balzo sul quad.

Lo metto in moto e poi mi indico l'orecchio. "Non ti sento, scusami!"

"Bel tentativo!" urla sopra il motore, e faccio retromarcia prima che possa continuare con l'interrogatorio.

Evito la domanda ogni volta che qualcuno mi chiede se voglio trovarmi una ragazza o mettere su famiglia.

Come se fosse così semplice.

Ridacchiando per l'espressione infastidita di Ruby, guido fino alla spazzatrice, la aggancio e poi percorro il vialetto sterrato dirigendomi verso il centro di addestramento.

O, perlomeno, ci provo.

Uno dei pick-up che stava andando verso le scuderie per poco non mi mette sotto.

"Cristo!" Freno il più velocemente possibile, a un soffio da colpire il tettuccio e volarci sopra.

Cazzo, ero talmente sovrappensiero da non aver nemmeno notato che stava venendo verso di me!

E l'autista è Harlow Fanning: bellissima, giovane, estroversa.

I suoi lunghi capelli castano dorato sono raccolti e i suoi occhi verdi catturano i miei.

Una delle clienti di mia sorella.

Più giovane di me di oltre dieci anni.

E la sorella minore della mia ex.

Capitolo Tre

Harlow

"Oh, cielo, mi dispiace tanto!" esclamo non appena balzo giù dal pick-up. "Sono passata ad aiutare un'amica mentre venivo qui e ho fatto tardi".

Gli occhi azzurri strabuzzati di Waylon trovano i miei prima che lui spenga il quad.

Un cowboy sexy, oltre il metro ottanta e muscoloso che conosco da anni.

Non che abbiamo mai parlato molto. Mi nota a malapena.

Waylon è il gemello Hollis tranquillo e neanche mi guarda. È l'ex della mia sorella maggiore, Delilah, e probabilmente mi vede ancora come una bambina.

"Non preoccuparti, Harlow. Anche io avrei dovuto prestare più attenzione".

Il suo sguardo intenso e la voce profonda mi provocano un brivido lungo la schiena. Waylon sarà anche riservato e un po' solitario, però è un bel pezzo d'uomo. Alto, tenebroso e fin troppo attraente per il suo bene. È un gran lavoratore come il resto dei suoi fratelli, però lui lo fa sembrare un gioco da ragazzi. Ho passato abbastanza tempo al ranch negli ultimi quattro anni da notare quanto è zelante.

"Cavolo, avete quasi fatto un incidente!" Ruby si unisce a noi. "State bene?"

"Sì, tutto a posto". Mi passo una mano sulla fronte, spostando nervosamente lo sguardo tra Waylon e Ruby.

"Mi levo di torno". Waylon mette in moto il quad, poi si sposta facendo il giro del mio pick-up.

Ruby mi sorride brevemente prima di tornare alle scuderie. Balzo di nuovo in auto e mi dirigo al parcheggio. Dopo aver lasciato il pick-up, cerco Noah ed Ellie.

"Ehi, come va?" chiede Noah.

"Bene. Speravo di fare degli affondi con Piper e di portarla a fare un giro prima della nostra sessione".

Piper è il mio cavallo da competizione, un appaloosa di sei anni. Io e Noah ci lavoriamo insieme sin da quando ero sedicenne, ovvero quattro anni fa. Mi ha dato lezioni di equitazione e mi ha insegnato le basi per il salto ostacoli. Ho cominciato a gareggiare un anno fa; quindi ho ancora molte cose da imparare e da provare, però mi piace.

La stagione è finita il mese scorso, ma sto cercando di infilare più allenamenti possibili prima che cominci la prossima, in primavera.

"Sì, certo. Ellie finirà tra un'ora e poi possiamo cominciare", risponde Noah.

Noah si tiene talmente occupata che deve lavorare pure nei weekend. Si prende una pausa quando può, ma da quando la conosco ha sempre l'agenda piena. Dato che al momento non sto gareggiando, io e Piper ci esercitiamo con lei ogni volta che è disponibile oppure quando non sono al mio lavoro part-time.

Dato che non volevo mettere tutte le spese per la pensione di Piper sulle spalle dei miei genitori, lavoro in una boutique di abbigliamento Western che si chiama "Rodeo Belle". È un bel posticino in centro, popolare tra turisti e universitarie.

"Ehi, dolcezza". Strofino il palmo su e giù lungo il muso a chiazze bianche di Piper. "Sei pronta per uscire?"

Fa ondeggiare la testa sotto la mia mano, e rido.

Respirare aria fresca e passeggiare a cavallo è essenziale per mantenere stabile la mia salute mentale. Dopo aver lottato per la mia vita e aver avuto problemi a camminare quando ero adolescente, ho imparato a non darla per scontato.

La striglio un altro po' prima di attaccare la bardatura per gli affondi.

"D'accordo, andiamo!" Schiocco la lingua e la conduco fuori nel paddock. Le faccio fare degli affondi per venti minuti, dato che sono rimasta bloccata a casa e non la monto da un paio di giorni.

"Che brava!" la lodo quando viene verso di me. "Prepariamoci per la cavalcata!"

Dopo averla riportata nella scuderia, la lego con una capezza a croce nel corridoio e le metto il finimento da sella.

"Dove vai?" chiede Ruby prima che esca.

"Sui sentieri dell'agriturismo. Non dovrebbe esserci nessuna escursione con gli ospiti al momento; quindi pensavo fosse un buon posto".

"Ok, stai attenta. Lassù il terreno ghiaccia, in questo periodo dell'anno", mi avverte.

"Non preoccuparti. Piper è una tipa tosta. Vero che lo sei?" Le do una pacca sul collo.

Ruby fa una risata nasale. "Mandami un messaggio, se dovessi avere bisogno".

"Lo farò".

Come menziona i messaggi, ricordo di controllare il cellulare che stava vibrando mentre ero fuori.

Il cavallo di Annie ha avuto un problema con lo zoccolo; quindi sono passata al suo ranch prima di venire qui per darle una mano a controllare se c'era un chiodo conficcato dentro. Purtroppo l'abbiamo trovato; quindi ho distratto Gretchen strigliandola e parlandole dolcemente intanto che Annie le metteva lo zoccolo a mollo in un secchio d'acqua tiepida.

Dato che il maniscalco di Annie non poteva andarci prima di mercoledì, ho scritto a Noah e Fisher per vedere se lui può aiutarla, visto che di solito la domenica è libero.

FISHER

Ci sto andando adesso. Puoi avvisare la tua amica
che sarò lì a breve.

HARLOW

Grazie mille, lo faccio subito!

Passo velocemente alla chat con Annie per informarla.

ANNIE

Sei la mia salvezza! Grazie!!!

HARLOW

Nessun problema. Dammi aggiornamenti su
Gretchen quando puoi :)

Una delle tante ragioni per cui sono contenta di essere cresciuta a Sugarland Creek è la sua comunità molto affiatata. Ho conosciuto tantissime persone fantastiche grazie al loro amore per i cavalli e i rodei. Anche se Delilah pratica equitazione acrobatica a livello professionale da anni, io ho cominciato a interessarmi ai cavalli solo dopo averne passati tre dentro e fuori dagli ospedali.

Quando finalmente mi sono ripresa dall'aggressione che ha cambiato la mia vita – *l'incidente,* come lo chiamiamo – lei e mia madre hanno pensato che l'ippoterapia avrebbe potuto aiutarmi a tenere occupata la mente e a non cadere in una depressione ancora più profonda.

All'inizio ero riluttante perché non sapevo molto sui cavalli, ma solo ciò che avevo visto fare a mia sorella nel corso degli anni, però sono contenta che mi abbiano incoraggiata. Delilah ha dieci anni in più di me e trascorre la maggior parte dell'estate a viaggiare da una parte all'altra dello stato per lavoro, però è sempre stata protettiva nei miei confronti.

Che sia perché è la mia sorella maggiore o perché si sente in colpa per non essere stata a casa quel giorno, è sempre stata la mia più grande sostenitrice. Mi ha aiutata a ricevere lezioni da Noah perché potessi imparare dalla migliore. Non sono un'esperta nel salto ostacoli, però mi sto divertendo a praticarlo e sto riuscendo a fare qualcosa per me stessa.

Dopo aver portato Piper a fare una passeggiata ed essermi allenata per un'ora con Noah, sono a casa prima di cena. Delilah si è trasferita un paio di anni fa in un appartamento con la sua migliore amica; quindi qui abitiamo soltanto io, i miei genitori e i nostri tre cani.

"Ciao, papi". Mi abbasso al livello della sua carrozzina elettrica e lo bacio sulla guancia. Oggi non sembra di buon umore. "Com'è andata la tua giornata?"

Borbotta: "Ok. La tua?"

Ok significa che è stata tollerabile ma non fantastica.

"Bene. Sono passata da Annie prima di andare al ranch. Ho portato Piper su per il sentiero di montagna prima della sessione di allenamento. Ha superato tutti gli ostacoli, tranne uno; quindi non c'è male".

Tralascio la parte in cui io e Piper ci siamo perse durante la passeggiata. Ho dovuto farle attraversare alcuni cespugli per tornare sul sentiero. Anche se mi ha resa nervosa trovarmi là fuori da sola con solo Dio sa cosa, sono riuscita a mantenere la calma abbastanza a lungo da trovare la via del ritorno.

"È magnifico, tesoro", interviene mamma, entrando in soggiorno con un grembiule legato alla vita. "La cena sarà pronta fra mezz'ora, se prima vuoi farti una doccia".

"D'accordo". Colgo il messaggio che puzzo di stalla e percorro il corridoio. Mamma non è mai stata un'amante degli animali da ranch, anche se abbiamo dei cani, ed è ossessionata dal tenere tutto pulito in ogni momento… inclusa me.

Moose, il boxer che ho da quando ero piccola, mi segue in

camera mia. Ha dieci anni e adora dormire sotto le mie coperte. Quando ero costretta a letto, non si allontanava mai da me. È diventato il mio piccolo cane da terapia e lo è ancora.

Dopo aver lavato via la puzza, raggiungo i miei genitori in cucina. Papà è seduto a capo tavola, mentre io e mamma prendiamo posto una davanti all'altra. Le sue due Pomerania, Shelby e Sasha, sono sdraiate ai nostri piedi.

Moose tende a restare nella mia stanza e aspettare che ritorni. Sa che più tardi gli porterò dei premietti e degli avanzi.

La tavola è già apparecchiata e quindi, dopo aver detto la preghiera, ci fiondiamo sul cibo.

"C'è del parmigiano?" chiede papà a mamma.

"Ne ho spolverato un po' sopra il sugo", risponde mamma senza sollevare lo sguardo dal suo piatto.

"Direi più una mezza spolverata…" borbotta lui.

"Ne vuoi dell'altro, papi?" chiedo, sorridendo mentre parlo.

È la solita storia: mamma vuole che papà segua una dieta sana, mentre lui vuole mangiare quello che gli pare senza che nessuno gli dica di non farlo.

Spingendo indietro la sedia, mi alzo e vado al frigorifero. Papà usa una sedia da pranzo normale quando è a tavola; quindi non è mobile finché non torna sulla sua carrozzina elettrica o usa il deambulatore.

"Ecco qui papi. Non troppo". Lascio il formaggio accanto al suo piatto.

"Grazie, tesoro". Ne prende una manciata e ricopre la pasta.

Quando mi siedo, gli occhi assottigliati di mia madre trovano i miei, e mi riempio la bocca di cibo per nascondere il sorriso che si sta formando sulla mia faccia.

È terribile che papà abbia un controllo minimo sulla propria vita; se un pochino di formaggio in più lo rende felice, ben venga.

Dopo cena, mamma serve dei parfait alla frutta con yogurt greco. Pochi minuti dopo, papà emette un gemito di dolore, tenendo gli occhi ben chiusi.

"Stai bene?" chiedo, conoscendo già la risposta.

"Prendo alcune medicine e vado a letto", risponde, senza preoccuparsi di finire il dolce.

Mamma avvicina la carrozzina e lo aiuta a sedersi; al che papà si dirige verso la loro camera da letto passando per il soggiorno.

Non è insolito che lui vada a dormire prima. O che faccia qualche pisolino durante la giornata. Soffre di dolore cronico dell'arto fantasma sin dall'incidente sul lavoro avvenuto otto anni fa, quando ha perso la gamba.

L'amputazione è stata fatta sopra il ginocchio, vicino al fianco; quindi portare una protesi è praticamente impossibile.

Però il suo cervello continua a inviare segnali, pensando che l'arto sia ancora lì e, dato che i nervi sono danneggiati e molto sensibili, prova dolore nella parte della gamba che non esiste più. Il suo corpo e il suo cervello sono costantemente in guerra.

Non c'è una cura per la sindrome dell'arto fantasma perché il dolore è neurologico, però esistono dei trattamenti temporanei. Per esempio la terapia dello specchio, farmaci per il dolore neuropatico oppure oppioidi, ma nulla che possa alleviarlo completamente. Papà soffre quasi di continuo e, anche se ha sviluppato un'alta tolleranza al dolore, spesso il tormento è davvero insopportabile.

Di conseguenza, lui è più frequentemente di cattivo che di buon umore.

Se questo non fosse stato già abbastanza traumatico, l'estate successiva c'è stato il mio incidente. Lui ha assistito al fatto, incapace di intervenire perché non poteva camminare, e questo lo ha sconvolto mentalmente ancora di più.

Quando attraversa una crisi, assume più farmaci del dovuto. Quando vuole mettersi KO, prende una dose extra di sonniferi e li mescola con gli antidolorifici.

Quasi tutte le mattine, mi chiedo se quello sarà il giorno in cui scoprirò che ha smesso di respirare.

Una volta ha provato a suicidarsi per overdose, cinque anni fa. E poi un'altra volta, due anni fa.

Da allora, provo a essere forte e gli ricordo costantemente

quanto lo amiamo e abbiamo bisogno di lui. Ignoro il mio stesso dolore per la vita che avremmo dovuto condurre e così, invece di aggiungere altro senso di colpa sulle sue spalle, fingo che vada tutto bene.

La mia famiglia ha passato anni difficili… maledizione, per papà è ancora così. Io mi sono ripresa dal mio incidente.

Lui non lo farà mai.

"Sparecchio io, mamma", dico in tutta fretta quando comincia ad armeggiare con i piatti.

Sospira, frustrata perché non c'è niente che possiamo fare per aiutare papà. "Grazie, tesoro".

Apre la lavastoviglie e comincia a sciacquare i piatti che le passo. Lavoriamo in silenzio, per poi attenenerci alla nostra routine: lei riordina la casa e io resto in camera mia con Moose. Quando papà è a letto, facciamo del nostro meglio per non svegliarlo, dato che dorme solo per poche ore alla volta prima che il dolore lo attanagli inevitabilmente di nuovo.

Mi sveglio più o meno dopo le nove con un video di suoni di pioggia ancora in riproduzione. Allungando la mano, chiudo il computer portatile ed è lì che sento uno strano bruciore.

"Ma che cavolo?" Mettendomi seduta sul letto, tendo le braccia e vedo che sono ricoperte di piccoli rigonfiamenti rossi.

E prudono da morire.

Moose solleva la testa e mi dà un colpetto.

"Oh, mio Dio… Che cavolo è questa roba?" Mi lancio giù dal letto e corro fino allo specchio a figura intera che c'è nell'angolo della stanza. Per il momento, l'irritazione arriva fino ai gomiti, ma non riesco a fare a meno di grattarla.

Prendo il telefono e scatto qualche fotografia, per poi mandarne una alla chat di gruppo del club di cavalli. Qualcuno potrebbe sapere cos'è e, spero, come trattarla.

Ho troppa paura di lasciare camera mia, nel caso sia contagiosa. L'ultima cosa di cui ha bisogno papà è trovarsi anche ricoperto da questa cavolo di cosa. Di solito la mattina usciamo a fare una passeggiata, visto che è la parte della giornata in cui si sente meglio. Beh, lui sta sulla sua carrozzina elettrica mentre io cammino al suo fianco con Moose. Però è un ottimo modo per farlo uscire di casa e per chiacchierare.

Dopo che alcune persone suggeriscono cose a caso, Jake chiede una fotografia più da vicino.

SCONOSCIUTO

È stata edera velenosa, tesoro. Non grattare.

Tesoro? Chi cavolo è?

HARLOW

Non grattare?! Sto per staccarmi la pelle.

JAKE

Devi esserti strofinata sulla pianta nelle ultime 12 o 24 ore.

HARLOW

Merda… Ieri sono andata a cavallo e mi sono persa, così sono passata in mezzo ad alcuni cespugli per tornare sul sentiero.

Dato che il sole mi stava battendo addosso, ho arrotolato le maniche. *Merda!*

JAKE

Sarà stato quello.

SCONOSCIUTO

Applica degli impacchi freddi e prendi una crema contro il prurito.

Non perdo tempo a chiedere a chi appartenga il numero, visto che sono nel bel mezzo di una crisi, però lo ringrazio comunque. È stato Jake ad aggiungerlo un paio di giorni fa; quindi dev'essere uno dei suoi amici maschi.

Uscendo dalla chat, cerco su Google come curare un'irritazione da edera velenosa e se è contagiosa.

Per fortuna non lo è, però può apparire su altre parti del corpo, dato che si sviluppa in fasi. Ieri indossavo dei jeans, ma non vuol dire che non mi apparirà sul collo o la faccia. Se tocco qualunque parte del corpo dopo essere stata esposta alla pianta, è solo questione di tempo prima che si manifesti.

E, ovviamente, dice di evitare di grattarsi perché non si infetti.
Sono all'inferno.

Capitolo Quattro
Waylon

I lunedì sono sempre frenetici, però sono particolarmente sfiancanti quando devo trascinarmi fuori dal letto nel cuore della notte per andare a prendere quell'ubriacone di Wilder e poi andare al lavoro un paio d'ore dopo.

Come aveva pianificato, ha lasciato la cena di famiglia subito dopo il dolce e si è visto con Gabby.

A quanto pare, una studentessa universitaria di ventun anni può reggere l'alcool tanto bene quanto lui, e tutti e due hanno fatto il pieno. Se la sono spassata per ore al Twisted Bull e, quando si stava avvicinando l'orario di chiusura, Rainy mi ha chiamato perché andassi a prenderlo. Lei ha il mio numero tra le chiamate rapide e sa che non deve permettergli di guidare.

Wilder ha una marea di demoni interiori con cui sta ancora lottando – battaglie che vorrei cercasse di affrontare con l'aiuto di qualcuno – però ho giurato che per lui ci sarei sempre stato, a prescindere da tutto. Amarlo incondizionatamente significa superare le stagioni delle tempeste con lui. Anche se sa essere un vero rompicoglioni, specialmente quando lo fa nei momenti meno opportuni, non lo abbandonerei mai quando è in crisi.

Dopo tutti questi anni passati a indossare una maschera e a compartimentare tutti i pensieri associati ai suoi traumi, è diventato bravo. Vedendo come si comporta insieme agli altri, non si direbbe mai che stia annegando nella depressione. Carismatico e spiritoso, finge di stare bene, ma in realtà usa l'alcool e il sesso per ignorare i demoni che lo soffocano dall'interno.

Li sento anche io.

Essendo il suo gemello, percepisco quando le cose vanno male, ed è per questo che non lo rimprovero come dovrei. Ho paura che, se lo facessi, peggiorerei le cose, spingendolo non solo a tagliarsi, ma a farlo di nuovo troppo in profondità.

Quella di tredici anni fa è stata l'ultima volta in cui è stato ricoverato, ma da allora, di tanto in tanto, ho notato dei tagli nuovi sulle cosce. Non abbastanza profondi da farlo svenire, ma sufficienti per farmi capire che è riuscito a fermarsi. Trovarlo in una pozza di sangue sul pavimento del bagno e poi vederlo sopraffatto da una crisi epilettica in ospedale è stato alquanto traumatico, e non voglio che nessuno dei due faccia mai più quell'esperienza.

Il mio cuore non si è mai fermato come ha fatto quando ho sentito quel macchinario suonare come un pazzo e ho visto gli occhi spenti di Wilder che mi fissavano.

Ed è per questo che continuo a osservarlo come un falco e resto al suo fianco nell'unico modo che conosco: facendomi vedere e ricordandogli che è amato. Anche quando non vuole che lo faccia o non vuole sentirselo dire.

Posso solo sperare che basti a fargli superare le giornate difficili, quando sente la tentazione di farsi del male e poi sceglie di non farlo.

Anche se abbiamo trovato modi diversi per gestire la nostra salute mentale, lo comprendo a un livello che nessun altro può raggiungere, ed è per questo che non mi arrabbio quando arriva barcollando al lavoro con due ore di ritardo.

Mi sento frustrato? Decisamente.

"Come va la testa?" chiedo, afferrando il rastrello.

"È come se avessi dormito con delle pinze strette attorno alla testa come una morsa, ma, a parte quello, sto una meraviglia".

"Fantastico, quindi non ti dispiacerà montare in sella per raggiungere il pascolo e controllare gli abbeveratoi".

"No, certo…" Contrae una palpebra, come se non sopportasse l'idea di salire a cavallo in questo momento.

"*Dopo* che hai finito di pulire la tua metà dei box", aggiungo.

Posso anche non fargli una ramanzina, ma lo farò lavorare come un mulo con i postumi della sbornia.

Quando la mia metà è a posto, mi prendo una breve pausa per controllare il telefono, che continua a vibrare senza sosta. Un paio di messaggi sono di Landen, uno di Noah e molti della chat di gruppo di cavalli.

Scorro rapidamente la conversazione finché i miei occhi non si posano su una fotografia. Sembra il braccio di una ragazza che mostra una brutta irritazione e sta impazzendo perché non sa cos'è o da dove viene.

SCONOSCIUTO #1

Ragazzi, mi prude da morire! Oh, mio Dio!

SCONOSCIUTO #2

Forse hai un'infezione.

SCONOSCIUTO #3

Potrebbe essere tigna. O forse un brutto eczema.

SCONOSCIUTO #1

ODDIO, che cos'è? Morirò?

SCONOSCIUTO #4

Sembra quasi psoriasi. Anche se potrebbe essere pure un eritema.

SCONOSCIUTO #3

Non morirai. Però ti conviene farlo controllare. La tigna è contagiosa.

SCONOSCIUTO #1

CONTAGIOSA? Non può essere vero.

JAKE

Puoi mandare una foto più da vicino?

La ragazza ne manda una migliore, che mi rivela la causa. Io e Wilder ce l'abbiamo avuta da adolescenti.

WAYLON

È stata l'edera velenosa, tesoro. Non grattarti.

SCONOSCIUTO #1

Non grattarmi?! Sto per staccarmi la pelle.

JAKE

Devi esserti strofinata sulla pianta nelle ultime 12 o 24 ore.

SCONOSCIUTO #1

Merda… Ieri sono andata a cavallo e mi sono persa, così sono passata in mezzo ad alcuni cespugli per tornare sul sentiero.

Ora che le temperature stanno calando, l'esposizione alla pianta è meno comune, ma non impossibile.

JAKE

Sarà stato quello.

WAYLON

Applica degli impacchi freddi e prendi una crema contro il prurito.

SCONOSCIUTO #1

Grazie.

Mi dispiace perché so quanto può essere terribile.

Wilder ebbe la grandiosa idea di giocare a nascondino al buio, e il giorno seguente eravamo ricoperti dall'irritazione quasi dalla testa ai piedi.

Io e Wilder accompagniamo il primo gruppo di ospiti per l'escursione e lui, chiaramente, ci prova con le belle ragazze e, prima del rientro, ottiene pure uno dei loro numeri.

"Non capirò mai come sia possibile che tu non abbia ancora messo incinta qualcuna", lo provoco quando riportiamo i cavalli alla scuderia.

"Pfft. Non cavalco mica a pelo. Non sono così stupido".

Ridacchio per l'ironia. "Abbastanza stupido da fare sesso con chi ti capita".

"Non me le porto a letto tutte! Solo perché passiamo del tempo insieme o ci divertiamo non significa che ricevono tutte un pezzo di me. A volte pomiciamo e basta o ce la spassiamo".

"Intendi quando non ti si drizza la minchia".

"Vaffanculo, non succede!" Mi spinge contro uno dei box e mi fa perdere l'equilibrio.

Scoppio a ridere per quanto sembra offeso. "Rilassati, bello".

Dopo che abbiamo rimosso e messo al loro posto le selle, strigliamo i cavalli e poi li portiamo nel pascolo per farli brucare. Dato che ne useremo degli altri per il gruppo pomeridiano, per oggi loro hanno finito.

"Pranzo?" chiede Wilder.

"Ci vado dopo. Noah mi ha chiesto di passare; quindi vado alle sue scuderie", gli dico.

"Ok, a dopo".

Io e Wilder ci separiamo, e raggiungo Noah al centro di addestramento.

"Ehi". Attiro la sua attenzione e le vado incontro insieme a uno dei cavalli in pensione.

"Scusa il disturbo, però sono a corto di personale, visto che Ruby non c'è, Landen è andato con papà a comprare il mangime e una cliente che oggi doveva venire a far allenare il cavallo è malata; quindi mi serve una mano per tenermi al passo".

Noah è brava in quello che fa, però di solito rimane a corto di energie perché cerca di fare tutto quanto; perciò non mi dispiace aiutarla quando posso.

"Figurati, dimmi solo cosa ti serve".

"Sei il migliore". Sfodera un sorriso riconoscente. "Piper deve fare gli affondi e poi puoi tenerla nel pascolo per mezz'ora. Miss Swift e Lacie-Mae devono essere spostate in quello a ovest e poi, se potessi sellarmi Mac per farmela allenare, lo apprezzerei".

"Certo, però mi devi un favore!" ironizzo, camminando verso le scuderie.

"Sì, sì!" mi urla dietro.

Piper è un appaloosa con macchie marroni e bianche che è qui da quattro anni. Noah allena lei e Harlow e, da quello che ho visto, è un discreto cavallo da competizione.

Ci metto meno di un'ora a finire e, dopo che ho riportato Piper nel suo box, Landen e papà tornano con il carrello con il mangime.

"Volete una mano?" chiedo, senza prendermi la briga di togliere i guanti da lavoro perché conosco già la risposta.

"Sì, così facciamo più in fretta", risponde Landen.

È rimasta solo la metà dei sacchi; il che significa che sono già passati alla scuderia dell'agriturismo, e dubito che Wilder sia tornato dal pranzo per aiutarli.

"Ellie ha cominciato a sentirsi nervosa?" chiedo a Landen mentre trasportiamo i sacchi all'interno.

"Direi che è più un'ansia carica di eccitazione…" precisa. "Si sta allenando come una matta per tenersi in forma e si esercita finché Ranger riesce a reggere".

"Non vedo l'ora di vederla".

Considerando che non sono mai stato alle finali nazionali o a nessun evento così importante, sono impaziente di fare questo viaggio, specialmente visto che ci va tutta la famiglia. Ayden, il responsabile dei cavalli in pensione, resterà qui insieme a Ruby e si assicureranno che gli altri garzoni restino al passo con le pulizie dei box, il rifornimento delle mangiatoie e gli esercizi fisici dei cavalli.

Solo con me

Dato che l'evento dura dieci giorni ed Ellie deve arrivare prima per la stampa, lei e Landen partono il giorno dopo il Ringraziamento con il loro rimorchio per trasportare Ranger dall'altra parte del paese. Il resto di noi ci andrà in aereo per guardare gli ultimi giorni e, speriamo, vederla vincere il campionato.

Quando arrivo a casa la sera, scrollo tra i nuovi messaggi nella chat di gruppo e trovo un aggiornamento dalla ragazza dell'edera velenosa.

Invia una fotografia della parte alta del petto e del collo, che stanno cominciando ad arrossarsi e dove si stanno formando dei rigonfiamenti. Poi un'altra del braccio in condizioni peggiori rispetto a stamattina.

SCONOSCIUTO #1

> Mia madre mi ha comprato una crema contro il prurito, però non sta aiutando. Voglio strapparmi la pelle con le unghie.

SCONOSCIUTO #2

> Hai provato a immergerti in un bagno caldo?

SCONOSCIUTO #1

> Sì, con dei fiocchi d'avena. Mi sento meglio quando sto in acqua, ma non appena esco il prurito insopportabile ritorna.

Decido di contribuire e propongo un'altra soluzione.

WAYLON

> Hai del bicarbonato di sodio?

SCONOSCIUTO #1

Credo di sì. Probabilmente. Perché?

WAYLON

Mescolalo con dell'acqua per creare una pasta densa e applicala sull'irritazione. Assorbirà l'umidità in eccesso e aiuterà ad alleviare il prurito. Poi, quando si secca, puoi sciacquarla via.

SCONOSCIUTO #1

Sembra un bel pasticcio, però a questo punto sono disposta a provarle tutte.

WAYLON

Puoi farlo diverse volte al giorno purché non peggiori la situazione.

SCONOSCIUTO #1

Grazie, apprezzo il consiglio!

WAYLON

Nessun problema. Buona fortuna!

Avrei dovuto chiederle prima come si chiama, perché adesso mi sembra quasi troppo tardi. Oppure sarebbe imbarazzante chiederlo soltanto a lei in una chat di gruppo composta da molte altre persone che non conosco.

Dopo aver fatto la doccia e mangiato una cena più sostanziosa del solito, dato che ho saltato il pranzo per lavorare, videochiamo Bentley, il mio "fratellino" quindicenne. L'anno scorso mi sono unito al programma di mentoring "Big Brothers Big Sisters" dopo che Landen ha cominciato ad allenare alcuni ragazzini di un'organizzazione giovanile. Ha detto che occuparsi di loro gli dava uno scopo al di fuori del suo lavoro al ranch, e questo mi ha colpito profondamente. Oltre alla mia famiglia e al lavoro, non c'è molto che per me è significativo.

Poter fare da mentore a qualcuno, avere un ragazzino per cui posso essere presente per ogni sua necessità e a cui prestare orecchio mi ha permesso di avere qualcosa da aspettare con ansia.

"Ehi, bello. Come va?" chiedo quando risponde.

Ha i capelli bagnati come se fosse appena uscito dalla doccia, e solleva una spalla. "Bene, direi".

Bentley vive nel paese vicino, però ci vediamo un paio di volte al mese nel weekend e ogni tanto chiacchieriamo in videochiamata durante la settimana. Adora venire al ranch e montare in sella. Non sapeva cavalcare finché non gliel'ho mostrato io, e adesso si sente completamente a suo agio. Ho intenzione di insegnargli presto a usare il lazo.

"Bene e basta?" Mi appoggio al tavolo sopra cui c'è il mio portatile. "Che succede?"

Bentley ha avuto un'infanzia difficile dopo la morte del padre; quindi cerco di incoraggiarlo a parlarne, invece di lasciare che si tenga dentro i suoi sentimenti. So in prima persona cosa succede quando non lo fai e come questo influenzi l'ingresso nell'età adulta. Tuttavia, non vuole sempre parlarne. Capisco il motivo perché anche io a volte sono così. Però cerco sempre di esortarlo a farlo alle sue condizioni.

Invece di rispondere, abbassa lo sguardo e fa spallucce. So che se la passa male a scuola. Soffre di ADHD e ha perciò difficoltà di comprensione e concentrazione. Però non gli piace chiedere aiuto e devo sempre strappargli ogni informazione, domanda dopo domanda.

"Stasera hai dei compiti?" chiedo, notando che è chino sopra un quaderno aperto.

"Sì".

"Che materia è? Magari posso aiutarti".

Non ero uno studente modello, però me la cavavo bene, per non avere avuto altri interessi oltre alla vita al ranch e alle ragazze.

"Geometria", risponde, con voce già sconfortata.

"D'accordo. Bene, non sembra poi così terribile. Dimmi su cosa stai lavorando e vediamo di capire".

"Non ha nemmeno senso", si lamenta, strofinandosi il palmo sull'occhio.

"Meno male che hai me e questa cosa comodissima che si chiama internet", ironizzo. "Che cosa state facendo?"

Bentley si stringe nelle spalle, si raddrizza e sfoglia il quaderno. Quando lo solleva per farmi vedere i suoi appunti, vedo cosa sta studiando al momento.

"Il teorema di Pitagora. Bene. Prima di tutto, assicuriamoci che tu abbia capito la formula e poi possiamo vedere come risolvere l'esercizio. Qual è la prima domanda?"

Bentley mi mostra il problema e lo scrivo su un taccuino, così possiamo svolgerlo insieme nello stesso momento. Ci metto un attimo a ricordare come funziona, dato che, anche se sono passati più di quindici anni, quando ci mettiamo al lavoro mi torna tutto in mente.

Risolviamo circa quindici problemi e, quando li finiamo tutti, la sua autostima è salita.

"Sai, ci sono anche dei siti che ti aiutano spiegando problemi di matematica come questi. Nel caso io non sia disponibile o chissà cosa. In questo modo non devi faticare da solo".

"Sì, però è più facile quando me lo spieghi tu", dice.

"È tutta questione di comprensione ed esercizio. Più lo fai, meglio capisci. Però sai che puoi scrivermi o chiamarmi in ogni momento. Sono sempre qui ad aiutarti con i compiti o ad ascoltarti".

Annuisce. "Sì, grazie".

"Figurati". Ricambio con un sorriso. "C'è qualcos'altro di interessante? Hai trovato qualcuna per il ballo natalizio?"

Quando le sue guance diventano rosse, rido e spingo da parte il taccuino. "D'accordo, a chi l'hai chiesto?"

Alza gli occhi al cielo, chiaramente imbarazzato. "Non l'ho ancora fatto. Ho paura che mi dica di no".

"Chi è che ti direbbe di no? Sei il ragazzo più carino del tuo anno".

"Pfft, non sai nemmeno che aspetto hanno gli altri".

"Forse no, ma, comunque, sei un ragazzo in gamba. Scommetto che potrei darti dei consigli per chiederle di venire al ballo con te".

"Tu?"

Il suo tono titubante mi lascia a bocca aperta. "Cosa vorrebbe dire?"

"Non hai mai nominato una fidanzata da quando ti conosco".

"Ok, e quindi? Sono single da un po', ma questo non significa che non possa aiutarti. Anzi, significa che so esattamente cosa non bisogna fare, se si vuole attirare l'attenzione di una ragazza".

"Mmm-mmh". Incrocia le braccia. "Allora dimmelo. Come faccio a convincere Hannah a venire al ballo con me?"

"Hannah? Ok, abbiamo un nome. Quali sono gli interessi e gli hobby di Hannah?"

Si gratta dietro la testa. "Ehm, beh… Credo che le piacciano i cavalli perché ha un paio di quaderni che ce li hanno sulla copertina".

"Perfetto, considerando che piacciono anche a te. Ok, che altro?"

"La musica. Suona in una band".

"Bello. Sai quale strumento?"

"Sassofono".

"Che forza! Mi pare che tu sappia abbastanza sul suo conto da avviare una conversazione sulle cose che le interessano e puoi anche menzionare il fatto che di recente hai imparato ad andare a cavallo".

"E questo a cosa serve per farla venire al ballo con me?"

"Beh, devi essere paziente. Devi usare la strategia a lungo termine, se vuoi rivederla dopo il ballo. Fatevi qualche chiacchierata e falla ridere. Alle ragazze piacciono i tipi spiritosi e gentili".

"*Spiritosi e gentili*? Oh, mio Dio, sembri mio nonno!"

Aggrottando le sopracciglia, lo guardo storto. "Bello, ho solo trentadue anni".

"E sei single", mi ricorda.

"Parli come se avessi un piede nella tomba. Sono single per scelta".

"Mi sembra una cosa che direbbe un vecchio scapolo".

"*Vaaaaa beeeene…*" dico strascicando le parole. "Beh, dato che sono *così vecchio*, meglio se porto il mio vecchio culo a letto".

Ridacchia per la mia irritazione, e io scuoto la testa.

"Hai fatto un ottimo lavoro con i compiti. Sono fiero di te".

Abbassa lo sguardo come se non fosse abituato a sentirselo dire, però lo sono davvero. Nonostante la frustrazione, non si è arreso.

"Grazie. Ci sentiamo", dice.

"Sì. 'Notte, Bentley".

"A presto".

Terminata la chiamata, stiracchio le gambe; poi vado in bagno per lavarmi i denti e prepararmi per mettermi a letto.

Quando sono sotto le coperte, imposto la sveglia e poi controllo la chat di gruppo per vedere se quella ragazza ha mandato aggiornamenti.

Sono curioso di sapere se ha provato la pasta di bicarbonato e se ha funzionato.

Però non c'è nulla, soltanto messaggi a caso di altre persone che parlano di svariati argomenti.

Non so nemmeno chi sia questa ragazza.

Però non posso fare a meno di essere curioso.

Capitolo Cinque

Harlow

Dopo essere rimasta bloccata in casa per altri tre giorni, sto uscendo di testa, ma non voglio certo farmi vedere in giro conciata così, come se avessi provato ad abbracciare un istrice dopo essermi rotolata in un campo di formiche rosse.

Mi sembra di rivivere il periodo in cui ero costretta a letto, ma perlomeno ora posso girare per la casa. Sto ancora lottando contro l'impulso di grattarmi ogni due secondi la pelle fino a consumarla.

Detesto quanto sono diventate rosse e chiazzate le braccia.

Non è esattamente un bell'aspetto per una che lavora in una boutique di abbigliamento.

La mia manager, Ashley, è stata comprensiva, però odio saltare i miei turni.

Mi immergo nella vasca, uso la pasta di bicarbonato e faccio il bagno nella crema contro il prurito.

Credo che stia funzionando, ma meno lentamente di quanto ho bisogno che faccia.

Mi mancano la mia cavalla e le passeggiate con lei.

Tra un pisolino e l'altro di papà, guardiamo la TV insieme, giochiamo a carte o a qualche gioco da tavolo, e abbiamo finito un puzzle da mille pezzi.

A questo punto, mi manca solo una dipendenza dal Bingo.

Quando i cani iniziano ad abbaiare, so che è arrivata Delilah.
Grazie a Dio!

Ci stavamo sentendo per messaggio e l'ho implorata di venire a passare del tempo con me dopo il lavoro.

Quando non è in viaggio o non sta praticando equitazione acrobatica, si occupa del Lacey's, il negozio di lingerie di lusso che c'è in centro. Si trova a un paio di isolati dal Rodeo Belle; quindi ci incontriamo per pranzo o, quando lavoriamo entrambe, facciamo un salto l'una al negozio dell'altra.

"Ehi!" Le lancio le braccia attorno al corpo. "Grazie per essere venuta".

"Figurati". Quando ci separiamo, guarda le mie braccia e il petto. "Accidenti! Sei sicura al cento percento che non è contagioso?"

"Ah-ah", la derido ironicamente. "Se lo fosse, ce l'avrebbero anche mamma e papà".

Ridacchia. "Ti sto solo prendendo in giro. Però l'irritazione sembra un tantino migliorata rispetto alle foto di qualche giorno fa".

"Potrebbe metterci fino a tre settimane per sparire". Sbuffo.

"Sono passata in farmacia e ti ho preso degli antistaminici e una lozione alla calamina. Ho letto qualcosa e questi sono i più consigliati per alleviare il prurito".

"Ooh, grazie. Mi ci faccio il bagno in questa lozione, se promette di funzionare".

Prendo il sacchetto di plastica dalla sua mano e poi entriamo in soggiorno, dove papà sta guardando *The Price is Right*, un gioco a premi.

"Ciao, papi". Delilah lo abbraccia e gli dà un bacio. "Come ti senti oggi?"

"Non c'è male".

Oggi è una delle giornate buone. Non sappiamo mai quante riusciamo ad averne con lui; quindi le sfruttiamo come possiamo.

"Prima l'ho distrutto a Monopoly", dico.

"E dopo io ti ho dato una bella batosta a poker", ribatte lui.

Delilah scoppia a ridere, facendo rimbalzare i capelli biondi sulle spalle. "Vedo che non è cambiato niente da queste parti".

Ci sediamo e chiacchieriamo mentre proviamo a indovinare le risposte del gioco televisivo. Tempo dopo, mamma torna a casa dal lavoro. È un'infermiera nell'ospedale nel paese vicino e fa turni di dieci ore quattro volte alla settimana. Durante gli altri si prende cura di papà, pulisce la casa e sbriga commissioni.

Anche se abbiamo telecamere sia all'interno che all'esterno, modifico i miei programmi in base a quando mamma non c'è, in modo che ci sia sempre qualcuno a casa con papà e i cani. A volte faccio il turno serale per qualche ora, se c'è bisogno di me, ma dopo tutto quello che abbiamo passato, a mamma non piace lasciarlo a casa da solo troppo a lungo.

"Delilah, resta per cena. Sto preparando *chili* e pane di mais", dice mamma dopo essersi fatta la doccia e aver tolto l'uniforme.

"Sembra delizioso. Ti aiuto in cucina", si offre Delilah.

"Io porto Moose a fare una breve passeggiata prima di mangiare", annuncio. "Ho bisogno di aria fresca".

Metto una felpa e degli stivali, poi prendo il guinzaglio.

Mentre passeggiamo per l'isolato, tiro fuori il telefono per mettere della musica e trovo un messaggio da un numero sconosciuto.

Lo stesso numero presente nella chat di gruppo e che mi ha detto che l'irritazione è dovuta all'edera velenosa.

SCONOSCIUTO

Ehi, spero che non ti dispiaccia se ti sto scrivendo in privato, però non sapevo se ti andasse di parlarne di fronte a tutti gli altri nel gruppo. Mi stavo solo chiedendo come va con l'irritazione e se la pasta di bicarbonato ha funzionato.

Non so come mai, ma ho il cuore a mille mentre rileggo il suo messaggio per la terza volta. Il fatto che mi abbia contattata per controllare come sto è incredibilmente dolce.

La verità è che mi sto chiedendo chi possa essere e sono già stata tentata di scrivergli, però non ero sicura di cosa dire. Quando si tratta di parlare con i ragazzi… non ho esperienza. Tipo, *manco un po'*.

Ma il fatto che sia preoccupato per me mi fa sorridere come una ragazzina su di giri.

HARLOW

Ciao, niente affatto. Grazie per avermi scritto. Sta funzionando bene. Mia sorella mi ha portato delle medicine e una lozione per alleviare il dolore quando non sono una mummia di bicarbonato.

SCONOSCIUTO

Ah, bene. Io e mio fratello abbiamo avuto un'irritazione da edera velenosa alle superiori e nostra madre ci faceva indossare dei guanti da forno perché smettessimo di grattarci.

L'immagine mi strappa una risata nasale.

HARLOW

Che ridere! Per fortuna io sto passando del tempo con mio padre e mi sto tenendo occupata per non pensarci, però peggiora la notte quando cerco di dormire. Non ho nulla con cui distrarmi e quindi riesco a pensare soltanto al prurito.

Quando io e Moose torniamo a casa, il mio naso si riempie dell'aroma di carne e fagioli; al che mi brontola lo stomaco.

"La cena è quasi pronta. Datti una pulita", annuncia mamma, mentre apparecchia.

Controllo il telefono e mi ritrovo a sorridere di nuovo.

SCONOSCIUTO

Se dovessi mai aver bisogno di qualcuno che ti aiuti a distrarti, cercami. Nemmeno io riesco sempre a dormire.

Qui è dove dovrei chiedergli il nome. O perlomeno quanti anni ha.

Solo con me

Se ha l'età di Jake, probabilmente ne ha poco più di trenta.

Ma potrebbe averne quaranta, per quanto ne so.

Comunque sia, lui non me l'ha chiesto, e io faccio schifo quando bisogna parlare con i ragazzi; quindi non lo faccio nemmeno io.

HARLOW

Grazie, lo apprezzo!

Mamma chiama tutti a tavola e, quando siamo seduti, diciamo la preghiera e cominciamo a mangiare.

Il *chili* è uno dei miei piatti preferiti, soprattutto condito con altro formaggio grattugiato e panna acida.

"Come va il lavoro, Delilah?" chiede mamma.

"Benone… Stiamo entrando nella stagione dello shopping natalizio. Tutti i mariti che comprano lingerie per le mogli e le amanti ci terranno occupati fino a Capodanno".

Papà per poco non si strozza con il cibo, e io ridacchio per la faccia scioccata di mamma.

"Che c'è? Oggi ne ho beccato uno!" esclama Delilah, agitando il cucchiaio mentre continua: "Ha acquistato due set identici, solo che uno era rosso e l'altro nero. Tuttavia, le taglie erano evidentemente diverse… una extra small e l'altra extra large; quindi gliel'ho fatto notare. Mi sono persino offerta di prendergli quella giusta, perché immaginavo che non si fosse reso conto che erano diverse. Invece, mi ha gettato addosso la carta di credito, dicendo: 'No, sono le taglie che mi servono'. Quindi gli ho fatto il conto, l'ho cercato sui social e poi ho mandato un messaggino a sua moglie".

"Oh, mio Dio!" Rimango a bocca aperta, e me la copro subito quando mamma mi guarda in cagnesco per aver nominato il nome del Signore invano. "Non capirò mai perché gli uomini non divorziano e basta, se sono infelici".

Sinceramente, non capisco molto degli uomini, ma soprattutto questo.

"Perché sono dei codardi", spiega Delilah. "Preferiscono andare a letto con altre persone, invece che dallo psicologo".

"Ad alcuni piace il brivido di fare le cose di nascosto e la possibilità di essere beccati", aggiunge mamma.

Delilah scuote la testa. "Gli uomini sono dei farabutti".

"È un brutto momento per chiedere se ti vedi con qualcuno?" Papà fa un sorrisetto prima di mangiare una cucchiaiata di *chili*.

Delilah fa una risata nasale. "Non c'è manco un uomo decente o single in questo paese. Accidenti, forse in tutto lo stato!"

"Non sei più tanto giovane", le ricorda mamma. "Soprattutto se vuoi avere dei figli".

L'espressione impassibile di Delilah mi fa ridere, perché l'ultimo dei suoi pensieri è sposarsi o restare incinta.

"Se state aspettando con ansia dei nipotini, vi conviene rivolgervi ad Harlow".

"A me?" Sussulto. "Non ho mai avuto un ragazzo, ricordi? Sono l'ultima persona su cui dovreste contare, se volete dei nipoti".

"Sì, però non hai neanche ventun anni. Hai una marea di tempo", ribatte Delilah. "Io sono praticamente una vecchia zitella".

Sbuffo. "Hai trent'anni; quindi non penso proprio".

"Non c'è fretta", ci interrompe papà. "Quando troverai *quello giusto*, allora saprai che è il momento. Fino ad allora, concentrati sui tuoi sogni e i tuoi obiettivi. Il matrimonio e i bambini possono attendere".

Apprezzo le sue parole perché, di questo passo, sarò single a lungo. Non che sia super impaziente di trovare un ragazzo, però sarebbe bello avere qualcuno di speciale con cui trascorrere il tempo. Tuttavia, non sono il tipo che ama uscire a festeggiare e, anche quando avrò l'età giusta per frequentare i bar, non so quanto spesso ci andrò. Non riesco a immaginare che possa funzionare con un tipo conosciuto in un locale.

Ma forse l'universo dimostrerà che mi sbaglio e Mister Giusto entrerà nella mia vita quando meno me lo aspetto.

Solo con me

"Oh, ma ciao, Dottor Stranamore…" dice in tono cantilenante Natalie non appena il dottor Shepherd appare sullo schermo.

Ridacchio con una manciata di popcorn in bocca, rischiando di strozzarmi per le sue parole.

"Non è poi così bello", dico.

"*Cosa?* Ti conviene farti controllare gli occhi".

Invece, li alzo al cielo.

Natalie ha una cotta per lui sin da quando abbiamo visto il primissimo episodio di *Grey's Anatomy*.

Abbiamo cominciato a guardare la serie insieme quando avevamo solo tredici anni e condividevamo la stessa stanza d'ospedale. Sono passati sette anni e stiamo ancora cercando di metterci in pari.

I nostri genitori si sono incontrati per primi, dato che siamo state portate al pronto soccorso a un giorno di distanza. C'era stato un enorme tamponamento a catena sulla strada principale, con numerosi traumi, e, per poter fare spazio per tutti, ci hanno messe nella stessa stanza.

Natalie è stata colpita mentre guidava la sua moto e ha subito diversi interventi all'addome, il bacino e le gambe. Le ci sono voluti due anni di fisioterapia per camminare di nuovo.

Io ero stata attaccata al respiratore mentre aspettavo che il gonfiore nel cervello si riducesse e poi hanno dovuto valutare quali parti del mio corpo avevano più bisogno di un'operazione.

Quando eravamo entrambe sveglie e finalmente potevamo parlare, siamo diventate compagne di guarigione. Ho passato diverse settimane di fila con lei e, quando una delle due doveva essere ricoverata di nuovo, ci facevamo spesso visita e cominciavamo a guardare la serie da dove l'avevamo lasciata.

Dato che viviamo a due ore di distanza, ci sentiamo in

videochiamata almeno una volta a settimana per guardare qualche episodio insieme.

"Sono ancora arrabbiata per il Dottor Bollore". Mi acciglio.

Siamo solo alla decima stagione e ho pianto innumerevoli volte, soprattutto quando è morto lui. Sono affezionata a quasi tutti i personaggi principali ed è per questo che riesco a guardare soltanto pochi episodi alla volta.

"Magari dovresti trovartene uno tuo", dice Natalie. "Dottor Sporcaccione".

Butto fuori una risata. "Buffo a dirsi, ma abbiamo avuto una conversazione simile a cena". Proseguo spiegando la storia della lingerie di Delilah.

"Dovresti provare un'app di incontri. Sono sicura che è pieno di buoni partiti che potrebbero piacerti".

"Mmh… non saprei. Mi sembra una cosa che sta un milione percento fuori dalla mia zona di comfort".

"Dice quella estroversa. Puoi fare conversazione con chiunque".

"Non con i bei ragazzi", replico. "Penso sempre che siano decisamente fuori dalla mia portata e che non sarebbero interessati". Considerando la mia mancanza di esperienza, non credo che i ragazzi troverebbero allettante sentirsi dire che voglio aspettare prima di passare alle cose fisiche.

"Harlow, non lo sto dicendo come tua migliore amica o perché ti conosco da molto tempo, ma come qualcuno che ha due occhi. Sei *stupenda*. Cioè, bella da morire. E dovrei odiarti per questo, perché non devi neanche sforzarti. Se fossi anche solo un briciolo bisessuale, risveglieresti la mia omosessualità".

Scoppio in una risatina talmente forte che mi fa venire un crampo al fianco.

"Sei…" Mi asciugo le lacrime che mi ha fatto versare sulle guance. "Sei ridicola".

"Però sai che è vero. Scommetto cento dollari che riceveresti dieci messaggi da ragazzi entro la prima ora da quando attivi il tuo profilo".

"Non so neanche cosa significa. Non ho mai usato un'app di incontri".

"Fai scorrere a destra i profili che ti piacciono e, se loro lo fanno con il tuo, si crea un match. Poi puoi scrivere tu un messaggio oppure lo mandano loro a te. Come funziona varia dall'applicazione. In alcune è la donna quella che deve contattare per prima".

Arriccio le labbra perché questa cosa proprio non mi piace.

"E che succede se mi chiedono di incontrarci, ma non assomigliano minimamente alle loro foto?"

"È per questo che devi sempre aspettarti che non assomiglino alla foto e detrarre la metà dei punti dall'aspetto fisico. Quindi, se la foto è un dieci, adesso lui è un cinque. Ma, se la personalità è un sette, allora la media generale è sei. Però, onestamente, quello me lo farei".

Faccio una risata nasale perché è la cosa più stupida che abbia mai sentito.

"E se volessi trovare un ragazzo dall'aspetto mediocre che non mi faccia pressioni perché mi ubriachi o faccia sesso con lui al primo appuntamento?"

"Oh… beh, allora per quello devi scaricare un diverso tipo di app".

"Quale?"

"Verginelli Uniti".

Lo dice in modo talmente serio che soltanto quando le compare un sorriso sul volto capisco che mi sta prendendo per il culo.

"Ti odio".

"Ah! No, invece. Mi *adori*".

"Mmm-mmh".

Sono fermamente convinta che Natalie sia così ossessionata dai ragazzi perché ha passato i suoi primi anni dell'adolescenza in ospedale, come me; solo che lei frequentava pure un liceo femminile. Quindi, non appena ha lasciato casa per andare all'università, ha trovato il primo tipo bono per farsi sverginare.

Continuiamo a parlare di cazzate e guardare la serie insieme fino a mezzanotte. Dopo che mi costringe a mostrarle l'affresco rosso sulle braccia e il petto, ci diamo la buonanotte.

Prima di andare a letto, prendo due degli antistaminici e tampono la lozione alla calamina sulla pelle. Dato che non voglio farla finire su tutte le coperte, rimango bloccata a pancia in su come una statua: una posizione scomoda come sembra.

Trenta minuti passati a fissare il soffitto mi convincono a prendere il telefono e aprire la chat con lo sconosciuto.

HARLOW

Ehi, scusami per l'ora. Per caso sei sveglio?

Quando vedo che il messaggio è stato consegnato, mi pento di averlo inviato.

Cosa potrei mai dire, se è sveglio? E se avesse detto che potevo scrivergli solo per essere gentile e non intendeva sul serio?

Argh.

È per questo che andrei malissimo su un'app di incontri.

Ma forse Natalie ha ragione: non mi troverò mai a mio agio con l'idea di frequentare qualcuno, se non mi metto in gioco e ci provo.

Capitolo Sei

Waylon

Mi stringe il cuore vedere che mi sono perso il suo messaggio di ieri notte.

Però, a dirla tutta, ero andato a letto già da tempo.

Mi do una sberla mentale sulla fronte perché senz'altro sembro un vero cretino, ma, sorprendentemente, risponde subito.

Ragazza dell'edera velenosa: il nome non molto creativo che le ho dato per poter tenere traccia dei suoi messaggi nella chat di gruppo.

WAYLON

Oggi come va il prurito?

RAGAZZA DELL'EDERA VELENOSA

Sono venute delle vesciche… È un inferno.

WAYLON

Oh, merda! So che è doloroso.

RAGAZZA DELL'EDERA VELENOSA

Mi sono svegliata sentendo il bruciore e ho fatto subito una doccia fredda. Adesso sono ricoperta di lozione alla calamina e sto cercando di non piangere per la situazione terribile.

Cazzo! Mi dispiace tantissimo per lei.

WAYLON

Mi spiace tantissimo per quello che stai passando. Io sto andando al lavoro, però mi faccio sentire durante le pause.

Dovrei chiederle il nome e quanti anni ha, ma l'ultima cosa che voglio è sembrare un vecchio maniaco che vuole provarci con lei.

Ma non è soltanto quello.

La mia famiglia è ben nota a Sugarland Creek e, non appena le dirò il mio nome, avrà tutti questi preconcetti su di me… la maggior parte collegati a Wilder. Ciò che ha sentito o visto di me online potrebbe prevalere su tutto quello che ho condiviso con lei.

Il che, onestamente, non è stato molto, ma più di quanto non condivida di solito con un estraneo.

Preferirei che, prima di scambiarci i nomi, mi conoscesse al di fuori di ciò che tutti pensano di sapere su di me.

Potrebbe anche decidere, una volta scoperto chi sono, che non vuole avere nulla a che fare con me. Nemmeno come amica.

E sarebbe un peccato.

Non è facile stringere amicizie facendo il babysitter di Wilder e lavorando dieci, dodici ore al giorno.

Invece di rimuginarci sopra, preparo del caffè e vado al lavoro.

Per una volta Wilder è in orario; quindi non devo pulire in fretta e furia i miei box e finiamo presto.

"Ti va di andare a fare colazione prima dell'escursione?" mi chiede.

"Certo".

Questa pausa mi darà l'opportunità di recuperare i messaggi sulla chat di gruppo. L'ultima volta che ho controllato le notifiche, ce n'erano circa un'altra dozzina o giù di lì.

Prendiamo il mio pick-up per raggiungere il Lodge, dove troviamo Tripp e Magnolia seduti a un tavolo con la mia nipotina di due anni, Willow.

"Ehi, piccoletta. Cosa stai mangiando?" Appoggio i palmi delle mani sul tavolo accanto a lei.

Si impegna per dire: "Uova strapazzate e salsiccia".

"Posso averne un po'?" chiedo per scherzo, però lei allunga verso di me la forchetta con un pezzo di carne; quindi gli do giocosamente un morso. "Mmh, che buono!"

"Prenditi il tuo cibo e smettila di rubare quello di mia figlia", mi rimprovera Tripp.

Ridacchio per quanto è scorbutico. Considerando che il loro bambino ha soltanto qualche mese, è probabile che non stia dormendo molto.

"Dov'è Laken?" Di solito è attaccato al petto di Magnolia.

"Stamattina lo tengono mamma e nonna Grace, visto che Willow ha una visita dal pediatra", spiega Magnolia.

"Dal pediatra? Sta bene?" chiedo.

"Sì. È solo una visita di controllo, però pensavo che sarebbe stato più facile portarne soltanto uno. Così non dobbiamo gestirli entrambi mentre rispondiamo alle domande".

"Tanto nonna Grace era più che felice di fare da babysitter", aggiunge Tripp. "Ci ha quasi spinti fuori dalla porta prima ancora che potessimo salutare".

Rido perché non ne sono sorpreso.

È la madre della nostra mamma e vive nella casa padronale con i nostri genitori sin dalla morte di nostro nonno, otto anni fa. Adora fare dolci e dedicarsi con noi allo *scrapbooking*.

È anche famosa per essere una strega, dal momento che conosce sempre i segreti di tutti.

Io e Wilder andiamo al tavolo del buffet e ci riempiamo i piatti. Così poi non dovrò pranzare e magari riuscirò a portarmi avanti con la lista di cose da fare.

Quando arriviamo al tavolo, tiro fuori il telefono e leggo qualche pezzo della conversazione che stanno portando avanti nella chat di gruppo.

Qualcuno ha chiesto informazioni su una sella per volteggio acrobatico. A quanto pare, vuole imparare e assicurarsi di prendere la migliore.

Prima che possa scrivere qualcosa, risponde *lei* con un marchio specifico che avrei consigliato anche io, basandomi su quella che usa Noah.

RAGAZZA DELL'EDERA VELENOSA

Però assicurati di sapere quello che ci fai sopra, altrimenti avrai il sedere come il mio.

SCONOSCIUTO #4

Che vuol dire?

Invece di mandare un messaggio di testo, la ragazza invia una fotografia.

Del suo culo in un paio di mutandine in pizzo trasparenti.

E ha la pelle ricoperta di lividi. Non solo i glutei, ma anche la parte superiore delle cosce.

Strabuzzo gli occhi per quanto è suggestiva la fotografia e per poco non mi strozzo con il pezzo di bacon che mi sono appena ficcato in bocca.

Che cavolo sta facendo?

Solo con me

A giudicare da quanto scuri sono i lividi, mi chiedo se sia caduta
sul cemento o se sia minimamente riuscita a stare sul cavallo.

Oh, mio Dio, voglio ammazzarlo!

Non ha tutti i torti, però… Questo è un primo piano che non
credo nessuno di noi si aspettasse.

Chiunque sia il coglione, ha aggiunto l'emoji di una pesca con
una linguaccia.
Stronzo.

Quella è la ragazza del cavallo che aveva un chiodo nello
zoccolo. Ho cambiato anche il suo contatto per poter cominciare a
tener traccia dei proprietari dei numeri.

PROPRIETARIA DI GRETCHEN

Due settimane? Devi preparare dei rimedi fatti in casa per farli guarire prima. Tipo impacchi freddi e caldi o perfino il gel all'arnica.

SCONOSCIUTO #4

Passa una notte con me e non riuscirai a sederti per un mese, piccola… ma per una ragione completamente diversa.

Poi il coglione manda un occhiolino, e vorrei infilare le mani nel telefono per strozzarlo.

Il suo nuovo nome è *Stronzo pervertito*.

PROPRIETARIA DI GRETCHEN

Sta' zitto, idiota.

STRONZO PERVERTITO

Altrimenti?

PROPRIETARIA DI GRETCHEN

Potrebbe spezzarti come un ramoscello e lo sai.

Oh, è magrolino. *Buono a sapersi.* Il suo contatto ha appena ottenuto un aggiornamento.

STRONZO PERVERTITO MAGROLINO

Ooh, continua pure a parlare sporco. Lo sai che mi piace.

Alzo gli occhi al cielo per il suo volgare tentativo di flirtare e decido che è meglio se lo ignoro… *per ora*. I brutti lividi della ragazza mi preoccupano, e vorrei sapere se per lei è una cosa normale.

WAYLON

Ti fai sempre lividi come una pesca?

Ho avuto la mia buona dose di cadute, pure Noah, ma non credo di aver visto nessuno dei due con lividi così evidenti.

RAGAZZA DELL'EDERA VELENOSA

Sì, da quando ero adolescente. Non ci vuole
molto. Mi basta sbattere da qualche parte perché
si formi un livido.

WAYLON

Non è normale. Potrà suonare strano, ma potresti
avere una carenza di vitamina K, ed è per questo
che il tuo sangue non coagula come dovrebbe.

RAGAZZA DELL'EDERA VELENOSA

In realtà, ha senso. Ho preso anticoagulanti per un
paio d'anni quando ne avevo tredici. Chiamo il mio
medico perché mi faccia fare qualche test appena
questa maledetta irritazione svanisce.

Fantastico! Adesso ho più domande che risposte sul perché
abbia preso anticoagulanti da così piccola, però sono contento che
sia disposta a farsi controllare.

"Waylon!" la voce forte di Magnolia mi fa venire un infarto, e
lascio cadere il telefono.

"Che c'è?"

Sollevando lo sguardo, vedo che Tripp e Wilder stanno ridendo
di me.

"Stavo cercando di attirare la tua attenzione da cinque minuti.
Con chi cavolo stai parlando?" Magnolia inarca un sopracciglio.
"Una ragazza?"

"Non sono affaracci tuoi".

Blocco il telefono e lo ficco in tasca.

"Ecco la conferma". Tripp fa un sorrisetto. "Chi è?"

"È una chat di gruppo a cui mi ha aggiunto il mio amico Jake.
Parlano soprattutto di roba a caso sui cavalli e i ranch", spiego.

"Quindi è stato Jake a farti agitare in quel modo?" mi provoca
Wilder, dandomi un calcio agli stivali da sotto il tavolo, e io
ricambio il gesto.

"Vaffanculo! Ci sono alcune persone nel gruppo, e non conosco
manco nessuno, a parte lui".

"Quindi perché ci rimani?" mi chiede Magnolia.

"Di tanto in tanto leggo la chat e a volte rispondo ai messaggi". Faccio spallucce, sperando che non insistano per saperne di più.

"Mmh… non lo so. Ti stai comportando in modo strano; il che vuol dire che c'è di più". Magnolia assottiglia lo sguardo con scetticismo, e io afferro la forchetta per continuare a mangiare.

"Comunque sia, che volevi?" chiedo, nella speranza di cambiare argomento.

"Dirti solo che ce ne stavamo andando e che tua nipote voleva salutarti con un abbraccio".

Mi giro verso Willow e poi la tiro su, così che possa avvolgermi tra le sue braccine. "Fai da brava per mamma e papà, ok? Vedi di ricevere uno sticker e un lecca-lecca dal pediatra".

"Lecca-lecca!" Le brillano gli occhi come il cielo il quattro luglio.

"Grazie, bello…" dice Tripp con sarcasmo.

Faccio un largo sorriso. "Figurati".

Quando i tre se ne vanno, io e Wilder finiamo di mangiare e poi ci dirigiamo alla scuderia dell'agriturismo per preparare i cavalli per la prima escursione della giornata.

Ce la metto tutta per non scrivere a *lei* non appena arrivo a casa e mi sono dato una pulita. Mi piace parlarle, anche se non so spiegare perché. C'è questa… *energia*. Quest'attrazione che mi fa controllare il telefono molto più di quanto non abbia mai fatto prima.

Non voler sembrare strano o un maniaco è ciò che mi ferma dallo scriverle, ma poi è lei a farlo per prima il giorno seguente.

Solo con me

RAGAZZA DELL'EDERA VELENOSA

Allora, ho menzionato la cosa della vitamina K a
mia madre e dice che scommette che hai ragione,
basandosi sui miei precedenti problemi di salute.
Se è davvero così, sei praticamente il mio eroe.

WAYLON

Mi piace come suona. Che cosa vinco, se ho
ragione?

RAGAZZA DELL'EDERA VELENOSA

Cosa vinci? Salvarmi la vita non è un premio
sufficiente?

WAYLON

Certo, sempre che tu non sia una nonnina di
settant'anni che sta facendo una bambola vudù
che mi assomiglia.

RAGAZZA DELL'EDERA VELENOSA

Maledizione, mi hai beccata!

WAYLON

Allora hai un bel culo, per la tua età.

Mi do una sberla sulla fronte non appena il mio cervello
registra quello che ho scritto. Però è troppo tardi perché ho già
premuto invio. *Complimenti.*

RAGAZZA DELL'EDERA VELENOSA

Ma grazie. Merito di tanta crema antietà e
rassodante. Però adesso tu devi farmi vedere
il tuo.

WAYLON

Il mio culo?

RAGAZZA DELL'EDERA VELENOSA

Ciò che è giusto è giusto.

WAYLON

Io non ho chiesto di vedere il tuo.

RAGAZZA DELL'EDERA VELENOSA

Però hai guardato comunque.

WAYLON

Non di proposito.

RAGAZZA DELL'EDERA VELENOSA

I lividi vanno molto meglio adesso, nel caso te lo stessi chiedendo.

Accidenti, lo stavo facendo!

WAYLON

Davvero?

RAGAZZA DELL'EDERA VELENOSA

Te lo dimostro.

Proprio quando sto per inviare un altro messaggio in cui affermo che le credo sulla parola, mi manda una fotografia.

Del suo sedere in un bikini.

Per poco non mi strozzo con la saliva.

Cristo santo!

Cosa dovrei dire adesso?

WAYLON

Secondo me, stai mentendo sulla tua età.

RAGAZZA DELL'EDERA VELENOSA

Cosa te lo fa dire?

WAYLON

È un culo troppo perfetto per essere di qualcuno che ha più di quarant'anni.

Oddio, perché l'ho scritto?

O, meglio, perché l'ho inviato?

Adesso non sono meglio di Stronzo pervertito magrolino.

RAGAZZA DELL'EDERA VELENOSA

E ora l'hai visto due volte. Quindi è il tuo turno.

WAYLON

Contro il mio volere!

RAGAZZA DELL'EDERA VELENOSA

AHAHAH, povero piccolo.

WAYLON

Ok, va bene. Credo nell'uguaglianza, quindi ecco qui…

E le mando una foto del sedere di un asino.

RAGAZZA DELL'EDERA VELENOSA

Wow… più peloso di quanto mi aspettassi, ma comunque carino.

WAYLON

Carino e peloso. Lo accetto.

RAGAZZA DELL'EDERA VELENOSA

Resterò delusa, se sei brutto e senza peli.

Il fatto che abbia il mio stesso umorismo mi incuriosisce ancora di più.

"Chi cavolo è che ti fa arrossire come una ragazzina che ha appena incontrato il suo idolo?"

La voce di Wilder attira la mia attenzione, e lo seguo con lo sguardo dalla cucina, dove si prende una birra, al soggiorno, dove si butta senza indugio sulla mia poltrona reclinabile.

"Ma bussi mai?"

"Perché dovrei?" Stappa la lattina. "Anche se l'avessi fatto, non mi avresti sentito da quanto eri perso nel tuo telefono".

"Non è vero". Lo blocco e lo metto in tasca per dimostrarglielo. "Che ci fai qui, comunque?"

"Usciamo, stasera".

"No, grazie".

Si acciglia. "Perché no?"

"Ho lavorato tutto il giorno e sono stanco".

E poi domani pomeriggio mi vedo con Bentley e non voglio trascinare il culo, dopo il lavoro.

"Questo non ti ha mai fermato prima. In più, ci sarà Ashley e vuole spassarsela".

Mi sembra più doloroso dell'irritazione da edera velenosa.

"E come l'hai saputo?"

"Me l'ha detto lei".

"Allora *tu* te la spassi con lei. Non sono interessato".

"Già fatto".

"Bello". Arriccio le labbra in una smorfia di disprezzo. "Allora perché io dovrei volermela fare?"

Fa spallucce come lo stronzo spensierato che è. "Perché no? Mi sono fatto una bella scopata. Però ha il kink del paparino, per tua informazione".

"E adesso non ne parliamo più". Non ho nulla contro le preferenze di Ashley, però non ero interessato prima di saperlo e non lo sono neanche adesso.

Mi alzo e vado in cucina a prendere una birra, dato che lo scroccone non si è manco preso la briga di portarmene una.

"Resto a casa; quindi dovrai andarci senza di me", gli dico quando torno al mio posto sul divano".

"Sei un guastafeste".

"Perché non resti a casa e… oh, che ne so… ti fai più di quattro ore di sonno?"

"Sembra palloso".

Sconfitto, alzo gli occhi al cielo e prendo il telecomando. "Beh, chiamami quando ti serve un passaggio".

Capitolo Sette

Harlow

DUE SETTIMANE DOPO

M i rannicchio su me stessa sull'asfalto del nostro vialetto di casa e con le mani mi copro la testa mentre una mazza di metallo si schianta contro le mie costole. Mentre urlo per il dolore, le lacrime mi ricadono copiose lungo le guance.

"Puttana di merda!" grida il ragazzo sopra di me per la seconda volta. La prima è stata dopo che gli ho tirato una ginocchiata alle palle.

"Ti prego, smettila!" strillo.

"Allontanati da lei!" urla mio padre dalla soglia del garage, però non può aiutarmi. È sulla sua sedia a rotelle e non c'è nessun altro in casa. "Ti ammazzo, bastardo!"

La voce tonante di mio padre cade nel vuoto, perché il ragazzo continua a prendermi a calci. Quando mi affonda il tallone nel petto, fa distendere il mio corpo con la forza e poi sbatte la punta dello stivale su un lato della mia testa.

Purtroppo, o forse per fortuna, non riesco più a percepire molto. Probabilmente ho le gambe rotte. So che qualche costola è spezzata. Sento il sangue che mi cola dal naso.

"F-Fermati!" gemo, con l'aria che si blocca nei polmoni.

Riesco a malapena a tenere gli occhi aperti, ma, quando sento lo scoppio di un fucile, fatico a vedere da dove è partito.

E poi un altro colpo.

Un fischio penetrante nelle orecchie e il suono di sirene sono le ultime cose che ricordo, e poi perdo conoscenza.

"Harlow! Tesoro, svegliati!" La voce terrorizzata di mia madre riecheggia mentre mi posa una mano sulla guancia.

Il letto trema quando lei mi tocca più volte il braccio, e finalmente mi riprendo abbastanza da aprire gli occhi.

"Che c'è?" chiedo, guardandomi attorno e trovando Moose con la testa appoggiata sulla mia coscia.

"Stavi… urlando. Ho pensato che stessi avendo un incubo".

Oh, merda, ha ragione!

Sbattendo le palpebre per togliermi la nebbia dagli occhi, deglutisco a fatica e mi schiarisco la gola. "Scusami, non volevo spaventarti".

Mi aiuta a tirarmi su e poi si siede sul letto vicino a me.

"Era su…"

"Sì", dico rapidamente. "Non facevo incubi su quel giorno da tempo".

"Potrebbe essere stato indotto dallo stress", suggerisce. "O magari un effetto collaterale di alcune delle nuove vitamine che stai prendendo".

"È possibile", concordo.

Dopo aver preso coscienza del fatto che potevo avere una carenza di vitamina K, ho fissato un appuntamento per fare le analisi del sangue e ho scoperto che Ragazzo misterioso aveva ragione. Ho cominciato a prendere integratori solo nell'ultima settimana.

Però non credo che sia questo che sta causando gli incubi.

Probabilmente lei non se ne rende conto – e io sono troppo nervosa per ricordarlo a lei e papà – ma l'uomo che mi ha rotto entrambe le gambe e mi ha mandata in coma presto potrebbe essere posto in libertà vigilata.

Do un'occhiata al suo caso almeno una volta al mese.

Solo con me

Principalmente per assicurarmi che sia ancora dietro le sbarre.

Logicamente, so che lo è, però ho bisogno di averne la conferma, in modo da poter dormire sonni tranquilli la notte.

Dopo che venne acciuffato e potei confermare che era stato lui a ridurmi in quello stato, fece un patteggiamento, invece di andare a processo.

La polizia aveva recuperato prove video dalle telecamere di sicurezza del nostro vicino; quindi era impossibile negare ciò che aveva fatto. Dopo l'aggressione, mamma assunse qualcuno che le installasse dentro e fuori casa nostra. L'aggressione traumatizzò tutti noi.

Io non ero comunque nelle condizioni di testimoniare; perciò il fatto che si fosse dichiarato colpevole fu la conclusione migliore. Dato che mio padre gli aveva sparato alla spalla, dovette sottoporsi a un intervento chirurgico prima di poter essere chiamato in giudizio.

Dieci anni per aggressione aggravata con la possibilità di libertà vigilata dopo otto.

E avrà il diritto di richiederla fra un paio di mesi.

Può anche provarci, però non è garantito che gliela approvino, se ha avuto problemi di comportamento dietro le sbarre.

"Ti vanno dei pancake per colazione?" mi chiede mamma, interrompendo il flusso dei miei pensieri.

"Sì, molto volentieri". Sorrido.

Mamma mi dà un bacio sulla fronte, poi esce dalla stanza e va in cucina.

Oggi non lavora; il che significa che stamattina ho un turno alla Rodeo Belle. Sono tornata ieri, dopo l'irritazione da edera velenosa. L'eruzione cutanea è scomparsa al novantacinque percento e prude molto poco; c'è giusto qualche crosticina. Probabilmente avrei potuto prendermi qualche altro giorno di malattia, però mi stavo annoiando a morte. Sin dal Black Friday, i negozi sono gremiti di clienti che fanno acquisti natalizi; quindi volevo tornare e dare una mano.

Dopo il mio turno, tornerò a casa a cambiarmi prima di recarmi al ranch per vedere Piper. Mi è mancata anche lei e sono così sollevata al pensiero di poterla cavalcare questo pomeriggio.

Controllando il telefono, mi si surriscaldano le guance quando vedo un nuovo messaggio da parte di *lui*.

RAGAZZO MISTERIOSO

Buongiorno. Come hai dormito?

Non ci siamo ancora preoccupati di chiederci il nome a vicenda. A volte parliamo nella chat di gruppo, ma adesso principalmente in privato, per chiacchierare del più e del meno.

Ci siamo addentrati un poco nel tema della salute mentale. Mi ha chiesto cosa mi ha portata nel mondo dei cavalli, dopo che gli ho menzionato che cavalco solo da quattro anni e che è stata una forma di terapia per aiutarmi con l'ansia e la depressione. Non ho approfondito spiegandogli la loro origine, e lui non ha insistito perché gli dicessi di più; però poi ha ammesso che è un qualcosa di cui soffrono anche lui e uno dei suoi fratelli e che capiva le sfide che questo comporta, giorno dopo giorno. Suo fratello è stato ricoverato per tale motivo e da allora lui è costantemente preoccupato.

Un'altra cosa in cui, purtroppo, mi rivedo.

Più ne parlava, più validava la mia esperienza perché capiva che la depressione non è solo tutto bianco o tutto nero e che non si presenta allo stesso modo per tutti. Alcuni giorni sono buoni, ma poi ci sono quelle giornate "no" che sembrano apparire dal nulla.

Anche se mi piacerebbe molto dare un nome ai suoi messaggi o magari addirittura un volto, mi piace la semplicità di avere un amico che non conosce nulla di me a parte quello che gli dico io.

Qualcuno che non sa del mio passato o di quello che ho affrontato. Qualcuno che non mi guarda con pietà e vede una ragazzina debole e spaventata che è stata traumatizzata anni fa.

Ogni volta che conosco una persona nuova e le dico come mi chiamo, sanno già chi sono sulla base di ciò che hanno sentito. L'aggressione ha fatto grande scalpore a Sugarland Creek e, dato che l'incidente di mio padre era avvenuto l'anno precedente, il nostro cognome è finito *molto* spesso sui notiziari locali e statali.

E, anche se a volte la conversazione prende una piega più provocante, per il momento è solo una forma di divertimento innocua, e mi va bene che resti così.

HARLOW

Bene, finché non ho avuto un incubo. Tu?

RAGAZZO MISTERIOSO

Oh, mi dispiace. Anche io ho avuto la mia bella dose di incubi. Per fortuna, ho dormito bene finché non è suonata la sveglia alle 5:30. Però mi è dispiaciuto non aver potuto chiacchierare prima che mi mettessi a letto.

Ieri era giovedì; il che significa che era la serata *Grey's Anatomy* con Natalie. A parte ieri sera, nell'ultima settimana ci siamo scritti ogni notte. Di solito finché uno dei due non si addormenta, e poi ricominciamo al mattino durante la sua pausa. Non parliamo di nulla di specifico, principalmente roba a caso. Nulla di troppo personale, ma quel tanto da mantenere viva la conversazione.

Per ora, so che lavora in un ranch – cosa non rara da queste parti – e che ha dei fratelli e una sorella.

HARLOW

Scusami :(Passo il tempo con un'altra persona il giovedì sera e metto il silenzioso perché non ci siano interruzioni.

I puntini saltellanti appaiono sullo schermo e poi scompaiono, *due volte*, prima che lasci il messaggio visualizzato senza rispondermi.

Beh, maledizione! Adesso probabilmente pensa che intendessi il mio ragazzo.

"Harlow, la colazione è pronta!" mi urla mamma dalla cucina.

Appoggio il telefono sul comodino e mi dirigo al tavolo con Moose al seguito. Poi saluto papà con un bacio prima di sedermi.

"Buongiorno, papi".

"Ciao, tesoro. Ho sentito che hai fatto un brutto sogno".

Sospiro, afflosciando le spalle mentre annuisco. "Sto bene".

Sorridendgli, provo a rassicurarlo così che non si preoccupi, però sa già di cosa si tratta.

Delilah dormiva nella mia stanza quasi tutte le notti prima di traslocare perché avevo incubi davvero di frequente, dopo l'incidente. Però erano passati due anni dall'ultima volta.

A metà della colazione, la forchetta di papà cade con un forte rumore sordo sul suo piatto mentre lui geme per il dolore. Chiude con forza gli occhi e stringe i pugni.

"Respiri profondi, papà", gli ricordo con voce delicata.

Si irrigidisce quando un'altra ondata di dolore gli attraversa rapidamente il corpo.

Io e mamma smettiamo di mangiare mentre aspettiamo che il suo dolore si plachi. A volte è lieve e tollerabile, ma altre può essere estremo e arrivare dal nulla.

Quando gli cadde il pezzo di un macchinario agricolo sulle gambe, gli tagliò la parte superiore della coscia talmente in profondità che il danno fu irreparabile. Dovettero amputare per evitare l'infezione; così, a volte, quando il dolore fantasma tocca il punto peggiore, gli sembra che la sua gamba stia venendo schiacciata. Quasi come se il suo cervello stesse avendo un flashback dell'incidente e, dato che non sa che quella parte dell'arto non c'è più, invia segnali ai nervi per avvisare un'altra area del cervello che c'è dolore.

Ma, poiché la parte fisica del corpo non esiste, narcotici o altri antidolorifici non funzionano.

"Stai bene, papi?"

Scuote la testa, serra le labbra e dà qualche pugno al moncone. A volte riesce ad allarmare i nervi, però spesso deve soffrire finché non passa.

"Finite di mangiare. Fra qualche minuto starò bene", borbotta.

Detesto vederlo stare male. Lo *detesto* con tutta me stessa.

Io e mamma continuiamo a mangiare, così che non si senta in imbarazzo se lo aspettiamo. Ma, comunque, restiamo in silenzio.

Quando avvenne il suo incidente, mollammo tutto per aiutarlo ad affrontare la sua "nuova normalità". Io avevo solo dodici anni e per me fu un brutto colpo perché non l'avevo mai visto così impotente. Mamma era distrutta, ma cercava di farsi forza per il resto di noi. Io e Delilah venivamo lasciate spesso sole, così che lei potesse restare in ospedale con lui. La mia aggressione e il sentirmi dire che papà aveva avuto un brutto incidente e che non erano sicuri se sarebbe sopravvissuto sono stati i momenti più spaventosi di tutta la mia vita.

Quando tornò a casa per riprendersi, cadde presto in uno stato di depressione perché era costretto a letto e fisicamente limitato. Essendo una persona che aveva lavorato tutti i giorni per trentacinque anni, non si adattò bene alla nuova situazione. Aiutava a sostenere la famiglia e andava orgoglioso del suo duro lavoro, ma poi fu costretto a starsene seduto senza fare niente, mentre noialtri facevamo ogni cosa per lui.

Sono passati anni, e detesta ancora la sua condizione. L'incidente gli ha portato via la sua indipendenza. Non può più guidare. Anche se esistono modi per modificare un'auto, il fatto che prenda così tanti tipi di farmaci rende pericoloso l'utilizzo di macchinari pesanti. Gli ha portato via la possibilità di prendersi cura di noi nel modo in cui faceva prima.

"Oggi per quanto lavori?" chiede mamma, spezzando la tensione.

"Fino alle tre, ma poi vado a trovare Piper", rispondo. "Torno per la cena".

Papà mi ha vista competere poche volte. Di solito, se Delilah si sta esibendo in uno spettacolo acrobatico, esce di casa per guardarci entrambe. Mamma carica la sua carrozzina elettrica sopra una griglia nel retro del pick-up e poi lui può girare per l'evento. L'ostacolo maggiore è la sua agorafobia, che ha sviluppato qualche anno dopo l'incidente.

Quando la depressione è peggiorata, così hanno fatto anche la sua ansia e la paura di trovarsi in pubblico.

Papà finisce il suo cibo in silenzio prima di chiedere a mamma di portargli la carrozzina. Do i miei avanzi a Moose e poi aiuto a pulire la cucina prima di prepararmi per il lavoro.

Controllando il telefono prima di uscire, mi acciglio quando non trovo ancora una risposta da Ragazzo misterioso. So che è occupato con il lavoro e di solito si fa sentire quando può, però ho l'impressione di aver detto qualcosa di sbagliato.

So anche che c'è qualcosa che non va in me, se mi preoccupo così tanto quando, a parte alcuni dettagli sul suo conto, non so niente di questa persona.

Una sera, stavamo parlando dei nostri film preferiti e un'altra volta degli artisti. Ci sono stati un paio di momenti in cui ero sul punto di chiedergli una videochiamata per vederci in faccia, ma poi ho ci ho ripensato.

Non voglio rovinare questo spazietto sicuro che abbiamo creato in cui possiamo chiacchierare liberamente senza aspettative. Perlomeno finché non mi sentirò più a mio agio con l'idea di incontrarlo.

Però c'è anche una parte di me che si emoziona in modo stupido quando mi scrive.

Comunque, so che non durerà.

Perché, come la maggior parte delle cose belle nella vita, prima o poi finiscono.

"Harlow, tesoro, che piacere vederti!". La signora Harper fa un sorriso caloroso mentre si avvicina alla cassa con qualche maglietta e un paio di stivali. "Come stanno mamma e papà?"

"Bene, grazie", rispondo, anche se la maggior parte delle persone conoscono la situazione di mio padre e che sta tutt'altro che bene. "Come se la passa?"

"Mia sorella minore viene a trovarmi nel weekend e doveva portare il suo nuovo ragazzo, che sembra un serial killer. Ma, quando gliel'ho detto, si è messa sulla difensiva e ha ribattuto che non potevo dire una cosa simile senza neanche averlo incontrato. Però avevo detto "senza offesa", ma immagino che si sia offesa comunque, perché adesso lui non viene".

Spalanco gli occhi mentre lei parla senza sosta, però passo silenziosamente i suoi articoli e, quando finalmente si ferma per respirare, le dico il totale.

Continua a parlare del ragazzo con la faccia da serial killer di sua sorella mentre paga con la carta e poi perfino dopo aver preso lo scontrino.

"Beh… buona fortuna! Le auguro uno splendido weekend", dico, rendendomi conto che non ha mai risposto alla mia domanda e, a quanto pare, aveva bisogno di sfogarsi con qualcuno che non potesse fuggire a metà della conversazione.

"Grazie, anche a te".

Prende il sacchetto e poi esce velocemente dal negozio.

La cosa buffa è che sua sorella non la conosco neanche, però adesso sono comunque curiosa di sapere cos'è che fa apparire il ragazzo come un assassino.

Quando le cose rallentano, giro nel locale per organizzare gli scaffali. Appena la campanella sulla porta suona, do un'occhiata e vedo Magnolia e Noah che entrano con le figlie.

"Ehi!" saluto, poi noto Tripp e Waylon che le seguono dentro.

"Ehi, amica", dice in tono cantilenante Magnolia. "Siamo qui per lo sconto amici e familiari".

Ridacchio. "Ci penso io".

"No, io sono qui contro il mio volere", dichiara Tripp, in piedi come una statua accanto al fratello.

"Pure io". Waylon sembra tanto a suo agio come quando ci siamo quasi scontrati, poche settimane fa.

"Come mai?" chiedo.

"Ci è stata promessa una grigliata per pranzo", risponde Tripp.

"Sì, beh, stiamo facendo una deviazione. Fatevene una ragione". Magnolia gli lascia Willow per poter dare un'occhiata.

"Ci servono degli outfit carini per le finali nazionali", aggiunge Noah, spostando Poppy sull'altro fianco.

"Che invidia! Vorrei poterci andare". Indico l'altra parete. "Abbiamo dei top e delle gonne carini. Oh, e degli stivali nuovi che si abbinerebbero bene".

"Su, tieni tua nipote". Noah solleva Poppy e la posa tra le braccia di Waylon.

La piccola gli afferra il cappello da cowboy.

"Non ti sta mica", le dice Waylon.

Poppy fa una risatina quando il cappello le copre gli occhi.

"Sta giocando a cucù con te", gli dico.

"Sì, adora rubare le mie cose. Vero?" Si rimette il cappello in testa, che gli sta da Dio addosso.

"Anche tu stai cercando un outfit carino?" lo stuzzico, appoggiandomi a uno dei tavoli.

"Oh, sì, sicuramente. Però non credo che i colori pastello si abbinino alla mia carnagione". Solleva una spalla.

Il suo tono scherzoso mi strappa un sorriso.

"No? Secondo me, il rosa cipria ti donerebbe tantissimo".

"Specialmente con le balze…" Magnolia ritorna, sollevando una camicetta che ha trovato.

"La adoro. Io ce l'ho bianca!" esclamo.

"Beh, ora possiamo fare le gemelline". Sfodera un sorrisetto, poi mi mostra una gonna in jeans che ha trovato. "Spero solo di riuscire a infilarci il culo dentro".

Magnolia ha partorito Laken solo qualche mese fa, però è stupenda a prescindere dalla taglia.

"Ti porto in un camerino". Prendo le chiavi e lei mi segue nel retro del locale.

Noah ci viene dietro con qualche articolo, e la sistemo in un altro.

"Fatemi solo sapere se vi servono taglie diverse o se volete provare qualcos'altro".

Ashley, la mia manager, arriva e nota Waylon.

"Sembri proprio a tuo agio con lei". La voce esageratamente civettuola mi dà i brividi. Si avvicina a lui e fa il solletico sul pancino di Poppy.

Alzo gli occhi al cielo quando Waylon sorride e afferma di essere il suo zio preferito.

Magnolia e Noah sfoggiano i loro outfit prima di provarne qualcun altro. Nel frattempo, Ashley rimane incollata a Waylon e gli chiede se questo fine settimana esce.

Non posso biasimarla per essere interessata a lui. I fratelli Hollis sono tutti belli e affascinanti. Lui e Ashley hanno quasi la stessa età; il che significa che le è permesso entrare in un bar. A differenza mia.

Oh, e lui non ha frequentato la sorella; dunque sono sicura che questo la rende dieci volte più attraente.

"Molto probabile, se Wilder esce", le dice.

"È carino che passate così tanto tempo insieme", cinguetta lei.

"Mmm-mmh, certo, possiamo metterla così". Il tono di Waylon mi fa pensare che l'idea di seguire suo fratello non lo entusiasma.

"Sole, dobbiamo andare. Willow sta iniziando a fare i capricci", dice Tripp a Magnolia. Il soprannome con cui la chiama è adorabile.

"Lei o tu?" ribatte Magnolia.

"Entrambi", dice lui impassibile.

"E abbiamo fame", aggiunge Waylon.

È mezzogiorno passato; quindi non posso biasimarli. Io non avevo fame durante la mia pausa, un'ora fa, però da quando hanno menzionato la grigliata non vedo l'ora di mangiare qualcosa.

"Va bene…" Magnolia sbuffa. "Però paghi tu".

Noah fa una risata nasale, trasportando i suoi articoli alla cassa. "Anche per me".

"Non credo proprio", dice Tripp. "Hai un marito che può farlo".

Ridacchio per lo scambio e per quanto possono essere seri i

fratelli di Noah. Beh, a parte Landen e Wilder. Quei due adorano fare i buffoni.

Mentre passo gli articoli e li imbusto, osservo Ashley e Waylon con la coda dell'occhio. A un certo punto, lei prende il telefono di lui e aggiunge il suo numero ai contatti.

"Scrivimi quando uscite, questo weekend".

Non sta nemmeno provando a contenere il suo tono flirtante.

"Certo, lo farò".

Riportando la mia attenzione su Noah e Magnolia, porgo loro i sacchetti con un sorriso. "Vedete di scattare delle foto, quando siete a Las Vegas".

"Lo faremo", dice Magnolia. "E non sorprenderti se riuscirai a sentire Noah urlare per Ellie sin dall'arena".

Rido, giusto un pochino triste perché io non posso andarci. Magari un giorno.

"Divertitevi a pranzo", esclamo quando si dirigono verso l'uscita.

"Spero di vederti presto, Waylon!" Ashley saluta con la mano.

Quando escono dalla porta, mi guarda con la mandibola sul pavimento. "È troppo bono".

"Chi?" Faccio la finta tonta. "Waylon?"

"Ehm, sì! Ha qualche anno in più di me, però l'ho visto al Twisted Bull ed ero sempre troppo nervosa per chiedergli di ballare".

"Oh".

Vado verso i camerini per pulire e lei mi segue, non cogliendo il messaggio che non mi va di parlare della sua cotta per lui.

"Dovrò trovare anche io un outfit nuovo".

"Mi sorprende che il tuo armadio non sia pieno zeppo, considerando quanti vestiti della boutique devi avere…"

"Mi serve qualcosa di provocante. Sexy. Mozzafiato. Qualcosa che mi faccia distinguere dalle altre ragazze".

Magari una museruola.

"Mmm-mmh", mormoro, appendendo di nuovo alle grucce i vestiti che Noah e Magnolia non hanno preso.

"Magari passo al Lacey per un nuovo reggiseno push-up".

Oddio! Forse dovrei avvisare Delilah. Come faccio a dirle che la mia manager sta andando lì per trovare qualcosa che faccia colpo sul suo ex?

Ridacchio tra me e me.

"Chissà se sono amanti delle cose a tre…"

"Aspetta, cosa?" chiedo, realizzando che avevo smesso di ascoltarla, ma ho recepito la parte finale.

"Lo so che è un cliché, ma due gemelli che si fanno una tipa sola è troppo eccitante. La darei subito a uno qualunque dei due… ma insieme? Morirei felice".

Ti prego, fallo, così questa conversazione finisce.

"Merda, scusami. Non dovrei parlare di questa roba davanti a te. Sei troppo dolce e innocente".

"*Innocente?* Perché dici così?"

E poi cosa potrebbe saperne? Non le parlo della mia vita personale.

"Perché sei giovane e sembri fin troppo dolce per non essere innocente".

Grandioso. È per questo che non riesco a uscire dalla friendzone quando parlo con un ragazzo? Avrò la parola VERGINE stampata sulla fronte.

"Comunque sia, io vado in pausa". Cammina verso la stanza sul retro, lasciandomi con quattro nuove clienti appena entrate.

Invece di innervosirmi, impiego tutte le mie energie nell'aiutare le ragazze che stanno cercando degli outfit carini per un addio al nubilato, guadagnando anche una buona commissione.

Quando il mio turno finisce, controllo il telefono e sorrido come una stupida davanti al messaggio che mi aspetta.

RAGAZZO MISTERIOSO

Allora magari i venerdì notte possono diventare nostri, che dici?

HARLOW

Non potrei adorare l'idea più di così.

Capitolo Otto

Waylon

DUE SETTIMANE DOPO

Stiamo parlando di cose a caso che ci piacerebbe fare o avere in una relazione prima dei quarant'anni. Considerando che per me mancano solo otto anni a raggiungerli, la mia lista mi sta causando una sorta di crisi esistenziale.

Non so quanti anni abbia lei, ma, a giudicare da alcune delle sue risposte e da quanto sono riuscito a sapere di lei poco a poco, direi che ha tra i venticinque e i trent'anni.

Solo con me

Invia l'emoji della faccina che si scioglie, e ridacchio.

Faccio una risata nasale.

"Bello, presta attenzione!" Wilder fa schioccare le dita tra lo schermo del mio telefono e la mia faccia.

Faccio scattare lo sguardo verso il suo.

Aggrottando le sopracciglia, blocco il cellulare. "Che c'è?"

"Perché ultimamente sei sempre incollato al telefono?" chiede Landen, dandomi una spintarella prima che io prenda in pieno qualcosa. L'aeroporto è pieno di centinaia di persone che stanno partendo dopo le finali nazionali. "Soprattutto alle sette del mattino".

"Non sono affari tuoi".

Alza gli occhi al cielo. "Eddai! Io ti dico tutto. Perciò spara!"

"Già", concorda Wilder, anche se è ancora ubriaco da ieri notte e dubito che gli importi.

Io e Wilder siamo arrivati a Las Vegas tre giorni fa per vedere

Ellie spaccare e sbaragliare la concorrenza nel *barrel racing*. Landen è stato qui per quasi due settimane, visto che l'evento dura dieci giorni, però vola con noi, mentre Ellie sta tornando in macchina con il rimorchio per il cavallo insieme a Noah e Fisher.

Perfino stare lontano dal ranch per pochi giorni è una sensazione estranea. Una volta lì, dovremo lavorare ancora più ore al giorno per recuperare. Però ne è valsa la pena per vederla vincere il campionato e per allontanarci dal ranch per un po'.

Quando noi tre raggiungiamo il nostro gate, c'è già la fila per l'imbarco.

"È una tipa, vero?" continua Wilder.

"Tecnicamente è una chat di gruppo. Ma qui c'è una che ci prova sempre con me", ammetto, solo che tralascio la parte in cui ci stiamo scrivendo in privato da settimane. I venerdì notte, restiamo svegli fino a tardi e messaggiamo finché uno dei due non crolla. Però non aggiungerò benzina sulla loro curiosità invadente dando loro altre informazioni.

"Che tipo di chat di gruppo?" chiede Landen.

"Il mio amico Jake mi ha aggiunto al suo club di equitazione. Parlano soprattutto di cagate a caso, tipo cavalli e roba sui rodei".

"Un *club* di equitazione? Sei sicuro che non sia un codice per qualcos'altro?" mi prende in giro Wilder agitando le sopracciglia.

Gli do un pugno al braccio e lui ridacchia.

"A me sembra sospetto…" aggiunge Landen

Sbuffo. "Vaffanculo, non lo è".

"Per caso avete una parola d'ordine?" chiede Wilder. "Tipo Pisellone Gigante o Cazzo di Cavallo Mostruoso?"

Landen gli dà una gomitata, cercando di trattenere una risata. Sa che mi sta infastidendo di proposito.

"Ma tu comunque che ne sai di cazzi grandi?" ironizzo, e Landen scoppia a ridere.

Wilder gonfia il petto. "Non saprei… Perché non lo chiedi alla tua ex? L'ha visto…"

Landen sbarra gli occhi mentre sposta lo sguardo tra di noi, probabilmente domandandosi se gli spaccherei la faccia nel bel mezzo del marciapiede mobile dell'aeroporto.

"Stai alla larga da Delilah, coglione", gli intimo, mentre ci dirigiamo verso i nostri posti.

"Che c'è? Voleva fare un upgrade…"

Sono quasi tentato di spingerlo col culo a terra. Non perché voglio Delilah, ma perché si sta comportando da stronzo.

"Ooook…" dice Landen strascicando la parola. "Se devo stare seduto vicino a voi in aereo per le prossime quattro ore, risparmiatevi la rissa per quando siamo a casa".

Landen si siede nel posto di mezzo, mentre io in quello del corridoio e Wilder monopolizza il finestrino.

Non ho avuto l'occasione di rispondere all'ultimo messaggio di Ragazza dell'edera velenosa; quindi tiro fuori il telefono per farlo prima del decollo.

"Dai, parlami della ragazza che ci prova con te", dice Landen, sporgendosi verso di me e interrompendomi. "Come si chiama?"

"Non lo so. Vedo soltanto il suo numero di telefono".

"Non vi siete presentati?"

"No, Jake non l'ha fatto. Sono stato aggiunto dopo che avevano già formato il gruppo ed erano nel bel mezzo di una conversazione. Quando qualcuno ha detto qualcosa con cui potevo aiutare, mi sono inserito. E da lì è andata avanti…"

Non c'è bisogno che conosca i dettagli di quando ha mostrato il sedere pieno di lividi e mi ha chiesto consiglio.

"Beh, hai il suo numero, no? Mandale un messaggio e scrivile: 'Ciao, sono Waylon della chat di gruppo. Come ti chiami?'"

È un pochino tardi per quello.

"Mi sembra troppo da scuole superiori".

Inarca un sopracciglio. "Chiedere a una ragazza come si chiama?"

No, ma chiederglielo dopo un mese che ci parliamo lo è. Non appena dovessi ammettere che stiamo avendo lunghe conversazioni private, non mollerebbe più la presa e lo direbbe ai nostri fratelli perché possano tormentarmi anche loro.

"Ci penserò". Faccio spallucce.

"È del luogo?"

"Credo di sì". O, comunque, immagino che lo sia, dato che conosce alcune parti della zona.

"Beh, fammi vedere il numero. Magari lo riconosco".

"Come? Riandando al periodo in cui eri un puttaniere, cinque anni fa?" Ridacchio, ma poi gli passo il telefono con la chat di gruppo aperta.

"Quello lì…" Clicco il suo contatto e indico il numero che finisce con 666, un qualcosa che trovo alquanto esilarante.

Aggrotta le sopracciglia quando legge il nome che le ho dato, però non dice niente. Lo studia e basta.

"Beh… lo conosci?" gli chiedo alla fine quando è rimasto in silenzio troppo a lungo.

Mi restituisce il telefono, scuotendo la testa. "No. Mi dispiace, bello".

Una parte di me sperava che lo riconoscesse per poter soddisfare la mia curiosità, mentre l'altra è felice che non lo conosca perché significa che probabilmente non se l'è portata a letto.

"Ma buona fortuna per scoprirlo!" aggiunge.

Sollevo una spalla. "Sì, grazie".

Dopo essere atterrati e aver raggiunto il ranch, sono quasi passate sei ore. Sono esausto, affamato e ho bisogno di una doccia calda.

Non è una bella combinazione.

Poiché tra meno di due settimane è Natale, l'aeroporto era già caotico per via dei tanti viaggiatori.

Ma il mio umore si solleva immediatamente quando ricevo un messaggio da Bentley con una fotografia di lui e Hannah che vanno al ballo natalizio.

State proprio benone! Divertitevi tantissimo. Non bevete!

Ok, PAPÀ.

Sai che puoi sempre chiamarmi, vero? Non farò domande. Se dovesse servirti un passaggio o qualunque cosa. Che sia giorno o notte.

Lo so. Grazie.

Bene. Adesso fai il gentiluomo e metti via il telefono.

Risponde con un dito medio, e ridacchio.

Dopo essermi lavato e aver gettato i vestiti sporchi in lavatrice, mi dirigo a casa dei miei per la cena domenicale. Non possiamo saltarla neanche se abbiamo viaggiato tutto il giorno. Ma, dato che Ellie, Noah e Fisher sono per strada, la tavola è meno affollata.

"Ho guardato il video della vittoria di Ellie tipo dieci volte", dichiara Mallory quando stiamo tutti mangiando. "Sono troppo invidiosa perché io non ci sono potuta andare. Che ingiustizia!"

La mia cuginetta di sedici anni fa un broncio drammatico, che ci fa ridere. Vive con i miei genitori da quando aveva nove anni, dopo che i suoi sono morti in un tragico incidente stradale. Seguire il suo passaggio da bambina a teenager è stata un'esperienza interessante.

Quando io e Wilder l'abbiamo beccata pomiciare con un ragazzo nelle scuderie, l'anno scorso, abbiamo quasi perso il senno.

Wilder ha giurato che il tipo stava allungando le mani e l'ha bloccato contro la parete.

Adesso ha la patente e va in tutti i nostri nascondigli con il suo ragazzo, Antonio.

Solo per parlare, è quello che dico a me stesso.

"Già, è stato bello vederlo dal vivo", dico. "Un momento che non scorderò mai".

"Nemmeno io", aggiunge Landen. "L'intera competizione è stata surreale. Non riesco ancora a credere a quanto è stata incredibile. Io ero un fascio di nervi per lei, però Ellie era calma e concentrata. Una tipa davvero tosta".

Sorrido a Landen perché il fatto che Ellie fosse arrivata alle finali nazionali aveva gasato più lui di chiunque altro. È il più grande sostenitore della sua carriera da molto prima che si mettessero insieme. Lo era perfino durante gli anni in cui lei lo odiava.

Si vede quanto è orgoglioso del duro lavoro di Ellie e quanto la ama. A volte mi chiedo se avrò mai quel tipo di relazione, con qualcuno che posso incoraggiare e aiutare a essere chiunque voglia diventare.

"Sono piuttosto sicura di aver perso la voce per quanto ho urlato forte", dice Magnolia con voce strozzata, poi si schiarisce la gola. Willow è sul suo grembo, mentre Laken su quello di Tripp. Hanno lasciato i bambini qui per qualche giorno e si capisce quanto ne hanno sentito la mancanza.

"Certo, mettete pure il dito nella piaga, teste di rapa". Mallory si acciglia, e mamma la mette in guardia con un'occhiataccia per le parole che ha usato.

"Che c'è? Non è mica una parolaccia". Mallory alza gli occhi al cielo.

Mamma mia, quant'è impertinente!

"Sei troppo piccola per goderti Las Vegas per quello a cui è destinata", le dice Tripp.

Onestamente, si sarebbe annoiata. Quando non eravamo

all'arena a guardare Ellie, passavamo il tempo a bere al bar dell'albergo o a dare un'occhiata ai casinò.

"Questa si chiama discriminazione verso i giovani!" Mallory aggrotta la fronte, spostandosi i capelli scuri dietro la spalla con un colpo della mano.

"No, si chiama legge". Faccio una risata nasale. "Devi avere ventun anni per entrare nei posti divertenti".

"Che ne dici se ti ci portiamo per il tuo ventunesimo compleanno?" suggerisce Tripp.

Mallory si tira su. "Davvero? Lo farete?"

"Io ormai sarò una donna anziana, ma verrò pure io", dice Magnolia scherzando, ma in realtà mancano solo cinque anni.

"Ci andremo ogni anno che Ellie gareggia", afferma Landen. "Probabilmente per i prossimi, almeno".

"E come farete a darmi altri bis-nipoti nel bel mezzo di tutta quella roba?" chiede in modo inaspettato nonna Grace.

"Ne hai letteralmente tre proprio qui". Landen indica Willow e Laken, poi Poppy, seduta tra mamma e papà. Tutti e tre i bimbi sono rimasti qui mentre noi non c'eravamo.

Ho sentito che ha regnato il caos organizzato per tutto il tempo.

"Ok, e quindi?" Nonna Grace si acciglia. "Non vivrò mica in eterno".

Un coro di sussulti si solleva dalla stanza, e lei li liquida con un gesto della mano e una risata.

"Vedrò di dire a Ellie che abbiamo una scadenza", dice ironico Landen.

Papà ride. "Andrà proprio bene".

Sappiamo tutti che Ellie è indipendente e testarda. Non prende certo ordini da suo marito, che un tempo era il suo addestratore.

Quando abbiamo finito di mangiare, faccio il giro del tavolo e raccolgo i piatti vuoti; poi li porto al lavello.

"Waylon, tesoro", dice con voce affettuosa nonna Grace, in piedi vicino a me mentre sciacquo i piatti.

"Spero che tu non stia per chiedermi altri nipotini perché, mi dispiace deluderti, non c'è nessuna signora Waylon; il che vuol dire che non ci saranno bambini Waylon".

L'angolo della sua bocca si solleva in un sorrisetto sicuro. "Forse non ancora, però so che c'è qualcuno di speciale nella tua vita".

Aggrotto le sopracciglia, confuso. "Perché lo dici?"

"Sei più felice, in queste ultime settimane. Più leggero. Non così teso e malinconico".

"Non sono malinconico", mi difendo, aprendo la lavastoviglie per caricarla. Questa è una cosa di cui di solito si occupa Noah, visto che io e Wilder tendiamo ad andarcene dopo il dolce, però preferisco rendermi utile, piuttosto che lasciar fare tutto a mia madre.

Nonna Grace fa una risatina, togliendosi il grembiule, che poi posa sul bancone. "Beh, spero deciderai presto di presentarcela: non vedo l'ora di conoscerla".

Di conoscerla? *Pure io.*

O, cavolo, prima mi piacerebbe capire chi è!

Quando la cucina è pulita, mamma tira fuori i materiali per lo *scrapbooking* e ci ordina di restare tutti. Prendo uno degli album incompleti e cerco delle fotografie e alcuni sticker per decorare la pagina.

Noah e Fisher ne hanno già realizzato uno a testa, che poi si sono scambiati. Tripp ha creato un adorabile album per Magnolia quando lei era incinta di Willow. E Landen ne ha fatto uno per Ellie l'anno scorso per documentare il suo anno prima delle finali nazionali. Adesso lui può aggiungere la pagina finale, con lei che vince l'intero campionato.

Spero di poterne realizzare uno speciale per la mia partner, un giorno… chiunque lei sia.

"Guardate quanto eravate carini da piccoli…" Papà solleva una fotografia del primo giorno d'asilo mio e di Wilder.

Rimane principalmente seduto vicino a mamma e la guarda sfogliare gli album, però lui ne ha creati un paio per i loro anniversari, che tengono in soggiorno, là dove tutti possono ammirarli.

"Non riesco nemmeno a capire chi è uno e chi l'altro". Mallory assottiglia gli occhi.

"Davvero? Non lo capisci dal sorriso scemo sulla faccia di Wilder?" Do una spintarella a mio fratello, seduto vicino a me, e attiro la sua attenzione. "Sei stato beccato a sollevare la gonna di Bridget Mueller nel parco giochi".

"Oh, accidenti, me n'ero dimenticato! Non voleva dirmi di che colore erano le sue mutande e mi ha detto di capirlo da solo. Quindi l'ho fatto".

"Mi sembra una molestia", afferma Mallory impassibile.

"È stata pure il mio primo bacio". Wilder agita le sopracciglia.

"Era consenziente…" Magnolia fa una risatina, "… oppure l'hai bloccata contro lo scivolo?"

"Mi ha seguito e ha premuto con la forza la sua bocca sulla mia, per vostra informazione". Wilder tira fuori alcune fotografie dei nostri anni alle elementari e ne solleva una. "Ma potete forse biasimarla? Eravamo dei bei bambini".

"Perché avete preso da me", si vanta papà.

Mallory sbuffa. "Non incoraggiarli".

Ridiamo, e guardo mio padre, che è la nostra copia sputata. Io, Wilder, Landen e Tripp assomigliamo più a lui che a nostra madre; invece Noah ha preso da lei. Dalle fotografie che ho visto, è la sua sosia in miniatura: capelli biondo dorato, occhi azzurri e atteggiamento da *ho sempre ragione io.*

"Sapete, era lo scapolo più ambito del paese", lo elogia mamma. "Sono stata fortunata a rubare quei geni per i miei figli. Non c'è di che".

"Intendi dire che ha corrotto una ragazza di chiesa innocente", ironizza nonna Grace.

Magnolia sussulta e fa un fischio. "Ooh, cielo! Stiamo per sentire del gossip succoso? Dicci di più".

"Corrotto?" Papà sbuffa, incrociando le braccia e appoggiandosi allo schienale della sedia. "È stato amore a prima vista. Semmai, è stata lei a corrompere *me*".

Mamma solleva un sopracciglio, scoccandogli un'occhiata che

può essere interpretata solo come *Non mettermi alla prova in questo momento.*

Lui ricambia con uno sguardo ostentatamente arrogante.

"La signora Hollis non andrebbe *mai* dietro a un uomo". Magnolia fa un sorriso raggiante. "Probabilmente era la ragazza più bella che il signor Hollis avesse mai visto ed è stato lui a darle la caccia".

È dolce vedere quanto vuole bene a nostra mamma e quanto vanno d'accordo. Però non è una sorpresa, dato che lei e Noah sono migliori amiche sin dalle elementari. Magnolia ha praticamente vissuto qui durante i loro anni alle superiori; poi ha sposato Tripp e adesso vive stabilmente al ranch.

"Hai proprio ragione", concorda papà. "È per questo che non potevo aspettare per farla mia. C'erano dei basta… ehm, degli sfigati che hanno provato a portarmela via persino dopo che ci siamo sposati.

Ridacchio per come si è fermato subito prima di lasciarsi sfuggire una parolaccia. Anche se Mallory è cresciuta, ci fa ancora mettere soldi nel barattolo delle parolacce.

"Non è vero!" ribatte mamma. "Hanno visto la *pietra* che mi hai fatto indossare e mi hanno lasciata in pace".

Papà getta indietro la testa, erompendo in una sonora risata. "Credi che sia stato il tuo anello a spaventarli? Tesoro, li ho minacciati di farli diventare mangime per cavalli, se ti avessero anche solo *guardata*".

Mamma rimane a bocca aperta e scoppiamo tutti a ridere.

"Questo spiega alcune cose…" Magnolia sposta lo sguardo verso Tripp, che si stringe nelle spalle senza rimorso. È eccessivamente protettivo nei confronti di Magnolia e dei loro figli, però non lo biasimo, dopo tutto quello che lei ha passato.

"Tale padre, tale figlio", si vanta papà.

"Vorrai dire: pazzo e ancora più pazzo…" lo prende in giro mamma.

Papà le fa l'occhiolino. "Lo adori".

È divertente guardare i miei genitori dopo tutti questi anni. Si vede che si amano profondamente e si rispettano a vicenda. Si sono fidanzati ufficialmente e sposati nel giro di tre mesi dopo essersi conosciuti e poi hanno ampliato il ranch e fatto cinque figli. Onestamente, il fatto che la loro relazione si sia evoluta in così poco tempo spiega perché i miei fratelli minori siano andati a convivere con i loro partner così dannatamente in fretta.

Negli ultimi anni, ho partecipato a tre matrimoni e sono diventato zio di tre nipoti.

La nostra tradizione familiare non dovrebbe sorprendermi, dato che nonna Grace ha sposato un ex insegnante diventato parroco – un bel po' più grande di lei – con cui ha avuto due figlie.

Poi abbiamo scoperto che sua prozia Polly aveva sposato il cugino di secondo grado e che avevano avuto sette figli.

E, ora che ci penso, forse dovrei prendermela con i miei parenti per aver rovinato la mia capacità di avere una relazione. Tra l'incesto fra cugini e le aspettative riguardo il matrimonio e i figli, non c'è da meravigliarsi se ho i miei problemi.

Quando arrivo a casa sono pronto a crollare, però non ho ancora risposto all'ultimo messaggio di Ragazza dell'edera velenosa dopo averle detto che è passato diverso tempo dalla mia ultima ragazza.

RAGAZZA DELL'EDERA VELENOSA

Oh. Quanto tempo?

Fissando il suo messaggio, rifletto su come rispondere.

Sono passate ore da quando stavamo parlando, però ieri l'ho avvisata che oggi avrei viaggiato.

La mia risposta mi farà sembrare uno sfigato perché non riesco a trovarmi una ragazza o un fallito perché non sono capace di tenermene una. In ogni caso, dirle "sette anni" darà l'impressione che con le relazioni faccio pena.

Ed è così.

Però non posso continuare a temporeggiare; quindi alla fine scrivo la mia risposta.

WAYLON

Abbastanza a lungo da sapere cosa sto cercando in una partner, così che nessuno dei due rischi di perdere tempo.

Mi morsico ansiosamente il labbro e mi chiedo se avrei dovuto dire qualcosa di meno personale.

Quando vedo che sta scrivendo e si ferma, poi ricomincia e si blocca di nuovo, sbuffo.

Sì, ho creato disagio.

Dopo quella che mi sembra un'eternità, il telefono vibra con un messaggio.

RAGAZZA DELL'EDERA VELENOSA

Forse dovremmo finalmente incontrarci, che dici?

Capitolo Nove

Harlow

O ddio, forse non avrei dovuto chiederglielo.

Non conosciamo nemmeno i nostri nomi e adesso gli sto proponendo di vederci?

Mi sembra l'inizio di ogni episodio true crime.

Vai con il: *"Illuminava ogni stanza in cui entrava come una stella brillante. Peccato che fosse fottutamente stupida e non conoscesse la regola secondo cui vanno evitati gli incontri con gli sconosciuti".*

Il fatto che abbia accettato mi fa strabuzzare gli occhi, e urlo internamente.

Al diavolo gli episodi true crime!

Faccio un balletto gioioso nella mia stanza prima di rispondere.

Supponendo che anche tu sia di Sugarland Creek, c'è un bel baretto nuovo in centro, il Grindhouse.

Sì, ci sono stato un paio di volte. Mezzogiorno va bene?

Mezzogiorno è perfetto.

Ottimo! Come farò a sapere che sei tu?

Ooh, bella domanda!

Metterò un fiocco rosa tra i capelli e li tirerò su per metà.

Fiocco rosa. Ricevuto.

Allora ci vediamo lì.

Adesso devo solo pensare a cosa mettermi.

E a come essere molto più spiritosa di persona di quanto non sia per messaggio.

"Come hai potuto non parlarmene prima?" mi rimprovera Natalie durante la nostra videochiamata settimanale del giovedì.

Sono passati quattro giorni da quando io e Ragazzo misterioso ci siamo organizzati per vederci. Ci siamo sentiti tutti i giorni da allora, però l'idea di vedere con chi sto parlando mi rende ancora nervosa.

Soprattutto da che sta cominciando a piacermi.

È rimasta a bocca aperta dopo che le ho detto che è partito tutto dalla discussione sull'edera velenosa nella chat di gruppo – con me che mostravo il sedere pieno di lividi e la scoperta della carenza di vitamina K, che ha portato me e Ragazzo misterioso a scriverci in privato – e che domani ci vedremo di persona.

"E non sai ancora come si chiama? Come caspita è possibile?" Non biasimo l'espressione scettica sul suo viso perché chiederei la stessa cosa, se i ruoli fossero invertiti.

"Nessuno dei due ha tirato fuori l'argomento", spiego. "Un po' mi piaceva che non lo sapesse. Non appena qualcuno cerca il mio nome su internet, vede tutti gli articoli di sette anni fa".

Quelli che parlano di un'irruzione in casa finita male e di come sono stata picchiata a morte con una mazza da baseball di metallo.

Natalie mi scocca *l'occhiata*. Quella colma di pietà e tristezza.

"Smettila!" la sgrido, indicandola dallo schermo del computer. "È esattamente per questo".

"Fammi causa, se mi dispiace per quello che ti è successo".

Accigliandomi, continuo: "Volevo che mi conoscesse *adesso* nel presente prima di sapere del mio passato. Le cicatrici sul mio corpo lasciate dall'aggressione, dagli interventi e dai tubi non sono facilmente spiegabili con una o due frasi veloci. Non vorrei condividere quei dettagli con qualcuno che ho appena conosciuto senza che lui sappia chi sono adesso".

È una cosa troppo personale da dire a uno sconosciuto.

Annuendo, sospira. "Sì, lo capisco".

E so che è così, considerando che anche lei ha le sue cicatrici e il trauma causati dall'incidente.

"Suona strano, però è anche… *elettrizzante*. Come se un ragazzo misterioso stesse parlando con *me*, dandomi attenzioni e permettendomi di conoscerlo. È emozionante. Per quanto possa sembrare un cliché, mi sveglio ogni giorno col sorriso perché so che ci sarà un messaggio ad aspettarmi".

Un lato positivo del fatto che comincia a lavorare così presto.

"Beh, è talmente dolce da essere nauseante". Finge di vomitare. "Nel frattempo, io sarò nel bel mezzo di una strada ad aspettare che mi mettano sotto".

"Oh, mio Dio, quanto sei drammatica!" Faccio un fischio per la sua uscita estrema.

Si comporta come se non avesse mai frequentato nessuno, ma perlomeno lei ha già perso la verginità. Io non ho nemmeno mai baciato un uomo.

Praticamente, mi sto buttando in questa storia ingenuamente e alla cieca.

Continuiamo a guardare un secondo episodio prima di chiudere la serata dopo che entrambe abbiamo sbadigliato eccessivamente durante l'ultima metà.

"Quindi, se tu lo chiami "Ragazzo misterioso", mi domando come lui chiami te".

"Oh, non ci ho mai pensato. Adesso sono curiosa pure io".

"Speriamo non sia un maniaco che ti ha rinominata "Ragazza col bel culo"".

"Non mi dà l'impressione di essere un maniaco, però non ho così tanta esperienza in campo di uomini; quindi potrebbe essere un prete sessantenne, per quanto ne so".

"Mmh… Un amore proibito e lui creperà presto, così tu riceverai la sua assicurazione sulla vita? Bingo".

"Natalie Jo!" Scoppio in una risatina. "Leggi troppi racconti erotici".

"Erotici? Bella, questa è la trama di un thriller. L'eroina scopre che il prete si è comportato in modo inappropriato con la sua sorellina, però nessuno le crede; quindi elabora un piano di vendetta: lo seduce e lo fa innamorare di lei, ma il colpo di scena è che stipula una polizza assicurativa su di lui a sua insaputa. Poi lo ammazza in modo terribile, super grafico e disgustoso, tagliandogli il cazzo e ficcandogli le sue stesse palle in gola. E poi, cioè… rispetto, bella… lo fa soffrire e porta avanti l'opera del Signore liberandosi di quel pezzo di merda".

Faccio una smorfia per l'immagine che mi ha appena messo in testa. "Cristo… è raccapricciante!"

"Oh, e poi incastra qualcun altro che si prenda la colpa".

"Non ci credo… Chi?"

"La sua stessa madre. Dato che lei non ha creduto a quello che lui stava facendo a sua sorella, ha piazzato delle prove per renderla l'unica sospettata. Ha escogitato questo complotto folle e la parte più assurda è che ha funzionato, perché la madre finisce in prigione".

"È una follia. Finisce così?"

"L'epilogo è la parte migliore… Non solo ottiene i soldi, ma si trasferisce con sua sorella in un altro stato e cambiano nome. Poi cominciano a frequentare un'altra chiesa cattolica e praticamente tutta la storia si ripete: seduce un prete, stipula un'assicurazione sulla vita su di lui, gli taglia il cazzo e lo uccide; poi piazza prove false per far ricadere la colpa su qualcun altro".

Sussulto. "Quindi adesso è tutto un susseguirsi di omicidi per riscuotere l'assicurazione sulla vita?"

"Praticamente, però la protagonista è anche un tantino… psicopatica. Un narratore inaffidabile, mettiamola così. Non ho letto il seguito, però ho sentito dire che è persino meglio del primo. Lei passa dai preti ad altri tipi di predatori, e il racconto dovrebbe farsi ancora più inquietante".

"Non l'ho letto, e mi sento comunque inquieta".

"Beh, posso consigliarti una marea di romanzi osceni. Soprattutto se vuoi imparare una cosa o due…" Fa un sorrisetto, inarcando il sopracciglio.

Ridacchio per la chiara implicazione. "Forse. Ti faccio sapere non appena scopro chi è. Forse alla fine dovrò leggere quel thriller, invece".

"A proposito di omicidio, dovresti condividere con me la tua posizione… Giusto per sicurezza".

"Ci incontriamo al Grindhouse. Ci saranno gli impiegati e altre persone intorno".

"E se volesse portarti a fare un giro in macchina? Sai… un *giro*".
Mette enfasi sull'ultima parola.

Aggrotto le sopracciglia. "Che c'è di male? I giri in macchina in
campagna sono i miei preferiti".

"Giuro su Dio!" Si pizzica la radice del naso. "Ci sono solo due
ragioni per cui un ragazzo chiede a una ragazza di fare un giro in
macchina". Solleva un dito. "Per spogliarti sui sedili posteriori per
poi praticare ginnastica orizzontale". Poi ne alza un altro. "Oppure
per ammazzarti in un bosco e sotterrarti lì".

"Accidenti, ok! Niente giri in macchina".

"Perlomeno non finché non lo avrai conosciuto meglio", precisa.
"Quindi, prima che succeda, condividi subito la posizione con me".

"Va bene, cavolo!" Prendo il telefono e la aggiungo all'app Life
360. "Contenta, *madre*?"

"Sì, grazie. Adesso posso stalkerarti senza fare la maniaca".

Faccio una risata nasale. "Beh, sono felice che una persona saprà
dove cercare il mio corpo".

"Prenderei la pala e verrei a cercarti io stessa ancora prima di
chiamare il 911. Poi troverei il bastardo responsabile, gli spaccherei
la testa con suddetta pala e lo lascerei in pasto ai coyote".

"Ooook, la storia è appena diventata macabra come il tuo
thriller. Stanotte avrò gli incubi".

La sua risata è contagiosa e presto ci stiamo entrambe
asciugando le lacrime per la sua reazione omicida alla mia
soppressione.

"Meglio se vado a letto", dico.

"Già, devi farti una doccia completa e depilarti prima del tuo
appuntamento, vero?" Agita le sopracciglia, e scuoto la testa per
quanto è insopportabile.

"Solo perché mi metto un bel vestitino non significa che potrà
toccare sotto".

"Mmm-mmh. *Certo*".

"Buonanotte", dico in tono cantilenante.

"'Notte 'notte".

Dopo aver chiuso il portatile, rotolo giù dal letto e vado a

lavarmi i denti. Poi controllo il telefono e sorrido
inconsapevolmente quando vedo un *suo* messaggio mandato prima.

RAGAZZO MISTERIOSO

Siamo ancora d'accordo per domani a
mezzogiorno, giusto? Fiocco rosa tra i capelli?

HARLOW

Sì, ci sarò.

Aspetta. Fiocco rosa tra i miei capelli o i tuoi?

Sto ovviamente scherzando, però so che mi darà corda.

RAGAZZO MISTERIOSO

Speravo i tuoi, perché ho giusto finito i fiocchi rosa
l'altro giorno.

HARLOW

Ah! Allora come farò a sapere chi sei?

RAGAZZO MISTERIOSO

Metterò un cappello da cowboy.

HARLOW

Così come tutti gli altri uomini.

RAGAZZO MISTERIOSO

Ah! Non preoccuparti, ti troverò io.

HARLOW

Ok, non vedo l'ora.

RAGAZZO MISTERIOSO

Ci vediamo presto.

HARLOW

Notte!

Uno stormo di farfalle mi invade lo stomaco al pensiero che
finalmente lo vedrò.

Sempre che l'avvertimento di Natalie non diventi realtà.

Non so cos'abbia lui di così speciale, ma chiacchierare ogni giorno e parlare di cose normali mi rende impaziente di dare un volto e un nome al ragazzo misterioso dietro lo schermo.

Abbiamo già fatto abbastanza conversazione spicciola che ha senso aggiungere più dettagli sul mio passato e non preoccuparmi che possa trattarmi diversamente dopo che l'avrà scoperto.

Sono ansiosa, però non sono nemmeno mai stata così emozionata di incontrare qualcuno.

Ho i nervi a fior di pelle mentre me ne sto seduta a uno dei tavoli del Grindhouse.

A giudicare da quanto forte sta battendo il mio cuore e da quanto rapida sta rimbalzando la mia gamba, non credo di essere mai stata così nervosa in vita mia.

Nemmeno per la mia prima gara di salto ostacoli. Non avevo questo bisogno travolgente di vomitare. Quella mi sembra una passeggiata, in confronto a questo.

Però mi concentro sulle bellissime decorazioni festive in giro per il bar e provo a calmare i nervi. Visto che mancano solo pochi giorni a Natale, il centro è pieno di spirito natalizio.

Come da piani, ho raccolto i capelli in una mezza coda e ci ho avvolto attorno un nastro rosa, poi l'ho annodato a fiocco. Ho messo un vestito lungo dello stesso colore che scende fino alle caviglie e un cardigan bianco sulle spalle, visto che fuori fa freddo. Quando ho lavorato, martedì, ho comprato un paio di stivali marrone chiaro che mi arrivano a metà polpaccio.

Non per vantarmi, ma sono super carina.

Quando ho mandato a Natalie un selfie intero allo specchio, ha risposto che sono talmente sexy da mandare qualunque uomo in arresto cardiaco.

Speriamo che non accada… e spero che non rimanga deluso nel vedere chi sono.

Onestamente, non so bene cosa aspettarmi; però sono pronta a scoprirlo.

A mezzogiorno e un quarto, controllo il telefono, nel caso mi abbia scritto che farà tardi.

Niente.

Quando mi guardo attorno alle mie spalle, i miei occhi incrociano quelli di Waylon.

Non indossa i suoi soliti abiti da lavoro. Invece, ha dei jeans Wrangler scuri, una camicia e il cappello da cowboy. Sta proprio *bene*.

Però è sempre così.

"Ehi!" Mi giro completamente finché non siamo faccia a faccia.

"Harlow". Si schiarisce la gola. "Ciao".

"Non pensavo che fossi tipo da fare tutta questa strada fino in centro per un caffè".

"Oh, giusto". Si gratta la barbetta incolta sulla guancia. "È che oggi mi andava di uscire".

Sembra un tantino a disagio, cosa non insolita per lui, però gli rivolgo comunque un sorrisino rassicurante.

"Già, è una bella giornata di sole".

Mi giro verso il mio tavolo e continuo ad aspettare con i nervi in subbuglio.

Abbassando di nuovo lo sguardo, mi acciglio perché lui non è qui né mi ha avvisata che avrebbe fatto tardi. Sono tentata di scrivergli e chiedergli dov'è, però non lo faccio. Perlomeno, non ancora.

Invece, osservo Waylon alla cassa. Ordina una bevanda e poi indica un muffin nella vetrina. Quando gira la testa, i nostri occhi si incontrano e gli sorrido di nuovo.

Stavolta, ricambia.

Quando usciva con mia sorella, stavano succedendo talmente tante cose nella nostra famiglia che lo vedevo raramente. Ho cominciato a incontrarlo più di frequente quando ho iniziato ad allenarmi con Noah, e perfino allora succedeva di rado, dato che lui lavora dalla parte opposta del ranch.

Dopo che Waylon riceve il suo ordine, fa per superare il mio tavolo, ma poi si ferma.

"Sei qui da sola?" chiede.

"Sto aspettando un tipo. È un tantino in ritardo", rispondo, strozzandomi quasi con le parole perché dentro di me so che non verrà, però sono troppo in imbarazzo per ammetterlo.

Waylon mi scocca un'occhiata, una che non riesco bene a inquadrare, e poi la sua faccia si trasforma in un sorriso compassionevole.

Grandioso. Come se non sembrassi già patetica, seduta a un tavolo da sola… Adesso penserà che sono una sfigata perché sono stata piantata in asso.

"Ok. Passa una buona giornata!"

Deglutisco con forza. "Grazie, anche tu".

Annuisce e poi si allontana.

Se avessi più fiducia in me stessa e non avessi paura di un suo rifiuto, avrei invitato lui a unirsi a me.

Capitolo Dieci
Waylon

Resto seduto nel mio pick-up parcheggiato a mezzo isolato dal bar e dieci minuti dopo vedo Harlow camminare verso la sua macchina sull'altro lato della strada. Ha una tazza di caffè in mano; quindi perlomeno ha preso qualcosa, prima di uscire.

Ma la sua espressione è una combinazione di tristezza e furia.

Le avrei scritto che sarei arrivato tardi, però il telefono mi era scivolato di mano mentre stavo guidando, infilandosi sotto il sedile del passeggero. Dato che non volevo perdere altro tempo fermandomi per cercarlo, ho aspettato di parcheggiare e ci ho messo altri cinque minuti per provare a ripescarlo dal punto in cui era rimasto bloccato.

Non appena ho riconosciuto i suoi lunghi capelli castano dorato e ho notato il fiocco rosa, sono entrato nel panico. Stavo quasi per lasciare il bar prima che mi vedesse.

Per tutto questo cavolo di tempo.

Era lei per tutto il cazzo di tempo, e non ne avevo idea.

Probabilmente non ha aiutato il fatto che non conoscessi a prescindere molti dettagli specifici sul suo conto. Se ci fossimo scambiati i nomi, sarebbe stato impossibile non rendersene conto, e così la storia sarebbe finita ancora prima di cominciare.

E, chiaramente, nemmeno lei lo sa, a giudicare dalla sua

reazione quando mi ha visto e dal fatto che pensava che fossi andato lì per un caffè.

L'unica ragione per cui le ho chiesto se si trovasse lì da sola era per avere conferma – o, meglio, un'altra conferma – che stesse effettivamente aspettando qualcuno. *Me.*

Devo scriverle e mettere fine alla sua sofferenza. Anche se odio mentire, soprattutto a qualcuno che non se lo merita, la verità le farebbe più male.

Non posso essere *amico* della sorella minore della mia ex.

E se le cose dovessero evolversi? Non credo proprio che a Delilah starebbe bene.

Harlow è troppo giovane, troppo dolce, un frutto troppo proibito.

Però mi sorprende che avessimo alcune cose in comune, dato che stiamo percorrendo sentieri diversi nelle nostre vite, e non ha senso illuderla che tra di noi potrebbe mai esserci qualcosa di più.

Cazzo! Adesso devo fingermi quest'altra persona della chat di gruppo e comportarmi come se non avessi ancora idea di chi è, pur conoscendola nella vita reale.

WAYLON

> Ehi, scusami tanto se non ti ho scritto prima. È spuntato un imprevisto al lavoro, e non sono riuscito a liberarmi.

Non posso suggerire di rimandare l'uscita, perché non ho alcuna intenzione di rivelarle la mia identità dopo alcune delle cose personali che le ho detto. Non che non mi fidi, però non gliele avrei confessate, se avessi saputo che era lei.

Come un maniaco, mi rannicchio sul sedile e aspetto che controlli il telefono.

Si mette al volante, allaccia la cintura e poi vedo che lo solleva. Da questa angolazione il dispositivo le nasconde il viso, però è abbastanza scoperto da consentirmi di capire che è arrabbiata con me. Invece di rispondere, ripone il cellulare e mette in moto.

Me lo merito.

Solo con me

A questo punto, mi sorprenderebbe se rispondesse.

Quando arrivo a casa, sto davvero di merda. Il senso di colpa mi sta consumando e, a prescindere da quello che posso fare o dire, nulla sistemerà ciò che è già successo.

Ho proprio toppato con la sua età e nemmeno una volta ho preso in considerazione l'idea che potessi conoscerla nella vita reale o che fossimo collegati in qualche modo, perché non avvertivo nulla di familiare.

Comunque sia, non posso rimanere troppo deluso dal fatto che è lei perché Harlow è stupenda, dolce e onesta. So che non rivelerebbe mai a nessuno ciò che ci siamo detti durante le nostre conversazioni.

Ripenso ad alcune di esse e adesso riesco a rimettere insieme i pezzi delle cose che mi ha confidato e quello che so già su di lei.

Ha ammesso che c'è stato un periodo in cui ha affrontato problemi di salute mentale e si è rivolta all'ippoterapia. Ma, adesso che so chi è, comprendo da dove avevano origine quelle difficoltà.

L'incidente sul lavoro del padre quando aveva dodici anni.

Il suo incidente quando ne aveva tredici.

Ha passato anni dentro e fuori dall'ospedale fino ai sedici.

Delilah era a pezzi durante quel lasso di tempo e, per quanto provassi a supportarla, ero giovane ed egoista e volevo solo che trascorresse più tempo con me. Ero pure ancora scosso per quello che era successo con Wilder due anni prima. Dopo un po' fu evidente che nessuno dei due era nelle condizioni di avere una relazione.

Vedevo raramente Harlow mentre si stava riprendendo e, perfino dopo, veniva al ranch solo per allenarsi e parlavamo di rado.

Avevo l'impressione che non dovessi farlo, considerando i miei trascorsi con sua sorella e le cose che Delilah le aveva probabilmente detto sul mio conto.

Adesso vorrei poter tornare indietro nel tempo e non farmi coinvolgere nella chat di gruppo, perché Harlow si sentirà rifiutata, visto che le ho dato buca nonostante non ci sia nulla che non va in lei.

Se la situazione fosse differente, mi sarei presentato con piacere e avrei bevuto un caffè con lei.

Però non è proprio il caso che continuiamo a scriverci.

Ed è una scocciatura, perché mi piaceva la sua compagnia e parlare con qualcuno con cui non fossi imparentato.

"Wilder? Ci sei?" chiamo a voce alta, addentrandomi nella scuderia dell'agriturismo.

Mi ha detto che avrebbe mangiato al Lodge, però il suo pick-up è ancora parcheggiato fuori. Ma è possibile che ci sia andato a piedi.

Prendendo uno dei rastrelli, do un'occhiata veloce nei box per vedere fin dove è arrivato per poter continuare da lì. Dopo aver visto che il quinto è stato completato, mi dirigo al prossimo e sussulto quando lo trovo svenuto per terra.

"Wilder!" urlo, lanciando via il rastrello e aprendo la porta. "Ehi, svegliati!"

Gli do un calcio alla gamba, ma non si muove.

"Che cavolo fai, bello? Stai dormendo sulla merda di cavallo. Hai proprio toccato il fondo".

Faccio il giro del suo corpo, guardandolo meglio in faccia, e realizzo che c'è qualcosa che non va. Ha della schiuma attorno alla bocca.

Dopo essermi inginocchiato, ascolto se sta respirando e gli sento il battito. C'è, però il respiro è debole.

"Wilder, svegliati…" Lo scuoto e poi cerco del sangue sulle gambe, ma non lo vedo.

Quando guardo dall'altro lato vicino a lui, noto una chiazza di vomito.

"Oh, cazzo! Cos'hai preso?" mormoro anche se non può sentirmi. "Dobbiamo portarti al pronto soccorso".

Aspettare un'ambulanza richiederebbe troppo tempo; quindi me lo carico sulle spalle e lo porto così fino al mio pick-up. Il suo corpo è floscio mentre lo lascio sul sedile del passeggero e gli allaccio la cintura.

"Wilder, se riesci a sentirmi, devi resistere, ok? Ti sto portando all'ospedale".

Il cuore mi martella contro le costole mentre sfreccio lungo le stradine di campagna. Chiamo mio padre e gli dico di raggiungermi lì; poi mando un messaggio vocale nella chat di gruppo tra fratelli per avvisarli.

Quando stamattina Wilder è arrivato al lavoro era di buon umore, come di solito, del resto; quindi non ho notato nulla di strano. Per quanto ne so, non aveva i postumi né aveva bevuto a colazione; perciò mi sto ancora scervellando per capire cosa gli ha fatto perdere i sensi.

Ho chiamato il pronto soccorso per avvertire che eravamo per strada e così, appena arrivo, c'è già una barella ad attenderlo.

"È svenuto da quando l'ho trovato, quindici minuti fa", spiego.

"Il battito è debole", afferma una delle infermiere. "Lei resti qui e verremo a chiamarla quando sarà stabile".

I tre lo portano via ancora prima che abbia la possibilità di dire qualcosa a mio fratello.

Non che avessi in mente qualcosa.

Ti prego, non morire.

Ti voglio bene.

Cammino nervosamente nella sala d'attesa, leggendo la chat tra fratelli e le loro risposte. Anche se non ho nessun aggiornamento, li informo che siamo arrivati e che adesso Wilder è nelle loro mani.

TRIPP

Secondo te cos'è successo?

LANDEN

Stava ancora respirando?

NOAH

Gli hai controllato le cosce?

LANDEN

Sai per caso da quanto tempo era svenuto, prima che lo trovassi?

Sono preoccupatissimi per lui proprio come lo sono io. Sono passati anni dal suo ultimo ricovero d'emergenza in ospedale, però siamo ancora traumatizzati da quel doloroso evento.

WAYLON

Quando me ne sono andato per il pranzo stava bene. Sì, respira, ma in modo irregolare. E ho controllato: non ho visto sangue. Non so da quanto tempo fosse così o cosa sia successo. Spero di scoprirlo.

E poi un pensiero mi attraversa la mente: *Se solo fossi rimasto e avessi pranzato con lui. Sarei stato lì per quello che è successo.*

Ma poi ricordo a me stesso che, se mi fossi preso un caffè con Harlow, chissà dopo quanto altro tempo lo avrei trovato. È una fortuna che sia stato via solo per trenta minuti.

NOAH

Non appena Fisher torna da un lavoro e può tenere Poppy, vengo lì.

LANDEN

Io e Tripp stiamo arrivando. Dieci minuti e ci siamo.

Prima che abbia la possibilità di rispondere, papà e mamma si precipitano dentro. Devono aver sfrecciato sin qui.

"Si sa qualcosa?" chiede mamma, avvolgendomi tra le braccia.

"Non ancora. L'hanno portato dentro solo cinque minuti fa".

Papà mi stringe la spalla. "Li avverto che siamo qui".

Passa un'ora e arrivano anche i miei fratelli, chiedendo tutti aggiornamenti e informazioni, però ancora non sappiamo nulla.

Quando le porte del pronto soccorso si aprono, l'ultima cosa che mi aspetto di vedere è Harlow con sua madre. La signora Fanning indossa l'uniforme e lavora qui; dunque è possibile che Harlow sia venuta a trovarla dopo che le ho dato buca.

È chiaramente turbata e ha pianto.

Ma poi noto che ha una fasciatura attorno alla mano.

"Harlow?" la chiama Noah, balzando in piedi per correrle incontro.

Istintivamente, mi alzo anche io perché vorrei consolarla.

"Cosa c'è che non va?" chiede Noah.

"Si tratta di mio padre".

Capitolo Undici

Harlow

Sono tentata di gettare il telefono dal finestrino mentre torno a casa.

Ripeto il suo messaggio a mente ancora e ancora, arrabbiandomi ogni volta.

Ehi, scusami tanto se non ti ho scritto prima. È spuntato un imprevisto al lavoro, e non sono riuscito a liberarmi.

Normalmente, non me la prendo se qualcuno disdice all'ultimo minuto, perché gli imprevisti accadono, però mi ha scritto soltanto quando era già in ritardo di venti minuti, né ha proposto di rimandare.

Quando si tratta di relazioni e ragazzi, ho proprio un radar per gli stronzi, perché mi ha davvero presa per il culo.

Un'altra parte di me si domanda se non abbia mentito e in realtà era lì, mi ha vista e poi se n'è andato.

Ma quello che ci perde è lui. Oggi sono proprio bella e si è lasciato sfuggire un'occasione.

Sì, è quello che sto dicendo a me stessa.

Dato che oggi mia madre lavora in ospedale, sono a casa con papà, però lui è andato a riposare poco dopo che me ne sono andata. Anche se vorrei entrare in casa sbattendo le porte con rabbia, non voglio svegliarlo.

Moose mi accoglie alla porta e sembra dover fare i suoi bisogni. "Aspetta, tesoro".

Immaginando che anche gli altri due cani debbano uscire, vado in camera dei miei genitori e apro silenziosamente la porta. Il cortile sul retro è recintato; quindi possono girare liberamente.

"Sasha, Shelby… fuori", sussurro la parolina magica abbastanza forte perché mi sentano.

Di solito dormono sul letto con i miei genitori; invece ora sono seduti di fronte al bagno privato, piagnucolando.

"Papà?" Entro e accendo la luce, notando che non c'è.

Lo chiamo di nuovo, stavolta più forte, e busso alla porta del bagno. "Papà, stai bene?"

Nessuna risposta.

Guardandomi attorno, noto che la carrozzina elettrica è nell'angolo, però il deambulatore non c'è. Di solito lo usa per saltellare dal letto al bagno, dato che la carrozzina è troppo grande per la stanzetta.

Busso più forte e poi afferro il pomello. Gira, ma la porta non si apre. C'è qualcosa che la blocca.

"Papà! Mi senti?" urlo, cercando di spingere via quello che c'è appoggiato contro.

Dopo pochi altri tentativi, si apre giusto quel tanto da permettermi di sbirciare all'interno, e guardo il pavimento.

Papà è steso a faccia in giù e ha del sangue attorno alla testa.

"Oh, mio Dio, papà! Svegliati!" Provo a spingere di nuovo la porta, che però è bloccata o dal deambulatore o dalla sua gamba. Non riesco a vederlo bene; so solo che devo entrare. Chi lo sa da quanto tempo è lì a perdere sangue.

Mi precipito fuori di casa e corro verso la finestra del bagno. La zanzariera si solleva, però la finestra è bloccata.

"Maledizione!"

Mi lancio verso il garage, afferro la mia mazza di metallo e spacco il vetro. Poi infilo dentro una mano e sblocco la finestra, facendo sanguinare accidentalmente il palmo quando mi taglio con una scheggia scoperta.

Ignorando la ferita, tiro su la finestra e la scavalco; è più difficile di quanto avessi previsto, però riesco a tenermi in equilibrio sulla tavoletta e a scendere per poterlo raggiungere.

"Papà, mi senti?" Inginocchiandomi al suo fianco, premo le dita sul suo collo e butto fuori un sospiro di sollievo quando sento il battito.

"Harlow?" riesce a malapena a dire.

"Oh, grazie a Dio!" Afferro l'asciugamano e lo premo sul taglio su un lato della sua faccia. "Non provare a muoverti. Devi essere caduto contro il ripiano e aver battuto la testa".

"Ho provato a tenermi su con il piede destro", mormora, aprendo appena gli occhi. "Mi sono dimenticato che non c'era più".

"Lo so, papà. Va tutto bene. Chiamo un'ambulanza".

Persino dopo tutto questo tempo, prova ancora istintivamente a usare quel piede, però poi cade perché non c'è alcun supporto a tenerlo su.

"No, no, sto bene".

Faccio una risata nasale. "Devi farti controllare la testa. E poi, mi sa che la parte inferiore del moncone sta sanguinando".

Emette un grugnito. "Fa un male cane".

Quando hanno praticato l'amputazione d'emergenza, alla fine hanno dovuto effettuare un trapianto di pelle; dunque la parte inferiore non è coperta da tessuto adiposo. È fatta principalmente di osso, con un leggero strato di pelle sopra.

Non appena vengo collegata al centralino, spiego la situazione e che ho troppa paura di muovere il suo corpo, che però sta bloccando la porta per chiunque voglia entrare. L'operatrice mi guida per spostarlo senza causare ulteriori danni o causargli altro dolore, ma, quando lo faccio, papà grugnisce.

"Merda, scusami".

"Posso strisciare", dice, sollevandosi sui gomiti quel tanto da consentirmi di aprire la porta.

"È cosciente?" chiede l'operatrice.

"Sì, però ho paura che possa avere un gonfiore al cervello o essersi rotto una costola con la caduta", spiego. "Non so per quanto tempo è rimasto svenuto prima che lo trovassi. Ha pure una ferita alla testa".

La centralinista continua a pormi domande mentre aspettiamo l'arrivo dei paramedici, e poi noto che il respiro di papà ha qualcosa di strano.

"Stai bene?" chiedo, studiandogli il volto.

"Non lo so", risponde. "Credo… che potrebbe trattarsi di un attacco di panico".

"Oh, merda! Fra quanto dovrebbero arrivare?" chiedo all'operatrice.

Questa non è la prima volta che chiamo aiuto. Papà ha fatto qualche brutta caduta nel corso degli anni, però questa è la prima volta che sbatte la testa talmente forte da perdere i sensi.

"Tre minuti. Continui a farlo parlare".

"Papà, raccontami del giorno in cui hai conosciuto mamma".

Avrò sentito questa storia una dozzina di volte, e lui la sa senza dubbio a memoria.

Anche se la sua parlata è lenta e lui si blocca per riprendere fiato, mi dice di come l'ha notata a una festa e che il rumore attorno a lui è cessato quando i loro occhi si sono incrociati. Era la donna più bella che avesse mai visto ed era determinato a parlarle prima che la serata finisse. Ma poi ha scoperto che aveva un ragazzo, proprio il quarterback, e che lui era…

"Papà?" Gli scuoto il braccio quando smette di parlare e chiude gli occhi. "Credo che sia svenuto di nuovo", dico all'operatrice.

"L'ambulanza dovrebbe essere lì", mi informa, e poi, un secondo dopo, sento i cani dare di matto.

"Sono arrivati ora".

"Ok. Si prenderanno cura di voi".

"Grazie". Chiudo la chiamata e mi alzo in piedi per poterli indirizzare qui.

Numerosi paramedici e pompieri entrano con l'attrezzatura e una barella. La casa sembra di colpo piccolissima, con tutte queste persone all'interno, però li porto velocemente dov'è disteso.

"Stava parlando un momento fa e poi si è fermato", spiego. "Vi hanno detto che è un amputato? Ha battuto anche il moncone".

"Verificheremo le sue condizioni. Non si preoccupi, signorina", dice una donna che non sembra molto più grande di me, dandomi una pacca sul braccio prima di superarmi.

Alcuni di loro si infilano dentro il bagno dalla porta ancora bloccata per metà, e io raduno rapidamente i cani e li rinchiudo nelle loro gabbie perché non scappino.

Devo ancora scrivere a mamma e Delilah, però aspetto con ansia un aggiornamento. Non vedo niente, dato che si trovano ancora in bagno, ma dopo dieci minuti uno dei pompieri più robusti lo trasporta fuori dalla stanza e lo posa con cautela sopra la barella.

Mio padre non è un omone, però non è neanche minuto. È alto un metro e ottanta e la parte superiore del corpo è muscolosa, dopo anni passati a lavorare alla fattoria con il bestiame. Quella inferiore è più debole per via dell'atrofia muscolare, ed è per questo che cade così facilmente quando perde l'equilibrio.

"Starà bene?" chiedo nervosamente.

"Ha la pressione bassa e il taglio sulla testa ha bisogno di punti di sutura. Prevedo anche una TAC e fluidoterapia".

"Posso venire in ambulanza con lui?" chiedo.

"Assolutamente sì. Dovrebbe anche farsi controllare la mano in ospedale", risponde, indicando con un gesto del capo il sangue che mi scorre lungo il polso e il braccio.

Me n'ero dimenticata finché non l'ha menzionato.

"Ci penserò dopo che avrò avuto aggiornamenti sulle sue condizioni", le dico.

Mentre lo caricano sull'ambulanza, scrivo velocemente a mamma e Delilah, dando più informazioni possibili. Mamma è già all'ospedale; quindi ci raggiungerà subito al pronto soccorso. Mia sorella sta cercando qualcuno che copra il suo turno per poter lasciare il lavoro prima.

Stringo la mano di papà durante il viaggio, mentre ci dirigiamo a sirene spiegate verso il paese vicino. È ancora svenuto, però stanno controllando i parametri vitali, dandogli ossigeno e fluidi.

Venti minuti dopo, tutti si precipitano fuori dal retro e lo mettono in una sala traumi.

Gli infermieri lo circondano, e io resto paralizzata in disparte, sentendomi inerme.

"Harlow!" Mi volto di scatto quando sento la voce di mia madre, che corre verso di me. "Stai bene?" Mi soffoca tra le sue braccia, tenendo la mia testa contro il petto.

"Sono preoccupata per papà".

"Lo so, tesoro. Si prenderanno cura di lui".

Non le è consentito medicarlo; quindi tutto ciò che possiamo fare per il momento è aspettare.

"Fammi controllare la mano", dice, afferrandola.

"Va tutto bene. Però ci servirà una finestra nuova". Mi irrigidisco, sperando che non si arrabbi.

"Non ci credo che tu l'abbia fatto", dice dolcemente, conducendomi in una stanza per il triage. "La tua reazione istintiva è sempre un passo avanti rispetto al cervello".

Si sta riferendo all'irruzione in casa.

Se non avessi reagito in quel modo, seguendo l'istinto, il tipo non sarebbe mai riuscito a strapparmi la mazza di mano per poi usarla contro di me.

Ma forse lui non avrebbe dovuto provare a rapinarci a prescindere.

"Perlomeno stavolta c'è molto meno sangue", dico per alleggerire l'atmosfera.

"Grazie a Dio!" mormora. "Però c'è ancora il rischio che la ferita si infetti, se non togliamo le schegge di vetro e non la puliamo".

Soltanto quando la mia mano è fasciata e siamo sedute fuori dalla stanza di papà, in attesa che ritorni da una TAC, la gravità della situazione mi colpisce con forza il petto. Le lacrime mi riempiono gli occhi mentre le emozioni mi travolgono e il mio cuore batte a mille per reggere il passo del respiro rapido.

Conto fino a venti, aspettando che l'attacco d'ansia passi, e stringo forte la mano di mia madre.

"So che la situazione è diversa, ma è così che ti sentivi quando stavi aspettando di sapere se ero viva o no?"

Mamma mi passa un braccio sulle spalle, attirandomi più vicina. "Pensa al momento peggiore della tua vita e poi moltiplica all'infinito, quando si tratta di tua figlia".

Ho un nodo alla gola mentre mi asciugo la faccia, perché non riesco neanche a immaginare quanto dev'essere stato terribile. "Detesto che abbiate dovuto vivere un momento simile".

"Non ho mai pregato così tanto Dio, chiedendogli che ti risparmiasse la vita perché, se non l'avesse fatto, sarei entrata nella stanza d'ospedale di quel ragazzo per assicurarmi che non sopravvivesse. Dopo che tuo padre gli ha sparato, ha avuto bisogno di un intervento chirurgico per fermare l'emorragia, ma in quel momento non mi interessava. Se tu non fossi sopravvissuta, non avrebbe meritato di farlo nemmeno lui".

Non l'ho mai sentita parlare in questo modo. È sempre stata tanto mite e affettuosa, ma, sapendo quali erano le mie condizioni e quanti danni avevo subito, non posso dire di biasimarla per aver provato tutta quella rabbia.

"Però, dopo aver pregato e pregato, sapevo che c'era un'altra mamma vicina che come me implorava per la vita del figlio, e non avrei mai potuto fare una cosa simile a un altro genitore. Stavamo soffrendo entrambe e chiedendo un miracolo, e sapevo che pregare per la morte del ragazzo non avrebbe influito sulle tue probabilità di sopravvivenza. Dunque ho chiesto a Dio di salvare entrambi perché le vostre famiglie hanno bisogno di voi a prescindere da tutto".

A questo punto, sto piangendo a dirotto e tremando.

Mi stringe più forte e le sue lacrime si mescolano alle mie. "Il tuo papà è forte e ce la farà. Hai preso da lui. Tutta la tua forza e la tua resilienza".

"Sei forte anche tu, mamma. Guarda quanto hai dovuto affrontare. Sei la persona più forte che conosco".

E lo è davvero.

Si prende cura di me e papà, senza avere tempo per se stessa, e oltre a fare tutto questo lavora per permetterci di avere un tetto sopra la testa. Non si prende mai un giorno libero. Perfino dopo tutti questi anni, si prende sempre cura di noi a casa o dei suoi pazienti all'ospedale.

"Signora Fanning?"

Solleviamo le teste e vediamo un'infermiera e un dottore in piedi di fronte a noi.

Ci alziamo entrambe. "Sì? Sta bene?"

"Ha una commozione celebrale e una ferita alla testa, però non è sorto alcun edema celebrale; quindi è una cosa positiva. Non si è rotto nessuna costola né altre ossa; il che è notevole, considerando quanto in fretta è caduto", spiega il dottore.

Mi afferro il petto per il sollievo che provo.

"Oh, grazie al cielo!" esclama mamma, stringendomi la mano. "Possiamo vederlo?"

"Gli abbiamo somministrato alcuni farmaci per metterlo a suo agio e lo terremo in osservazione per la notte, ma, se tutto andrà bene, potrete riportarlo a casa domani pomeriggio".

Mamma annuisce. "Grazie. Apprezzo che vi siate presi cura di lui".

"Nessun problema. Non appena verrà trasportato in una stanza per pazienti, potrete salire da lui".

"Potrebbe volerci circa un'ora per compilare le scartoffie e trovare una stanza, ma ti chiamo col cercapersone o vengo a cercarti in sala d'attesa", aggiunge l'infermiera. Sembra che si conoscano.

"Grazie, Paige. Ci sediamo lì e aspettiamo che arrivi anche la mia figlia maggiore".

Non riesco a trattenere le lacrime di sollievo che mi cadono sulle guance. Detesto l'idea che papà adesso sia solo, ma spero che per una volta non stia provando dolore e si senta tranquillo.

"Andiamo, tesoro! Dovremmo chiamare Delilah e darle la notizia".

Ha mandato un messaggio prima, dicendo che doveva aspettare un altro paio d'ore prima di potersene andare, visto che non c'era un altro manager disponibile per sostituirla.

Asciugandomi la faccia, esco con mamma dal pronto soccorso e rimango di stucco quando sento Noah che mi chiama. Ma poi vedo i suoi genitori e tutti i fratelli, a eccezione di Wilder.

Noah corre verso di me e Waylon si alza in piedi; cosa strana, visto che era al bar giusto un paio d'ore fa. Quindi, il motivo che li ha portati qui dev'essere molto recente.

"Cosa c'è che non va?" chiede.

Sposta lo sguardo sul mio volto, preoccupata, e poi lo abbassa sulla mia mano fasciata.

"Si tratta di mio padre", le dico. "È caduto".

"Oh, santo cielo! Sta bene?"

"Ha una commozione e ha preso qualche botta, ma in generale starà bene. Lo tengono in osservazione per la notte; quindi stiamo solo aspettando che lo spostino in una stanza".

"Che sollievo! Sono contenta che non sia nulla di troppo grave".

"Aspetta… Voi cosa ci fate tutti qui?" chiedo.

"Waylon ha trovato Wilder svenuto nella scuderia. Stiamo ancora aspettando risposte". Ha la voce tirata come se stesse cercando di trattenere le lacrime.

"Oh, no! Mi dispiace tanto".

Sorride debolmente. "Grazie".

"Harlow, io esco a chiamare Delilah. Torno subito".

"Ok, mamma. Ti aspetto qui".

"Vieni a sederti con noi". Noah mi conduce dal resto della famiglia, e l'atmosfera mi mette a disagio, considerando le condizioni di Wilder.

"Cos'è successo a tuo padre?" mi chiede Waylon, cogliendomi di sorpresa. Potrei contare sulle dita il numero di volte in cui ho sentito la sua voce negli ultimi quattro anni.

Gli spiego tutto: quando ho trovato la porta del bagno bloccata, perché ho la mano fasciata, come è caduto e ha battuto la testa sul ripiano.

"Grazie al cielo sta bene", commenta Waylon.

"Già, per fortuna sono tornata a casa in quel momento. Se quel tipo non mi avesse dato buca, chissà se trovarlo più tardi avrebbe peggiorato le cose".

Waylon trasalisce appena, e non so se l'ha fatto a causa della parola *tipo* o per il fatto che quello mi ha dato buca. Ma, in ogni caso, rivela un'espressione gentile e comprensiva.

"Hai trovato Wilder svenuto nella scuderia?" chiedo. "Si è mai svegliato?"

"No, l'ho trasportato nel mio pick-up e mi sono precipitato all'ospedale. Di solito rimango a pranzo, però oggi non l'ho fatto e adesso mi sento terribilmente in colpa. Se fossi rimasto lì, l'avrei trovato prima". Si stringe nelle spalle, e capisco che sta lottando con le sue emozioni.

"Non puoi pensare ai "se". Ti impedirebbe di vivere, credimi".

Il rimorso che provo per aver cercato di affrontare un tipo grosso il doppio di me, invece di permettergli di rubare le nostre cose pesa in modo opprimente sul mio petto a causa di ciò che ho fatto passare ai miei genitori e a mia sorella: l'angoscia costante, il dover restare con me in ospedale per settimane intere e i sacrifici comportati dal mio anno di fisioterapia. Quel tipo di rimorso non se ne va dopo la guarigione.

"Lo so, però è più forte di me", ammette.

Ho saputo del passato di Wilder. Me l'ha riferito Delilah, però ho l'impressione che il problema vada molto più in profondità rispetto a quanto mi è stato detto.

"Hollis?" Lo stesso dottore che ha parlato con me e mia madre entra in sala d'attesa e chiama la famiglia.

Garrett e Dena si alzano, così come i fratelli, però io resto seduta per rispettare la loro privacy.

Rendendomi conto che dovrei rispondere al messaggio di Ragazzo misterioso adesso che non sono più così tanto furiosa per il bidone che mi ha tirato, prendo il telefono e clicco sul suo messaggio.

Scusa se non ti ho risposto subito. C'è stata un'emergenza in famiglia e ho dovuto chiamare un'ambulanza per mio padre. Se la caverà, grazie al cielo. Spero che tu abbia risolto il tuo imprevisto al lavoro. Se vuoi rimandare a un altro giorno, ci vorrà un po' prima che io possa uscire, però mi piacerebbe comunque incontrarti quando sei libero.

Probabilmente mi sto comportando in modo troppo gentile e indulgente, ma dopo quello che è successo a mio padre, so che mi mancherebbe parlare con lui dopo aver passato l'ultimo mese a conoscerci.

Mentre il dottore parla con la famiglia, Waylon prende il telefono dalla tasca posteriore, lo guarda e poi mi scocca un'occhiata oltre la spalla prima di rimetterlo via.

"Va tutto bene?" Mamma attira la mia attenzione con le sue parole sussurrate, e mi giro verso di lei, rispondendo a bassa voce: "Non lo so. Ha cominciato a parlare con loro proprio adesso".

"Delilah è passata a controllare i cani e ora sta arrivando".

"Ok, bene".

"È molto turbata".

"Lo so", dico, accigliata.

I suoi messaggi frenetici erano pieni di domande per cui non avevo risposte.

Dopo l'incidente di papà, si è fatta carico di molte responsabilità, essendo la figlia maggiore. Ci sono voluti mesi perché papà ottenesse una carrozzina elettrica; quindi l'unico modo in cui poteva muoversi era con il deambulatore o la sedia a rotelle. Era debole e ha sofferto per mesi; quindi gli veniva difficile saltellare.

Tutto è peggiorato dopo il mio incidente perché mamma doveva farsi in due per stare a casa con papà, che si stava ancora riprendendo dai diversi interventi, e andare all'ospedale per me, che mi ero rotta molte ossa. Delilah si è caricata una grossa parte del fardello sulle spalle, assicurandosi che ci fosse sempre qualcuno con me o papà.

Quando mamma le ha detto che avrebbe potuto finalmente andare a vivere da sola, due anni fa, lasciarci l'ha fatta sentire in colpa. Però non aveva potuto avere una vita normale per tantissimo tempo né concentrarsi sui suoi bisogni; quindi i nostri genitori l'hanno quasi cacciata. Era giunto il momento che si prendesse cura di sé.

L'equitazione acrobatica era l'unica cosa a cui potesse aggrapparsi e, onestamente, credo che l'abbia salvata.

Quando appare un messaggio, sfodero un sorriso vedendo il contatto.

Ma poi si spegne presto.

RAGAZZO MISTERIOSO

Non credo che sia una buona idea rimandare.
Scusami.

Capitolo Dodici

Waylon

"Ha assunto *ketamina?*" chiedo d'impulso appena il dottore dice di aver scoperto le pasticche nella tasca di Wilder.

"Sì, ed è un bene che siamo riusciti a identificare cosa avesse preso perché abbiamo potuto trattarlo subito in modo adeguato. Adesso è stabile, però è possibile che soffra di crisi d'astinenza".

"È illegale senza prescrizione medica, giusto?" chiede conferma Noah.

"Corretto. Queste non erano legali", afferma con esitazione il dottore.

Grandioso. Dove cazzo le ha prese?

"Per cosa viene usata?" Papà ci guarda con fare sospetto, come se fosse stato uno di noi a dargli le pasticche. Io non saprei neanche dove trovarle.

"Gestione del dolore, stress post-traumatico, ansia, depressione… ma, quando viene usata ricreativamente in dosi più elevate, di solito per sballarsi", spiega il dottore. "È difficile dire con esattezza quanta ne abbia presa o da quanto ne faccia uso, ma sarebbe d'aiuto se ce lo dicesse. Anche se ci rivelasse qualunque altra cosa stia prendendo, così possiamo assicurarci di trattarlo nel modo giusto".

Oh, sì che me lo dirà, cazzo!

Una cosa è bere così tanto, un'altra è prendere delle pasticche. Anche se lo stava facendo per migliorare la sua salute mentale, sa che esistono opzioni legali.

Wilder è disposto a fare tutto, tranne che ad andare in terapia e prendere i farmaci giusti.

"Ma sopravviverà? Sta bene?" chiede mamma.

"Sì, signora. Gli stiamo somministrando sia fluidi che farmaci mentre osserviamo attentamente la pressione sanguigna. Dovrà restare per una notte o due, ma, se non dovesse presentarsi nessun altro problema, verrà dimesso".

Natale è fra tre giorni; quindi sarebbe una vera scocciatura se dovesse restare più a lungo.

"Oh, grazie a Dio!" esclama Landen.

Mamma sta tremando di paura e rabbia, però non la biasimo.

So che a volte la depressione di Wilder prende il sopravvento sul suo raziocinio, ma è frustrante vedere che non vuole aiutarsi quando mi sono offerto più e più volte di andare con lui. Sono disposto a fare tutto il necessario perché si faccia aiutare, però deve volerlo lui… Non posso costringerlo.

"Gli infermieri lo stanno preparando per trasferirlo in una stanza e poi potrete fargli visita"

"Grazie". Papà tende la mano e stringe quella del dottore.

"Non c'è di che".

Buttiamo fuori un sospiro collettivo prima di tornare ai nostri posti. Harlow e sua madre stanno parlando, però lei mi sta dando le spalle. Detesto agire così, ma se non lo faccio adesso poi le farà soltanto più male.

WAYLON

Non credo che sia una buona idea rimandare.
Scusami.

Mantenendo le distanze, mi siedo sul lato opposto della sala d'attesa, però le scocco un'occhiata quando prende il telefono.

Il suo bellissimo viso si deforma in un cipiglio, e mi sento una vera merda.

Dire che mi dispiace è un eufemismo.

Ma non appena Delilah entra nel pronto soccorso e si siede accanto alla sorella, mi ricordo nuovamente perché devo starle lontano.

Il sole è tramontato da tempo quando riesco a stare da solo con Wilder. Sono rimasto fuori in corridoio mentre i nostri genitori hanno passato il tempo a riempirlo di attenzioni e i miei fratelli gli hanno fatto visita, ma non appena se ne sono andati io ero pronto a entrare e strangolarlo.

"Beh, fammi la lavata di capo…" è tutto ciò che dice quando finalmente siamo soli. Non ho idea di cos'abbia detto agli altri, però io non me ne vado finché non avrò sentito tutto.

Mi appoggio allo schienale della sedia accanto al suo letto con le braccia conserte. "Pesi un fottio quando sei floscio".

Sbuffa con una risata, stringendosi nelle spalle. "I muscoli pesano più del grasso".

"Dove hai preso la ketamina?" chiedo subito, non volendo perdere altro tempo per arrivare in fondo alla questione.

Si passa una mano sulla barbetta. "Jake".

"Il nostro amico *Jake*?"

Annuisce.

"Mi stai prendendo per il culo. Gli spacco la faccia".

"Non è colpa sua", lo difende. "Gliel'ho chiesta io".

"Non è colpa sua? Perché diamine sta vendendo droga illegale?"

"Non la sta vendendo, però ha detto che lo sta aiutando con alcuni dei suoi problemi, e ho pensato potesse aiutare me con i miei".

"Che problemi ha?"

"Non posso spiattellare i cazzi suoi. Dovrai chiederglielo e vedere se te lo dice".

Non ne avrà l'occasione, dopo che l'avrò steso. Jake sa che mi preoccupo costantemente per Wilder, e il fatto che abbia accettato una cosa simile è come un tradimento.

"Quindi hai pensato di provare della ketamina di strada, invece di ottenere i farmaci legalmente da un dottore?"

"La prescrivono solo se vai da uno psicologo".

"Ehm, già… Il punto è proprio quello".

"Non voglio farlo".

"Cristo! Sei così dannatamente testardo. Potevi morire!"

"Non ne ho nemmeno presa così tanta! Dev'essersi mescolata a qualcos'altro oppure ho reagito male perché ha fatto calare a picco la pressione, ed è per questo che ho perso i sensi. Quando mi sono finalmente svegliato, ero pure fottutamente stordito".

"E, se non ti avessi trovato in tempo, avresti potuto avere un'insufficienza d'organi, una sepsi, andare in shock o *morire…*" Quando ho sentito il dottore che lo spiegava ai nostri genitori, ci ho visto rosso solo al pensiero di quello che gli sarebbe potuto accadere.

"Però mi hai trovato; quindi non ci dobbiamo preoccupare".

"Sì, questa volta. Ma la prossima? E quella dopo? Dio non voglia che mi faccia una vita al di fuori di essere il tuo babysitter e mi trovi una moglie e abbia dei figli. Però non posso farlo, no?"

Aggrotta le sopracciglia e si ritrae come se gli avessi dato un ceffone. "Perché no?"

"Davvero non lo sai?"

Solleva e abbassa le mani, sbattendosele sulle cosce. "Immagino di no. Spiegamelo come se avessi cinque anni".

Appropriato, considerando il suo livello di maturità.

Sollevo le spalle, decidendo di smetterla di indorare la pillola. "Ti rifiuti di cercare aiuto, e ho provato a essere comprensivo e a capire il fatto che tu non voglia percorrere quella strada, ma nel frattempo usi l'alcool e il sesso come meccanismo di difesa. Vengo a prenderti al bar almeno tre volte alla settimana, ogni tanto più spesso, così che tu non ti metta al volante e vada a sbattere contro un albero col tuo pick-up. O, peggio, ammazzi qualcun altro".

"Sai che non guido mai quando ho bevuto".

"Perché sono sempre venuto a prenderti io! E lo sai. Quindi, mentre tu te ne stai in giro a comportarti da idiota, io trascino il culo fuori dal letto per recuperare il tuo. Non posso nemmeno incolpare soltanto te, perché sono stato io a permetterlo per così tanto tempo".

È difficile non farlo, quando l'alternativa è rischiare che prenda decisioni da ubriaco che potrebbero ferire lui o altri.

"Ok, va bene… D'ora in avanti chiamerò un Uber. Questo aiuterà la tua vita sessuale?"

Mi stringo la radice del naso, facendo del mio meglio per non perdere la calma. "Non lo capisci, e credo che tu non voglia farlo".

Alzandomi, faccio il giro della sedia per andarmene, ma la sua voce terrorizzata mi ferma: "Ok, aspetta. Non te ne andare".

Inarcando un sopracciglio, tengo i piedi piantati a terra. "Che c'è?"

"Resta e parla con me. Non voglio che tu te ne vada così arrabbiato".

La frustrazione mi si agita dentro, però ritorno con riluttanza alla sedia.

"Stai dicendo che è colpa mia se non sei in una relazione?" chiede.

"Non del tutto, però è il motivo per cui non ne cerco una. Come posso farlo, quando sto sempre a preoccuparmi per te? Vivo nel tuo stesso bungalow per starti vicino nel caso debba controllare come stai. Lavoriamo insieme tutto il giorno, così posso tenerti d'occhio. Traccio la tua posizione per sapere sempre dove ti trovi".

"Mamma mia, che stalker! Mi sa che devo chiedere un ordine restrittivo".

"Vaffanculo!" sputo fuori, e quello ha la faccia tosta di ridere.

"Non c'è bisogno che mi fai da babysitter, Waylon. Sono un uomo adulto e so che ci sono stati momenti in cui non mi sono preso cura di me, però non voglio essere la ragione per cui morirai vecchio e solo".

"Grazie", dico impassibile, alzando gli occhi al cielo. "Tuttavia, vedere mio fratello gemello quasi morire dissanguato, più di una volta, mi ha causato abbastanza traumi per una vita intera. Adesso i nostri fratelli sono sposati e impegnati con le loro vite. Non posso fare a meno di pensare che, se io dovessi fare lo stesso, tu verresti lasciato indietro, affonderesti ulteriormente nella tua depressione o ti faresti di nuovo del male, e io non sarò abbastanza vicino da trovarti in tempo".

"Mi dispiace che la cosa ti pesi così tanto sulle spalle. Non sto cercando di proposito di spaventarvi".

"Beh, lo fai… Forse più di quanto pensi. Non puoi continuare a vivere così per sempre. Ti si ritorcerà contro e, a un certo punto, gli alcolici non basteranno ad alleviare il dolore che ti stai impegnando così duramente a ignorare, invece di gestirlo. Ti porterà a provare altri meccanismi di difesa e, molto probabilmente, non saranno nulla di buono".

Mi fissa, con il volto velato di tristezza, e so che capisce il mio punto di vista. Solo che non è pronto ad ammetterlo.

"Non sei solo, perché è quello che provo anche io. La tristezza e l'ansia", gli ricordo.

"Lo so", dice. "E sono contento che tu sia più forte e non ti lasci consumare come me".

Forse, più che *forte*, direi *concentrato su altre cose*, come sul mantenere in vita lui e la sua capoccia testarda.

"Se i ruoli fossero invertiti, che cosa faresti? Se dovessi vedermi perdere il controllo, come mi aiuteresti?"

"Probabilmente ti spaccherei la faccia". Fa un sorrisetto.

"Fidati, voglio farlo, ma ho l'impressione che il personale di qui non approverebbe".

"Pfft. Non lasciare che questo ti fermi. Sei persino in una situazione di vantaggio. Io sono collegato alla flebo; quindi ho una libertà di movimento limitata. Però non colpirmi alle costole". Mi punta un dico contro. "Fa un male cane".

"Ma sei capace di prendere qualcosa sul serio?"

Fa un largo sorriso, sollevando l'altra spalla. "La vita è troppo breve per farlo".

"Wilder", pronuncio il suo nome con fermezza. "Cosa serve per farti capire che non puoi continuare a vivere in questo modo? Provare droghe di strada è a un passo dal toccare il fondo. Poi svilupperai una dipendenza".

"Probabilmente mettere incinta una tipa o svegliarmi sposato. Perché, a quel punto, dammi una pala, così che possa scavarmi la fossa da solo".

"Cristo santo!" borbotto, passandomi una mano sul viso. "Non capisco se ti comporti da stronzo per divertimento o se i farmaci che ti hanno dato ti stanno rendendo ancora più irritante".

"Un po' entrambe le cose".

"I farmaci prescritti legalmente possono aiutarti, se solo li provi".

"Ti sembro il tipo di persona che si sdraia su un divano e parla dei suoi sentimenti? Non posso farlo".

"Come puoi saperlo, se non fai uno sforzo? Tentar non nuoce".

Si stringe nelle spalle. "Sono già esausto per lo sforzo costante che faccio di chiudere tutto fuori dalla mia testa. Non mi rimangono energie a fine giornata per parlarne".

"Wilder, io e te parliamo tutto il giorno di cagate varie. A volte parli troppo; quindi perché non usi quelle capacità e lo fai con un professionista una volta al mese?"

"Parlare di cosa? Dubito che voglia sapere delle mie scappatelle recenti", ironizza.

"Vuoi continuare a far soffrire mamma e papà?" gli chiedo seriamente. "Non sono l'unico colpito dalla cosa; lo sono anche i nostri genitori. Anche se papà non lo dice a parole, perderti è la sua più grande paura".

Abbassa lo sguardo sul grembo e, anche se odio farlo sentire in colpa, a volte è l'unica cosa che funziona per fargli prendere seriamente qualcosa.

"Ha pianto la notte in cui sei quasi morto dissanguato in bagno. E lo conosci. Non piange mai".

Butta fuori un respiro, fissando la parete beige che ha di fronte prima di incrociare i miei occhi. "Se ti dico che ci penserò, mi lasci in pace per un po'?"

"Dipende da quanto tempo ci metti a pensarci".

Ci riflette su un attimo, mordicchiandosi il labbro inferiore. "Tre mesi".

"Uno", ribatto.

Si acciglia. "Due".

"Va bene", accetto con fermezza. "Hai due mesi per decidere da solo, altrimenti ti trascino nello studio di uno psicologo io stesso al sessantunesimo giorno. Intesi?"

Con riluttanza, tende la mano. "Affare fatto".

Gliela stringo. "Ci andremo insieme".

"Oh, che meraviglia! Terapia di coppia".

Non lo costringerei mai, anche se fingo il contrario, però voglio che ci pensi sopra. Che almeno si prenda il tempo per abituarsi all'idea, invece di rifiutare ogni volta la mia proposta.

"Se lo faccio, tu dovrai trovarti una donna, così la pianti di concentrarti troppo su di me".

"Dimostrami che posso farlo".

"Lo farò. Promesso".

Capitolo Tredici

Harlow

"Allora, adesso sei pronta a iscriverti a un'app di incontri?" mi provoca Natalie dopo che abbiamo finito di guardare tre episodi di *Grey's Anatomy*. Adesso ci stiamo solo videochiamando dal mio portatile. "Ne ho trovata una che si chiama CowboyMatch".

"Stai scherzando", dico scettica.

"Lo giuro! È un'app per chi ha un ranch o una fattoria e vuole trovare moglie. Potresti impostare la tua posizione in Montana e trasferirti nel paese del grande cielo". Agita le sopracciglia.

Faccio una risata nasale. "Morirei di freddo, lassù".

"Non con un cowboy muscoloso con la stazza di un taglialegna. Ti farebbe sudare per benino".

Ridendo, scuoto la testa. "Mi sembra più una cosa che piace a te".

"Oh, io mi sono iscritta. Volevo sondare il terreno per te e adesso ho un appuntamento questo weekend".

"Non ci credo. Con chi?"

"Si chiama Jackson ed è alto un metro e novant*otto*! È tutto ciò che mi serve sapere. Ben trenta centimetri più di me", dice con gli occhi a cuoricino.

"Questo renderà le cose… interessanti", la stuzzico.

"Lo scalerò come un albero in qualunque posizione mi metta".

"Perlomeno fatti prima portare fuori a cena".

"Non preoccuparti, lo farà. E poi andremo a casa sua per… il *dolce*".

"Mmm-mmh, ci scommetto".

"E poi spero che mi spezzi come un bastoncino luminoso", aggiunge, senza rimorsi.

"Natalie Jo!" Scoppio a ridere per quanto parla apertamente di sesso. "Non so neanche cosa vuol dire".

"È giunta l'ora che tu lo scopra, Harlow. Sei giovane e sexy. Tette e culo sodi non dureranno per sempre; quindi usali finché ce li hai".

"E adesso mi sento violata".

"Dice quella che ha mandato una foto del culo in una chat di gruppo", mi sbeffeggia, inarcando un sopracciglio.

Come se ci fosse bisogno di ricordarmelo.

"Guarda dove mi ha portata…" sospiro. "Ragazzo misterioso ha lasciato la chat di gruppo qualche giorno fa e non ci siamo più scritti da quando mi ha confessato di non voler rimandare il nostro appuntamento per un caffè".

Quando l'ha scritto, non ho provato a fargli cambiare idea, però ha fatto male comunque. Non so se è normale essere triste o sentire la sua mancanza dopo aver solo passato un mese a chiacchierare, però una parte di me lo fa.

"Che si fotta per non aver capito quanto sei incredibile! Un'altra ragione per iscriverti a quest'app è trovare qualcun altro che lo farà. Usa quella foto che mi hai mandato di quel giorno, dov'eri tutta in tiro. Era super carina".

Sollevando una spalla, storco il naso. "Forse. Ci penserò".

Però ha ragione. Ero davvero carina.

"Fallo, ti prego. È piuttosto divertente. Puoi aggiungere spunti per conversazioni e poi decidere se vuoi rispondere basandoti sulla loro risposta. C'è anche un'opzione per le chiamate e le videochiamate; quindi non devi nemmeno dare il tuo numero".

"Che genere di spunti?"

"Qualunque cosa tu voglia. Il mio fa: *Il modo per conquistarmi è…*

E poi la mia risposta è: *Essere spiritoso, affascinante e ricco. O così alto che nessuna delle precedenti conta*".

Mi si formano le rughe agli angoli degli occhi mentre scoppio a ridere perché era troppo inaspettato. Conoscendo Natalie, non dovrei esserne così sorpresa.

"È geniale", ironizzo. "Adesso capisco come ti sei trovata un cowboy gigantesco".

"Già, e serve a dare uno scorcio sul tuo umorismo, ma anche un'idea di quello che cerchi. Poi tu impari qualcosina su di loro in base a quello che dicono. Per il mio, la maggior parte rispondeva soltanto con l'altezza e chiedeva se fosse sufficiente, ma quello con cui sto uscendo ha detto: *Abbastanza alto da avere la vista migliore nella stanza quando sei piegata a novanta di fronte a me*".

Rimango a bocca aperta per la risposta audace e il fatto che abbia funzionato.

"Accidenti, che frase d'abbordaggio, oh…"

"Ha funzionato su di me come una fiamma per una falena. È stato subito un sì".

Faccio una risata nasale. "Adesso sono felice di avercela io la *tua* posizione. Ti ha praticamente sventolato del cioccolato in faccia, e tu sei balzata sul suo losco furgoncino bianco".

"Uso l'app solo per divertirmi. Non devi prenderla troppo seriamente. Ma puoi anche cambiare il tuo spunto e vedere cosa funziona meglio per te".

"Non so neanche cosa potrei scrivere".

"Può essere qualcosa sui tuoi sogni, i tuoi obiettivi, il tuo tipo, quello che cerchi in un uomo…"

"Mi servirebbe avere esperienza con le relazioni anche solo per sapere quali sono", dico impassibile, appoggiandomi alla testiera del letto.

"*Il modo migliore per chiedermi di uscire: dandomi un'ora e un posto. Siamo strani allo stesso modo se: metti prima il latte dei cereali. La cosa che devi sapere su di me è: per alcuni sono nella mia Reputation Era, per altri in quella Lover. Due verità e una bugia: sono sexy, divertente e mentalmente stabile. Sto cercando: nulla di troppo serio, giusto l'amore della mia vita".*

Scoppio a ridere dopo ciascun suggerimento, e presto lo fa anche Natalie.

"Ok, sono divertenti", confesso. "Anche se quella dei cereali è diabolica. Ti blocco all'istante, se metti prima il latte".

"Perfino spunti come quelli possono aiutarti a trovare la tua anima gemella in un batter d'occhio". Fa un sorriso raggiante, e non riesco a dire di no a quei suoi occhioni dolci che mi supplicano di provare.

"La scarico, però… non prometto niente".

Lancia un gridolino e fa un balletto felice. "Evvai! Non vedo l'ora di sapere chi conosci".

Spero non un serial killer.

"Papi, ti serve qualcosa prima che me ne vada?"

"No, tesoro. Sto bene, vai pure". Agita la mano come se fossi un gatto randagio molesto.

Ridacchio. "Ok, ti voglio bene".

È passata una settimana dalla sua caduta. È tornato a casa dall'ospedale la Vigilia di Natale e poi abbiamo festeggiato insieme in famiglia. Sono rimasta a casa ogni giorno da allora per tenerlo d'occhio. Data la commozione celebrale, non volevo lasciarlo solo quando mamma doveva lavorare.

Però oggi lei ha il giorno libero; quindi sto finalmente andando al ranch.

Dopo aver parlato con Natalie ieri sera, ho riflettuto di più sul suo consiglio di iscrivermi a quell'app di incontri. Non sono convinta al cento percento, però sto prendendo in considerazione l'idea di farlo. Sarebbe bello conoscere un bravo ragazzo.

Dato che ci sono solo sette gradi, sono tutta imbacuccata nella mia giacca in pile, gli stivali da equitazione, un cappello e dei guanti. Piper adora il freddo e quindi, dopo che le avrà fatto fare gli affondi, andremo a fare una breve passeggiata e poi seguirò la mia lezione con Noah.

"Ehi, dolcezza".

Piper nitrisce quando mi avvicino. Le accarezzo il naso e poi la prendo tra le braccia.

"Mi sei mancata".

Dopo averla strigliata e aver fissato la bardatura per gli affondi, la conduco fuori dalla scuderia. Il ranch è pacifico: il che non è una sorpresa in questo periodo dell'anno. Gran parte dei cavalieri non prendono lezioni durante le feste perché sono via o trascorrono il tempo con la famiglia. Io sono rimasta chiusa in casa abbastanza a lungo ed ero pronta a tornare.

Mentre camminiamo verso il paddock, sento delle voci provenire dal centro d'addestramento, ma non quella di Noah. Di solito lei si trova lì, ma queste sono voci maschili.

"Ecco fatto! Ci sei". Ora riesco a percepire le parole.

"Yi-ah! Adesso sono un cowboy!" Quella voce elettrizzata sembra più giovane.

La persona più matura ride.

Dev'essere uno dei fratelli di Noah; quindi conduco Piper dall'altra parte dello sterrato, ed è allora che vedo Waylon insieme a un ragazzino che prende al lazo un manichino.

"Ehi!" Attiro la loro attenzione.

Il sorriso di Waylon si spegne quando mi vede, e inizio a pentirmi di essere entrata.

"Ciao". Fa un cenno del capo.

"Tu chi sei?" Rivolgo un largo sorriso al ragazzino.

"Bentley".

"Il mio fratellino del programma BBBS", spiega Waylon.

"Oh, non sapevo che ne facessi parte. Che cosa dolce!" Poi riporto lo sguardo su Bentley. "Io sono Harlow. Piacere di conoscerti".

"Anche per me. Quello è il tuo cavallo?" Indica alle mie spalle con un cenno del capo.

Sorridendo, la porto vicino a me. "Sì. Si chiama Piper. È il mio cavallo da competizione. Tu ne hai uno?"

"No". Si acciglia. "Però Waylon mi sta insegnando a cavalcare e usare il lazo; quindi magari un giorno ce lo avrò".

"Wow, è fantastico! Ho sentito che te la stai cavando bene".

"Già". Waylon gli dà una pacca sulla spalla e lo guarda con orgoglio. "Imparerà a cavalcare i tori in un lampo".

Sollevo un sopracciglio, colpita. "Vuoi diventare un cavalcatore di tori?"

"Sono indeciso", conferma Bentley. "Probabilmente mia madre mi ammazzerebbe prima".

Ridacchio. "È uno sport pericoloso".

"Già, però lui è un tipo tosto. Vero?" lo stuzzica Waylon, dandogli una spintarella.

Non posso fare a meno di sorridere ai due. Non avrei mai immaginato che Waylon fosse un volontario del programma Big Brothers Big Sisters, però non ne sono neanche sorpresa. Sembra anche bravo con lui.

"È stato un piacere conoscerti. Faccio fare gli affondi a Piper prima della nostra passeggiata e poi farò esercizi di salto".

"Fai salto ostacoli?" chiede curioso Bentley.

"Sì, ricominciamo a gareggiare in primavera".

"Che figata! Posso restare a guardarti?"

"Certo", rispondo nello stesso istante in cui Waylon dice: "Non dovremmo darle fastidio".

"Non è un problema. Mi piacerebbe molto avere un pubblico. Mi aiuta ad allenarmi per quando faccio sul serio".

Un ampio sorriso compare sul volto di Bentley. "Forte".

"Tornerò tra un'ora".

Scoccando un'occhiata a Waylon, noto che sembra tanto a suo agio quanto un cubetto di ghiaccio in una giornata calda.

Quando mi becca a fissarlo, si morde le labbra.

"Allora a dopo", dice infine.

Io e Piper torniamo da dove siamo venute e, dopo essere entrate nel paddock, cominciamo con gli affondi. Mentre io resto al centro e lei mi gira intorno, la mia mente ritorna a Waylon e a quanto sembra nervoso in mia presenza. Abbiamo parlato brevemente nella sala d'attesa del pronto soccorso, ma solo per pochi minuti. Eravamo entrambi nel bel mezzo di emergenze familiari.

Avrei dovuto domandargli come sta suo fratello. Non ho chiesto i dettagli a Noah, però mi ha detto che Wilder ha avuto una brutta reazione dopo aver assunto della ketamina, ed è potuto tornare a casa il giorno dopo.

Ricordando ciò che mi ha detto Delilah in passato, questa non è la sua prima crisi medica.

Quando abbiamo finito nel paddock, io e Piper facciamo una breve passeggiata nella zona dell'agriturismo. Per fortuna non è affollato, ma ha un'atmosfera pacifica: l'aria fredda, il bellissimo paesaggio montano, il silenzio persistente.

Non ci sono più molti momenti come questo.

Al nostro ritorno, Noah è al centro di addestramento ad aspettarmi. Fa un sorriso raggiante e saluta Piper.

"Siete pronte?" Le accarezza il muso e le dimostra un po' d'amore.

"Credo di sì. Mi sembra passata un'eternità dall'ultima volta che ci siamo allenate".

"Non preoccuparti. Ho preparato un percorso semplice con salti più bassi per aiutarti a riprendere il ritmo". Lancia un'occhiata a Waylon e Bentley. "Vedo che oggi hai dei fan".

Faccio una risatina. "Immagino di sì; il che significa che la pressione è alta".

"Andrai benone", dice Noah con sicurezza, passandomi un casco.

Mi tolgo la giacca, il cappello e i guanti, poi lo allaccio sulla testa.

Dopo essere montata in sella, guido Piper verso il punto di partenza e aspetto che Noah soffi il fischietto. Ha un timer legato al collo e una cartellina in mano per registrare i miei tempi.

Però il fatto che ci siano Waylon e Bentley al suo fianco mi rende più nervosa di quanto dovrebbe. Bentley sembra così impaziente di vedermi, mentre Waylon mi sta guardando con un'espressione che non gli ho mai visto fare prima.

Mi metto in posizione a due punti e poi do a Piper un leggero colpetto non appena Noah mi dà il via. Piper parte e supera il primo ostacolo senza sforzo. È utile che siano bassi e che lo abbiamo fatto decine di volte, ma nell'ultimo mese non sono riuscita ad allenarmi quanto avrei voluto né a concentrarmi a dovere.

Al quinto salto, ho un sorriso permanente sul volto per quanto è stata brava Piper. È difficile non divertirsi un mondo quando si è in groppa, però sono contenta che Bentley non abbia dovuto vedermi commettere errori.

"Wow, è stato fantastico!" urla Noah.

Bentley batte le mani e Waylon gli sorride.

"Grazie, però adesso ci serve una vera sfida".

"Vuoi che li alzi già?" Inarca un sopracciglio.

Scoccando una rapida occhiata a Bentley, annuisco e incrocio lo sguardo di Noah. "Sì, facciamogli vedere un bello spettacolino".

"D'accordo. Però ricorda di piegare di più in vita e di stringere i gomiti".

"Ricevuto, capo". Faccio un sorrisetto.

"Waylon, ti dispiace darmi una mano per sistemare le barriere?"

"Nessun problema".

La segue nell'arena mentre io e Piper aspettiamo.

"Vuoi accarezzarla?" chiedo a Bentley.

Gli brillano gli occhi e annuisce.

Mi avvicino e gli mostro dove può toccarla sul collo e sul muso.

Lei gli dà un colpetto alla mano e nitrisce.

"Gli piaci".

"Come puoi dirlo?"

"Non ti ha morso", ironizzo.

"D'accordo, è pronto", annuncia Noah. "Ne ho messi solo

quattro per lasciarvi spazio tra uno e l'altro. Non scordarti di tenere la testa alta e guardare avanti mentre salti".

"Ricevuto!"

Riporto Piper al punto di partenza e aspetto il fischio.

Non appena soffia, Piper parte in un leggero galoppo verso il primo e lo salta con successo senza far cadere le barriere. Quando passiamo agli ostacoli più alti, passo dalla posizione di ripresa a quella a due punti per mantenere l'equilibrio tra uno e l'altro. Quando stringo leggermente con le gambe per darle il segnale di saltare il secondo e il terzo, li supera in modo impeccabile.

Poco prima di raggiungere l'ultimo, un animale corre dentro e spaventa Piper. Lei pianta gli zoccoli per terra prima che il mio corpo abbia la possibilità di fermarsi, e balzo giù dalla groppa.

Ed è per questo che indosso il casco.

"Oh, mio Dio, Harlow!" urla Noah, correndo verso di me.

"Sto bene…" dico con un grugnito, cercando di rotolare su un fianco.

"Stai bene?" Waylon si inginocchia accanto a me.

Gemo perché ho battuto male l'osso sacro sul terreno. "Mai stata meglio".

Noah fa una risata nasale, afferrando le redini di Piper perché non fugga via. "Fai piano e alzati lentamente".

Waylon mi offre la mano, che afferro. Mi aiuta a mettermi seduta, ma il dolore si irradia subito lungo la schiena.

"Quella era una *capra*?" chiedo conferma.

"Già… Sembra che una sia fuggita". Waylon scuote la testa. "Sono piuttosto sicuro che Wilder le stesse spostando in un altro pascolo".

"Così si spiega". Noah sospira.

"Quant'è carina!" esclama Bentley e, quando ci giriamo a guardare, lo troviamo a giocare con la diavoletta.

"Non lasciarla scappare", gli dice Waylon. "Dovremo riportarla indietro".

"Posso tenerla?"

Waylon scuote la testa. "Non penso proprio che tua madre approverebbe".

"Uffa". Bentley mette il broncio.

"Credi di riuscire ad alzarti?" Waylon riporta l'attenzione su di me.

No. "Sì, certo".

Si alza in piedi e tira su con cautela anche me. Siamo quasi petto contro petto quando sono completamente dritta. Inspirando, sento l'odore del profumo che ha addosso. O forse è semplicemente il *suo*. Virile e muschiato, con un sentore di cuoio.

Il suo sguardo trova il mio, però poi scende fino alla mia bocca.

Mi passo una mano sulla guancia, sentendomi in imbarazzo. "Ho della terra sulla faccia?"

Sbatte le palpebre e poi scuote la testa. "Oh, no, stai bene così".

Aggrotto le sopracciglia per le parole che ha scelto, e quasi mi perdo nei suoi occhi color oceano mentre li fisso.

"Probabilmente ti sentirai indolenzita", ci interrompe Noah, facendoci separare. "Prendi qualcosa, quando arrivi a casa".

"Lo farò. Il mio sedere avrà un altro bel livido; quindi passerò il resto della giornata seduta sul ghiaccio". Ridacchio, però Waylon si irrigidisce accanto a me, e ho paura di aver detto la cosa sbagliata. "Mi riempio di lividi facilmente, ma starò bene".

Mi rivolge di nuovo quel sorriso forzato, che mi confonde da morire.

"Io e Bentley riportiamo indietro la capra, e poi posso aiutarti a mettere via le barriere", dice a Noah.

"Va bene, grazie".

Noah monta su Piper. "La striglio io e poi la rimetto nel suo box, così tu puoi tornare a casa".

"Sei sicura?" Faccio scivolare il palmo sul collo di Piper per farle capire che non sono arrabbiata con lei.

"Sì, non voglio che cavalchi ancora, per oggi. Devi riposare per non svegliarti indolenzita domani. Fidati, ci sono passata. Non è divertente".

Annuisco e poi do a Piper un bacio fugace sul muso. "A presto, bella".

Dato che tra due giorni è Capodanno, Noah si prende una pausa dall'addestramento; quindi non potrò tornare prima dell'anno nuovo.

Però mi annoierò, perché sarò a casa mentre mamma è al lavoro. L'ospedale viene invaso in questo periodo dell'anno; quindi lei finisce sempre col fare gli straordinari.

Magari, dopotutto, mi faccio quel profilo su CowboyMatch.

Perlomeno, mi terrà occupata per un po'.

Capitolo Quattordici

Harlow

Dopo una doccia bollente, infilo dei vestiti comodi e mi stendo sul materasso con un impacco di ghiaccio sotto il corpo. Ho scritto a Natalie che dovrò riposare a letto per qualche giorno e che, per ammazzare il tempo, sto creando un profilo.

Ovviamente si è emozionata da morire e mi ha augurato di *portarmi qualcuno a letto* entro la fine dell'anno.

Considerando che mancano due giorni, è matta da legare.

Riesco a malapena a muovermi, figuriamoci a fare sesso per la prima volta.

Però sono comunque disposta a mettermi in gioco e fare un tentativo… anche se mi si dovesse ritorcere contro in futuro.

Dunque apro un profilo con alcune fotografie e un breve spunto: *Dimmi una cosa interessante sul tuo conto.* La mia risposta ovvia è: *Io pratico salto ostacoli a cavallo.*

Come minimo, sarà un argomento spiritoso per rompere il ghiaccio.

Altrimenti, lo cambierò.

Ho perfino aggiunto una fotografia con Piper in cui indosso la divisa da gara.

Considerando il tipo di app che è CowboyMatch, spero di

trovare qualcuno che condivida i miei hobby e interessi che ruotano attorno ai cavalli.

Nel giro di cinque minuti, appaiono le notifiche di alcune risposte.

Accidenti, che velocità!

Ti farei saltare su di me.

Molto originale. *Blocca.*

Un tempo cavalcavo tori... Magari possiamo fare a turno per cavalcarci a vicenda?

Che viscido! *Blocca.*

Io e gli stalloni abbiamo molto in comune... Se capisci che intendo.

Sono vergine, e *capisco* cosa intendi... *Blocca.*

Non monto cavalli, però so saltare molto in alto. Magari puoi insegnarmelo tu?

Ok, questa è piuttosto carina.

Clicco sul profilo di Brandon e vedo che gioca a basket a Johnson City, ovvero a più di un'ora a nord di qui. Poi controllo le sue foto e noto quanto è alto, però è anche carino.

Ma sono curiosa di sapere cosa ci fa su quest'app.

Adesso devo solo capire come rispondere per avviare una conversazione.

HARLOW

> Potrei insegnartelo, ma, dato che hai esperienza nello sport, dubito che ti servirebbe più di una lezione.

Oddio, era pessima. Vero?

BRANDON

> Nessun problema. Allora immagino che per il secondo appuntamento dovremmo trovare qualcos'altro da fare.

HARLOW

> Tu mi insegnerai a giocare a basket?

BRANDON

Certo. Potrebbe essere più facile se ti sollevassi per farti raggiungere il canestro.

HARLOW

Perché sono bassa o troppo stupida per imparare?

BRANDON

Ma no, dico solo che sarebbe più divertente se potessi toccarti.

Ok… non capisco se è una battuta carina o volgare.

HARLOW

Dovrai parlarmi di più di te. Che cosa stai studiando lì?

BRANDON

Tecnologia ingegneristica.

HARLOW

Oh! Quindi sei un atleta e PURE un cervellone. Cosa ci fai esattamente su quest'app?

BRANDON

Sono piuttosto timido con le ragazze, quindi la maggior parte mi mette nella friendzone prima che possa trovare il coraggio di provarci con loro.

Ma che carino!

BRANDON

Immaginavo che le ragazze su CowboyMatch cercassero qualcosa di più serio e non un'avventura.

HARLOW

Ha senso.

BRANDON

Tu perché ti sei iscritta?

HARLOW

La mia migliore amica mi ha detto di provare. Dice che devo "uscire di più". Vengo da un paesino di soli duemila abitanti, quindi le opzioni sono limitate.

BRANDON

Dovresti venire qui, uno di questi weekend. C'è un sacco di roba da fare, sia al campus che fuori.
Beh, è un po' una noia adesso che fa freddo, ma in primavera adoro fare escursioni. In estate, vado a fare rafting su acque bianche e a pescare con gli amici.

HARLOW

Mi piacerebbe molto!

Continuiamo a chiacchierare per due ore, finché non mi dice che deve prepararsi per andare a trovare dei familiari. La discussione si chiude su una nota positiva, quindi sono ottimista. Per ora.

Quando ritorno agli altri messaggi, ce ne sono dieci in più.

Soltanto due non fanno allusioni sessuali, dunque rispondo a questi Micheal e Jayden.

"Ok, è piuttosto divertente..." rifletto ad alta voce.

Evita la noia, però i farmaci che ho preso prima mi stanno dando sonnolenza; quindi blocco il telefono e faccio un pisolino.

Quando mi sveglio, è ora di cena. Mamma non aveva molte energie dopo il lavoro; così ha portato a casa della pizza, e per me va benissimo. Tanto non ho comunque molta fame.

Invece di sederci a tavola, ci mettiamo comodi in soggiorno e guardiamo uno dei programmi preferiti di papà.

"Come va l'osso sacro?" mi chiede mia madre.

"Credo che sopravviverò", rispondo. "Va tutto bene quando sono seduta sul ghiaccio, però fa male se cammino".

"Ho portato a casa un unguento. È in cucina. Spalmalo sulla pelle e dovrebbe fare effetto dopo una ventina di minuti".

"Cosa c'è dentro?" chiedo, riluttante.

"Cannabidiolo e altra roba". L'esitazione nella sua voce mi rende sospettosa.

"Mamma! È illegale?"

Rimane a bocca aperta. "Certo che no! Potrei averlo comprato al lavoro da un'amica che ha un paziente che produce roba del tutto naturale".

Papà fa una risata nasale, strappandomene una perché manco lui si beve questa stronzata.

"Mmm-mmh, ok…" dico con sarcasmo.

"È per i muscoli doloranti. Provalo e basta".

Quando abbiamo finito di mangiare e papà è andato a letto, decido di fare un bagno di sale e controllo se ho ricevuto nuovi messaggi.

Stavolta ne accetto alcuni volgari, giusto per vedere come reagiscono alle mie risposte.

Non che sia brava a flirtare, però ho promesso a Natalie che ci avrei provato; dunque eccomi qui.

DEVON

Quindi sei una cowgirl… Quella al rovescio è la mia posizione preferita.

Cosa vorrebbe dire?

Una rapida ricerca su Google mi fa pentire immediatamente di aver controllato le immagini.

HARLOW

Perché così avrei il culo proprio davanti alla tua faccia?

Sul serio, però, che modo scomodo di sedersi sopra qualcuno! Come ci si muove in quella posizione?

DEVON

Separarti le chiappe mentre mi cavalchi mi dà la visuale perfetta del tuo bel buchino.

Strabuzzo gli occhi e li sbatto con forza perché è impossibile che l'abbia detto davvero.

HARLOW

Guardi lì dietro?

DEVON

Perché non dovrei?

HARLOW

Che schifo!

DEVON

Ti assicuro che non è così. Se ci infilassi tutta la lingua ti farei venire in pochi secondi.

La lingua?
Ma anche no.

HARLOW

Allora, tornando al fatto che sono una cowgirl… tu sai andare a cavallo?

DEVON

Lavoro in un ranch di bestiame, quindi sì, li usiamo per prendere al lazo gli animali e portarli al pascolo.

HARLOW

Oh, forte! Dimmi di più.

O parlami di letteralmente qualunque altra cosa che non riguardi il mio sedere sulla tua faccia.

Mentre aspetto che risponda, controllo gli altri messaggi.

JAYDEN

Oltre cavalcare, che cos'altro ti piace fare?

HARLOW

Passo gran parte del tempo a prendermi cura di mio padre. È disabile. Guardo Grey's Anatomy con la mia migliore amica tutti i giovedì. È di Nashville, quindi non possiamo vederci spesso di persona. Lavoro in una boutique di abbigliamento Western. Praticamente è tutto qui...

E sembro una persona noiosa da morire.

JAYDEN

Forte. Guardi qualcos'altro, oltre a quello, insieme alla tua amica?

Aggrotto le sopracciglia.

HARLOW

No, stiamo cercando di recuperare tutte le stagioni. Però siamo solo a metà.

JAYDEN

Nemmeno roba con lesbiche?

HARLOW

No?

JAYDEN

Dovresti. È piuttosto sexy. Ho saputo che le tipe guardano quelle cose insieme e poi ricreano la scena.

HARLOW

Ehm... beh, vive a un'ora da me, quindi guardiamo gli episodi in videochiamata.

JAYDEN

Se dovesse mai servirti qualcuno con cui guardare quella roba, fammi sapere.

Invece di rispondere, chiamo Natalie.

"Ehi! Come ti senti?" Fa un largo sorriso.

"Ehm, bene. Però sto parlando con alcuni di questi ragazzi sull'app e uno mi ha chiesto se io e te guardiamo roba con lesbiche insieme e poi ricreiamo le scene". Erompe in una sonora risata. "È normale? Dovrei realizzare alcune strane fantasie per loro e stare al gioco?"

"Più o meno, sì. Serve ad attirare la loro attenzione. Fa scorrere la conversazione e porta ai discorsi zozzi".

"Ancora prima di incontrarli?"

"Sì! Diciamo che il punto è proprio questo".

Arriccio un labbro, inorridita. "Il punto di cosa? Di essere un pervertito?"

"Harlow… non prenderla così seriamente. È divertente e basta".

"*Divertente?* Un tipo ha detto di voler vedere il mio buchino del sedere nella posizione della cowgirl al rovescio".

"Oh, mio Dio!" urla. "Si chiamava Devon?"

"Ehm, sì".

"È innocuo… Ha giusto un piccolo fetish".

La guardo come un cerbiatto impaurito. "Non ho abbastanza esperienza per fare quel genere di discorsi. Mi sento completamente fuori dal mio elemento".

"Allora ignorali, se vuoi. Nessuno dice che devi intrattenere quel genere di conversazioni".

"C'era un tipo, Brandon, che mi è sembrato piuttosto normale. Gioca a basket all'università, a Johnson City".

"È un donnaiolo".

"Lo conosci".

"No, però è un atleta su un'app di incontri".

"Ha detto di essere timido con le ragazze e che è per questo che…"

"Sì, è una battuta classica. Dice solo stronzate".

"Come fai a sapere tutte queste cose?"

"Perché ci sono centinaia di ragazzi come lui nel mio campus.

Fidati di me. Fingono di essere fatti in un modo, ma in realtà sono un branco di puttanieri".

"Beh, che peccato! Abbiamo parlato per due ore".

"Se è davvero interessato, ti ricontatterà. Altrimenti, ti bloccherà".

"Sul serio? Perché mi sembra una storia da *Hunger Games*?"

"Perché le relazioni *sono* gli *Hunger Games*".

"Non ci so fare per niente; quindi non sopravviverò..." Getto indietro la testa con un grugnito.

"Se ti senti a disagio, esci dalla chat e basta. Non perdere tempo. Troverai qualcun altro con cui valga la pena parlare".

"Forse... Non lo so".

Chiacchieriamo per qualche altro minuto. Principalmente è lei a farmi dei discorsetti di incoraggiamento finché non chiudiamo la chiamata e io ritorno sull'app.

Poi noto che non posso inviare messaggi a Brandon.

Mi ha bloccata? Che cazzo ho fatto?

Era il ragazzo più normale tra i pochi con cui ho parlato.

Avrò fatto una figura più patetica di quanto pensassi.

Oppure Natalie ha ragione ed erano tutte stronzate.

Ignorando gli altri messaggi, chiudo l'app e accendo il televisore.

Ho socializzato di più in un giorno solo di quanto non faccia in un mese, e adesso ho bisogno di rilassarmi.

Devo essermi addormentata, perché la suoneria del cellulare mi sveglia ed è quasi mezzanotte.

La cosa ancora più strana è che mi sta chiamando mia sorella.

"Ehi", rispondo, ancora assonnata.

"Ciao, scusa se ti ho svegliata. Ho bisogno che passi a prendermi all'ufficio dello sceriffo Wagner".

Mi metto seduta e mi schiarisco la gola. "Sei in *prigione*?"

"No… non io. Però mi ha portata qui come testimone e non mi permette di guidare perché ho bevuto".

"Testimone di cosa? E che intendi dire che non sei tu in prigione? Chi c'è finito?"

Fa una breve pausa prima di espirare con forza. "Waylon".

Capitolo Quindici

Waylon

"Stasera usciamo?" chiede Wilder, entrando in camera mia senza bussare.

"Potevo essere completamente nudo qui dentro", lo rimprovero, afferrando una maglietta dall'armadio, dato che sono solo mezzo vestito. "E *io* sì. Tu no".

"Bello, ma che cazzo?" Si appoggia allo stipite della porta, incrociando le braccia con un broncio infantile.

"Sei quasi morto per overdose una settimana fa. Tieni il culo a casa, per una volta".

"Accidenti! Chi ti ha pisciato nei cereali?"

"Tu e Jake".

"Ah, merda! Cos'hai intenzione di fare?"

Ciò che non potevo fare prima per colpa delle feste; però, adesso che sono finite ed è venerdì sera, troverò Jake.

"Mandare un messaggio". Cammino per la mia stanza, prendendo tutto ciò di cui ho bisogno per la notte: orologio, chiavi, telefono, portafoglio. Non dovrei stare via troppo a lungo, dato che spassarmela o bere non rientra nei miei piani. Non appena trovo quel pezzo di merda, mi occupo di lui e me ne vado.

"Non ho bisogno che combatti le mie battaglie per me. Jake sa che cos'è successo e non mi darà più la sua roba", dice, sinceramente preoccupato.

"È un tantino tardi per quello".

Cazzo, Jake conosceva la situazione. Ogni volta che Wilder è stato ricoverato, Jake ha visto quanto la cosa mi ha distrutto. Era consapevole dei trascorsi di Wilder. Per tutto questo tempo, pensavo fosse mio amico e invece mi ha pugnalato alle spalle.

"Perché sei incazzato? C'è qualcos'altro dietro?" Allunga una mano, impedendomi di superarlo.

Oltre al fatto che mi piace una ragazza che poi ho scoperto essere la sorella minore di Delilah e off-limit al milione percento…

"Sto bene".

"Sei su di giri".

"Puoi dirlo forte". Gli do una spallata mentre gli passo attorno e mi dirigo verso il portone di casa.

"Permettimi almeno di venire con te. Non berrò, promesso", quasi mi implora.

Voltandomi, mi metto di fronte a lui praticamente petto contro petto. "Purtroppo, non mi fido di te. Non posso occuparmi di Jake e allo stesso tempo farti da babysitter; quindi, giusto questa maledettissima volta, ascoltami e resta qui".

Si tappa la bocca e lo prendo come un segno di assenso.

"Tornerò tra meno di un'ora", dico prima di uscire dalla porta.

È da tutta la settimana che sono nervoso, non posso negarlo, e alla fine ho raggiunto il limite. Tra ciò che è accaduto Harlow – che si è messa quel cazzo di fiocco rosa tra i capelli e mi ha spezzato il cuore quando ho capito che avremmo dovuto smettere di parlarci – e l'incidente di Wilder subito dopo, non ho avuto molto tempo per elaborare i miei sentimenti.

Ma poi Jake mi ha scritto questa mattina per chiedermi perché avessi lasciato la chat di gruppo. Mi sono inventato una balla sul fatto che mi bombardava il telefono di messaggi e mi distraeva troppo, però la vera ragione è lui.

Poi ha detto che sarebbe andato al Twisted Bull e ha invitato me e Wilder.

Gli ho detto di lasciare in pace mio fratello.

Ha *riso*.

È stato sufficiente per farmi arrabbiare.

Quando entro in paese, la strada è piena di macchine; quindi devo parcheggiare a tre isolati di distanza. La passeggiata mi dà il tempo per scaldarmi ulteriormente al pensiero che ha dato a Wilder droghe di strada che avrebbero potuto ucciderlo.

Concentrato esclusivamente sul trovare Jake, ignoro la musica country assordante e il forte chiacchiericcio. Qui dentro sono tutti stipati, cosa che odio già, ma alla fine trovo il mio chiassoso e sgradevole "amico" al bar.

Vicino alla mia ex.

Bastardo.

Ha già fottuto mio fratello; quindi perché non mirare a lei subito dopo?

Gli brillano gli occhi quando mi vede e si alza in piedi. "Amico, sei venuto! Ti prendo una birra".

Non penso proprio.

"Non sono qui per bermi qualcosa, e non resterò molto".

"Perché no?"

"Sono venuto solo per dirti di lasciare in pace me e mio fratello. Non parlare mai più con nessuno dei due". Faccio scattare lo sguardo su Delilah, seduta sul mio lato destro. "E non parlare manco con lei".

Non ne sono più innamorato, però ci tengo comunque. Jake è una brutta compagnia, e lei non ha bisogno di trovarsi coinvolta nella sua merda illegale.

"Ehi, datti una calmata! Di che cosa stai parlando?"

Faccio un passo verso di lui, guardandolo dall'alto. "Lo sai di cosa cazzo sto parlando. La droga. Non so in che cazzo di merda illegale tu sia coinvolto, ma vedi di non trascinare noi dentro a quello schifo".

"Mi sono già scusato per ciò che è accaduto e ho detto che non succederà più". Mi appoggia il palmo sulla spalla, cercando di attirarmi a sé. "Eddai, lascia che ti prenda una…"

Mi scrollo la sua mano di dosso, facendo un passo indietro. "Non toccarmi!"

Mi spinge sul petto. "Rilassati, amico".

"Non. Toccarmi. Cazzo". Gli do uno spintone e finisce contro uno sgabello.

"Waylon, smettila…" Delilah si mette fra di noi. "Questo non sei tu. Lascia perdere".

"Adesso lo sono, perché lui ha quasi *ucciso* mio fratello", sibilo, guardandolo da sopra la testa di lei.

"E litigare con lui non cambierà ciò che è successo", dice con calma.

"Quindi, se l'uomo che ha fatto del male ad Harlow fosse qui, mi stai dicendo che non lo stenderesti perché farlo non cambierebbe il passato?"

Si irrigidisce visibilmente, e so di aver toccato un nervo scoperto, però dovrebbe sapere per esperienza personale quanto è doloroso vedere un fratello che sta quasi morendo.

"Non è la stessa cosa e lo sai. Jake non gli ha fatto del male di proposito".

"Avrebbe dovuto pensarci prima di dargli droghe di strada".

Soltanto Dio sa che cosa diamine ci fosse mescolato alla ketamina. Un ritardo da parte mia, anche solo di pochi minuti, gli sarebbe costata la vita.

"Vuoi picchiarmi? Fai pure", mi provoca Jake; poi passa un braccio sulle spalle di Delilah, attirandola a sé.

Assottigliando gli occhi, lo fisso intensamente, domandandomi se ne valga la pena per pochi secondi di soddisfazione.

"Delilah, spostati!"

Butta fuori un respiro scocciato e mormora: "Siete due idioti".

Quando si è liberata del braccio di Jake e si è spostata, faccio un passo verso di lui. "Se ti avvicini di nuovo a me o mio fratello, la prossima volta sarai tu a finire in ospedale".

Gli angoli delle sue labbra si incurvano in un sorrisetto canzonatorio. "Ma davvero?"

Senza dargli tempo per reagire, gli affondo il pugno nello

stomaco, infliggendogli un colpo devastante che gli scuote il corpo. Gemendo per il dolore, cade all'indietro contro un gruppo di persone prima di finire col culo per terra, là dove merita di stare.

"Waylon!" strilla Delilah, spingendomi per un braccio.

Un secondo dopo, Jake è in piedi e si lancia contro di me, per farmi poi finire addosso alla gente alle mie spalle. Delilah cade per terra, e ci vedo rosso.

Una cosa è spingere me, però fare del male a una donna non è mai corretto.

Balzo in piedi e gli sferro un pugno in faccia, mettendolo di nuovo al tappeto. "Hai spinto Delilah, stronzo".

"Waylon, fermati!"

"D'accordo, fuori!" grida uno dei baristi. "Altrimenti chiamo lo sceriffo".

Jake non lo sente oppure non gli importa, perché si tira su e si avventa contro di me, scaraventandomi su un tavolo, che si spezza sotto il peso di entrambi.

Lottiamo sul pavimento, prendendoci a pugni finché non veniamo separati. Quando mi alzo in piedi, sento il sangue scorrere sul viso.

"Portateli fuori di qui!" urla uno dei manager, indicando l'uscita.

Il buttafuori mi spinge verso la porta e, non appena siamo all'esterno, trovo lo sceriffo Wagner e uno dei suoi agenti.

"Hollis. Murphy. Entrate". Lo sceriffo Wagner apre lo sportello posteriore della volante.

"Per cosa?" chiede stupidamente Jake.

"Vandalismo. Disturbo della quiete pubblica. Perché siete dei cazzo di idioti". Agita la mano verso i sedili posteriori.

Delilah esce e viene accanto a me.

"Tu mettiti davanti. Mi hanno detto che hai assistito; quindi devi venire anche tu".

Delilah sbuffa. "Grazie mille, ragazzi".

Saliamo tutti e tre in macchina e il tragitto verso la stazione di polizia è silenzioso. Distendo le dita, sentendo già il dolore, che domani peggiorerà.

Però non mi interessa. Ne è valsa la pena.

"Ragazzi, voi sedetevi qui con Diane". Indica il bancone dell'accoglienza. "Delilah, tu vieni con me nel mio ufficio".

"Quanto tempo ci vorrà?" chiede Jake, passandosi la mano sotto il naso. "Sto sanguinando".

Lo sceriffo Wagner rivolge un cenno del capo al suo agente. "Portalo nella stanza del primo soccorso". Trova il mio sguardo. "Devi andarci anche tu?"

"No, posso aspettare", rispondo impassibile.

"Ottimo. Allora siediti".

Delilah segue lo sceriffo, però volta la testa per guardarmi prima di entrare nell'ufficio.

Diane mi porge un modulo e mi dice di compilarlo.

"Che stronzata!" mormoro.

L'ultima cosa che voglio fare è scrivere con la mano dolorante, però stringo i denti e compilo comunque lo stupido modulo. Soltanto lo sceriffo Wagner ci fa sbrigare le sue pratiche.

Quando Jake ritorna si siede sull'altra sedia, però non ci parliamo.

Venti minuti dopo, Delilah e lo sceriffo escono dall'ufficio.

"Hai bevuto. Devi chiamare qualcuno per farti dare un passaggio", le dice.

"Giusto qualche bicchiere". La penetra con lo sguardo. "Va bene, chiamo mia sorella".

Che vita di merda!

"Hollis, nel mio ufficio", dice secco lo sceriffo.

Quando mi alzo, incrocio lo sguardo di Delilah e le rivolgo un sorrisetto riconoscente per avermi guardato le spalle al bar. So che mi aveva avvisato di tenermi fuori dai guai, ma per me era più importante mandare un messaggio.

Quando sono seduto, gli spiego quello che è successo. Non si preoccupa di prendere appunti né mi interrompe; quindi continuo a parlare fino a raccontargli perché ho tirato il primo pugno.

"All'inizio pensavo che qualcuno mi avesse dato il nome sbagliato. Mi aspettavo assolutamente di vedere Wilder uscire dal bar", dice ironico. "Però capisco perché l'hai fatto e il modo in cui ti ha provocato. Comunque sia, il locale sporgerà denuncia; quindi devo redigere un verbale di contestazione".

"Capisco, signore".

Quando ho firmato tutti i documenti, mi scorta fuori dal suo ufficio e mi ritrovo davanti Delilah e sua sorella.

Harlow indossa i pantaloni del pigiama ed è ovvio che stesse dormendo. Ha i capelli raccolti in uno chignon spettinato ed è acqua e sapone. Però è stupenda come sempre.

Parole che non dovrei pensare, se riferite a lei.

"Murphy, sei il prossimo", ordina lo sceriffo Wagner, e, quando se ne sono andati entrambi, mi avvicino alle ragazze.

"Ehi, come ti senti?" chiedo ad Harlow.

I suoi occhi verdi trovano i miei. "Indolenzita, ma sopravviverò".

"Indolenzita? Cos'è successo?" chiede Delilah.

"E caduta da Piper durante la lezione", spiego prima che possa farlo Harlow. "Dovrebbe riposare".

"Oh, mio Dio, non me l'hai detto!" la rimprovera Delilah.

"Non è nulla di che. Sono caduta principalmente sul sedere. Però non potevo perdermi l'occasione di vederti in prigione". Fa una risatina.

"Ero una *testimone* per questo cretino, a cui avevo chiesto di non cominciare a litigare", specifica Delilah, agitando la mano verso di me. "Non mi dà mai retta".

Harlow incrocia le braccia, divertita. "Già, parliamo di quello".

Butto fuori un respiro teso. "Oppure no".

Delilah fa scoccare lo sguardo verso di me. "E sono pure stata spinta per terra. Grazie mille per avermi chiesto come sto".

"Scusami". Trattengo un sorrisetto. "Sapevo che sei capace di badare a te stessa".

"Puoi dirlo forte. Avrei pure potuto combattere meglio di te".

Sbuffo, lanciando una rapida occhiata ad Harlow, che mi sta fissando, e distolgo lo sguardo prima che si crei imbarazzo.

"Beh, per quel che vale, mi dispiace averti coinvolta", dico con sincerità; poi mi rivolgo ad Harlow: "E che tu sia dovuta venire a prenderla. Avrei potuto accompagnarla io".

Harlow fa spallucce. "Non è un problema. È chiaro che non avessi di meglio da fare il venerdì sera, a parte scorrere ossessivamente profili orribili su un'app di incontri".

Mi sprofonda il cuore nella bocca dello stomaco, e per poco non mi lascio sfuggire la stessa domanda che le fa sua sorella.

"Da quando sei su un'app di incontri?"

"Ho fatto un profilo giusto oggi. Mi ha incoraggiata Natalie. Però è già terrificante".

Chi è Natalie?

"Non dirlo a me". Delilah fa una risata nasale. "Uomini sui trentacinque anni che cercano *amiche con benefici*. Cioè, signore mio… essere un puttaniere alla tua età non è più affascinante. Cresci".

Stringo le labbra perché vorrei chiederle che applicazione usa, però so che è un'idea di merda.

Comunque sia, non posso fare a meno di sentirmi un poco affranto per il fatto che si sia iscritta. Dopo aver chiacchierato con lei per settimane e non averla sentita affatto nell'ultima, mi manca farlo.

Però non posso biasimarla per aver voltato pagina e per voler trovare qualcun altro con cui parlare.

"Beh, meglio se torno a casa. Andate piano". Passo accanto ad Harlow e vado verso l'uscita.

"Anche tu", mi dice Delilah. "Oh, aspetta. Waylon?"

"Sì?" Mi giro.

"Di' a Wilder che stiamo pregando per lui".

Deglutisco con forza. Lei sa meglio di chiunque altro quanto è stato difficile e perché ho dovuto agire con Jake.

Annuendo con gratitudine, ribatto: "Grazie, lo farò".

Quando arrivo a casa, quindici minuti dopo, Wilder è addormentato sul mio divano. Mi ha aspettato per tutto questo tempo. Non che la cosa dovrebbe sorprendermi: non gli piace stare da solo coi suoi pensieri.

Spengo la TV, gli stendo addosso una coperta, poi raccolgo le bottiglie di birra dal tavolino. Dopo averle buttate, prendo il suo telefono e mi assicuro che abbia la sveglia impostata per alzarsi per il lavoro.

E, sapendo che dormire può fargli bene, gli concedo un'ora in più.

Capitolo Sedici

Waylon

"Ehilà, galeotto".

"Molto divertente", dico con sarcasmo, attraversando la cucina dei miei genitori.

Noah e Magnolia ridacchiano per le parole di scherno di mia sorella. Sono appoggiate al bancone, mentre aiutano nonna Grace a cucinare qualcosa per il dessert.

"Lo sceriffo Wagner non mi ha nemmeno ammanettato o messo in cella; quindi direi che non conta".

"Che bell'occhio nero, figliolo!" Papà mi dà una pacca pesante sulla spalla, e faccio una smorfia di dolore mentre mi supera per raggiungere il frigorifero. "Anche le nocche sono conciate male".

Deglutisco a fatica, sedendomi a tavola vicino a Wilder. "Fa solo un po' male".

Jake è riuscito a sferrarmi un pugno in faccia, però io gliene ho dati almeno due.

"Non è questo il momento in cui dici: *Dovreste vedere l'altro?*" Noah imita una voce profonda.

Guardandola assottigliando gli occhi, mi acciglio. "Non hai tua figlia di cui preoccuparti? Lasciami in pace".

"Chi l'avrebbe mai detto che Waylon avrebbe spaccato il culo di qualcuno, addirittura quello del suo migliore amico?" mi provoca

Wilder, cingendomi le spalle con un braccio. "Immagino voglia dire che mi vuole bene".

"Oppure che sei un vero rompipalle e, dato che non posso spaccare il tuo, l'ho fatto con il suo".

"Niente parolacce a tavola!" Mamma entra con un grembiule avvolto attorno alla vita e Mallory al seguito, che sta già gongolando per il mio scivolone.

"Pagate, cowboy! Sto risparmiando per un pick-up bello grosso", dice Mallory, avvicinando il suo ridicolo barattolo delle parolacce.

"Un *cosa* bello grosso?" esclama con voce stridula Wilder. "A cosa ti serve?"

"Non sono affari tuoi, guarda un po'".

"Ecco un'idea: trovati un lavoro e pagatelo da sola". Wilder le conficca un dito nel braccio quando Mallory si siede vicino a lui.

"*Sopportarti* è il mio lavoro".

Continuano a bisticciare, però sono solo felice di non essere più l'argomento della conversazione.

Il resto della famiglia entra in sala da pranzo e, presto, chiniamo tutti il capo e diciamo la preghiera. Con poca discrezione, mamma solleva lo sguardo su di me quando menziona il mio nome.

È come se avessi di nuovo dieci anni e mi stesse rimproverando, ma questa volta senza parole; invece, ricevo occhiate di disappunto.

Nel frattempo, il gemello che causa problemi sin da quando è uscito dal grembo riceve un'amichevole pacca sulla spalla e un sorriso.

Odio questo posto.

Però non mi pento di quello che ho fatto, perché Jake se lo meritava.

Sono grato che lo sceriffo Wagner non mi abbia fatto passare la notte in una cella; quindi mi prendo questa piccola vittoria.

Dopo il dolce, mi tiro indietro e salto lo *scrapbooking* per potermi tenere occupato alla scuderia. È l'ultimo dell'anno; quindi oggi non abbiamo fatto nessuna escursione, così come non ne faremo domani. Normalmente, mi sarei goduto la pausa; invece, mi dà soltanto più tempo per rimuginare.

Ho trascorso gli ultimi due giorni a iscrivermi a tutte le app di incontri che sono riuscito a trovare.

Patetico, lo so.

Però ho bisogno di trovare Harlow. Non riesco a smettere di pensare a ciò che le staranno dicendo quegli uomini.

Nulla a che vedere con le conversazioni che avevamo un tempo.

Mi manca quando mi rivelava i segreti sulla sua lista dei desideri romantici.

Quando mi parlava della sua giornata e di come aveva dormito.

Il modo in cui il mio volto si illuminava ogni volta che controllavo il telefono e c'era un messaggio ad aspettarmi.

Cristo, sembro un vero stupido!

Forse lei non ci teneva tanto quanto me; quindi le viene più facile voltare pagina e parlare con qualcun altro.

Forse è quello che sto dicendo a me stesso per non sentirmi una persona terribile, dopo ciò che ho fatto.

Sarebbe stato davvero così brutto sedermi di fronte a lei al tavolo e svelarle che ero io il ragazzo con cui stava parlando? Avrebbe dato di matto come ho fatto io?

Tra di noi sarebbe dovuta finire comunque.

È giovanissima e ne ha passate così tante nella sua breve vita che sarebbe stato scorretto intrappolarla nella mia situazione di merda quando lei si stava rimettendo in carreggiata.

Ma allora perché non riesco a togliermelo da questa cavolo di testa?

Dunque, visto che sono già in guerra con me stesso, ho pensato bene di complicare le cose e vedere se noterà il mio profilo e mi scriverà in privato sull'app che usa. Potrei mandarle io per primo un messaggio… sempre che mi venga in mente qualcosa da dire e se riuscirò a trovarla.

Stasera Wilder esce, però ho chiesto a Delilah di tenerlo d'occhio, visto che anche lei è fuori. Io non andrò a letto finché quell'ubriacone non sarà a casa.

Il Twisted Bull ha organizzato una festa di Capodanno e rimane aperto fino alle quattro del mattino; quindi, grazie al cielo, domattina dobbiamo soltanto svolgere le mansioni alla scuderia. Tanto Wilder non si sveglierà prima di mezzogiorno.

Dopo aver portato dentro l'ultimo cavallo dal pascolo e averlo messo nel suo box per la notte, chiudo la porta della scuderia e spengo le luci. Poi vado a casa.

Quando arrivo nel vialetto trovo Delilah, che darà un passaggio a Wilder.

"Ehi". Sorrido debolmente quando scendono le scale per raggiungermi.

"Sei sicuro di non voler venire?" urla Wilder, comportandosi come se fosse già brillo.

Probabilmente hanno iniziato a bere mentre stavo lavorando.

"Oh, sicurissimo. Tanto non mi farebbero entrare comunque".

Ho già pagato la multa e mi sono scusato personalmente con il proprietario quando gli ho dato un assegno per coprire i danni, però non ho intenzione di sfidare la sorte. Inoltre, trovarmi circondato da centinaia di persone ubriache, con musica assordante e corpi sudati che brulicano attorno a me, sembra un vero inferno.

Wilder balza sul sedile del passeggero come un bambino elettrizzato che sta andando a trovare Babbo Natale. Quando Delilah cammina verso il lato del conducente, la fermo.

"Grazie ancora per quello che stai facendo. Non sai quanto lo apprezzo".

"Mi devi un favore enorme". Fa un sorrisetto malizioso. "E farò in modo che sia un *bel* favore".

Ridacchiando, scuoto la testa. "Non ho dubbi".

Mi dà una leggera pacca sul petto; poi io mi sposto e lei salta sul pick-up.

"Wilder, ti prego, per l'amor del cielo, non esagerare", lo avverto, tenendo aperta la portiera mentre sbircio dentro. "Domani dobbiamo lavorare".

"Sì, signor capitano". Con arroganza, mi rivolge il saluto militare, e io alzo gli occhi al cielo.

"Vai piano", dico a Delilah. "Se vi serve un passaggio, chiamami. *Per favore*".

"Lo farò, però ho intenzione di smettere di bere all'una; quindi dovrei avere abbastanza tempo per tornare sobria e guidare fino a casa".

Annuisco e la ringrazio di nuovo prima di chiudere la portiera.

Dopo averli seguiti con lo sguardo, entro nel mio appartamento e prendo una birra da bere tutto solo mentre cerco altre app di incontri a cui iscrivermi e l'unico profilo a cui sono interessato.

Il mio telefono viene bombardato da messaggi di decine di donne. Li ignoro tutti e comincio a chiedermi se non sia una causa persa. Anche se Harlow vedesse il mio profilo, è impossibile che…

Appare una notifica dall'app CowboyMatch con un messaggio sotto il suo nome.

Sarebbe questa l'app che ha scelto? Mi viene quasi da ridere, perché non dovrebbe sorprendermi così tanto.

Questa ti permette di scrivere direttamente alle persone oppure di rispondere ai loro spunti, in modo da rompere il ghiaccio.

E un pochino mi imbarazza vedere che lei ha risposto al mio.

Non mi sono sforzato, dato che il mio obiettivo non era quello di chattare con sconosciute.

Un modo per fare colpo su di me è: saper andare a cavallo.

È patetico, però non mi veniva in mente nient'altro. Comunque sia, a giudicare dalle risposte, nessuna lo sta prendendo seriamente, visto che mi chiedono tutte di cavalcare me, invece.

Grandioso.

Ma, quando vedo il messaggio di Harlow, sorrido.

Solo con me

HARLOW

Non posso crederci che pensavi che quello spunto fosse una buona idea. Se su questa app le ragazze assomigliano anche solo un poco ai ragazzi, allora il 99% di loro l'ha trasformato in qualcosa di sessuale.

WAYLON

Hai ragione. Non mi sono neanche preso la briga di rispondere a quelle.

HARLOW

Non può essere molto peggio dei commenti sulla cowgirl al rovescio che ho ricevuto io.

Serro la mascella.

WAYLON

Quindi non stai avendo molta fortuna?

HARLOW

No. Un paio di ragazzi sembravano brave persone, ma poi hanno cominciato a fare allusioni e, semplicemente, non ho abbastanza esperienza per sapere come reggere il loro gioco. Alla fine mi ignorano o mi bloccano.

WAYLON

Cosa vuol dire che non hai abbastanza esperienza? Cosa cavolo ti stanno chiedendo?

HARLOW

Non ho mai avuto un ragazzo.

WAYLON

Ok?

HARLOW

E non ne ho mai baciato uno.

Cosa? Immaginavo che non avesse avuto molte storie, però non avrei mai pensato che non ne avesse avuta... *nessuna.*

Però ha senso, perché la maggior parte delle nostre conversazioni per messaggio erano genuine e innocenti.

A parte le battute che facevamo sul fatto che mi avesse mostrato il culo.

Ma era ciò che mi piaceva di lei.

Quasi nessuna delle ragazze interessate a me prova mai a conoscermi oppure a intrattenere una conversazione normale. Mi vogliono soltanto per il sesso. E, dato che ai tempi stavo cercando di tenere lontani i miei pensieri caotici, me lo facevo andare bene.

WAYLON

> Oh. Beh, allora non parlarci con quei ragazzi. Sono sicuro che ce ne siano altri che non sono fatti così.

Forse, però, non sulle app di incontri.

HARLOW

> Ah… sì, come no. Anche quando sembrano gentili, alla fine mi chiedono un nudo.

WAYLON

> Una foto da nuda?!

Oh, cazzo, no!

HARLOW

> Già… a volte sono ingenua, ma non al punto da inviare una mia foto nuda.

WAYLON

> Bene. Altrimenti dovrei farti il discorsetto sulla sicurezza online che ho appena fatto a Bentley.

Mi manda l'emoji che alza gli occhi al cielo.

HARLOW

> Oh, perché tu non l'hai mai mandata una foto del tuo cazzo?

Solo con me

Perché il fatto che dica una cosa del genere l'ha risvegliato? *Merda, parlarle in questo modo è una pessima idea.*

WAYLON

Non stiamo parlando di me… ma di te.

HARLOW

Ti metti sulla difensiva… Un classico.

WAYLON

Voglio soltanto che tu faccia attenzione. Ci sono un sacco di maniaci su queste app che cercano soltanto sesso, e alcuni sono pronti a tutto pur di riuscire a portarti a letto.

HARLOW

A proposito di maniaci, sono onestamente sorpresa di vederti qui.

Ridacchiando per la sua frecciatina naturale, mi appoggio allo schienale del divano, sollevato perché sembra che siamo tornati al nostro ritmo di conversazione spontanea. Peccato che non saprà mai che quello ero io.

WAYLON

Wow… sei spiritosa!

HARLOW

Lo so. È per questo che la gente mi trova così sgradevole.

WAYLON

Non lo sei.

Perché ti sorprende vedermi su quest'app?

HARLOW

Perché non ti facevo il tipo che ha problemi a trovare ragazze nel mondo reale.

Non si sbaglia, però non le confesserò i miei peccati dicendole perché mi sono iscritto.

177

WAYLON

Non uso molto queste app. Mi ero quasi
dimenticato di averle.

In parte è vero.

HARLOW

Mi sorprende anche che non sei fuori per
Capodanno con tuo fratello. Delilah mi ha detto
che stanotte lo "tiene d'occhio".

WAYLON

Non mi andava. E poi, non trovavo che fosse una
buona idea farmi vedere in un locale da cui sono
appena stato cacciato.

HARLOW

A quel proposito, come vanno l'occhio nero e le
nocche?

Distendo le dita, osservando il taglietto.

WAYLON

Meglio di quelli di Jake.

Mi manda tre emoji che ridono.

HARLOW

Beh, sono contenta che nessuno dei due sia finito
in ospedale. Non è un posto divertente in cui stare
durante le feste.

No, non lo è.

WAYLON

Come sta tuo padre, dopo la caduta?

Avrei dovuto chiederglielo prima.

Solo con me

Sta tenendo duro. Soffre soprattutto a causa del dolore fantasma, però ho cercato di tenerlo occupato e di distrarlo. Giocando a carte o a giochi da tavolo, facendo puzzle, leggendogli libri, guardando la tv.

È dolce da parte tua.

Già, ma credo che si stia stufando di me.

Adesso sono io quello che ride.

Non credo che qualcuno potrebbe mai stufarsi di te.

Davvero?

Sì. Come potrebbe?

Tu non sembri mai esaltato quando ci sono io intorno.

Merda! Questa brucia.

Non prenderla sul personale. Sono esausto quasi tutti i giorni e tenere in vita Wilder è un lavoro a tempo pieno.

Tanto in senso figurato che letterale.

Posso capire. Vale lo stesso per me con mio padre.

WAYLON

In che senso?

Sono passati anni dall'ultima volta che ho visto il signor Fanning; quindi non mi sono tenuto aggiornato sulle sue condizioni da quando io e Delilah ci siamo lasciati.

HARLOW

La sua salute mentale non è delle migliori. Tra la depressione e il dolore, temo sempre il peggio. Quando l'ho visto svenuto sul pavimento del bagno credevo che fosse morto. Ho pensato… già, è successo. Ha preso troppe pasticche o chissà cosa.

Mi schizza il cuore in gola perché mi sono ritrovato in quella situazione innumerevoli volte.

WAYLON

Accidenti, che roba traumatica! Mi dispiace che tu abbia avuto quell'esperienza. Purtroppo, comprendo fin troppo bene quella paura. E non diventa mai più semplice.

HARLOW

No, non lo è diventato in tutti gli anni successivi al suo incidente; anzi le cose sono peggiorate dopo che io mi sono ripresa. È stato come se, non appena sono tornata "normale", lui non avesse più nulla per cui vivere.

WAYLON

Hai dato un senso alla sua vita in un periodo in cui pensava che non ne avesse nessuno. Adesso deve trovarne uno nuovo.

HARLOW

Purtroppo, non credo che ci sia qualcos'altro oltre alla sua famiglia, però pensa di essere un fardello e che le nostre vite sarebbero più semplici senza di lui. Gli dico sempre che si sbaglia, però lui ne è convinto.

WAYLON

L'ha detto?

Accidenti, non credo sia semplice sentirsi dire una cosa del genere dal proprio padre!

HARLOW

Qualche volta, di solito durante i suoi momenti più cupi, quando il dolore continua a tormentarlo per giorni e i farmaci non sono abbastanza forti per aiutarlo. Sono quelli in cui mia madre lo porta al pronto soccorso per una flebo di morfina. È più forte delle pastiglie e, anche se il sollievo dura poco, serve a tenerlo lontano dall'orlo del precipizio.

WAYLON

Cazzo, che roba pesante! Nessuno merita di vivere in quel modo. È comprensibile avere problemi con la propria salute mentale quando sei costantemente in guerra col tuo stesso corpo.

HARLOW

Lo so. Sono combattuta tra il pregarlo di combattere per vivere e dargli la mia benedizione perché si arrenda. Non riesco a immaginare di perderlo, però mi sembra egoista volerlo qui, quando so che sta soffrendo.

WAYLON

A volte la vita sa essere davvero ingiusta. Credo che il meglio che tu possa fare è stargli accanto e volergli tutto il bene possibile, e mi pare che sia esattamente quello che stai facendo. Non sei responsabile per il modo in cui sceglie di gestire il dolore, però puoi assicurarti che non lo affronti da solo.

HARLOW

> Hai ragione. È per questo che ho cercato di distrarlo dal dolore il più possibile con varie attività. Ho perfino tirato fuori il mio vecchio set di acquerelli e abbiamo dipinto un ritratto l'una dell'altro. Erano entrambi terribili e ci hanno fatto ridere. Ma poi il momento è stato rovinato un paio di minuti dopo, quando il suo dolore è diventato così intenso da portarlo alle lacrime.

Il mio cuore duole per lei. È una posizione molto difficile in cui trovarsi, e non lo augurerei a nessuno. Veder soffrire una persona a cui vuoi bene e non poterlo impedire o non riuscire a sistemare le cose è orribile.

WAYLON

> Non per essere invadente, ma per caso vede uno psichiatra per i problemi di salute mentale oppure un terapista del dolore?

HARLOW

> È andato da entrambi per i primi tre anni, ma poi si è stancato di continuare senza avere risultati… Parole sue, non mie. Mamma ha provato a convincerlo a ricominciare, ma si è stancata di litigare con lui e ha lasciato perdere.

WAYLON

> Capisco cosa significa. Sto provando da anni a convincere Wilder ad andare in terapia perché possa ricevere i farmaci giusti per la depressione, però si rifiuta. Mi sono perfino offerto di andarci con lui, ma è così bloccato dallo stigma che non riesce a vedere che i benefici potrebbero superarlo.

HARLOW

> Quindi entrambi abbiamo degli uomini terribilmente cocciuti nelle nostre vite…

WAYLON

> Così sembra.

Afferrando la birra, mi scolo quella rimasta, ma per poco non mi strozzo quando leggo il suo prossimo messaggio.

HARLOW

Un tizio mi ha appena messaggiato chiedendomi se la mia micetta stesse facendo le fusa... Mi sento tanto stupida perché non so nemmeno cosa vuol dire!! So che micetta significa fica, ma che cosa vuol dire "fare le fusa"?

Nulla al mondo avrebbe potuto prepararmi per quella domanda.

O al fatto che mi abbia scritto con così tanta naturalezza la parola *fica*.

WAYLON

Significa che è un maniaco e dovresti bloccarlo.

HARLOW

Oh, eddai... dimmelo! Non posso mica cercare su Google o chiederglielo senza fare la figura della stupida.

WAYLON

Vuoi davvero saperlo?

HARLOW

Altrimenti non te lo avrei chiesto.

Sospiro, buttando fuori un respiro frustrato. A questo punto, probabilmente per lei sono più una specie di fratello maggiore che altro. Non mi parlerebbe mai dei ragazzi con cui sta chattando, se mi vedesse in qualunque altro modo.

Quindi fanculo! Tanto vale dirglielo.

WAYLON

Ti sta chiedendo se sei eccitata. Sai... se fai le fusa come una gatta in calore.

HARLOW

Oddio.

Ok, anche se questo ha senso, adesso mi sta
chiedendo se la micetta ha sete? Sete di cosa?

Cristo santo!
Così mi ucciderà, porca puttana!

WAYLON

Del suo SPERMA, Harlow. Ti sta chiedendo se
vuoi scopartelo.

HARLOW

Te l'ho detto che non ci so fare!

WAYLON

E io ti ho detto che è un maniaco.

HARLOW

Perché vuole scoparmi?

Grugnisco.

WAYLON

Vuole scoparsi chiunque sia disposta a
scoparselo. Non è il tipo di ragazzo che dovresti
frequentare.

HARLOW

E quale sarebbe il mio tipo?

WAYLON

Non lo so, però hai standard più alti di così.

HARLOW

Forse voglio perdere la verginità e arrivare al sodo
per non dover più sembrare una ragazzina
prepuberale con questi uomini.

Solo con me

WAYLON

La tua prima volta dovrebbe essere speciale, non con un tipo trovato a caso su un'app di incontri che vuole solo bagnarsi l'uccello.

HARLOW

Sono stufa di aspettare.

WAYLON

Hai soltanto vent'anni. Non puoi nemmeno comprare alcolici; quindi non direi proprio che stai "aspettando" da molto.

HARLOW

E tu quanti anni avevi quando hai perso la tua?

WAYLON

Di nuovo, non stiamo parlando di me.

HARLOW

La tua prima volta è stata "speciale"?

WAYLON

Meglio se non ti rispondo.

HARLOW

Perché no? Dimmelo. Posso sopportarlo. Non sono una BAMBINA.

WAYLON

Harlow, lascia perdere.

HARLOW

Perché non puoi semplicemente dirmi quanti anni avevi?

WAYLON

Perché renderebbe la conversazione imbarazzante, quindi cambiamo argomento.

HARLOW

Oppure posso tirare a indovinare. Io dico un'età e tu mi dici fuoco o acqua, se ci sto andando vicino o se mi sto allontanando.

WAYLON

No.

HARLOW

15?

WAYLON

Non ci gioco.

HARLOW

16?

WAYLON

Smettila di tirare a indovinare.

HARLOW

17?

WAYLON

Non ti rispondo.

HARLOW

14?

WAYLON

No.

HARLOW

18??

Chiudendo gli occhi, mi pizzico la radice del naso e cedo.

WAYLON

20.

HARLOW

20?! Non ci credo. Mi sembra quasi… la MIA età.
Il che vuol dire che devo perderla prima dei 21,
altrimenti sono ufficialmente una sfigata.

WAYLON

Chi lo penserebbe?

HARLOW

Ogni uomo che cerca un'avventura. Non posso avere 21 anni e dire che non ho mai fatto sesso. Sapranno che non ho esperienza e che non sarò capace di soddisfarli.

WAYLON

Non sto cercando di dirti che puoi dare la tua verginità al primo che capita, ma a molti ragazzi non importa quella roba. Se sono presi da te, rispetteranno il tuo corpo e i tuoi limiti e aspetteranno finché non ti sentirai pronta.

HARLOW

Argh, parli come Delilah. Anche se so che lei faceva sesso quando era più giovane di me.

WAYLON

Allora sai che ti sta dando consigli basandosi sulla sua esperienza e che vorrebbe non aver corso troppo.

HARLOW

Può essere… ma torniamo al fatto che avevi 20 anni. Significa che non hai fatto sesso alle superiori. Com'è possibile? Tu e Wilder non avevate forse la reputazione di essere grandi puttanieri?

Ovviamente quella storia mi si ritorce contro oltre dieci anni dopo.

WAYLON

Ci sono altre cose da fare che non includono la penetrazione. Farsi qualcuno non significa sempre fare sesso.

HARLOW

Davvero? Allora cosa significa?

Getto indietro la testa contro il divano, incredulo perché sto avendo questa conversazione con qualcuno che mi *piace,* ma che devo fingere di non desiderare in quel modo.

La mia solita, maledetta fortuna.

Ma a questo punto, se è l'unico modo che ho per parlarle, allora lo accetto.

Al diavolo le conseguenze!

WAYLON

Significa far godere l'altro toccandosi o baciandosi nelle parti basse. Ci si può anche strofinare da vestiti finché entrambi non raggiungiamo l'orgasmo.

HARLOW

Oh. Strofinarsi sembra divertente. È più bello quando la ragazza è sopra o sotto?

Mi sistemo il pacco perché, più parla di queste cose, più il mio uccello si sente confuso.

Sto anche per dislocare la mandibola da quanto forte sto digrignando i denti.

WAYLON

Sono piacevoli entrambe le posizioni, ma ognuno ha le sue preferenze.

HARLOW

Tu quale preferisci?

Cazzo! Come faccio a uscire da questa conversazione senza venire nei pantaloni?

WAYLON

Oh… Credo di preferire quando la ragazza sta sopra, a cavalcioni sul mio grembo mentre prende il controllo. In questo modo può muoversi tanto veloce o tanto lentamente quanto le serve per raggiungere l'orgasmo. E io posso giocare con i capezzoli e baciarle il collo facilmente per aiutarla a venire con più intensità.

E, adesso, dovrei bruciare il mio telefono.

HARLOW

Cristo! Vedi, questo è eccitante. Perché quei tipi
non mi parlano in quel modo?

WAYLON

Perché sono delle teste di cazzo.

HARLOW

Chiaramente. Uno mi ha chiesto quanto ci metto a
raggiungere l'apice da sola. Non sapevo come
rispondere; quindi ho mentito e gli ho detto cinque
minuti.

Aggrotto le sopracciglia, confuso.

WAYLON

Perché avresti dovuto mentire su una cosa simile?

HARLOW

Perché non ci sono mai riuscita.

WAYLON

Nemmeno con un vibratore?

HARLOW

Pensi che abbia qualche giocattolino? Ma fammi il
piacere! Non saprei neanche dove comprarne uno.

Porca troia, è davvero pura e innocente fino al midollo!

WAYLON

Ci sono soltanto tipo una dozzina di sexy shop nel
raggio di ottanta chilometri e un centinaio di siti
online.

HARLOW

Non posso ordinarne uno a casa mia! Morirei perla
vergogna se i miei genitori lo vedessero. Uno dei
vantaggi del vivere ancora a casa coi tuoi.

Rido per l'emoji sorridente a testa in giù che manda.

WAYLON

> Immagino che dovrai usare la mano come il resto di noi mortali.

HARLOW

> Ah! Ci ho provato… È solo che non so cosa sto facendo. Magari puoi insegnarmelo tu?

Sbatto due volte le palpebre per assicurarmi di aver letto correttamente.

WAYLON

> Insegnartelo? Come?

HARLOW

> Dimmi cosa fare per raggiungere l'apice da sola. In questo modo non devo rischiare che mia madre apra un pacco con all'interno un giocattolino sessuale.

WAYLON

> Non penso che sia una buona idea.

HARLOW

> Perché no? Mi risparmieresti l'umiliazione di avere mio padre che trova in qualche modo un pene di plastica in casa.

Cristo! Non ci credo che sto per accettare…

WAYLON

> Va bene. Ma solo perché non voglio far venire un infarto a tuo padre.

HARLOW

> Da parte della mia famiglia, ti ringraziamo per il tuo servizio.

L'emoji col saluto militare mi strappa una risata.

WAYLON

> Metti insieme due dita e poi massaggia in cerchio il clitoride. Gioca con la pressione e la velocità e vedi cosa ti piace o cosa ti aiuta a godere. Puoi anche ficcarle dentro e poi, quando sei tutta bella bagnata, strofina il polpastrello del pollice sul clitoride per aiutarti a finire.

Quando non risponde immediatamente come ha fatto per tutta la sera, entro nel panico.

Oddio!

È stato fottutamente viscido, vero?

Mi avrà preso per uno psicopatico.

Sbatto la testa contro lo schienale del divano finché, finalmente, non risponde tre minuti dopo.

HARLOW

> Wow, ha quasi funzionato! Ci sono arrivata vicina, ma ho tipo… perso la sensazione? Però è stato utile, quindi grazie. Continuerò a provarci.

Come fa a parlare così apertamente del fatto che si è masturbata, come se stessimo discutendo del tempo? Questa non era mai capitata nemmeno a me.

WAYLON

> Figurati, nessun problema.

Perché cos'altro potrei dire?

HARLOW

> La mia amica Natalie dice che a volte aiuta quando un ragazzo ti guida parlando sporco. È vero?

WAYLON

> Sì, può aiutare a rendere più reale la fantasia che qualcun altro ti stia toccando.

HARLOW

Ok, quindi devo soltanto trovare un ragazzo disposto a chiamarmi o videochiamarmi mentre cerco di darmi un orgasmo.

WAYLON

Lo faccio io.

Cazzo, perché mi sono appena offerto volontario?
Perché non voglio che nessun altro lo faccia con lei.

HARLOW

Davvero? Vuoi farlo adesso?

ADESSO?
Sono già sul punto di venire nei pantaloni.

WAYLON

Ok, certo.

HARLOW

Fantastico, ti videochiamo fra poco…

Come accidenti farò a darmi un contegno e a non perdere completamente il controllo quando la sentirò gemere al suono della mia voce?
La risposta è semplice: *non* ci riuscirò.

Capitolo Diciassette

Harlow

Non sono mai stata tanto eccitata in vita mia e il fatto che l'uomo all'altro capo sia Waylon dovrebbe farmi andare fuori di testa, però non è così.

Con lui mi sento al sicuro.

Protetta. *Piuttosto* sicura di me.

Forse un *pochino* è sbagliato da parte mia, considerando chi è lui.

Però Waylon non mi fa sentire stupida perché non so nulla di sesso e orgasmi.

Anche se sono rimasta un tantino sorpresa vedendolo su CowboyMatch, è anche stato un sollievo trovare qualcuno con cui parlare di relazioni.

Sarà perché non siamo faccia a faccia, però mi viene facile parlare con lui. Non abbiamo mai chiacchierato così tanto in tutti questi anni, però è come se fossimo amici da secoli.

E la sua voce… profonda e ruvida… ma, allo stesso tempo, in un certo senso confortante.

Potrei quasi farci l'abitudine.

"Sarà più facile se ti togli i pantaloncini e le mutandine", dice timidamente, però ha ragione.

La sua camera è avvolta dall'oscurità, fatta eccezione per una luce fioca che proviene dal lato opposto; quindi non riesco a vederlo bene in faccia, ma so che mi sta fissando intensamente.

Mi agito sotto le coperte, togliendomi i pantaloncini del pigiama e la biancheria; poi sistemo di nuovo le lenzuola.

"Ok, fatto".

"Avvicina il telefono all'orecchio, così è come se fossi vicino a te", ordina.

"Ok", dico senza fiato, sollevandolo fino al cuscino finché non riesco più a vedere Waylon.

"Com'è la mia voce? Troppo bassa?"

"No, è perfetta", sussurro.

E, anche se in questo modo l'atmosfera è più intima, fa una differenza enorme rispetto a quando sono da sola.

"Bene. Adesso comincerò a guidarti. Sei pronta?"

Cristo, sì! "Sì".

Abbiamo a malapena cominciato e il mio corpo è già tutto un fremito. La trepidazione mi ha resa sia nervosa che eccitata.

"Voglio che divarichi le gambe e ci metti in mezzo la mano. Massaggia il clitoride con due dita con movimenti circolari continui".

Faccio subito quello che ha detto, appoggiando il medio e l'anulare tra le pieghe.

Ho provato a masturbarmi un sacco di volte, però è molto più elettrizzante adesso che ho qualcuno che mi dice cosa fare.

"Com'è?" chiede dopo che butto fuori un respiro intenso.

"Bello… davvero… piacevole". Ansimo tra una parola e l'altra.

"Quando senti il clitoride dolorante, fai scivolare in basso la mano e infila un dito nella passera. E poi, quando sei pronta, aggiungine un altro".

E così eccitante sentirlo mentre mi dà istruzioni. Vorrei poterlo registrare, così da poter ascoltare la sua voce suadente a ripetizione.

"Ok", sussurro, facendo esattamente come dice.

"Sei bagnata lì sotto?"

"Sì". *Molto più del solito.*

Giuro che sibila dopo che lo sento agitarsi.

"Dimmi come ti sembra".

"È un pochino strano, però mi piace".

"Piega le gambe al ginocchio, se vuoi andare più in profondità in quella fighetta stretta".

Cristo santo! La sua bocca zozza è la mia nuova ossessione.

Dopo averlo fatto, inserisco di nuovo due dita e sussulto per quanto riesco a spingerle in fondo. Le pareti le stringono mentre le muovo dentro e fuori.

"È…" Sono incapace di finire la frase, mentre un gemito mi vibra nel petto.

Non ho dubbi che adesso può sentire quanto sono bagnata.

"Il tuo corpo reagisce così bene, Harlow". Deglutisce con forza, e mi chiedo se la situazione abbia su di lui lo stesso effetto che ha su di me. "Continua a fotterti finché le tue dita non annegano negli umori".

"Sono bagnatissime", gli dico.

"Perfetto. Adesso aumenta la velocità".

"Oh, mio Dio…" Il mio petto si gonfia e sgonfia rapidamente per il calore intenso che si sta formando nel mio basso ventre.

"Credi di poterne aggiungere un terzo?"

"Non credo. È strettissima e piena".

Il respiro di Waylon si fa più accelerato, come se si stesse trattenendo.

"Va bene così. Prova ad arricciarle dentro, come un uncino".

Mi sollevo su un gomito mentre cerco di arrivare ancora più lontano, però non ci riesco benissimo. "Mi sa che ho bisogno di braccia più lunghe".

La sua risata ansimante fa irrigidire il mio nucleo. "Nessun problema. Trascina gli umori su tra le pieghe, poi spalmali sul clitoride finché la pressione non aumenta".

Gli si incrina la voce mentre mi dice cosa fare, e questo mi rende solo più impaziente di venire. Voglio farlo anche per lui.

"Ok".

"E questa volta voglio sentirti gemere, Harlow. Più sei reattiva e rumorosa, più ossitocina rilascia il tuo corpo per aiutarti a finire. E poi ai ragazzi piace sentirlo; quindi, a meno che tu non debba fare silenzio, non ti trattenere".

Tutti i miei sensi prendono fuoco per la consapevolezza che lui sta ascoltando le mie reazioni.

"Ricevuto".

Quando raggiungo di nuovo il clitoride con le dita, le muovo in cerchio e trovo la pressione perfetta. Spalanco la bocca e un gemito riecheggia nell'aria.

"Brava bambolina!" mi loda. "Tieni gli occhi chiusi e concentrati sulla mia voce".

"Lo sto facendo".

"Il trucco per finire quando ci si masturba è fantasticare che ci sia qualcun altro lì a toccarti, a baciarti il collo, a farti provare piacere. Gioca con i tuoi sensi per stimolare un orgasmo intenso".

"Come faccio?" chiedo, inarcando la schiena mentre il piacere aumenta.

"Ascolta la mia voce e immaginami lì. Le mie mani su di te. Le mie labbra sulla tua pelle. Il mio respiro che si mescola con il tuo".

"Cristo, sì! Credo che mi manchi poco..." Mi si irrigidiscono le gambe e il respiro si fa più pesante mentre arrivo sempre più vicina al limite.

"Continua con il tuo ritmo regolare e non fermarti".

Con la mano libera mi palpo il seno sopra la maglietta, immaginando che lo stia facendo lui, così da non perdere la sensazione.

Quando il piacere comincia a prendere il sopravvento, mi si blocca il fiato. Lenta e graduale, una sensazione che non ho mai provato prima mi percorre la schiena e si sofferma sul nucleo.

"Sì, sì... *cazzo*..." gemo mentre pronuncio le parole, rimanendo senza fiato mentre l'orgasmo mi travolge.

"Proprio così. Continua, piccola", mi incoraggia. "Sono qui con te".

Piccola? È la goccia che fa traboccare il vaso.

Soffoco le mie urla con l'altra mano e la schiena schizza via dal letto quando l'esplosione si diffonde velocemente nel mio corpo. Le grida si trasformano in gemiti e finalmente cedo al piacere, fregandomene se sto facendo rumore.

Giuro di sentire Waylon che grugnisce al telefono.

"Cazzo, c'è l'hai fatta!" dice quando rimango in silenzio.

"Non c'ero mai riuscita prima", ribatto mentre riprendo fiato. "Ci si sente così ogni volta che si ha un orgasmo?"

"Sì. È ancora meglio quando lo fai con qualcun altro".

Mi metto su un fianco e tengo su il telefono, così che possa vedermi di nuovo. "Non riesco a immaginarmelo. Ora capisco perché la gente sviluppa una dipendenza. Voglio provarlo ancora e ancora".

Ridacchia piano, muovendosi leggermente perché io possa vedere le ombre sul suo viso. "Come ti senti adesso che l'hai fatto?"

"Fiacca ed euforica. Come se potessi dormire per dieci ore di fila".

Si gratta la guancia. "Mi pare giusto".

"Però ho paura che possa farmi male la prima volta che faccio sesso", ammetto.

"Potrebbe, un pochino. Ma, se il tuo partner sa che cosa sta facendo, allora dovresti sentire un po' di rigidità e disagio solo all'inizio. Se sei bagnata e rilassata, il dolore si attenuerà di sicuro".

"Quindi devo fare molti preliminari?"

"Sì, molti".

"E questo vale anche per lui?"

Solleva una spalla. "Potrebbe, sì. Però è più importante per te, specialmente quando è la tua prima o perfino seconda volta".

Sospiro, tenendo su la testa con il palmo della mano. "Voglio farlo di nuovo".

Scoppia a ridere. "Beh, puoi ripeterlo tutte le volte che vuoi, adesso che sai cosa fare".

"Non so se riuscirei a farlo da sola, ma dovrò provarci più tardi".

"Più lo fai, più brava diventerai…".

"E sono pronta a scommettere che valga anche per il sesso,

giusto? Probabilmente la prima volta me la caverò male e sarò goffa".

"Ne dubito. Devi soltanto dire al tuo partner di che cosa hai bisogno e non aver paura di dirgli di rallentare o di darti più tempo. La comunicazione è fondamentale".

"Ti sei mai preso la verginità di qualcuno?"

È difficile dirlo con questa luce, ma sono sicura che le sue guance sono diventate rosse.

"Ehm, sì. Dopo aver perso la mia, ho avuto qualche avventura e ne ho prese un po'".

"Un po'?" ripeto con voce acuta. "Non c'è da stupirsi se sei bravo".

"In cosa?"

"Sai quali sono i bisogni di una donna e sei stato capace di guidarmi. Immagino che molti ragazzi non ne sarebbero capaci o non riuscirebbero a farlo così bene".

"Molti sono troppo pigri", ribatte. "Oppure se ne fregano".

"Quindi adesso devo capire a quali ragazzi vale la pena dare la mia verginità". Faccio una risata nasale, perché sarà più facile a dirsi che a farsi. "Sembra davvero terribile, ora che ci penso".

"Benvenuta nel mondo delle relazioni!" Serra la mascella, e mi chiedo se non si sia stancato di parlarne.

"E per questo che sei ancora single dopo tutti questi anni? Non volevi più metterci impegno?"

"Non volevo avere di nuovo il cuore spezzato", specifica, con la voce colma di tristezza. "Non solo quello, ma la mia salute mentale non era delle migliori, dopo il ricovero di Wilder. È un miracolo che Delilah mi abbia sopportato per quei due anni, visto che ero sempre angosciato e la trascinavo fuori con me per poterlo tenere d'occhio. Non mi pare giusto far vivere la stessa cosa a qualcun altro, soprattutto sapendo che aveva anche te e vostro padre a cui pensare".

"Capisco cosa vuol dire essere un pacchetto unico. La persona che finirò per frequentare o con cui avrò una relazione seria dovrà accettare che devo essere disponibile per mio padre e controllare regolarmente come si sente. Immagino che non tutti i ragazzi sarebbero favorevoli".

"È triste, ma hai ragione. Le persone sanno essere egoiste e manipolatrici. E poi non mostrano sempre la loro vera natura sin dall'inizio. Sono disposte a tutto per arrivare a te, ma lentamente riveleranno chi sono davvero giocando con la tua mente o costringendoti a scegliere tra loro e la tua famiglia".

"Wow, mi stai proprio dando speranza", dico con sarcasmo.

Solleva una spalla, con un sorrisetto sincero sul viso. "Adesso capisci perché le relazioni sono difficili. Non è tutto mazzi di fiori e cene al lume di candela".

"Ok, però sembra una cosa tanto dolce", sussurro. "La aggiungo alla mia lista di desideri romantici".

Si irrigidisce visibilmente prima di afflosciare di nuovo le spalle. "Che cos'è?"

"Una lista di esperienze che voglio avere in una relazione. Sono principalmente piccoli gesti carini come quelli. Altre sono idee per appuntamenti".

"Per ora che cos'hai messo?"

Stringo le labbra. "Non posso dirtelo".

Inclina la testa di lato. "Ti ho appena insegnato ad avere un orgasmo, ma raccontarmi *quello* sarebbe off-limit?"

Con una risatina, faccio spallucce. "Ci sono alcune cose personali… cose che dubito potrebbero mai succedere. Però alcune delle altre te le dico".

"Ok, mi accontento".

"Bene". Faccio un sorrisetto, poi apro l'applicazione delle note dove tengo una lista. "Un massaggio di coppia. Non solo mi sembra super rilassante, ma potrebbe anche essere un'esperienza divertente per legare".

"Cavolo, un massaggio mi farebbe bene! Andiamo".

"Ah! Ok, un'altra è raccogliere della frutta e poi usarla per cucinare una torta insieme. Mia mamma adora preparare dolci, e sarebbe bello imparare a farlo con qualcuno di speciale".

"Una torta alle fragole o di mele sembra deliziosa", dice in tono leggero.

"Sono d'accordo".

"Cos'altro?"

"Mmh… vediamo". Leggo la mia lista, chiedendomi se dovrei condividere con lui i punti che ho detto a Ragazzo misterioso, ma poi decido di non farlo. "Una passeggiata a cavallo tra i monti innevati, un picnic nel cielo su una mongolfiera, un viaggio in macchina attraverso il paese, fare karaoke in un bar country, leggere insieme in spiaggia delle lettere che ci siamo scritti a vicenda per il nostro primo anniversario, ricreare la mia scena preferita di *Le pagine della nostra vita*…" Faccio l'elenco e poi aspetto le sue reazioni.

"Quale scena?" chiede.

"Hai visto il film?"

"Certo".

"Allora indovina".

"D'accordo…" strascica la parola. "Quella in cui Ryan Gosling dice che, se lei è un uccello, allora lo è anche lui".

"Ottima ipotesi, ma non è quella".

"La scena della ruota panoramica in cui la supplica di uscire con lui?"

"Quello è pericoloso! Non correrei mai quel rischio".

Ridacchia. "Dovevo controllare".

"È la scena della pioggia", gli dico. "Dove stanno litigando per le lettere e poi si baciano e fanno pace con del sesso da urlo, ma principalmente la parte in cui si baciano sotto la pioggia".

"Scelta interessante".

"Ecco, mi trovi strana".

"No, per niente. A stare con te, uno non si annoierebbe mai, questo è certo".

"Lo prenderò come un complimento".

Si lecca il labbro inferiore. "E dovresti".

"Tu hai qualche idea di appuntamento che vorresti fare prima di sposarti?"

"Non credo che mi sposerò presto. Ho dei requisiti non negoziabili che potrebbero fare la differenza in una relazione".

"Oh, sentiamoli! Magari te ne ruberò qualcuno". Apro una nuova pagina di appunti e scrivo il titolo in cima. "Ok, sono pronta".

Scuote la testa, ridacchiando. "D'accordo, ehm… Per cominciare, la famiglia viene prima di tutto. Se uno qualsiasi dei miei fratelli mi inviasse un SOS, io mollo tutto e vado. Quindi, se la mia ragazza non dovesse capirlo, ci lasceremmo".

"Questa mi piace. Sarebbe lo stesso anche per me, perché vado subito ad aiutare, quando qualcuno della mia famiglia ha bisogno di me, soprattutto se si tratta di mio padre".

"Un'altra è che deve accettare il fatto che potrei uscire nel cuore della notte per andare a prendere Wilder. Il suo numero è programmato in modo che il telefono squilli anche quando ho messo il silenzioso. La mia partner dovrebbe anche capire che abbiamo un rapporto speciale tra gemelli e che, se lui sta soffrendo, molto probabilmente lo percepisco".

"Accidenti! Allora, quando è depresso o sta male, tu lo sai sempre?"

"Sì. È così da quando ne ho memoria".

"Lo trovo ragionevole, onestamente. C'è qualcos'altro sulla tua lista?"

"Soltanto una cosa".

Incrocio il suo sguardo nello schermo. "Che cosa?"

"Deve fare *scrapbooking* con la mia famiglia la domenica sera".

Le mie labbra si allargano in un sorriso. "Mi sembra una tradizione divertente".

"Può esserlo… Non rimango tutte le settimane, però provo a esserci almeno una volta al mese".

"Come faccio a ottenere l'invito?" chiedo scherzosa.

"Devi sposare un Hollis".

Inarco il sopracciglio. "Un Hollis qualunque?"

"Uno di quelli disponibili".

"Beh, Wilder non mi sembra tipo da matrimonio – a meno

che non venga letteralmente trascinato all'altare – quindi immagino di dover in qualche modo supplicare te per poterci essere".

"Non ci vorrebbe molto a convincermi", mormora a voce quasi troppo bassa perché riesca a sentirlo.

"Oh? Che fai il prossimo weekend?" gli domando, ironica.

Fa una risata nasale. "Quello che faccio sempre: lavoro e tengo d'occhio Wilder".

"Può farti da testimone, e possiamo ammanettarlo a Delilah perché non si cacci in nessun guaio".

Erompe in una risata profonda. "Fidati, troverebbe un modo per trascinare tua sorella nella sua follia".

"Probabilmente è vero. Li hai sentiti, stasera?"

Fa scorrere un dito sullo schermo; quindi immagino che stia controllando i messaggi. "No. Probabilmente non si faranno vivi per un altro paio d'ore".

"E tu resti sveglio finché lui non sarà a casa?"

"Già", risponde, con aria affatto entusiasta.

Abbiamo già superato i festeggiamenti di mezzanotte chiacchierando come se niente fosse. Ma, quando sbadiglio, lo nota.

"Dovresti dormire. Non ha senso che resti sveglia anche tu".

"Non mi dispiace. Tanto domani non lavoro".

"Io invece sì".

"Che devi fare?"

"Pulire i box, spargere paglia e mangime, riempire i secchi d'acqua, controllare gli abbeveratoi, assicurarmi che tutto sia in ordine. Sarà una giornata leggera, visto che non ci saranno escursioni, però esce sempre fuori qualcosa. Qualcun altro avrà bisogno di aiuto oppure si verificherà un'emergenza: un palo della recinzione da sostituire, un trattore o un quad che va riparato… qualunque cosa".

"Ci credo che siete tutti sempre impegnati".

"Praticamente ogni giorno".

"Non lamentarsi dei tuoi turni lunghi dovrebbe essere uno dei requisiti non negoziabili, altrimenti le ragazze cominceranno a renderti la vita difficile".

"Ottima osservazione. Lo aggiungerò". Si picchietta la tempia. "Le ragazze vogliono sempre frequentare un cowboy finché non si rendono conto di quanto poco tempo passa a casa".

"Quando mio padre lavorava in una fattoria, ricordo che c'erano periodi specifici dell'anno in cui usciva prima che io andassi a scuola e tornava soltanto dopo che ero andata a letto. Mamma teneva il suo piatto in forno e restava sveglia per scaldarglielo".

"Mi sembra giusto. Specialmente in estate".

"Papà provava a rimediare nel singolo weekend libero al mese che aveva. Mamma concentrare più attività di famiglia possibile in quei due giorni", dico con una risata, ricordando quanto erano caotici quei tempi. "La domenica sera ero esausta".

"Perlomeno voi lo capivate. Non è una cosa per i deboli di cuore".

"È divertente lavorare al ranch della tua famiglia con i tuoi genitori e i tuoi fratelli? Probabilmente li vedi sempre tutti, vero?"

"Sì, è quasi sempre divertente. Però è anche facile stancarsi l'uno dell'altro".

Continuiamo a parlare per qualche altra ora, spostandoci fluidamente da un argomento all'altro e, senza che me ne sia resa conto, sono passate le tre di notte.

"Mi ha appena scritto tua sorella. Sta arrivando a mollare Wilder a casa".

"Ti ha detto quanto è ubriaco?"

"Ehm… Immagino che il livello potrebbe trovarsi da qualche parte tra la convinzione di poter cavalcare il toro meccanico per otto secondi e una dormita sul marciapiede. Il che vuol dire che è come minimo mezzo addormentato".

"Non posso crederci che siamo rimasti svegli fino a così tardi. Anche io sono pronta a crollare".

"Pure io. Però hai aiutato a far volare il tempo; quindi non mi lamento".

"Nemmeno io. È stato divertente. E ho imparato molto". Faccio una risatina, con le guance in fiamme. Pensare che si è offerto volontario mi lascia ancora incredula. "Grazie di nuovo per avermi aiutata".

"Figurati…"

"Ci sentiamo presto", esito, quasi come se fosse una domanda.

"Sì, certo".

"Ok, buonanotte".

"'Notte, Harlow".

Non appena chiudo la chiamata, sto scalciando e urlando mentalmente. So che non dovrei avere una cotta per lui, ma è impossibile quando è così dolce e gentile.

Però non sarebbe mai possibile. Per tantissime ragioni…

1. Ha dodici anni in più di me e probabilmente sta cercando moglie

2. Ha molta più esperienza di me; quindi dovrebbe letteralmente insegnarmi come dargli piacere in camera da letto (nessun ragazzo vorrebbe farlo, giusto?)

3. Mi vede come una sorellina o, come minimo, soltanto un'amica

4. È l'ex di Delilah; il che vuol dire che lei ci è già andata a letto

5. Vedi numero quattro

Delilah darebbe di matto, se dovesse mai scoprire cos'abbiamo fatto stasera io e Waylon. Messaggiare è un conto, però lui mi ha aiutata a raggiungere l'orgasmo in chiamata e mi ha parlato come non aveva mai fatto nessuno. Lo avrà anche perdonato per averla "tradita" anni fa, ma farsi la sorella minore sarebbe imperdonabile.

Persino nella remota possibilità che lui sia interessato a me, dovremmo tenere la relazione segreta, e quindi che senso ha?

Non vorrei nemmeno rischiare di compromettere il nostro rapporto.

È meglio se non penso neanche che possa succedere qualcosa di più tra di noi, però potrei comunque godermi i suoi insegnamenti, se fosse disposto a continuare dopo questa sera. Sarebbe bello ricevere consigli, prima di avere un appuntamento con qualcuno.

Sempre che riesca a ottenerne uno.

Capitolo Diciotto

Waylon

"Way-Way…" dice Wilder, strascicando le parole mentre esce camminando tutto storto dal pick-up di Delilah. "Ti sei perso una beeeeeella festa".

"Ne sono sicuro", dico impassibile, anche se ho passato una notte decisamente migliore restando a casa.

Delilah gli avvolge un braccio attorno alla vita, dirigendosi verso le scale, ma di questo passo lui inciamperà e farà cadere entrambi.

"Lo prendo io". Mi spingo via dallo stipite della porta e la sostituisco. "Grazie ancora per averlo tenuto d'occhio. Lo apprezzo".

Delilah si lecca le labbra e si sposta una ciocca sudata di capelli dal viso. "Nessun problema. Si è comportato *proprio* bene".

Faccio una risata nasale. "Sarebbe la prima volta".

Lei cammina dietro di noi mentre aiuto Wilder a raggiungere il piano superiore e, alla fine, gli faccio varcare la soglia. Inciampa in soggiorno, poi si lascia cadere sul divano e tira su i piedi.

"Vuoi dormire qui con i vestiti e gli stivali addosso?"

"Non sarebbe la prima volta", mormora, mentre si sta già addormentando.

Con un sospiro, lo prendo per mano e lo tiro su in piedi. "Dai, vai a letto, così non ti svegli con la schiena rigida. Non siamo più dei giovincelli".

"Ho visto il tuo amico Teddy", mormora.

Alzo gli occhi al cielo. "Intendi Jake?"

Ride tra sé. "Sì, lui. Gli hai lasciato un bell'occhio nero".

"E gliene faccio un altro, se ti si avvicina".

"Non preoccuparti, lo ha sgridato lei e gli ha detto di smammare ancora prima che potesse parlarmi". Sospira. "Non che io avessi comunque intenzione di farlo".

Delilah si fa una risatina, seguendoci mentre guido Wilder.

Girandomi a guardarla, mimo con la bocca: "Grazie".

"Voglio sposarla…" annuncia in preda ai fumi dell'alcool Wilder prima di buttarsi sul suo letto tenendo le scarpe sul pavimento.

"Chi?" chiedo.

"*Delly*…" risponde in tono cantilenante, poi la indica quando lei arriva al mio fianco.

È un soprannome nuovo che non avevo mai sentito prima.

Scuotendo la testa, mi inginocchio per slacciargli gli stivali. "Non credo".

"Perché no?" chiede lui, in tono assolutamente offeso.

"Perché è la mia ex ragazza".

Mi sento quasi in colpa a dire così, considerando ciò che ho fatto con sua sorella minore stasera. Se a me non è permesso frequentare Harlow, allora lui non può uscire con la mia ex.

Solo che Delilah non sarebbe comunque mai interessata a lui; quindi non ha senso ferire i sentimenti di Wilder.

Mio fratello sbuffa. "E quindi?"

"Quindi sei troppo problematico, e lei ha già abbastanza carne al fuoco", rispondo, sfilandogli uno stivale per poi passare all'altro.

"Sei stato tu a dire che è colpa mia se la tua vita sentimentale è inesistente, perché io sono *troppo impegnativo*. Quindi, se mi sposo, non sarò più un tuo problema".

"Non ho detto che sei troppo impegnativo". Non con quelle esatte parole, comunque. "E dovresti concentrarti su te stesso, prima di trovarti una moglie", gli dico, togliendogli il secondo stivale.

"Non diventeremo mica più giovani…" continua a blaterare. "L'hai detto tu: non siamo dei giovinastri".

Alzandomi in piedi, lo faccio sedere e gli sollevo la maglietta; poi gliela sfilo dalla testa".

"Giovincelli", lo correggo.

"Sì, quello". Cade di nuovo sul materasso.

"Alle donne non piace tornare a casa dai mariti che bevono fino a rincoglionirsi. Quindi, fino ad allora, non potrai sposarti".

"Non è giusto!" Mette il broncio come un bambino. "E poi, non sono manco ubriaco…" Cerca di togliersi i jeans senza slacciare il bottone. "E va bene, la smetto se significa che così mi permetti di sposarmi".

Trattengo una risata per quanto è ridicola questa conversazione. "Fallo, ti prego".

"E poi lei mi sposerà". Lancia via i pantaloni, restando con i boxer aderenti. "Vero, Delly cara?"

"*Cara?*" Sposto lo sguardo tra i due.

"Scusami, ma non sposo gli uomini che indossano mutande rosse", ironizza lei.

Quando le scocco un'occhiata, capisco che si sta prendendo gioco di lui.

A essere onesti, lui lo rende troppo facile. Soprattutto quando è sbronzo.

"Non è un problema. Le tolgo". Abbassa le mani fino alla vita, e lo fermo in tutta fretta.

"No, bello. Aspetta che io sia uscito".

"Anche io", aggiunge Delilah.

"Non vuoi vedere il mio nuovo tatuaggio e il piercing?" Fa agitare le sopracciglia, con le palpebre socchiuse. "Sono sotto le mutande…"

Mi pizzico la radice del naso per la sua voce provocante. "Cristo santo! Mettiti sotto le coperte e vai a dormire!" lo imploro.

Trovo il suo telefono nella tasca dei jeans e imposto la sveglia.

"Hai sei ore, poi ti conviene portare il tuo culo alla scuderia. Ti aspetterò lì".

Spostando le lenzuola, gli faccio segno di infilarsi sotto, e finalmente lo fa.

"Sarò là a mezzogiorno", conferma, crollando sui cuscini.

"Alle *dieci*", ribatto. "Voglio aver finito entro mezzogiorno".

"Allora quando arriverò non avrai manco più bisogno di me".

Butto fuori un sorriso frustrato perché non vale neanche la pena mettersi a discutere con lui. "Sta' zitto e dormi!"

"C'è spazio nel mio letto, se vuoi metterti comoda, Delly".

"Per quanto l'offerta sia invitante, preferisco svegliarmi senza trovarmi ricoperta di vomito".

La sua risposta pungente mi strappa una risata. "Accidenti, sei brutale!"

"Devo esserlo, se voglio gestirlo". Agita una mano verso di lui e, quando lo guardo di nuovo, Wilder sta già russando.

"Beh, ti accompagno fuori".

Spengo le luci e chiudo la porta alle nostre spalle.

Quando raggiungiamo il lato del conducente del suo pick-up, le apro lo sportello. "Almeno sei riuscita a goderti la serata?"

Annuisce, sorridendo. "Wilder sa come spassarsela e ha fatto in modo che lo facessi anche io. Ha cavalcato il toro e ha raggiunto i sei secondi".

Mi infilo le mani in tasca e sorrido. "Wow, sta migliorando!"

Ridacchia. "So che è un festaiolo e che deve crescere molto, però si è comportato da gentiluomo per quasi tutta la sera".

"Beh, lo trovo in un certo senso rassicurante".

L'aria tra di noi si fa tesa.

Io e Delilah parliamo raramente, e non ci troviamo mai da soli.

"Sarai stanca. Riesci a guidare fino a casa? Ho un divano su cui puoi stenderti…"

"Ma no, sto bene". Balza sul sedile e avvia il motore. "Ho iniziato a bere acqua all'una e poi mi sono presa una Red Bull prima di andare via".

"Grazie ancora, *Delly*. Ti devo un favore".
"Proprio così, *Way-Way*".

La mia sveglia suona fottutamente presto. Rotolo su un fianco e la interrompo, brontolando contro il sole che filtra luminoso dalle tapparelle.

Anche se sono andato a letto alle quattro, era da tanto tempo che non dormivo così bene.

E mi sono svegliato con Harlow nei miei pensieri.

Sapevo che mi mancava parlare con lei, ma la nostra chiacchierata di ieri notte mi ha fatto capire quanto contassi sul fatto di vedere un suo messaggio ogni giorno. Mi strappavano sempre un sorriso ed ero impaziente di ricevere il prossimo.

Questa mattina non è diverso. Mi si stringe il petto al ricordo di averla sentita gemere e orgasmare al suono della mia voce. Non avevo mai fatto nulla del genere prima, però non vedo l'ora di ripeterlo.

E spero che la prossima volta gemerà pronunciando il *mio* nome.

È stata così aperta e onesta sul fatto che vuole imparare e, francamente, è stata una boccata d'aria fresca parlare con qualcuno di così vulnerabile. È stato come se potessi esserlo pure io.

Era impossibile non eccitarsi mentre obbediva ai miei comandi. Più lei seguiva le mie istruzioni, più mi veniva duro. È stata la cosa più sexy che abbia mai fatto al telefono.

Era così entusiasta di imparare e fare ciò che le dicevo, che per poco il mio uccello non sfondava i pantaloni mentre lei si toccava dicendomi quanto era bagnata.

Non ne avevo mai abbastanza.

Tra il fatto che la stavo guidando e il sentire i suoi gemiti ansimanti, non ce l'ho più fatta a trattenermi. Ho abbassato i jeans e ho massaggiato l'asta finché non mi sono venuto addosso proprio quando ha finito lei.

Però dubito che se ne sia resa conto, visto che non è mai stata con un ragazzo e non poteva capire quanto stessi facendo fatica a parlare. Ho dovuto togliere l'audio per qualche secondo perché non mi sentisse.

Tuttavia, mi sorprende che non mi abbia rimproverato per averla chiamata *piccola*. Mi è sfuggito per errore, però non sembra averlo notato.

Anche se non ho alcun diritto su di lei, detesto il pensiero che parli con altri ragazzi. Mi vede come un amico, perfino un *insegnante*, però so che, se scoprisse che ero io il ragazzo della chat di gruppo, cambierebbe idea.

Più penso a ieri notte e a quanto è stato facile parlarle, persino prima della videochiamata, più voglio farlo di nuovo, e voglio che lo faccia soltanto con me.

Invece di prepararmi per il lavoro, come farei normalmente dopo il suono della sveglia, decido di fare una doccia e occuparmi di questa erezione che non vuole andarsene. Pensare a lei appena ho aperto gli occhi me l'ha fatto venire duro, e ho bisogno di sfogarmi. L'ultima cosa che dovrei immaginare è averla nel mio letto o i modi in cui venererei il suo corpo e mi prenderei la sua verginità, però eccomi qui, a segarmi sotto la doccia pensando esattamente a quello.

Mentre mi fotto il pugno ricordando i suoi gemiti delicati e quando mi diceva esattamente cosa stava provando, stringo sempre più forte. La punta è rossa e vogliosa mentre inseguo il sollievo, e le cosce bruciano per i muscoli tesi. Appiattisco il palmo contro la parete, abusando aggressivamente del mio uccello, e vengo con più violenza di quanto non facessi da anni.

Solo che questa volta, quando gemo per l'orgasmo, c'è il suo nome sulla punta della mia lingua.

HARLOW

Ho una domanda sul sesso.

Gli angoli delle mie labbra si sollevano quando ricevo la notifica che mi ha scritto sull'app.

Ho finito di lavorare da qualche ora e sono seduto sul divano con una birra, alla ricerca di una qualunque ragione per scriverle per primo.

Grazie a Dio che, a differenza mia, lei non rimugina troppo!

WAYLON

Ok, spara!

HARLOW

Per caso agli uomini fanno schifo le cicatrici? Ho paura che le mie potrebbero far perdere l'interesse a qualcuno durante il sesso perché sono sulla parte superiore delle cosce, ai lati del petto e sull'addome. Certo, sono quasi del tutto sbiadite, ma, se loro mi ficcano la faccia proprio lì, è probabile che le vedranno o che, come minimo, le sentiranno.

Che cazzo? Chi è che l'ha fatta preoccupare per queste cose?

HARLOW

E poi, buon anno nuovo! Spero che tu sia riuscito a dormire un pochino dopo aver aspettato Wilder. Delilah mi ha detto che è tornata a casa soltanto poco prima delle quattro e mezza.

Il cambiamento drastico da un messaggio all'altro è un po' uno shock, però le mando comunque due risposte diverse.

WAYLON

Per prima cosa, qualunque ragazzo che fa commenti sulle cicatrici fisiche è un pezzo di merda e non dovrebbe comunque trovarsi assolutamente vicino al tuo corpo nudo. Secondo, se non riesce a capire il trauma che hai passato e il fatto che sei sopravvissuta sfidando ogni previsione, di nuovo, non dovrebbe starti attorno.

Poi, ho dormito circa cinque ora e mezza; quindi più o meno come al solito. Tu, invece?

HARLOW

Dopo il primo e indubbiamente miglior orgasmo della mia vita, ho dormito per nove ore.

Cazzo!

HARLOW

È un sollievo sentirtelo dire. Ci stavo pensando e mi stavo chiedendo se forse prima dovrei avvisare il ragazzo in questione. Come per un piercing… Io vorrei saperlo in anticipo se Prince Albert ha un piercing.

WAYLON

L'hai cercato su Google?

HARLOW

Sì. Dopo che Natalie mi ha parlato dei vari piercing che gli uomini possono avere lì sotto, mi sono incuriosita.

Ma certo che l'ha fatto.

WAYLON

E hai guardato le immagini?

HARLOW

Purtroppo sì, l'ho fatto.

WAYLON

Stai paragonando un piercing che qualcuno ha fatto di proposito a delle cicatrici che sono rimaste sul tuo corpo dopo un'aggressione... Non è la stessa cosa. Un piercing ha un certo effetto su una donna durante il sesso, quindi avrebbe senso che tu voglia saperlo. Ma le tue cicatrici non ce l'hanno su un uomo. Non c'è bisogno che lo sappiano, a meno che tu non lo voglia, ma non dovrebbero scoraggiare un tipo che vuole farlo con te, se è una persona decente.

Detesto il fatto che, per rassicurarla, le sto anche dando consigli per trovare un uomo degno a cui dare la sua verginità, perché ai miei occhi non se la merita nessuno.

HARLOW

Però potrebbero essere considerate poco attraenti, giusto?

Mi mordo la guancia perché ha ragione: per alcuni uomini superficiali potrebbero essere un problema, però non voglio che si senta insicura anche solo di un centimetro del suo corpo. Harlow è perfetta e bellissima, e adoro il fatto che non sia disillusa riguardo alle relazioni... non ancora, comunque.

WAYLON

Sì, proprio come qualunque altra qualità di una persona. Tutti hanno le proprie preferenze. Ciò che trovo attraente io potrebbe non esserlo per qualcun altro, e viceversa.

HARLOW

Qual è la tua opinione sulle cicatrici?

Cristo santo, mi sta rendendo più difficile il fingermi indifferente!

WAYLON

Non mi danno fastidio. Probabilmente farei uno sforzo per baciarle e rassicurare la ragazza che non mi danno alcun fastidio.

HARLOW

Quello mi farebbe sciogliere come burro.

Ridacchio.

WAYLON

Il punto è questo: tutti abbiamo delle imperfezioni e non ha senso provare a nascondere ciò che ci rende speciali e unici.

HARLOW

Non credo di sentirmi pronta a raccontare a uno qualunque ciò che mi è successo. Stavo parlando con un tipo, da amici, prima che mi iscrivessi a questa app, e persino dopo un mese di messaggi non gliel'ho mai detto. Diciamo che sono contenta di non averlo fatto perché il giorno in cui finalmente avremmo dovuto vederci di persona, quando io e te ci siamo beccati al Grindhouse, mi ha dato buca. Mi ha scritto dopo scusandosi perché era venuta fuori una cosa di lavoro, però poi ha detto che secondo lui rimandare a un'altra volta non era una buona idea. Non ci parlo da allora. Continuo a domandarmi che cosa ho fatto per farmi ghostare.

Ed eccoci qui.
Merda!
L'ho resa insicura senza volerlo e adesso devo fare tutto il possibile per rimediare.

È perfettamente normale volersi proteggere. Condividere quella parte della tua vita, il momento peggiore che hai mai vissuto, non è esattamente un argomento da primo appuntamento. E, anche se dovessi fare sesso prima di condividere ciò che ti è accaduto, un ragazzo dovrebbe sempre rispettare il tuo corpo e i tuoi paletti.

Dio mio, parlo come un vecchio catechista!

Ci credo che non è minimamente interessata a me, se sono quello che le fa "il discorsetto" come se fossi suo padre.

Non credo che riuscirei a raccontare a qualcuno esattamente quello che è successo senza che mi venga un attacco d'ansia. Ho avuto incubi per anni.

Ce li hai ancora?

Non li ho avuti per molto tempo, fino a un mese fa.

Così all'improvviso?

Sì, beh... più o meno. A breve lui potrà chiedere la libertà vigilata, quindi ho l'ansia che possa ottenerla.

Porca troia, di già?

Meritava una pena molto più lunga di quella che ha ricevuto.

Quando scoprirai se verrà rilasciato?

HARLOW

Controllo il suo caso tutte le settimane, però credo
che il nostro avvocato ci informerebbe sulla data
esatta, se dovesse succedere.

WAYLON

Spero che tu abbia intenzione di chiedere subito
un ordine restrittivo.

HARLOW

Il piano è sempre stato quello. Ma la cosa che mi
spaventa e che non so chi fossero gli altri due
complici. Tre ragazzini hanno fatto irruzione e,
quando io sono uscita con una mazza, due di loro
sono scappati e non sono mai stati beccati.
L'altro, beh, è quello dietro le sbarre.

Mi fa infuriare anche solo pensare a ciò che quel delinquente le
ha fatto e ancora di più sapere che presto potrebbe tornare a piede
libero.

WAYLON

Vorrei avere qualche parola di conforto da offrirti,
però non ti biasimo per le tue paure. Li manderei
tutti e tre all'ospedale, se sapessi chi erano gli
altri due.

HARLOW

Sai, la violenza non è mai la risposta…

Mi invia anche l'emoji con la linguaccia.

WAYLON

Lo è, quando hanno provato a uccidere una
ragazzina.

HARLOW

Per evitare un crollo totale, mi sono convinta che
gli altri due erano cattive persone e che
probabilmente sono in prigione per altri crimini. È
impossibile che la mia casa sia stata il loro primo e
unico colpo.

Solo con me

Dio, salva le loro anime, se dovessero mai avvicinarsi di nuovo a lei.

Capitolo Diciannove

Harlow

Solo con me

Alzo gli occhi al cielo perché so che mi sta prendendo in giro. Ci parliamo tutti i giorni, tutto il giorno, da una settimana ed è divertentissimo. Molto meglio che dover cercare su Google o leggere post su Reddit. Però abbiamo parlato anche di altre cose, alcune più personali e altre semplici, come i nostri film e artisti preferiti.

Ha fatto scomparire l'ansia per l'incidente e per la possibile libertà vigilata del mio aggressore.

Ancora di più adesso che ho scoperto che gli è stata negata. Sono state aggiunte accuse in sospeso che prima non c'erano. Quando ho controllato i codici, ho visto che erano per aggressione a mano armata e tentato omicidio. Posso solo presumere, senza chiedere al mio avvocato di informarsi, che sia rimasto coinvolto in una rissa in prigione, forse con un coltello di fortuna, e le cose sono finite talmente male che hanno aggiunto altri anni alla sua pena.

Grazie a Dio!

Non lo saprò per certo finché non verrà condannato, però è già un sollievo non dovermi preoccupare nel frattempo.

Posso affermare con sicurezza di essere di buon umore per diverse ragioni.

WAYLON

Mostrarti cosa?

HARLOW

Come ti masturbi… tipo i movimenti e ciò che ti dà piacere. Immagino esista un qualche tipo di ritmo per farlo… Voglio vedere come si toccano da soli i ragazzi per capire che cosa li soddisfa.

WAYLON

Vuoi vedermi venire?

HARLOW

Sì… tu hai guardato me.

WAYLON

Tecnicamente, non l'ho fatto. Ti ho solo sentita.

HARLOW

Beh, non eri tu quello che stava imparando, quindi non avevi bisogno di farlo. Se ti mette a disagio, puoi fare la dimostrazione usando una banana.

WAYLON

Cristo santo!

Rido perché riesco a sentire la sua voce infastidita nella testa.

HARLOW

Oppure prendo io una banana e mi dici cosa fare.

WAYLON

Nessuna banana.

HARLOW

Allora un cetriolo?

WAYLON

No.

HARLOW

Una melanzana?

Solo con me

WAYLON

Ma che cazzo? No.

HARLOW

Allora COSA??

WAYLON

Te lo mostro con il mio corpo.

Faccio un balletto felice nel letto perché sapevo che avrebbe ceduto.

HARLOW

Grandioso! Quando?

WAYLON

Entro quanto devi imparare?

HARLOW

Beh, ho un appuntamento venerdì pomeriggio al bar.

Sto parlando con un ragazzo dell'app, Emery. Dato che ho bisogno di fare esperienza e ho pensato che non ci fosse nulla di male, ho accettato. Ha qualche anno in più di me e preferisce conoscere le persone dal vivo; quindi ci siamo sentiti per messaggio giusto poche volte.

Però sto solo scherzando quando dico che ho bisogno di imparare entro venerdì. Non ho alcuna intenzione di toccare il cazzo di qualcuno al primo appuntamento.

Però le reazioni di Waylon mi piacciono troppo per non provocarlo.

Solo che, quando dopo un'ora non ha ancora risposto, gli scrivo di nuovo, nel caso sia stato impegnato al lavoro e se ne sia dimenticato.

HARLOW

Stasera sei libero?

Ci impiega altri venti minuti, però alla fine risponde.

WAYLON

Sì. Va bene alle 8?

HARLOW

Per me sì.

Lo scorso giovedì, durante l'incontro virtuale settimanale con Natalie, abbiamo passato quasi tutto il tempo a chiacchierare, con lei che strillava per tutto ciò che le dicevo su Waylon.

Sostiene che gli piaccio per forza, perché nessun altro ragazzo "insegnerebbe" a una ragazza a masturbarsi e risponderebbe a tutte le sue domande. Però io le ho detto che è pazza perché lui non mi vede in quel modo. Altrimenti, non starebbe tranquillamente ad ascoltarmi mentre gli parlo delle mie uscite con altri ragazzi e del mio desiderio di imparare per poterli frequentare.

Ma, quando le ho detto che non stavo avendo molta fortuna sull'app, mi ha parlato del "test emoji".

"Invia un'emoji – completamente a caso, non c'è bisogno che sia qualcosa di specifico – e vedi come rispondono. Se ti danno corda e ne mandano un'altra, vale la pena parlarci. Se rispondono con qualcosa di sarcastico o scortese, bloccali. Smettila di sprecare il tuo tempo".

Ho pensato che, a questo punto, non avevo più nulla da perdere. Quasi tutti i ragazzi con cui ho cominciato una conversazione hanno finito per ghostarmi oppure li ho bloccati io perché erano dei maniaci.

Dunque, quando Emery ha risposto al mio spunto, io gli ho inviato l'emoji dell'anatra.

Lui ha risposto con un'oca.

Poi ho mandato una tartaruga.

Lui un pesce.

Ma io ho inviato un'aquila con un pesce.

Alla fine, ha chiuso la battaglia di emoji e ha detto che avevo vinto io perché la mia aquila aveva mangiato il suo pesce.

L'ho trovato abbastanza umoristico da concedergli trenta

minuti del mio tempo per chiacchierare. Il giorno seguente, altri trenta. E poi, ieri, mi ha chiesto di incontrarci di persona.

Dato che voglio andare soltanto in luoghi pubblici, ho suggerito il Grindhouse. È l'unico posto a Sugarland Creek dove non ti mettono troppa pressione per restare seduto al tavolo e finire un intero pasto. Se tutto andrà bene, magari mi chiederà un secondo appuntamento. Fino ad allora, basterà vederci per un caffè.

Ammetto di non essere molto emozionata. Principalmente perché non so molto sul suo conto. Tuttavia, sembra un tipo piuttosto in gamba e nelle fotografie è abbastanza carino da dargli almeno una chance. Anche se non fossimo compatibili, mi servirà fare esperienza per scoprire qual è o non è il mio tipo.

HARLOW

Alle tre ho la mia sessione con Noah. Ti va di venire a guardare?

La settimana scorsa ne ho fatta solo una, per via delle feste, ma sono andata al ranch durante le mie ferie per cavalcare Piper. Le temperature andavano dai cinque ai dieci gradi e la notte scendevano addirittura sotto lo zero, ma se non esco di casa quando non lavoro rischio di impazzire. La mia depressione stagionale si abbatte con tutte le sue forze su di me e, anche se le cose vanno meglio rispetto a quando me l'hanno diagnosticata, anni fa, so che devo tenermi occupata durante l'inverno per non diventare un eremita nel mio letto.

Tuttavia, a Moose piace davvero tanto quando lo faccio.

WAYLON

Cominciamo a preparare i cavalli da passeggiata per il pomeriggio intorno alle 3:30, ma, se riesco, passo per qualche minuto.

HARLOW

Ok, forte! Quand'è che porti di nuovo Bentley al ranch?

WAYLON

Sabato pomeriggio. Perché?

HARLOW

Pensavo che sarebbe bello passare dell'altro tempo con lui. Magari possiamo andare tutti e tre a fare un giro a cavallo.

WAYLON

È un tantino giovane per te, non credi?

HARLOW

Molto spiritoso, psicopatico. Pensavo che potrebbe piacergli cavalcare su per le montagne, specialmente con le cime ammantate di neve. Sarebbe un panorama bellissimo.

WAYLON

Anche secondo me gli piacerebbe. Glielo chiederò.

HARLOW

Però assicurati che non cada di nuovo col culo a terra. Già così mi riempio facilmente di lividi.

WAYLON

D'accordo.

HARLOW

Ok, io vado al lavoro per qualche ora. Poi devo trovare un outfit carino per venerdì. Lui non è molto alto. Dici che dovrei mettere le ballerine, invece dei tacchi?

WAYLON

Ehm… di che altezza stiamo parlando?

HARLOW

Sul suo profilo c'è scritto 1.75, però Natalie dice che i ragazzi mentono sempre sulla loro altezza sulle app di incontri, quindi potrebbe essere più basso.

Considerando che io sono un metro e settanta, non voglio che il tipo si senta a disagio, se non gli piace che le ragazze siano più alte di lui. Waylon è più alto di me di quindici o diciotto centimetri buoni; quindi probabilmente a lui non importa se le ragazze portano scarpe basse o i tacchi.

WAYLON

No, io metterei assolutamente i tacchi. Più alta è la tipa, meglio è. Ai ragazzi bassi piace.

Prendo in considerazione l'idea di chiedergli se sta mentendo, però non è stato altro che onesto con me, specialmente quando si tratta di sesso e relazioni. Quindi gli credo sulla parola.

HARLOW

Ok, perfetto, perché alla boutique sono arrivati degli stivaletti carinissimi che però hanno un tacco dodici.

WAYLON

Dovrebbero andare bene. Si sentirà più sicuro di sé sapendo che la sua altezza per te non è un problema.

HARLOW

Grandioso, grazie!

Mi preparo per il lavoro, ed è un sollievo che oggi Ashley non ci sarà. È una brava ragazza, però parla senza sosta, e io che ho studiato a casa per cinque anni e non ho avuto un'esperienza liceale normale mi sento a disagio quando qualcuno spettegola sui suoi "amici". Sarebbe diverso se dicesse cose carine su di loro, ma non lo fa.

Sono giunta alla conclusione che probabilmente alle superiori era una bulletta e, dieci anni dopo, si trova ancora lì mentalmente. Sarà perché non ho avuto molti amici da piccola, però non sono mai stata interessata a sparlare di quelli che avevo. Dopo tutto ciò che ho passato, ho imparato che non puoi mai sapere che cosa sta attraversando qualcun altro nella sua vita personale; quindi essere gentili non costa niente.

Perfino adesso, non ho molti amici. Anche se ho molte conoscenze: le altre ragazze al lavoro, Noah, Magnolia ed Ellie al ranch, le persone nella chat di gruppo del club di cavalli e qualcun altro che ho conosciuto agli eventi di salto ostacoli. Tutta gente con cui non parlo costantemente né condivido dettagli della mia vita.

Delilah e Natalie erano le uniche due, e adesso c'è Waylon, che considero una persona a me vicina.

E non riesco a immaginare di poter mai dire qualcosa di cattivo oppure offensivo su di loro.

"Salve, benvenute!" saluto quando un'altra cliente varca la soglia. "Fatemi sapere se posso aiutarvi a trovare qualcosa".

"Grazie". Due donne mi sorridono prima di esplorare l'altro lato del negozio.

"Allora, questo appuntamento di venerdì…" Marissa si avvicina e si ferma accanto a me, prendendo due maglioni da piegare per dare l'impressione che stiamo facendo qualcosa. "Che ti metti?"

Prima, quando il negozio era vuoto, le ho fatto vedere il profilo di Emery e le ho detto che ci incontriamo venerdì per un caffè. Ha un paio di anni in più di me e ha molta più esperienza nel mondo delle relazioni.

"Quegli stivaletti nuovi che ci sono appena arrivati, con dei jeans e un maglione blu".

"Quelli con il tacco dodici?"

"Sì. Pensavo fossero carini, però spero di non scivolare o cadere col culo a terra. Non farebbe una bella prima impressione", commento con una risatina nervosa.

"Vuoi metterti i *tacchi*? Per un appuntamento con un ragazzo alto un metro e settantacinque?"

Affloscio le spalle e mi giro a guardarla. "È una cosa negativa?"

"Sì, se non vuoi essere più alta di lui".

"Pensavo volesse dire che così gli dimostro che non ho problemi con la sua altezza e che non deve sentirsi insicuro se sono più alta di lui coi tacchi, no?"

"Chi ti ha detto questa cosa?" chiede, con una risatina.

Il mio cuore martella per la frustrazione e non capisco perché Waylon avrebbe dovuto mentirmi.

"Un amico".

Questa volta getta indietro la testa mentre ride a crepapelle. "Un amico… che è chiaramente innamorato di te".

"No, invece!" L'idea che possa piacergli in quel modo mi fa quasi ridere.

"Allora per quale altro motivo avrebbe dovuto provare a mettere a repentaglio il tuo appuntamento?"

"Se vogliamo essere onesti, lui è alto quasi un metro e novanta; quindi forse non lo sa perché è sempre più alto della maggior parte delle ragazze".

La faccia di Marissa si contorce in un'espressione che mi dice che non se la beve.

"Che c'è?" chiedo.

"Quell'uomo non vuole che il tuo appuntamento vada bene".

Non ho intenzione di ammettere che sono vergine e che lui mi sta insegnando come funziona il sesso; quindi mi stringo nelle spalle e lascio cadere l'argomento.

E col cazzo che mi preoccupo dell'altezza di un uomo! Mi prendo quegli stivaletti carini per *me*.

Quando finisco il turno di lavoro, vado a casa e indosso gli indumenti per cavalcare. Saluto i miei genitori con un bacio, do un po' di affetto e attenzioni a Moose e poi guido fino al ranch.

"Ehi, dolcezza…" Strofino il palmo della mano sul muso di Piper e le faccio qualche complimento. "Sei pronta per uscire e sgranchirti le zampe?"

Dopo averle messo la bardatura, la conduco verso il centro di addestramento. Noah mi sta aiutando a iscrivermi agli eventi locali che cominceranno fra qualche mese e, anche se ho cominciato da poco questo sport, non vedo l'ora che arrivi la prossima stagione. Sarà un piacevole cambiamento e mi terrà occupata.

"Ciao", dico quando vedo Waylon e Wilder imbacuccati con cappelli e giacche in piedi accanto a Noah, sorpresa che ci siano entrambi.

"Ehi", rispondono all'unisono.

"Pare che oggi ci sarà un pubblico; quindi partiamo da un giro di corsa prima di fare gli esercizi", dichiara Noah, osservando in modo sospetto i fratelli.

"Mi ha trascinato qui per aiutare con le barriere". Wilder indica Waylon. "Però non credo di averti mai vista saltare; quindi ti conviene mostrarmi il meglio che sai fare". Mi fa l'occhiolino.

"Ci proverò, giusto per te". Con un sorrisetto, mi allaccio il casco. "Però prima ho bisogno che lei faccia velocemente riscaldamento".

Balzo in sella e faccio qualche giro attorno all'arena. Ogni volta che supero Waylon, mi sta osservando intensamente mentre Wilder gioca con il telefono. Anche Noah mi sta guardando, ma osserva la mia postura e il trotto di Piper.

"Sei pronta?" mi chiede lei.

"Sempre che non entrino altre capre evase e spaventino il mio cavallo..." Guardo Wilder con un sopracciglio sollevato, e rimane a bocca aperta.

"Oh, eddai! È successo solo una volta!"

Waylon scuote la testa. "Ed è colpa tua se è caduta col sedere per terra".

"Prendetevela con Landen perché non mi è aiutato quando gli ho chiesto di darmi una mano. Quelle stronzette sono veloci e vivaci. Ringraziate che ne è uscita soltanto una".

Noah fa una risata nasale. "Mi sono assicurata che le porte sul retro fossero chiuse. E così non ci congeliamo neanche".

"Bella pensata!" dice Waylon, sollevando lo sguardo su di me, per poi riportarlo sulla sorella.

Non abbiamo detto a nessuno della sua famiglia che ci stiamo sentendo o che mi sta *allenando* per le relazioni. Non so bene come reagirebbero a quella notizia; quindi non posso veramente biasimarlo se non vuole rendere il nostro rapporto ovvio di fronte ai suoi fratelli.

"Comunque sia... facciamo vedere a questi due di che pasta sei fatta". Noah fa un largo sorriso, afferrando la cartelletta e il cronometro.

Le barriere sono a novanta centimetri dal terreno, però spero di riuscire a esercitarmi sul metro e venti e, prima o poi, con due barriere, per poter partecipare a gare più impegnative. Anche se non competo in quelle nazionali, mi piace spingermi oltre il limite e raggiungere determinati obiettivi per dimostrare che posso farcela.

Io e Piper ci mettiamo in posizione e, quando Noah ci dà il segnale, scattiamo per il primo salto. Rimango concentrata sull'ostacolo e la guido in ogni salto. Dopo il quinto, li ha completati tutti alla perfezione e sento delle acclamazioni dal bordo dell'arena; mi ero quasi dimenticata che mi stessero osservando.

"Wow, avete spaccato!" Noah applaude. "Oggi non scherzi".

Wilder è rimasto colpito, ma Waylon sembra proprio orgoglioso e colmo di ammirazione.

Onestamente, però, ero concentratissima e volevo dimostrare a tutti loro che siamo ancora in grado di farcela dopo qualche settimana difficile.

"Accidenti, bella! Ti sai muovere". Wilder allunga la mano per battermi il cinque; quindi lo raggiungo con Piper.

"In fondo, mi hai detto di fare del mio meglio". Faccio timidamente spallucce. "Magari sei il mio portafortuna".

Anche se sto solo scherzando, più Wilder mi sorride raggiante, più le spalle di Waylon si irrigidiscono.

"Mi sa che d'ora in avanti dovrò venire a tutti i tuoi allenamenti e alle gare".

"Dio, ti prego, no". Noah sbuffa, e la sua reazione mi fa ridere.

"Così mi offendo!" Wilder le dà una leggera spallata.

"Bene, volevo che fosse offensivo".

Waylon ridacchia per il bisticcio tra Noah e Wilder mentre si allontana da loro e si affianca a me. Avvolge una mano attorno alla mia coscia e stringe. "Grazie per averci permesso di guardarti. Dobbiamo preparare i cavalli per la prossima escursione, però ci sentiamo stasera?" Abbassa la voce così che possa sentirlo soltanto io, anche se sono certa che Wilder stia provando a origliare.

"Sì, per me va bene". Sorrido, fin troppo consapevole delle sue dita che stanno affondando nei miei pantaloni da equitazione e di quanto siano vicine all'interno coscia.

Annuisce e poi mi lascia andare, però il mio cuore continua a martellare.

"Wilder, andiamo!" urla, incamminandosi verso l'uscita; poi aspetta che suo fratello lo raggiunga prima di andarsene con lui.

"Bene, ora che so che sei capace di dare spettacolo, lavoriamo su alcuni esercizi di base a terra per prepararla a passare al livello successivo", annuncia Noah.

"Va bene!"

Quel tipo di esercizi migliorano la sua reattività nelle varie transizioni tra le andature, e poi lavoreremo su figure e movimenti laterali. Tra questi, quelli di salto e il lavoro di condizionamento, la lezione passa velocemente. Quando ci avvicineremo all'inizio della stagione, farò qualche sessione aggiuntiva per prepararmi alle gare e passare in rassegna tutto ciò che i giudici cercano in un'esibizione.

Ore dopo l'allenamento, sto ancora pensando al modo in cui Waylon mi ha toccata e mi chiedo se Marissa non abbia ragione. Può davvero avermi dato di proposito dei cattivi consigli sull'appuntamento perché mi vede come più di un'amica?

Non è proprio possibile.

Waylon è una fantasia, come quando si ha una cotta per una celebrità. Non ha nemmeno senso prendere in considerazione l'idea che possa succedere qualcosa o illudersi, perché è troppo inverosimile.

Ma, più provo a parlare con i ragazzi sull'app di incontri, meno interesse ho a frequentare uno qualunque di loro. L'unica ragione per cui ho accettato di uscire con Emery e perché non ha detto nulla di viscido, scortese od offensivo.

Cristo!

L'asticella è davvero rasoterra, se questi sono gli unici requisiti.

Capitolo Venti

Waylon

"Allora, vuoi dirmi cosa sta succedendo tra te e Miss Occhi a Cuoricino?" mi chiede beffardo Wilder quando abbiamo finito l'escursione pomeridiana.

"Di cosa stai parlando?" Preparo un secchio di mangime e poi sento che mi segue mentre percorro il corridoio della scuderia.

"Ho visto il modo in cui tu e Harlow vi stavate guardando".

"Non sta succedendo niente. Siamo amici", rispondo, sparpagliando il mangime sopra la paglia in uno dei box.

"Delilah lo sa?"

"Sapere cosa? Non c'è nulla da dirle".

"Che sei *amichevole* con la sua sorellina…"

"Non so che cosa sappia lei o cosa pensi di sapere tu, però ti sbagli".

"Allora potrei chiedere ad Harlow di uscire insieme?"

Dal tono della sua voce capisco che mi sta prendendo per il culo e vuole vedere come reagisco.

"Certo, fa' pure", rispondo impassibile, prendendo dell'altro mangime.

"Ti piace…" Mi blocca il cammino. "A lei piaci?"

"No e *no*".

"Gliel'hai chiesto?"

Butto fuori un respiro di frustrazione. "No".

"Quindi potrei aver ragione?" gongola.

"Non ha importanza. È la sorella minore della mia ex e non potrebbe mai succedere niente".

"È quello che pensi o soltanto quello che stai dicendo a te stesso per evitare di essere felice per una volta?"

"Mmm-mmh". Ignoro il suo interrogatorio e gli passo accanto per andare al prossimo box.

"Si tratta del fatto che non vuoi frequentare qualcuno a causa mia?" chiede alla mia schiena.

Mi si irrigidisce la spina dorsale, però non mi giro verso di lui. "Si tratta di un po' di tutto".

Mi da una pacca sulla spalla e poi mi si mette davanti. "Te l'ho detto, non devi mettere in pausa la tua vita a causa mia. Fattene una in cui non ti preoccupi per me".

Più facile a dirsi che a farsi.

"Vorrei poterlo fare".

"Ho avuto qualche episodio nel corso degli ultimi dieci anni o giù di lì, e allora? Non significa che non puoi permettere a te stesso di avere una relazione".

Inarco un sopracciglio. "*Qualche?*"

"Smettila di usarmi come scusa".

"Non andrò dietro a una ragazza di vent'anni imparentata con l'ultima tipa che ho frequentato", dico con decisione.

O, perlomeno, non dovrei farlo... Questo è quello che dico a me stesso.

"Il problema sarebbe che è troppo giovane per te?"

"E innocente", aggiungo. "Abbiamo cominciato a parlare quando mi ha fatto domande sulle relazioni. Quindi è per questo che so che non è interessata a me, e devo soltanto farmene una ragione".

"Allora *ti piace*. Chi sta frequentando?"

Faccio spallucce. "Un tipo che ha conosciuto su CowboyMatch. Oggi mi ha chiesto se è il caso che metta un tacco dodici, visto lui è più alto di lei solo di pochi centimetri e, invece di dirle la verità, ho mentito. Mi sono inventato la stronzata che, facendo così, gli dimostrerebbe che non le importa della sua altezza".

E mi sento terribilmente in colpa per averlo fatto. Non avrei dovuto.

Però detesto pensare che un teppistello potrebbe approfittarsi di lei. È giovane e ha così poca esperienza che non se ne renderebbe neanche conto.

"Bello, le hai dato un cattivo consiglio di proposito?" Si sta scompisciando dalle risate. "È una di quelle stronzate che farei io".

"Fidati, lo so. È stato un momento di debolezza e ho intenzione di confessare, più avanti".

Così come di dirle la verità sulla chat di gruppo del club di cavalli. Pensavo che sarebbe stato meglio non rivelarglielo, ma, più ci avviciniamo e apriamo l'una con l'altro, più mi sembra scorretto nasconderglielo. Non so come potrebbe prenderla, ma, non appena il momento giusto arriverà, farò del mio meglio per spiegarle come mai ho dovuto fingere di non essere andato a incontrarla quel giorno al bar. E perché ho dovuto interrompere la comunicazione.

Quando mi ha contattato sull'app di incontri per dirmi che voleva fare esperienza e imparare, sono rimasto talmente scioccato per il modo in cui si è aperta e fidata di me, da non voler rischiare che si chiudesse in se stessa, se gliene avessi parlato. Ma poi ha cominciato a piacermi sempre di più e quindi, se non dovessi dirglielo presto, potrebbe arrabbiarsi a tal punto da mollare completamente la nostra amicizia.

E mi distruggerebbe, se dovesse succedere.

"Ma anche no. A meno che tu non voglia che si innamori di un altro, lascia che si presenti all'appuntamento coi tacchi. Accidenti, dille di mettersi degli stivali di venti centimetri con un coltello legato attorno alla coscia. Liberati di quel tipo una volta per tutte".

Sbuffo perché, ovviamente, il suo consiglio è questo. "Non posso fare una cosa del genere. Si sta impegnando tantissimo per mettersi in gioco e viversi la vita dopo tutto quello che ha passato. Si fida di me, e non dovrei sabotarla".

"Cazzo..." Scuote la testa. "Sei *davvero* preso da lei, eh?"

Passandogli attorno, gli do una spallata mentre mi allontano.

E adesso, stasera, dovrei permetterle di guardarmi mentre mi sego.

Sì, sono fottuto.

Dopo aver cenato ed essermi lavato, infilo dei pantaloni da tuta grigi e una maglietta. Ho dovuto fare appello a tutto il mio autocontrollo per non segarmi sotto la doccia, visto che chattare con Harlow mi porta sempre al limite, e stasera sarà molto peggio.

Ma perché ho accettato?

Avrei dovuto scegliere l'opzione con la banana.

HARLOW

Sei pronto, posso chiamarti?

Rileggo il messaggio che mi ha mandato dieci minuti fa.

Forse dovrei tirarmi indietro e dirle che sono troppo stanco. Tanto non c'è bisogno che impari per l'appuntamento che ha venerdì, a meno che non abbia intenzione di farsi denunciare per atti osceni in luogo pubblico.

Ma chi può saperlo?

È tanto impaziente di perdere la verginità, e non dovrei ostacolarla solo perché io non posso averla.

WAYLON

Sì.

Mi videochiama dall'app un attimo dopo.

"Ciao!" Il suo sorriso raggiante cattura la mia attenzione non appena rispondo.

"Ehi, come va?"

"Benone. Com'è andato il resto della giornata di lavoro?"

Sollevo una spalla con nonchalance. "Bene. Niente di speciale. Beh, a meno che non consideriamo un'occasione speciale il fatto che, per una volta, Wilder *non* ha flirtato con le ospiti".

Fa una risatina. "Non mi sembra da lui".

"Già, stavo per controllargli la temperatura".

Ride di nuovo, facendomi battere forte il cuore.

"Allora, ehm… prima che te lo *mostri*… devo dirti una cosa".

"Ok?"

"Prima, quando mi hai chiesto se avresti dovuto mettere un tacco dodici per il tuo appuntamento, ti ho dato un cattivo consiglio".

"Me lo stavo domandando. Marissa, la mia collega, ha detto che quasi tutti i ragazzi più bassi probabilmente non preferirebbero i tacchi, almeno non al primo appuntamento. Le ho detto che forse tu non potevi saperlo perché sei molto alto. Non puoi sapere quello che pensa un ragazzo basso".

Si fida talmente tanto di me da pensare che non l'abbia fatto apposta.

Cristo, faccio schifo!

Ma, se dovessi spiegarmi e confessare che l'ho fatto di proposito, allora dovrei dirle il motivo, e quello non posso farlo.

Frequentarla è fuori questione, però non ha senso rovinare questa amicizia che ci stiamo godendo entrambi.

"Giusto, scusami", le dico.

"Ma no, non c'è problema. Ho deciso che li metterò comunque… per me stessa. Se per lui fosse un problema, allora capirò che non abbiamo una buona compatibilità".

Oh. "Ok".

"E tanto non sono nemmeno sicura che si presenterà; quindi…" Fa spallucce. "Però immagino che faccia parte del processo per frequentare qualcuno".

"Abbastanza", concordo.

"Tu li guardi i porno?" mi chiede dal nulla.

"*Cosa?*"

"Quando ti tocchi. Mi stavo chiedendo se avessi bisogno di guardarne uno per eccitarti prima di mostrarmi come lo fai".

"Ehm, no… Posso usare la mia immaginazione".

"Ok, bene. È quello che ho fatto io l'ultima volta e ha funzionato".

"L'ultima volta?"

"Sì, volevo vedere se sarei riuscita a darmi un orgasmo senza avere te a guidarmi. Hai detto che l'esercizio rende perfetti; quindi ho semplicemente ripetuto a mente le parole che mi hai detto, e ho finito".

Porca puttana!

Una cosa è sapere che è capace di farlo da sola, un'altra è sapere che ha pensato a me mentre lo faceva.

"È… fantastico", dico, strascicando le parole. "Sono contento che abbia funzionato".

"Anche io. Aiuta proprio ad alleviare lo stress".

La sua schiettezza mi strappa una risata. "Già, direi".

"Il che è ancora meglio per te stasera. Probabilmente dormirai benissimo".

Oh, non ci conterei…

"Sì, speriamo".

"Io sono pronta quando lo sei tu".

Sedendomi con la schiena contro la testiera del letto, appoggio il telefono alla lampada sul comodino.

"Quest'angolazione va bene?"

"Dovrebbe funzionare. Magari zoomma un po'".

Pizzico lo schermo finché non è soddisfatta e poi mi assicuro che il telefono sia stabile.

"Ok… adesso abbasso i boxer aderenti".

"Che differenza c'è tra i boxer aderenti e quelli normali?"

"Harlow…" Deglutisco a fatica. "Non puoi farmi un milione di domande mentre lo faccio. Devo concentrarmi".

"Merda, scusami…" Finge di chiudersi le labbra con una zip e di buttare via la chiave.

Prendo un respiro profondo prima di buttarlo fuori, poi sfilo le mutande. Il mio uccello è già mezzo duro e rimbalza contro l'addome.

Afferrando l'asta con la mano destra, così che lei possa vedere tutto dal mio lato sinistro, faccio movimenti lenti e regolari su e giù, poi faccio roteare delicatamente il pollice attorno alla punta.

"La corona del glande è molto sensibile; quindi è piacevole quando la tocchi o succhi qua sopra", le dico, mentre ripeto i movimenti un altro po' di volte. "Però anche l'asta ha bisogno di attenzioni, specialmente quando usi la bocca. Andare più in profondità possibile può dare una sensazione incredibile".

Lanciando un'occhiata allo schermo, mi assicuro che non mi abbia abbandonato, però è ancora lì, a osservare intensamente come se lo facesse ogni giorno.

Continuo a masturbarmi, poi prendo la boccetta di lubrificante che avevo messo da parte.

"Quando stai facendo una sega o sesso, il lubrificante può essere un buon modo per aumentare il piacere e ridurre la frizione. Può anche impedire che i preservativi si rompano; quindi ti consiglio di usarlo, specialmente per la prima volta o se non usi nessun altro metodo contraccettivo", le spiego, aggiungendo del lubrificante sul palmo della mano prima di toccarmi di nuovo.

Il suo viso ha un'angolazione diversa sullo schermo, e poi la sento scrivere su un foglio.

"Stai prendendo appunti?" chiedo.

"Non voglio dimenticarmi niente".

Sbuffo fuori una risata incredula. "Poi non ci sarà un esame".

"Sì, lo so… però non fa male se me lo ricordo per il futuro".

"Ok…" Aumento il ritmo, con l'uccello adesso duro come il marmo, e non riesco a trattenere i gemiti profondi che riecheggiano nella mia gola.

Quando la guardo di nuovo, ha le guance più rosse di prima, e non posso fare a meno di domandarmi se quello che sto facendo la eccita.

"Harlow…" Attiro la sua attenzione e lei nota subito i miei occhi addosso. "Puoi toccarti anche tu, se vuoi".

Si morsica il labbro inferiore come se ci stesse riflettendo sopra, prima di annuire e agitarsi nel letto.

"Tu puoi continuare a parlare di ciò che stai facendo e di quello che ti piace?"

"Certo". Serro la stretta. "Devi stringere l'asta e far roteare il polso mentre massaggi su e giù, però è bene non farlo troppo forte. Lì sotto è una zona sensibile, soprattutto le palle".

Sorride. "C'è un trucchetto per trovare la giusta pressione da esercitare?"

"Lo capisci da come il ragazzo reagisce al tuo tocco. Ad alcuni piace molto duro e violento, mentre altri preferiscono un approccio più delicato. Quasi tutti ti diranno esplicitamente se vogliono che tu faccia qualcos'altro".

"Mmh…" È stesa sul suo letto e, anche se non riesco a vedere più giù delle sue spalle, capisco dalla sua espressione che si sta toccando.

"È piacevole?" le chiedo, afferrando la cappella mentre la guardo.

"Mmm-mmh". Sorride con gli occhi chiusi. "Puoi continuare a parlare? Dimmi quanto ti piace".

Mi appoggio all'indietro e continuo con i movimenti regolari. "È fottutamente fantastico. Tutto il sangue sta schizzando fino al cazzo, le palle sono piene e sode. La pressione e l'anticipazione a volte rendono difficile respirare".

"E come quando una donna usa la bocca su di te? Come funziona?"

"Di solito passano dalla mano alla bocca, oppure entrambe le cose: avvolgono le dita attorno alla base dell'asta mentre succhiano la punta. È il modo migliore che una ragazza ha per farlo, perché può controllare quanto va in profondità nella loro bocca".

"Però scommetto che ai ragazzi piace quando se lo ficcano tutto in gola, giusto?"

Cazzo, mi farà venire fin troppo presto!

"Mmm-mmh. È incredibile in ogni modo: mano, bocca, gola. È tutto molto… soddisfacente".

"A te piace praticare sesso orale sulle ragazze?"

"Ehm, sì. Molto, in realtà".

"Mi chiedo come può essere…" Espira come se fosse già vicino al limite. "Ho l'impressione che sarebbe strano avere una faccia tra le gambe… proprio lì in mezzo".

"Per alcune ragazze lo è, ma per altre può amplificare l'intimità con il partner. È tutta una questione di preferenze personali".

"Mi piacerebbe provarlo solo una volta per vedere se mi piace".

"Beh, devi assicurarti di avere il partner giusto che sa cosa fare. Alcuni non sono capaci… e questo potrebbe scoraggiarti dal fare di nuovo quell'esperienza".

"Come faccio a sapere se non sono capaci, visto che non l'ho mai fatto prima?"

"Se non ti fanno venire, fanno schifo".

"Davvero? Puoi venire anche solo quando usano la lingua lì sotto?"

"Sì". Rido piano. "Fa parte dei preliminari; quindi dovresti sempre venire col sesso orale".

"E immagino che anche un ragazzo finisca sempre con quello".

"Tipicamente, sì. Oppure portano a termine l'opera con la loro mano. E ad alcuni piace venire sul proprio partner".

"*Su* di loro? Ma non è… appiccicoso?"

"Molto".

"Lo sperma ha un buon sapore?"

"Immagino che sia soggettivo".

"E quando invece vengono le ragazze? Che sapore hanno?"

"Ehm… dolce? Dipende. Ogni donna è diversa".

"Quindi hai fatto molto sesso orale?"

"Dipende da cosa intendi per "molto"".

L'angolo delle sue labbra si solleva. "Bel modo di evadere la domanda".

"Sono sessualmente attivo da dodici anni, quindi…"

Il gemito profondo che rilascia Harlow interrompe le mie parole.

"Cazzo, ti manca poco…" Allento la presa. "Ho bisogno che vieni prima di me".

"Tu ci sei quasi?" chiede.

"Sì, però sto aspettando te. Volevi guardare e non voglio che te lo perda".

"Ok, s-sto… Puoi guidarmi come se fossi qui, così ci arrivo prima?"

Cristo! Riuscirei a trattenermi solo per miracolo, se lo facessi. Però accetto comunque.

"Ok…" Espiro dal naso, cercando di rallentare il mio cuore martellante. "Fingi che le mie dita ti stiano penetrando in profondità mentre con la lingua stuzzico il tuo piccolo, voglioso clitoride. Hai le dita tra i miei capelli e le gambe avvolte attorno alle mie spalle".

"Oddio… sì. Proprio così". I suoi gemiti lievi mi fanno bruciare la pelle e devo dire a me stesso di rallentare e fermarmi, ma cazzo, sta diventando sempre più difficile.

"Sollevo la mano e ti pizzico il capezzolo turgido prima di massaggiarti il seno. Affondo la faccia nella tua passerina e gusto…"

"Sì, sì… cazzo, sto…" E poi rilascia il gemito eccitato più meraviglioso che abbia mai sentito. "Porca puttana, è stato molto più intenso dell'ultimo!" Sta praticamente ansimando; poi sistema il telefono in modo che il suo volto torni del tutto nell'obiettivo. "Se il lavoro nel ranch non funzionasse, dovresti avviare un'attività di sesso telefonico, perché *accidenti!* Dieci stelline su dieci".

"Per quanto apprezzi il complimento, sto per esplodere; quindi ho bisogno che ti concentri su di me".

"Ok". Annuisce, col volto ancora arrossato, e, merda, la cosa mi fa eccitare addirittura di più.

Avvicino il telefono, reggendolo con la mano sinistra così che lei possa vedere meglio.

"Quando a un ragazzo manca poco, lo senti irrigidirsi e poi…" Mi fotto il pugno per qualche altro secondo prima di gemere per l'orgasmo, schizzandomi lo sperma sulle dita.

"Caspita! Che cosa sexy…" Si lecca le labbra. "Normalmente le ragazze lo ingoiano quello, giusto?"

"Ehm, beh… se vogliono. Oppure possono sputarlo".

"A te cosa piace?"

Cristo santo!

"Per me non ha importanza. Preferisco che la mia partner faccia ciò che la mette a suo agio".

"Dovrò provare e giudicare da sola. Però sembra un tantino disgustoso. Cioè, perché è così viscido? Quello che esce dalle ragazze non è così, giusto?"

"Non so perché sia viscido e no, il vostro è più liquido". Appoggio di nuovo il telefono sul comodino. "Devo darmi una pulita. Aspetta".

Fa una risatina. "Anche io. Torno subito".

Beh, non posso dire di averlo mai fatto prima, ma, in qualche modo, Harlow riesce a rendere le cose imbarazzanti assolutamente non imbarazzanti. È una persona così genuina che non si rende nemmeno conto che praticamente io ho fatto venire lei, e viceversa, con il sesso al telefono.

Per lei è stata un'esperienza istruttiva.

Però io sono sempre più preso da lei.

E adesso non ha senso anche solo provare a ignorare i miei sentimenti.

Sono in primissimo piano e, se non li controllo, c'è il rischio che lei riesca a leggermi come un libro aperto.

Capitolo Ventuno

Harlow

Negli ultimi quattro giorni non sono riuscita a pensare ad altro che alla volta in cui Waylon mi ha mostrato come gli piace essere toccato mentre io mi masturbavo guardandolo.

Non ho mai visto un cazzo dal vivo e, anche se ci divideva uno schermo, è stato comunque sconvolgente vedere quanto ce l'ha lungo e grosso.

Ero tentata di chiedergli come una cosa del genere potesse entrare dentro qualcuno, visto che, anche se non ho nessun termine di confronto, suppongo che il suo sia sopra la media. Quando ha avvolto la mano attorno all'asta, non ho potuto fare a meno di chiedermi se le mie dita potrebbero mai arrivare a toccarsi attorno a quella circonferenza.

E poi ho provato a immaginarmi con il suo membro dentro la mia bocca…

Morirei soffocata.

Ma poi ho letto da qualche parte che il riflesso del vomito aiuta a prevenire il soffocamento e che alcune persone si esercitano con un dildo per arrivare più in profondità nella propria gola. Dato che non ho intenzione di comprarne uno, dovrò imparare in un altro modo.

Più tempo passa a insegnarmi cose sul sesso e ciò che piace ai ragazzi, più va a sfumare il confine tra di noi. Ho provato a mettere da parte i miei sentimenti per non creare imbarazzo quando risponde alle mie domande, però adesso che ci stiamo avvicinando come amici sta diventando più difficile.

Oggi esco a prendere il caffè con Emery; quindi devo accantonare i miei sentimenti non corrisposti e perlomeno provare a dargli una chance. Mi ha mandato un messaggio questa mattina per confermare l'appuntamento a mezzogiorno e poi ha detto che mi avrebbe aspettata con indosso un berretto da baseball nero e una giacca in pelle.

Dovrebbe essere piuttosto facile riconoscerlo, soprattutto dato che ho visto le sue foto sull'app. Però non sono ancora super emozionata. Sono più entusiasta al pensiero di indossare i miei nuovi stivali fuori casa.

Non arriverò mai a disporre di un'esperienza adeguata con gli appuntamenti, se non ci provo; quindi mi preparo e cerco di farmi un discorsetto di incoraggiamento: chi lo sa, magari di persona è molto dolce; potremmo avere molto in comune e, se non gli avessi dato una chance, ora non sarei sul punto di scoprire se è vero.

Sì, è quello che sto dicendo a me stessa.

Prima di uscire, Natalie mi videochiama, e posiziono in alto il telefono mentre finisco di sistemare il trucco e i capelli.

"Ho ancora la tua posizione, nel caso questo Emery si riveli uno psicopatico", mi dice.

"Non andrò da nessuna parte con lui; quindi non ti devi preoccupare".

"Dopo l'ultimo libro che ho letto, mi preoccupo sempre. La tipa è andata a un appuntamento con un serial killer *vero e proprio...*"

"Oddio".

"...che si mangiava le sue vittime!"

"Se continui a parlare, vomito".

"Lei era una detective sotto copertura ed è riuscita a scappare, ma prima lui l'ha pestata a sangue..."

"Poi cos'è successo?" chiedo, infastidita perché la storia mi ha presa.

"Oh, si è vendicata nel modo migliore possibile: è tornata con un coltello gigantesco, tipo un machete, e lo ha torturato proprio come lui faceva con le sue vittime".

"Ti prego, non mi dire che se l'è mangiato…"

"No, l'ha fatto a pezzetti e lo ha dato in pasto agli alligatori".

Fingo di vomitare perché… che cazzo sta leggendo?

"È disgustoso".

"Lui se l'è meritato".

"Suppongo di sì?" Ridacchio. "Così mi spaventi e non vorrò mai frequentare qualcuno".

"A proposito, come vanno le cose con Waylon?" mi provoca con quella sua voce piena di brio.

"Beh…" Abbasso il tono della mia, prima di continuare: "Gli ho visto il cazzo".

"*Cosa?*" chiede, rischiando di dover sputare la bevanda dappertutto per non strozzarsi. "Quando è successo? Com'è che me lo stai dicendo solo adesso?"

"Calmati… È successo in videochiamata. Gli ho chiesto di farmi vedere come si sega e di insegnarmi come piace farsi toccare ai ragazzi".

"Porca puttana! E lui ha accettato come se niente fosse?"

Faccio spallucce. "Sì. Poi mi ha detto di toccarmi, perché ha capito che la cosa mi stava eccitando; quindi l'ho fatto, e siamo venuti insieme".

"Porca puttana, che cosa sexy!"

"Sì, però è stata solo un'esperienza formativa. Dopo che abbiamo finito e ci siamo puliti, abbiamo parlato per un po' e poi ci siamo dati la buonanotte".

E da allora ci parliamo tutti i giorni, senza però andare oltre le nostre solite conversazioni.

"Le cose sono due: o a quell'uomo non piacciono le donne, oppure è incredibilmente ossessionato da te. Non c'è una via di mezzo".

"Non è nessuna delle due".

"Difenderò a spada tratta la mia idea. Ti vuole". Mi rivolge uno sguardo serio. "E lo dico di nuovo perché, quale uomo ti *darebbe lezioni* su sesso e orgasmi, ti mostrerebbe come si masturba e ti guiderebbe per farti capire come toccarti, se non fosse interessato a te?"

"Un uomo che è mio amico e non vuole che rimanga ferita frequentando gli uomini sbagliati".

Fa una risata nasale. "Intendi dire frequentando *altri* uomini".

"Beh…" Faccio spallucce. "Se fosse interessato, allora dovrebbe chiedermi lui stesso di uscire. E, visto che non l'ha fatto, non posso che supporre che non voglia".

"Probabilmente ha paura, proprio come te. È più grande ed è stato con tua sorella. Ha più esperienza di te. Potrebbe anche essere disilluso da altre brutte esperienze romantiche".

"Sì, sono ben consapevole della lista dei motivi", dico impassibile. "Ed è per questo che ho un appuntamento con Emery. Sarebbe molto più facile frequentare qualcuno per cui mi è permesso provare sentimenti e che li ricambia". Controllo l'ora. "A proposito, è meglio che vada, altrimenti faccio tardi".

"Ok, buona fortuna! Non farti ammazzare!"

Ridacchio, tenendo il dito sopra il pulsante per chiudere la chiamata. "Ciao!"

Prima di uscire, saluto Moose con un bacino e poi controllo come sta mio padre. Dato che sta ancora riposando, non lo disturbo. Non dovrei star via per più di un'ora, però avverto comunque una certa preoccupazione, in conseguenza del trauma subito il giorno del suo incidente. Quel mattino non lo avevo visto e non avevo potuto dirgli che gli volevo bene. È rimasto in coma farmacologico per due settimane e, durante quel periodo, temevo che non avrei mai più potuto farlo. Ma, per fortuna, si è svegliato e alla fine sono riuscita a dirglielo.

Non esco mai di casa senza rivolgere un "vi voglio bene" ai miei genitori, per paura che possa essere l'ultima volta in cui li vedrò.

Poi mando un messaggio ad Emery per fargli sapere che mi sto avviando.

HARLOW

Sarò lì tra cinque minuti.

EMERY

Fai con calma. Io sono qui, seduto a un tavolo di fronte alla vetrina grande.

HARLOW

D'accordo.

Ho i nervi a fior di pelle mentre percorro in macchina la Main Street e trovo un parcheggio. Quando scendo e cammino verso il bar, lo vedo subito e lui si alza per salutarmi.

Di persona è decente, con un sorriso affascinante e occhi gentili. Con gli stivaletti sono più alta di lui di qualche centimetro, ma, se anche la cosa lo infastidisce, non lo dà a vedere.

"Sono così contento che tu sia potuta venire", dice, sporgendosi verso di me per abbracciarmi da un lato. "Sei bellissima".

Ricambio il gesto come meglio posso prima di sedermi.

"Vuoi ordinare qualcosa?" mi chiede.

"Sì, perché no". Sto per alzarmi, quando mi ferma.

"Te lo prendo io. Cosa ti andrebbe?"

"Un cappuccino freddo al caramello con latte di soia".

"D'accordo". Fa l'occhiolino.

Sorrido nervosamente e poi aspetto che ritorni.

Non posso fare a meno di chiedermi come sarebbero andate le cose se Ragazzo misterioso si fosse presentato. Si sarebbe offerto di ordinare per me? Saremmo rimasti qui seduti a parlare per ore? Non credo che avrei avvertito così tanta tensione, considerando quanto ci eravamo messaggiati prima.

Mentre Emery è davanti al bancone in attesa del nostro ordine, tiro velocemente fuori il telefono e decido di scrivergli.

Solo con me

> Ehi, ne è passato di tempo! Volevo giusto sapere come te la passi. La chat di gruppo non è più stata la stessa senza di te. Mi manca parlarti e stavo giusto pensando alle nostre conversazioni. Spero che vada tutto bene.

Oddio, è assolutamente patetico, cazzo!

Non sono più attiva nella chat di gruppo da un paio di settimane, però non è più la stessa cosa.

Quando Emery prende il nostro ordine, imposto il silenzioso e metto via il telefono, così che nessuno possa interromperci. Se voglio dargli una chance, deve avere la mia totale attenzione.

"Ecco a te". Mi lascia di fronte il mio caffè.

"Grazie. Lo apprezzo molto".

"Figurati".

Si siede sull'altro lato, tenendo gli occhi puntati su di me. "Sono impaziente di conoscerti. Quindi hai vent'anni, giusto?"

"Sì, ventuno tra pochi mesi".

"Bene. Festeggerai in grande?"

"Probabilmente no, ma non ne sono sicura. Lo vedremo".

"Bello, bello. Fai salto ostacoli a cavallo. Come procede?"

"Benone. Adesso devo solo esercitarmi tanto prima che la stagione cominci, in primavera. Sto facendo principalmente giri di prova e condizionamento".

"Lo adoro. Io cavalco solo per svago al ranch di un amico. Però mi piacerebbe molto vederti, qualche volta".

"Sì, magari!"

"Cosa fai, oltre a quello?"

"Lavoro alla Rodeo Belle, la boutique di abbigliamento Western, qualche volta alla settimana".

"Oh, si trova qui vicino, vero?"

"Sì, a giusto un paio di isolati".

Continua a bombardarmi di domande e io ho a malapena il tempo per farne a lui. Vorrà dire che è interessato, no? Però sarebbe carino scoprire qualche dettaglio sul suo conto.

Dopo trenta minuti in cui mi sento sotto interrogatorio, gli dico che devo andare a controllare come sta mio padre. Mi chiede se può accompagnarmi al mio pick-up e, dato che mi sembra un gesto innocente, accetto.

Mi apre la portiera e lo ringrazio di nuovo per l'appuntamento.

"Spero che potremmo vederci di nuovo presto", dice.

"Sì, forse. Ti farò sapere".

Mi prende la mano e mi bacia le nocche… Un qualcosa che ho visto fare solo nei film.

"Ciao, Harlow. Ti auguro una splendida giornata".

Faccio un sorriso forzato, liberando lentamente la mano dalla sua presa. "Grazie, anche a te".

Alla fine si allontana, diretto verso la sua macchina, giusto poco più in là della mia.

Quando salto a bordo, lancio la borsetta sul sedile del passeggero e metto il telefono in uno dei portabevande. Non appena faccio per chiudere la portiera, una persona si avvicina, terrorizzandomi a morte.

"Oh, mio Dio, Waylon!" Mi sbatto la mano sul cuore palpitante e butto fuori un sospiro di sollievo quando mi rendo conto che è lui.

Si ferma con un sorrisetto di scherno. "Com'è andato l'appuntamento?"

"Mi stai stalkerando? Che ci fai qui?"

"No, ero dall'altra parte della strada a comprare un telefono nuovo e ti ho vista salire sul pick-up; quindi ho pensato di avvicinarmi". Indica alle sue spalle col pollice, e vedo l'insegna del negozio di telefonia.

"La prossima volta vedi di dire qualcosa, prima di avvicinarti di soppiatto! Pensavo fossi un assassino!"

Fa un sorrisetto. "Già, è pieno di serial killer a Sugarland Creek".

Gli do uno schiaffetto. "Lo sai cosa intendo".

Ridacchia. "Com'è andata? Ha fatto qualche commento sui tacchi?"

"È andata bene", dico aridamente. "E no. Mi ha detto che ero bellissima".

Fa scorrere lo sguardo sul mio corpo e non sta neanche nascondendo il fatto che mi sta ammirando. "Sono d'accordo. Stai molto bene".

"Grazie", dico con esitazione, poi indico il sacchetto che ha in mano con un cenno del capo. "Ma aspetta… Cos'è successo al tuo telefono?"

"Ehm… Mi e caduto da sei metri di altezza quando ero nel fienile e poi Wilder l'ha schiacciato con un trattore".

"Cristo, che morte brutale!"

"Già, ho dovuto anche attivare un numero nuovo. Mio padre ha detto che fare parte del suo contratto telefonico alla mia età è patetico".

Trattengo una risata, però esce comunque dal naso. "Cioè, non ha poi tutti i torti".

Fa spallucce. "Beh, adesso devi darmi il tuo numero, visto che non ho intenzione di scaricare di nuovo l'app Cowboy Match".

"No?"

"No, ignoravo tutti i messaggi che arrivavano, però la stavo tenendo per poterti parlare, visto che non ci siamo mai scambiati il numero di telefono".

Le sue parole mi fanno venire le farfalle nello stomaco e battere forte il cuore perché è una cosa indubbiamente dolce, considerando il fatto che sa che la uso per parlare con i ragazzi.

"Beh, dammi il telefono, così lo inserisco". Tendo la mano e me lo porge senza pensarci due volte.

"Quale vuoi che sia il nome del mio contatto?" chiedo, cliccando sul pulsante per aggiungerne uno nuovo.

"Ehm…" Serra le labbra per un momento e socchiude un occhio. "Che ne dici di *Studentessa preferita*?"

"Sul serio?" Ridacchiando, alzo gli occhi al cielo, ma lo scrivo comunque e poi mi mando un messaggio per avere il suo numero. "Direi che significa che il tuo nome sarà *Insegnante preferito*". Gli restituisco il telefono e poi prendo il mio dal pick-up.

"Insegnante *sexy* preferito", ribatte. "Concedimi almeno quello".

"Direi di più Mister insegnante *brontolone*", lo stuzzico, prima di cliccare sul messaggio e aggiungere il suo numero.

"Non trattarmi così male".

Con un sorrisetto, cedo. "Va bene, *Insegnante sexy preferito* sia. Ma, se qualcuno dovesse mai entrarmi nel telefono e lo vedesse, ti prenderebbe per un maniaco perché ti senti con una tua studentessa".

"Quella sarà l'ultima cosa di cui si preoccuperanno dopo aver trovato tutte le domande sessuali strane che mi fai".

"Non sono strane!" mi difendo, infilando il telefono in tasca quando ho finito. "Sono per scopi educativi".

"È un bel modo di mettere le cose", dice ironico.

"Beh, adesso che abbiamo ufficialmente il numero l'una dell'altro, a che ora dovrei venire domani al ranch per raggiungere te e Bentley?"

"Dovevo passare a prenderlo all'una, ma potrei venire in paese e recuperare prima te, che dici?"

"Sei sicuro? Poi dovrai riaccompagnarmi".

"Non mi dispiace".

"Ok, per me va bene".

"Grandioso! Allora a domani!"

Proprio quando sto per girarmi, cattura la mia mano, se la porta alle labbra e fa un largo sorriso contro le mie nocche prima di premerci sopra un bacio delicato.

"È così che l'ha fatto?" Il suo tono derisorio mi fa bruciare il viso.

"L'hai visto, eh?" Libero la mano dalla sua presa con uno strattone. "Sei proprio cattivo".

Solleva la mano in segno di finta innocenza. "Che c'è? Pensavo che ti piacesse essere salutata così, no?"

"Wow, sei proprio spiritoso". Gli do un colpetto al braccio, ma, prima che io possa indietreggiare, mi afferra rapidamente il polso e mi attira al petto. I nostri corpi sbattono l'uno contro l'altro e tutta l'aria viene risucchiata dai miei polmoni.

Il suo sguardo penetra il mio, e l'intensità che c'è dentro mi fa deglutire a fatica. Mi ha lasciata senza parole, una cosa difficile da fare.

Quando mi afferra il mento e lo solleva per avvicinare la mia bocca alla sua, mi preparo al contatto, sperando che finalmente il momento sia arrivato.

Ma poi si sposta leggermente e mi bacia sulla guancia.

"Passa una bella giornata. Ci vediamo domani".

Prima di allontanarsi, mi fa l'occhiolino e poi attraversa la strada fino al suo pick-up, lasciandomi in una pozza di incredulità.

Capitolo Ventidue

Waylon

Sapere che oggi potrò trascorrere del tempo con Harlow e Bentley mi ha fatto svegliare di ottimo umore. Ieri sera ci siamo messaggiati brevemente per confermare l'orario in cui devo passare a prenderla a casa sua, ma a parte quello non ci siamo parlati molto da quando l'ho vista in paese.

Potrei aver manipolato un *tantino* la verità quando le ho detto che ho rotto il telefono.

Dopo che mi ha scritto come Ragazza dell'edera velenosa, ho capito di dover attivare un numero nuovo. Mi dispiace terribilmente che perderà l'accesso al "lui" dalla chat di gruppo, ma sarebbe stata solo questione di tempo prima che mi chiedesse di scambiarci i numeri e poi si rendesse conto di averlo già.

Poi avrei dovuto spiegare tutto quanto.

A questo punto, forse dovrei tagliare la testa al toro e dirglielo.

Però con me si è aperta tantissimo ed è la prima persona con cui, dopo anni, mi sento a mio agio nella mia vulnerabilità; quindi forse adesso mi sto comportando da egoista perché non voglio rovinare ciò che abbiamo.

Inoltre, non voglio continuare a messaggiare con lei su quella stupida app di incontri, però non potevo cambiare numero all'improvviso senza che i miei fratelli sospettassero qualcosa.

Quando ho detto a Wilder che mi sarei fatto un piano tutto mio che includeva anche un telefono in omaggio, mi ha chiesto se potevamo testare la resistenza di quello attuale. *Per divertimento.*

È lì che è venuto fuori il trattore.

E, se devo essere completamente onesto, sapevo che Harlow avrebbe incontrato quel tipo al bar a mezzogiorno; quindi sono andato in paese appositamente e ho parcheggiato lì vicino durante la pausa pranzo.

Però… non c'è bisogno che lei lo sappia.

Non sono un esperto di relazioni, ma perfino io riuscivo a vedere dall'altro lato della strada quanto fosse a disagio. Aveva il corpo rigido, sorrideva o rideva poco e aveva la faccia di una che avrebbe preferito trovarsi da qualunque altra parte. Lui si stava sporgendo sul tavolo verso di lei. Nel frattempo, Harlow aveva la schiena premuta contro la sedia per potergli stare lontana.

Se non avessi saputo che avevano un appuntamento, avrei detto che lei si trovava lì per un colloquio di lavoro.

Però non ho potuto fare a meno di baciarle le nocche proprio come aveva fatto lui, perché l'espressione che ha fatto in reazione a quel gesto è stata impagabile: come se l'avesse colta talmente di sorpresa che non sapeva come comportarsi. Non volevo che se ne andasse con un saporaccio in bocca; quindi ho imitato ciò che aveva fatto lui e poi sono passato alla sua guancia. Anche se avrei voluto baciarla sulle labbra, sapevo che non avrei potuto farlo senza conseguenze.

Ho percepito la tensione tra di noi, e credo che valesse anche per lei; quindi probabilmente è una buona cosa che Bentley sarà insieme a noi per qualche ora, questo pomeriggio.

WAYLON

Sto uscendo adesso, sarò lì tra 15 minuti.

HARLOW

Ok… prima mio padre vorrebbe parlarti.

Oh, cazzo!

WAYLON

Dovrei venire armato?

HARLOW

Solo se pensi che non riusciresti a fuggire da un uomo in sedia a rotelle.

WAYLON

Ah, no, allora credo di essere a posto.

HARLOW

Vuole solo farti il discorsetto "se fai del male a mia figlia, io faccio del male a te".

WAYLON

Oh... che spasso.

Sono passati anni dall'ultima volta che ho visto o parlato con il signor Fanning. Il suo incidente sul lavoro si è verificato poco dopo che io e Delilah ci eravamo messi insieme; quindi non abbiamo mai avuto l'occasione di conoscerci. Però non lo biasimo se vuole parlare con il ragazzo che sta passando a prendere la figlia. Considerando ciò che le è capitato, mi fa piacere sapere che è molto protettivo con lei.

HARLOW

Te la caverai. Vedi solo di non fissarmi il seno di fronte a lui.

WAYLON

Non lo faccio neanche quando lui non c'è.

Lo faccio?

Quando parcheggio di fronte a casa sua, sono più nervoso di quanto pensassi. Siamo amici; quindi non dovrebbe essere un grosso problema, ma forse a lui non piace che l'ex della figlia maggiore sia *amichevole* con quella minore.

E non gli darei nemmeno torto.

Dall'esterno, sembra una brutta situazione.

Risalendo la rampa per la sedia a rotelle, mi schiarisco la gola e poi busso alla porta.

Sento cani che abbaiano e, qualche momento dopo, appare Harlow.

"Ehi, entra pure. Ignora i cani. La loro voce fa più paura dell'aspetto".

Faccio una risatina nervosa mentre cerco di farmi strada nell'ingresso e in cucina.

"Papà è in soggiorno". Si allontana prima che io possa dire qualcosa; quindi la seguo finché non lo vedo.

"Waylon, ciao. Quanto tempo!"

"Signor Fanning, che piacere vederla! Come sta?" chiedo, fermandomi in piedi accanto ad Harlow.

"Sono vivo. Tu, invece?"

"Lo stesso, bene. Grazie".

"Harlow mi ha detto che sei un Big Brother, giusto?"

"Sì, signore. Svolgo il ruolo di fratello maggiore per un ragazzino di quindici anni che si chiama Bentley. Vive nel paese qui vicino; quindi vado a prenderlo e lo porto al ranch per passare del tempo insieme un paio di volte al mese".

"Quindici anni, eh? Ha meno differenza di età con Harlow rispetto a te".

Ecco che ci siamo.

"Sì, suppongo di sì. Gli piace vederla saltare gli ostacoli con Piper".

"Così mi ha detto. Cos'avete in mente per oggi?"

"Te l'ho detto, papi: facciamo una passeggiata a cavallo su per i monti", si intromette Harlow.

"Mi sembra pericoloso", dice il signor Fanning.

"Non lo è. Guido due escursioni a cavallo al giorno. Conosco queste montagne come le mie tasche".

"Lo sai che non ha l'età per bere; dunque mi aspetto che non lo faccia nemmeno tu".

"Certo che no".

"Papi, è una persona responsabile", gli dice Harlow. "Proprio come me".

"So che tu lo sei, tesoro, ma voglio essere certo che tu sia al sicuro".

Lo abbraccia sulla poltrona in cui è seduto e lui le passa dolcemente un braccio attorno al corpo. "Andrà tutto bene, promesso. Non torno a casa tardi, ok?"

"Guida con prudenza". Sposta lo sguardo su di me.

"Sì, signore. La riporterò a casa nelle stesse condizioni in cui l'ho presa".

"Ti voglio bene, papi".

"Ti voglio bene anch'io".

Faccio un saluto veloce e poi Harlow mi conduce in cucina, dove sono in attesa i cani.

"Lui è Moose. È il mio compagno di coccole durante la notte". Lo prende in braccio, e io lo accarezzo.

"È proprio carino".

"Il mio piccolo protettore". Ridacchia, poi lo bacia prima di rimetterlo giù. "Ok, adesso possiamo andare".

Tengo la porta aperta mentre lei chiude a chiave e poi ci incamminiamo verso il mio pick-up, però raggiungo il lato del passeggero per aiutarla a salire.

"Grazie", dice con un lieve rossore sulle guance.

Faccio un sorrisetto. "Non c'è di che".

Dopo che abbiamo allacciato la cintura e ci siamo avviati, indico la radio e le dico che può scegliere la musica.

"Allora, mio padre ti ha fatto scappare per la paura?" chiede, passando da una stazione all'altra.

"No. Vedo che si preoccupa per te".

"Anche io mi preoccupo per lui. Al momento, la sua salute mentale non è delle migliori. È già abbastanza brutto che passi la maggior parte della giornata chiuso in casa, e questo tempo uggioso non aiuta".

"Usa la carrozzina elettrica quando esce, no?"

"Sì, ma per mamma può essere complicato sollevarla e metterla sulla piattaforma posteriore del pick-up. E poi lui soffre di una terribile ansia sociale; quindi non gli piace stare in mezzo a molta gente fuori casa". Si gira e mi guarda. "Ci sono periodi in cui non esce per tre mesi di fila".

"Accidenti, brutta storia! Credi che si sentirebbe più a suo agio se ci fosse qualcuno di più forte a portarsi dietro la carrozzina?"

"Più forte, come te?" chiede con ironia.

"Sì. Per dare un po' di respiro a tua madre. Anche se fosse per andare al supermercato, tuo padre potrebbe fare delle brevi uscite per abituarsi a stare fuori casa e poi gradualmente farne di più lunghe".

"Lo faresti?"

"Beh, certo. Ho un giorno libero a settimana in cui potrei venire a dare una mano con qualunque cosa o a portarlo ovunque voglia andare. Magari si sente un fardello perché sa quanto è impegnativo per tua madre, ma, se si trattasse di qualcuno come me, che potrebbe sollevare la sua carrozzina con un braccio solo, non si sentirebbe altrettanto in colpa ad accettare aiuto".

"Con un braccio solo, eh?" Si fa una risatina nasale, che trovo fottutamente adorabile. "Sei piuttosto sicuro di te".

"Lavoro in un ranch, Harlow... sin da quando ero alle medie. Ho dovuto trasportare balle di fieno e paglia su e giù per le scale per due ore di fila. Ho dovuto spingere cavalli di quattrocentocinquanta chili dentro i rimorchi mentre provavano a tirarmi calci. Sollevare una carrozzina elettrica sopra una piattaforma non lo considererei nemmeno un peso".

"Ok, Mister Muscolo. Riportami indietro tutta d'un pezzo e allora potrebbe fidarsi di te".

Divertito, ridacchio. "Purché tu non cada in un cespuglio di edera velenosa, credo che te la caverai".

"Cosa?" chiede.

Quando mi guarda con le sopracciglia aggrottate mi rendo conto dello scivolone che ho fatto. Cazzo, questo è il momento in cui dovrei confessare, però mi sembra sbagliato farlo adesso che abbiamo un pomeriggio intero da passare con Bentley.

"Stavo scherzando. È in stato di dormienza, in questo periodo dell'anno".

"Sì, lo so. Ho avuto una reazione all'edera velenosa a novembre".

"Oh". Rimango concentrato sulla strada, ma le scocco una rapida occhiata. "Scommetto che non è stato divertente".

Si acciglia, abbassando lo sguardo sul grembo, e mi chiedo se stia pensando a "lui".

"No, non lo è stato. Ma un ragazzo che ho conosciuto su una chat di gruppo mi ha aiutata offrendomi idee su come gestire il prurito. Sono rimasta a letto per tipo due o tre settimane perché avevo l'irritazione su tutte le braccia e il petto".

"Una volta è successo anche a me e Wilder. È stato un vero schifo".

"Davvero? Dev'essere piuttosto normale da queste parti".

Mi chiedo se stia pensando alle conversazioni che abbiamo avuto e se le stia trovando simili. Non ricordo cosa le ho raccontato sulla volta in cui io e Wilder abbiamo avuto la reazione, alle superiori, ma adesso che ho tirato fuori l'argomento, devo trovare un modo per passare a un altro.

"È successo la stessa estate in cui ho preso una zecca sul collo".

"Oh, merda, sembra doloroso!"

"Beh, ne ho prese molte negli anni, però il fatto che fosse sul collo ha complicato la situazione. Sono dovuto andare al pronto soccorso per farmela togliere".

Rabbrividisce visibilmente. "Io piangerei, se succedesse a me. Le odio tantissimo".

"Quando siamo tornati a scuola, quell'autunno, c'era un'infestazione di pidocchi".

"Oh, mamma mia! Che caspita vi è successo quell'anno?"

"È stato folle. Mia mamma ispezionava le teste di tutti e toglieva i pidocchi".

"Che schifo!" Ride. "Poveraccia".

"Ne ha passate tante, avendo cinque figli".

"E con quattro maschi? Non la invidio".

"Credi di volere dei figli, una volta che ti sistemi?"

"Sì, credo un paio. Quando sarò vecchia, tipo sui trent'anni".

"*Vecchia*, sul serio?" La guardo male, e ride di nuovo.

"È davvero troppo semplice stuzzicarti. Ma, in tutta serietà, mi piacerebbe molto avere una famiglia, però è difficile prevedere così in anticipo che cosa accadrà, dati i problemi di salute di mio padre. Non voglio lasciare mia madre a prendersi cura di lui da sola, e lei non lo metterebbe mai in una residenza assistenziale a meno che non sia la sua ultima risorsa".

"Ho detto a Wilder una cosa simile…" ammetto.

"Che cosa?"

"Che non potevo sistemarmi a causa dell'influenza che la sua salute mentale aveva su di me e perché, per via della sua riluttanza a farsi aiutare, dovevo essere io quello che gli restava accanto e lo teneva d'occhio".

"Come ti ha risposto?"

"Di recente, mi ha detto di smetterla di usarlo come scusa per non essere felice". Mi lecco le labbra e mi giro a guardarla, vedendo che mi sta fissando. "E sto cominciando a pensare che abbia ragione".

Prima che lei possa rispondermi, mi fermo davanti al condominio di Bentley.

La cavalcata pomeridiana con Bentley e Harlow è stata un enorme successo. Bentley si è divertito un mondo e ha perfino provato a sfidarci in una corsa lungo uno dei sentieri. Dal momento che io e lei abbiamo anni di esperienza in più, lo abbiamo stracciato. Ma se l'è spassata comunque.

Dopo essere tornati alla scuderia, ci dirigiamo al Lodge per cenare presto. Ho detto ai miei fratelli che ci avrebbero trovati lì, nel caso volessero venire a mangiare con noi. Nessuno di loro, a parte il mio gemello, si è chiesto perché io e Harlow fossimo insieme, un qualcosa che apprezzo. Non sono ancora pronto a spiegare com'è successo tutto quanto.

Si sono presentati Wilder, Landen ed Ellie; il che è stata una piacevole sorpresa per Bentley. Ha dato di matto quando ha scoperto che lei ha vinto le finali nazionali giusto il mese scorso e si è emozionato tantissimo a farle una marea di domande sulla vita di una cavallerizza professionista di *barrel racing*.

Mi è quasi dispiaciuto, perché adesso Harlow non è più così fantastica ai suoi occhi. Per correttezza, c'è da dire che Ellie ha anni di competizione alle spalle.

In ogni caso, Harlow è stupenda con lui e, anche se hanno pochi anni di differenza, è un ottimo modello da seguire. È stata una bella giornata e ci siamo fatti molte risate.

Era da molto tempo che non mi divertivo così tanto.

È così semplice fare conversazione e trovare argomenti di cui parlare con lei. Una delle sue qualità che trovo molto interessante è che non prova a fare colpo su di me. È semplicemente se stessa, in ogni momento, e non ha mai paura di chiedermi qualcosa.

Alcune delle sue domande possono essere un tantino sconvolgenti, però ho cominciato ad amare le cose imprevedibili che escono dalla sua bocca. Accidenti, ormai le aspetto con ansia!

"Ti va di venire da me dopo che ho accompagnato Bentley a casa?" chiedo ad Harlow mentre usciamo dal Lodge. Aggrotta le sopracciglia e assottiglia gli occhi, confusa. "Non ero sicuro che volessi tornare subito a casa, dato che è ancora piuttosto presto", specifico.

E io voglio passare dell'altro tempo con lei.

"Oh, certo. Pensavo che probabilmente dovessi svegliarti presto domani".

"Non lavoro".

In realtà, per non dovermi svegliare presto, ho detto a Wilder che mi doveva un favore.

"Ok, bene. Possiamo provare qualcosa?"

"Cosa?"

Si gira a guardare Bentley e poi si sporge più vicina.

"A strofinarci… Ne hai parlato una volta, ed è da allora che voglio sapere che cosa si prova", sussurra.

"Harlow…" Abbasso la voce. "È… piuttosto intimo".

"Oh". Fa spallucce con nonchalance, come se non mi avesse appena chiesto se può strofinarsi sul mio uccello. "Ok".

Solo che "ok" non lo è proprio per nulla, visto che non riesco a pensare ad altro durante il tragitto fino a casa di Bentley. Loro due parlano, mentre io sto avendo una crisi mentale pensando a ciò che è giusto e ciò che è sbagliato.

Un minuto prima sto provando con tutto me stesso a fare il gentiluomo e a tenere le mani lontane da lei. E quello successivo, lei mi strappa l'ultimo briciolo di autocontrollo che mi è rimasto.

"Torno subito. Lo accompagno alla porta", dico ad Harlow dopo aver parcheggiato.

"Ciao, Bentley! Spero di rivederti presto!" Lo saluta con la mano fuori dal finestrino.

"Ciao, Harlow!" Lui ricambia, e sorrido per quanto sono adorabili.

"Ti sei divertito oggi?" chiedo, passandogli un braccio sulle spalle mentre ci avviciniamo al suo appartamento.

"È stata una delle giornate migliori della mia vita".

Mi si gonfia il cuore di felicità. "Bene, mi fa piacere".

"Lei resterà a lungo termine?"

Inclino la testa. "Cosa vuoi dire?"

Fa spallucce, in modo sprezzante. "Non voglio affezionarmi, se poi vi lasciate o chissà cosa".

Non mi prendo la briga di correggerlo perché, data la sua domanda, non è rilevante. Ha visto tantissime persone entrare e uscire dalla sua vita; quindi non c'è da meravigliarsi se si preoccupa di una cosa simile.

"Se riesco a ottenere ciò che voglio, rimarrà a lungo, lungo termine".

"Bene, perché non ti ho mai visto così felice".

Ridacchiando, gli do una spintarella. "Già, è piacevole".

Mi dà un pugno sul braccio. "Non rovinare tutto".

Mi faccio una sonora risata, però è esattamente ciò che mi preoccupa.

Capitolo Ventitré

Harlow

Sono davvero contenta che oggi Waylon mi abbia permesso di passare del tempo insieme a lui e Bentley. Non sono cresciuta con dei fratelli minori; quindi è stato piuttosto piacevole chiacchierare con lui e sentirlo parlare della sua vita a scuola e a casa. Non è un segreto che la sua situazione familiare non è stabile, però da quanto è gentile e ben educato non si direbbe mai.

Adoro anche vedere quanto ammira Waylon. Non ci vuole molto a capire che hanno un legame speciale.

Quando siamo a metà strada per tornare al ranch, in piena campagna, Waylon imbocca una stradina sterrata e poi parcheggia su un lato. La musica è l'unico suono all'interno dell'abitacolo, ma, quando lo guardo, ha gli occhi socchiusi colmi di desiderio.

"Cosa stiamo facendo? Mi sembra una scena tratta da uno dei romanzi thriller di Natalie".

Mi martella il cuore nel petto per il modo in cui mi sta guardando.

Waylon slaccia la cintura, porta una mano sotto il sedile triplo e spinge la leva che lo fa indietreggiare. Poi alza il più possibile il volante.

"Vieni qui".

"Che intendi dire?" chiedo, slacciando la cintura o per balzare fuori dal pick-up e scappare – visto che Natalie mi ha messo in guardia sui rischi dell'andare in giro in macchina in campagna con potenziali serial killer – oppure per mettermi sul suo grembo. Ancora non riesco a decidere tra le due.

"Vuoi provare l'esperienza di strusciarti addosso a qualcuno; quindi mettiti a cavalcioni sulle mie cosce".

Oh!

"Pensavo avessi detto…"

"Ho cambiato idea".

D'accordo.

Con qualche manovra, raggiungo l'altro lato del sedile e poi mi aggrappo alle sue spalle, sollevandomi sulle sue gambe. Con i palmi mi afferra i fianchi mentre mi posiziono sopra di lui.

"Ma sei sicura di volerlo ancora provare?" chiede, con il viso a giusto pochi centimetri dal mio.

"Sì". Annuisco con sicurezza perché non abbia ripensamenti. "Sono venuta solo con la mia mano; quindi mi piacerebbe sapere cosa si prova con un'altra persona".

"Ci sono un paio di posizioni differenti per farlo, ma questa ti permetterà di assumere il controllo sulla pressione e la velocità",

"Ok…" Affondo le dita nelle sue spalle, sentendomi nervosa per la vicinanza; eppure, non ci siamo baciati. "Quindi cosa faccio, adesso?"

Mi stringe i fianchi con le mani e mi spinge verso il basso sulla sua erezione. Deglutisco con forza per quanto è bello sentirla contro il nucleo.

"Muoviti sopra di me. Usa il mio uccello come vibratore e strofinaci sopra la passera finché non raggiungi l'orgasmo".

Porca troia!

Avrei dovuto rifletterci sopra, prima di suggerire di farlo; però adesso sono qui ed è troppo tardi per tirarmi indietro. E poi, voglio sentirlo vicino a me e vivere quest'esperienza insieme a lui.

Devo soltanto superare la mia paura di sembrargli troppo inesperta.

Solleva leggermente il bacino, incoraggiandomi a muovermi.

"Hai intenzione di fissarmi in quel modo per tutto il tempo?" chiedo nervosamente.

"Non se tu non vuoi che lo faccia. Posso baciarti il collo, se preferisci".

Ehm... sì! Non sapevo che fosse un'opzione.

"Sì, direi che sarebbe bello..." rispondo balbettando.

Il suo corpo si muove sotto il mio mentre mi attira più vicina e sospira dolcemente sotto il mio orecchio. Poi preme le labbra in quel punto e succhia piano. Inclino la testa di lato, dandogli più accesso perché possa spostare la bocca ovunque.

"Ce l'ho talmente duro che fa male, Harlow. Ho bisogno che inizi a muoverti, ok?"

Annuisco, cercando di costringermi a rimanere concentrata su ciò che dovrei fare, però è terribilmente difficile quando ce l'ho così vicino e bacia zone sensibili della mia pelle.

"È molto più piacevole di quando uso le mie dita", confesso in un sussurro quando troviamo un ritmo. Avvolgo i palmi delle mani attorno al suo corpo per stabilizzarmi.

"È fenomenale, cazzo..." Geme, con il viso affondato nel mio collo. "Stai andando benissimo, Harlow".

"Davvero?"

Rilascia un altro gemito gutturale, e mi chiedo se gli manchi poco.

"Sì, è fottutamente perfetto", risponde. "Continua finché non trovi sollievo. Strusciati su di me con la forza o la velocità di cui hai bisogno".

Mi si rigirano gli occhi per il piacere che mi fa provare la pressione sul clitoride. La sua stretta salda sui fianchi mentre ci muoviamo avanti e indietro l'una contro l'altro, i nostri gemiti condivisi che riecheggiano tra di noi e il modo in cui il mio seno preme sul suo petto fanno incendiare ogni centimetro del mio corpo. Sto bruciando di desiderio, ed è solo questione di secondi prima che venga sopra di lui.

Passa da un lato del mio collo all'altro, ma, per qualche ragione, supera la bocca. Non so se lo faccia perché sa che non ho mai baciato un ragazzo, però sono quasi sul punto di implorarlo di farlo una volta per tutte.

Eddai, poni fine al mio tormento!

Tanto non è una cosa che voglio condividere con qualcun altro.

"Waylon…" mormoro il suo nome con disperazione. "Toccami… ti prego".

"Dove?"

Mi tiro indietro all'ultimo secondo. "Le tette. Sotto la maglietta".

Si ritrae leggermente finché non c'è abbastanza spazio tra di noi per afferrare l'orlo della maglietta e sfilarla da sopra la testa, lasciandomi con solo il reggiseno addosso.

"Cazzo…" Sussurra la parola come una preghiera. "Sei davvero mozzafiato".

"Baciami lì", lo imploro.

Mi palpa i seni, spingendoli verso l'alto, poi ci fa scorrere sopra la lingua. Traccia una scia di baci delicati nel mezzo e poi succhia un capezzolo da sopra il tessuto.

"Oh, mio Dio, è…" Getto indietro la testa, e lui fa la stessa cosa con l'altro.

Chi lo sapeva che farsi succhiare e toccare i capezzoli potesse essere così piacevole?

"Mmh, piccola… continua a cavalcarmi. Non fermarti".

Cazzo, ha di nuovo sparato quella parola, consapevole che mi avrebbe spinta giù dal precipizio.

Riesco a divaricare le gambe per abbassarmi ulteriormente sulla sua erezione e strofino il clitoride il più veloce che posso contro l'asta.

"Brava bambolina, proprio così". Le sue parole escono ovattate mentre bacia e succhia, ma sono proprio quelle due parole – *brava bambolina* – che mi fanno schizzare verso l'alto come un razzo.

Affondo le dita nei muscoli della sua spalla mentre le mie gambe si irrigidiscono e ondate di piacere mi travolgono. Dei brividi mi corrono giù per la schiena, le cosce tremano e i miei polmoni bruciano per la mancanza d'aria. Inspirando violentemente, gemo con la sensazione che esplode come fuochi d'artificio finché, pochi secondi dopo, non sento del liquido accumularsi tra le cosce.

"Waylon…" pronuncio il suo nome in un sussurro, soddisfatta ed esausta. "È stata la cosa più intensa che abbia mai provato". Si ritrae, e rido nel vedere quanto sono gonfie le sue labbra. "Adesso ho il petto arrossato?" chiedo, spezzando il silenzio.

"Mmm-mmh, anche il collo. Non mi scioccherebbe se ti restasse qualche succhiotto".

Faccio schizzare una mano verso l'alto, coprendo il punto dove lui ha posato la bocca. "Hai succhiato così forte?"

"Francamente, non ci vuole molto per una persona a cui spuntano lividi facilmente".

"Ehi, prendo integratori di vitamina K da quasi due mesi".

Ridacchia. "Lo so, però serve più tempo perché abbiano effetto".

Aggrotto le sopracciglia, cercando di ricordarmi quando gli ho detto che li sto prendendo. Sono piuttosto sicura di non avergliene parlato, ma, se lo sapeva, devo averlo fatto.

Waylon mi passa la mia maglietta e io mi sposto di nuovo sul sedile accanto al suo.

"Aspetta…" dico dopo averla infilata da sopra la testa, abbassando lo sguardo sul suo pacco. "Tu non hai finito?"

"Ehm, no. Verrebbe fuori un casino molto appiccicoso, e mancano ancora dieci minuti di macchina per il ranch".

"Waylon! Ma non ti fa male, quando ce l'hai così duro?" Non riesco a smettere di guardare quanto è grosso il rigonfiamento nei suoi jeans, pensando a quanto soffrirà.

"Sì, non è la sensazione migliore del mondo, però sopravviverò. Me ne occuperò quando arriverò a casa".

"Perché non lo fai fare a me, invece?" Avvicino una mano alla sua zip, però mi ferma subito. "Puoi insegnarmi come si fa".

"Harlow, non sei costretta…"

"Però voglio imparare… Non è per questo che sei il mio *insegnante*?" gli ricordo giocosamente. "A meno che tu non voglia farmelo fare con una banana. Credo che l'atto reale aiuterebbe entrambi".

Si affonda una mano tra i capelli e si gratta la cute come se stesse lottando con se stesso. "Cazzo, è difficile dirti di no quando mi guardi con quegli occhioni verdi".

La sua confessione, con voce tirata e colma di desiderio, mi strappa una risata.

"Ma davvero? Comincerò a sfruttare la cosa a mio vantaggio", ironizzo.

"Tanto non ti dico mai di no comunque".

Mi si surriscaldano le guance, perché è proprio vero: Waylon ha accettato tutte le cose pazze che gli che ho proposto.

"Ok, allora comincia a dirmi che cosa devo fare". Indico con un cenno del capo il suo inguine.

"D'accordo". Si mette comodo sul sedile, divaricando le gambe. "Con cautela… abbassa la zip e sbottona i jeans. C'è un'apertura nelle mutande da cui puoi tirare fuori il cazzo".

Giro il mio corpo verso di lui e faccio esattamente come dice, ma, non appena sento quanto è morbida l'asta contro il mio palmo, mi viene l'acquolina in bocca e provo il desiderio di assaggiarlo.

"Wow… quanto è liscio!" Muovo la mano su e giù proprio come mi ha insegnato lui durante la nostra videochiamata.

"Fai scivolare la lingua dalla base fino alla punta e poi faccela roteare attorno. Dopodiché, quando ti senti a tuo agio, muovi la bocca su e giù sull'erezione".

È più facile di quanto pensassi perché, una volta che ci ho preso la mano, non mi servono le sue istruzioni.

Ci sputo sopra prima di prenderlo di nuovo in bocca.

"Cristo santo, piccola! Lo stai facendo in modo incredibile". Le sue parole sono tese, tra un gemito ansimante e l'altro. Si avvolge le ciocche dei miei capelli attorno al palmo per tenerli lontani dalla mia faccia. Usa la stretta salda alla base della mia testa per muovermi la bocca su e giù nel modo che piace a lui.

"Vuoi provare ad andare più in profondità?" chiede con voce roca. "Soltanto se sei pronta".

"Mmm-mmh", mormoro attorno all'erezione, annuendo.

"Ok, toccami la coscia se diventa troppo. D'accordo?" Annuisco di nuovo. "Prima di tutto, ho bisogno che rilassi la mandibola. Più i muscoli della bocca sono distesi, più a fondo riuscirai a prenderlo senza farti del male".

Cerco di ridurre la tensione nel viso, rilassandolo finché lui non è convinto che riuscirò a scivolare ancora più in profondità.

"Cazzo, che brava bambolina! Proprio così, tesoro". Lentamente, mi spinge un altro po' più in giù. "Sentire la tua gola è una sensazione terribilmente piacevole".

Non mi tiene in quella posizione a lungo prima di tirarmi di nuovo su.

"Mi manca pochissimo. Continua a succhiarlo e poi ti faccio sapere quando puoi sollevarti".

Grugnisco un no e scuoto la testa.

"Non sei costretta a ingoiare, Harlow".

Irrigidisco la bocca attorno a lui, svuotando le guance perché sappia che farò le cose a modo mio. Voglio l'esperienza completa.

"Merda, ok… Ci sono quasi. Non fermarti!"

Quando la sua mano mi stringe più forte i capelli, so che sta per venirmi in bocca.

"Oh, cazzo! Sto…" Il suo corpo intero smette di muoversi e poi li sento: spruzzi caldi e appiccicosi sulla lingua.

Non appena espira con un gemito soddisfatto, faccio scivolare via la bocca dal suo uccello, ma mi assicuro di portare con me tutto lo sperma.

"Non posso crederci che l'hai fatto". Mettendomi seduta, mi assicuro che mi veda ingoiare. "E non posso crederci che hai fatto *quello*". Le sue sopracciglia schizzano in aria come se fosse colpito.

Siamo in due, però io non riesco *assolutamente* a credere al fatto che sia successo prima di baciarci sulla bocca.

"È stato molto divertente", gli dico alla fine. "Onestamente mi sorprende che mi abbia eccitata così tanto sapere quanto fossi arrapato".

Avevo sempre pensato che sarebbe stato impossibile farlo entrare nella mia bocca e che sarei morta soffocata. Però adesso ho sviluppato una dipendenza alle sue reazioni e voglio disperatamente sentirlo lodarmi per aver fatto un buon lavoro.

Si sistema i jeans, infilandolo di nuovo nelle mutande. "È quello che dovrebbe succedere, soprattutto con qualcuno di cui ti fidi".

"Nel caso te lo stessi chiedendo, lo sperma ha una consistenza strana ed è un pochino amaro e salato".

Waylon scoppia a ridere. "Sì, così ho sentito".

"Le ragazze non hanno quel sapore, vero?"

"No, neanche lontanamente".

"L'ho sentito prima, quando sono venuta… Quasi come se mi fossi fatta un po' di pipì addosso".

"È comune. Alcune ragazze possono squirtare, facendo un casino pazzesco".

"Cosa vuol dire *squirtare*? Cioè, cosa succede?"

"È quasi tipo… una cascata, diciamo".

"Una cascata? Mi stai prendendo per il culo".

"No, lo giuro!" Solleva le mani in segno di finta resa. "Ci sono diversi studi e articoli che spiegano come farlo".

"Wow, altre cose che devo ricercare e studiare".

"È più semplice con le dita e la stimolazione del clitoride".

"Davvero?" Inarco un sopracciglio. "Quindi hai fatto squirtare qualche ragazza?"

"Ehm, vuoi che ti risponda?"

"Sarò anche vergine, però sono ben consapevole del fatto che tu non lo sei. So che sei entrato in intimità con altre donne".

"Non ti dà fastidio?"

"Perché dovrebbe?"

Fa spallucce, distogliendo lo sguardo, e mi domando se forse era la cosa sbagliata da dire. Immagino che la maggior parte delle persone non vorrebbe sentire storie sui partner precedenti della persona per cui provano qualcosa, ma io non ho alcun diritto di arrabbiarmi per cose successe ancora prima che cominciassimo a parlarci o frequentarci.

"Non mi dà fastidio perché è roba del passato. Sarebbe diverso se stessi facendo da insegnante a me e altre tre ragazze contemporaneamente".

"*Tre?*" Sbuffa con una risata.

"È giusto per dire! E te l'ho chiesto soltanto perché voglio che provi a farlo con me".

"Vuoi che te la lecchi?"

"Solo se lo vuoi. Sarebbe bello fare l'esperienza con qualcuno che sa cosa sta facendo. Come hai detto tu, è importante avere il partner giusto che possa renderlo piacevole".

"Giusto, l'ho detto". Si gratta la guancia.

"Non sei costretto a farlo, se ti mette a disagio", gli dico. "Ti è concesso dirmi di no, comunque". Ridacchio, nella speranza di spezzare la tensione che c'è tra di noi.

"Il fatto non è che non voglio farlo, Harlow… Fidati, non ho pensato ad altro che a farti venire sulla mia lingua".

"Oh…" La sua schietta confessione mi fa arrossire.

"Ma, prima di proseguire, credo sia giunto il momento di dover parlare chiaramente".

Leccandomi il labbro inferiore, lo risucchio tra i denti e trattengo il fiato mentre aspetto con ansia le sue prossime parole.

"Ok…"

"Ti voglio". I suoi occhi azzurri trovano i miei. "Come più di un'amica. Ti voglio tutta per me. E so che il fatto che sei la sorella di Delilah e molto più giovane di me potrebbe causare problemi, ma non potevo lasciare che passasse un altro secondo senza dirti cosa provo".

Deglutisco con forza, cercando di risucchiare più aria possibile, ma tutto il sangue mi defluisce dal viso e poi mi viene un capogiro.

"Harlow?" Prego affinché la mia testa riesca a recuperare le sue facoltà, così da consentirmi di dire la cosa giusta, ma il tempo passa senza che spiccichi parola, e la situazione si fa sempre più imbarazzante. "Stai bene?" mi chiede.

Finalmente, riesco a dissipare la nebbia sbattendo le palpebre e scuoto la testa.

"S-Scusami. Tu… Io…" Deglutisco di nuovo perché mi si è

seccata la gola. "Non me l'aspettavo e sto cercando le parole giuste da dire".

Abbassa lo sguardo come se si aspettasse qualcosa di brutto. "Dimmi qualunque cosa pensi".

"Penso che… potresti avere molto di meglio".

Inclina la testa, assottigliando gli occhi mentre incrociano i miei. "Perché dovresti pensarlo?"

"Ho una cotta per te da tempo, ma una di quelle cotte che qualcuno ha per un cantante famoso, non per qualcuno a portata di mano e che potrebbe ricambiare tali sentimenti. Tu hai molto più da offrire di quanto io potrei mai darti in cambio".

"Non sono d'accordo. Ma non sapevi di piacermi?"

"Cioè, Natalie ha suggerito che potesse essere così, però le ho detto che si sbagliava. Pensavo che volessi soltanto essere utile e amichevole".

L'angolo delle sue labbra si solleva dal divertimento. "Natalie non si sbagliava. Anche se volevo essere utile, di solito non sono così tanto *amichevole* con le ragazze che non mi piacciono".

"Accidenti, le piacerà tantissimo rinfacciarmelo". Rido, poi gli faccio la domanda da un milione di dollari: "Perché non mi hai baciata?"

"Stavo cercando di non superare il confine tra insegnarti quello che mi chiedevi e rendere il nostro rapporto più intimo così come accade in una coppia", spiega. "E non volevo neanche rubare il tuo primo bacio, se tu non provavi gli stessi sentimenti per me".

"Provo sentimenti *solo* per te… tipo… una marea", ammetto timidamente.

Butta fuori un sospiro di sollievo, sorridendo. "Bene… allora torna sul mio grembo, così posso baciarti come meriti".

Capitolo Ventiquattro

Waylon

Finalmente il peso dell'incertezza si solleva dalle mie spalle; così, non appena Harlow si siede sul mio grembo, la attiro a me senza esitazione.

"Sei davvero bellissima e perfetta", sospiro, accarezzandole la guancia col pollice.

"Avrei qualcosa da ridire sul fatto che sono perfetta", ribatte, impertinente.

"Perfetta per *me*", specifico, scostando le ciocche ribelli di capelli dietro il suo orecchio. "Hai bisogno che ti guidi durante il bacio?"

Sto scherzando solo in parte, però voglio che per lei sia una bella esperienza e assicurarmi che sia a suo agio anche se, a questo punto, abbiamo fatto molto più che baciarci.

"Credo che me la caverò. Tu prendi il comando e io ti seguo", dice con sicurezza.

Lentamente, mi avvicino senza però toccarla. Faccio scivolare una mano attorno al suo collo e più su tra i capelli. Premendo la mia fronte alla sua, inalo il suo profumo e la respiro a pieni polmoni.

Il suo petto preme contro il mio a ogni profonda ispirazione, e so che sta aspettando con ansia.

"Harlow…" Pronuncio dolcemente il suo nome, sperando che questo le calmi i nervi. "Abbracciami".

Fa scivolare le mani lungo le mie spalle e attorno alla testa, poi intreccia le dita tra i miei capelli.

Adoro sentire le sue mani addosso, che mi toccano, che mi desiderano tanto quanto io desidero lei.

I nostri respiri si mescolano finché non le inclino la testa all'indietro e poi faccio scorrere le mie labbra fino alle sue, così morbide. Mi muovo su di lei, all'inizio lentamente; poi lei ricambia il bacio con fervore.

Quando faccio scivolare la lingua nella sua bocca, lei la massaggia con la sua e troviamo presto un ritmo. Stringo la presa su di lei, poi sollevo il bacino per farle sentire quanto me l'ha fatto venire duro *di nuovo*.

"Sì…" Geme mentre si strofina contro di me. "Con i baci, strusciarsi è perfino meglio".

Ridacchio piano, stuzzicandole il labbro inferiore tra i denti prima di baciarla con più trasporto.

"Vuoi che ti massaggi il clitoride?" chiedo.

Più si sfrega sopra di me, più diventa difficile trattenermi dal venire nei jeans.

"Puoi farlo in questa posizione?"

"Stai dubitando di me?" ironizzo, abbassando la mano fino al bottone dei suoi jeans.

"Mai…" Ansima, quasi nervosamente.

"Se vuoi che mi fermi, ti basta dirmelo, ok?" Annuisce. "Sollevati leggermente, così posso afferrare la zip", le ordino.

Si regge alle mie braccia mentre si tira su con le ginocchia, dandomi maggiore accesso per farle abbassare i jeans. Faccio scivolare un dito in modo provocante sulla parte alta delle mutandine e osservo la sua reazione.

"Va tutto bene?"

"È come se ogni nervo del mio corpo stesse andando a fuoco", ammette, arrossendo. "Continua. Voglio che mi tocchi".

Faccio roteare il polso mentre abbasso la mano e poi premo il polpastrello del pollice sul clitoride. Mentre lo massaggio con movimenti circolari, il suo respiro si fa più rapido e le si chiudono gli occhi.

Con la mano libera, le afferro il mento e riporto la sua bocca sulla mia per mandare in cortocircuito i suoi sensi finché non verrà sul mio grembo.

"Waylon…" Mentre la pressione si accumula lei smania, desiderando di più.

"Ci sono qui io, tesoro… Puoi lasciarti andare".

"Ci sto provando. Mi manca pochissimo".

Portando le labbra al suo collo, la bacio e succhio sotto l'orecchio.

"Ecco la mia brava bambolina, piccola. Cavalcami mentre ti tocco la figa".

Ho imparato presto che le piace tantissimo quando le dico zozzerie e che la aiutano a raggiungere facilmente l'apice.

"È così diverso quando lo fai tu!" dice tra un respiro profondo e l'altro.

"Diverso in senso negativo?"

"No, decisamente no… La pressione è incredibile".

"Cazzo, il tuo clitoride ha un bisogno così disperato di attenzioni! Non vedo l'ora di assaggiarlo".

Affonda le unghie nella mia pelle mentre muove il bacino insieme al mio.

"Ficcamele dentro. Le dita. *Ti prego*", mi implora, e quasi non capisco la sua supplica disperata.

Ruotando di nuovo il polso, muovo lentamente due dita sino alla fessura.

"Preparati, Harlow. Sarà stretta e potresti sentire una certa pressione".

"Non mi importa… Voglio soltanto sentirti lì dentro".

Cazzo!

Mi sto impegnando tantissimo per andarci piano ed essere delicato con lei, però è così impaziente di provare tutto quanto in una sola volta.

"Non voglio farti del male".

"Sono bagnatissima, scivoleranno dentro senza problemi".

Sentirla così sicura mi strappa quasi una risatina perché, anche se è eccitata, nessuno le ha mai messo qualcosa dentro.

"Dimmelo se ti fa male", le ricordo, facendo scivolare due dita tra le pieghe prima di entrare lentamente.

Il suo corpo si irrigidisce, e faccio del mio meglio per infilarle e sfilarle con cautela.

"Va tutto bene?"

"Sì… è *perfetto*", mormora.

Porto di nuovo le mie labbra alle sue in modo che si rilassi e, quando finalmente lo fa, mi spingo più in profondità.

"Così com'è?"

"Puoi andare più veloce".

Faccio come dice e aumento il ritmo, fottendola rapidamente e in profondità con le dita.

"Oh, mio Dio, è bellissimo… Non fermarti".

"Cazzo, sei bagnatissima per me, piccola! Vuoi venire sulle mie dita?"

"Sì, manca pochissimo… Sto…"

La testa le ricade all'indietro tra le spalle, con il corpo che trema, mentre gemiti frenetici riecheggiano attorno a noi e capisco che ce l'ha fatta: si sta godendo il primo orgasmo procurato da qualcuno che non è lei stessa.

"Porca puttana!" Pronuncia tali parole con un sorriso appagato.

Porto la mano al viso e sollevo due dita prima di infilarmele in bocca.

"Che sapore ho?" chiede, osservandomi intensamente.

"Dolce… come frutta".

"Non ci credo".

Dopo aver pulito le dita, porto le labbra alle sue e ci faccio passare dentro la lingua, così che possa assaggiare.

"Sai della mia fragola *preferita*".

"Mi piace sentire il mio sapore su di te. Magari la prossima volta dovrei sputarti il tuo sperma in bocca, così puoi provarlo".

Inarco un sopracciglio, domandandomi da dove diamine le sia uscita questa.

"Per caso hai un kink per lo sputo che sto scoprendo soltanto adesso?"

Fa una risatina mentre stringe la presa attorno al mio collo e mi bacia di nuovo.

"Non sei l'unico che può insegnare qualcosa".

"Su questa ci ritorniamo più avanti". Sorrido sulle sue labbra.

"Mmh. Però sto anche imparando che mi piace davvero tanto baciarti".

"Mi fa piacere saperlo, perché non credo che sarei riuscito ad andare avanti un altro singolo giorno senza farlo".

"Sono brava?" Si ritrae. "Puoi essere onesto".

"Harlow…" Rido prima di continuare: "Non hai nulla di cui preoccuparti. Tutto ciò che abbiamo fatto è stato meglio di qualunque altra mia esperienza".

"Posso farti una domanda?"

"Ormai la risposta dovresti saperla", le dico, ironico. "Però sì, fai pure".

"Se ormai è da tempo che ti piaccio, perché hai accettato di insegnarmi cose sul sesso e gli orgasmi quando sapevi che mi servivano per poter trovare qualcuno su quell'app di incontri?"

"Perché non volevo che te lo insegnasse qualcun altro. Volevo che facessi quelle esperienze soltanto con me".

"Ok, mi pare giusto". Si lecca le labbra. "Diciamo che ho smesso di provare a incontrare qualcuno perché preferisco di gran lunga passare il tempo con te".

"Possiamo affermare con certezza che non avrai un secondo appuntamento con Ethan?"

Fa una risata nasale. "Emery, e decisamente no. Era piuttosto strano e fin troppo invadente".

"Invadente in che senso?"

"Ha passato tutto il tempo a chiedere di me, senza dire granché su se stesso, e voleva conoscere una marea di dettagli personali".

Sollevo le sopracciglia, preoccupato. "Spero che tu non gli abbia detto dove vivi".

"No, però mi ha chiesto dove lavoro".

"Harlow…" Sospiro. "Che senso ha incontrare qualcuno in un luogo pubblico, se poi tanto gli dici come trovarti in seguito?"

"Pensavo fosse una domanda innocente… Mi è sembrato un ragazzo normale".

"Lo sembrano tutti, finché non ti danno la caccia come se fossi una preda".

"Adesso parli come Natalie. Mi fa condividere la posizione con lei perché legge una marea di romanzi horror sui serial killer. Oh, merda, a proposito…" Afferra la borsa e tira fuori il telefono. "Se mi sta guardando adesso, starà dando di matto perché sono ferma qui, nel bel mezzo del nulla, da mezz'ora".

"Mi sa che questa Natalie potrebbe piacermi…"

"Ne sono sicura", dice ironica, controllando i messaggi. "Sì. Diciassette messaggi in cui mi chiede se sono viva".

"Però mi fa piacere sapere che tiene a te".

"Oh, no…" Sbarra gli occhi.

"Cosa?"

"Ha chiamato lo sceriffo e gli ha dato la nostra posizione".

"Oh, merda! È meglio se andiamo".

Quando guardo nello specchietto retrovisore, mi rendo conto che è troppo tardi. Ha parcheggiato dietro di noi.

"Cazzo, è meglio se ti sposti". La aiuto a spostarsi accanto a me, ma poi mi rendo conto che ha ancora i pantaloni aperti. "Abbottonati i jeans".

Poi mi affanno a sistemarmi e nascondere l'erezione.

Un attimo dopo, si sente un leggero colpo sul finestrino e vedo uno sceriffo arrabbiato con un telefono all'orecchio.

"Ehilà, sceriffo Wagner", dico dopo aver abbassato il finestrino. "Oggi è una bella giornata, vero?"

"Sì, signorina Rhodes, li vedo". Parla nel telefono, con il tono carico di fastidio mentre mi guarda in cagnesco. "È viva, non è stata uccisa". Sposta lo sguardo su Harlow. "A me sembra stare bene. A giudicare dalle loro espressioni, ho interrotto qualcosa".

E poi si sente un forte strillo dall'altoparlante del telefono, "Lo sapevo!"

"Oh, mio Dio!" mormora Harlow, sbattendosi il palmo sulla fronte. "Mi dispiace tantissimo".

Lo sceriffo ignora le sue scuse mentre allontana il telefono dall'orecchio e chiude la chiamata con fare drammatico.

"Signor Hollis…" Il suo sguardo pungente mi mette a disagio. "Signorina Fanning".

"Stavamo soltanto…"

"Risparmiatevelo". Solleva una mano. "Vi incoraggio *vivamente* ad andarvene perché, se mi costringete a lavorare su altre scartoffie durante il mio *giorno libero*, mi arrabbio".

"Sì, signore". Abbasso il volante e poi tiro la leva per sollevare il sedile. "Ce ne andiamo subito".

Dallo specchietto laterale lo guardo mentre ritorna alla sua macchina, scuotendo la testa. Dopo aver allacciato la cintura, metto la freccia per tornare sulla strada e mi avvio verso il ranch.

"Porca miseria, che paura che mi fa!"

Ridacchio. "È tutto fumo e niente arrosto".

"Non posso crederci che Natalie l'ha chiamato e l'ha costretto a cercarmi. Mi ucciderà per averla fatta preoccupare".

"Meglio se le scrivi che eri *troppo occupata* per rispondere". Faccio un sorrisetto.

"Ecco, vedi… Quello sarà l'unico argomento della conversazione del prossimo giovedì sera, quando esigerà un resoconto dettagliato di ciò che è successo".

"Non… *tutto* quello che è successo, giusto?" Fa spallucce con innocenza. "Che cosa le hai detto fino ad ora?" Serra le labbra, poi finge di chiuderle a chiave. "Beh, non è giusto… Io a chi dovrei dirlo?" La sto soltanto prendendo in giro, perché non rivelerei mai dettagli intimi a qualcun altro.

"Al tuo fratello gemello".

Sbuffo. "È la rana dalla bocca grande peggiore che conosca e, a meno che tu non voglia che tua sorella lo scopra da lui, non posso dirgli un cazzo".

Anche se lui sospetta già che ci sia qualcosa tra di noi, non devo ancora confermare niente.

"È vero, però prima o poi dovrò dirlo a Natalie".

Allungo la mano, intrecciando le mie dita alle sue. "Lo so. Possiamo farlo insieme, se vuoi".

"Sì, magari. Però credo che sarà felice per noi. Almeno lo spero".

"Per te, forse. Ho l'impressione che vorrà spaccarmi il culo".

"Beh, potrebbe essere il tuo prezzo da pagare se vuoi stare con me", dice beffarda.

Sollevo la sua mano e le bacio le nocche. "In quel caso, le permetterò di tirarmi qualche bel pugno prima di dire a Wilder di tenerla ferma".

"Che dolce!" Fa una risatina. "Però mi sa che dovrai dirlo prima a mio padre".

Capitolo Venticinque

Harlow

Dopo che Natalie mi ha maledetto a non finire per aver ignorato i suoi messaggi e mi ha ricordato che i giri in macchina in campagna sono il territorio dei serial killer, mi fa raccontare ogni minimo dettaglio durante la nostra videochiamata del giovedì sera successivo… In realtà i dettagli li ho saltati, ma non c'è bisogno che lei lo sappia. Le è piaciuto vantarsi del fatto che lei *lo sapeva*. Dopo che lo sceriffo ci ha beccati, le ho scritto e l'ho ringraziata per averlo mandato così *gentilmente* a interromperci, però apprezzo che fosse preoccupata per me.

Ma poi mio padre l'ha scoperto ed è stato ben poco felice. La moglie dello sceriffo lavora nello stesso ospedale di mia madre e gliel'ha detto, e poi lei lo ha raccontato a papà.

Anche se sono un'adulta, lui mi vedrà sempre come una bambina. Non è abituato a vedermi interessata a uscire con qualcuno o a stare fuori fino a tardi. Anche se va a letto presto, si sveglia spesso dolorante un paio di volte durante la notte e dunque, quando sono entrata quatta quatta in casa dopo mezzanotte, per lui è stato inusuale vedermi tornare dopo una serata fuori passata con Waylon.

Non è tanto il fatto che lui prima stava con Delilah; i miei genitori sono soprattutto preoccupati che sia troppo vecchio per me e che mi spinga a sposarlo e ad avere bambini prima che io sia pronta. Però lui non è una persona così pressante; considerando il fatto che rispetta i paletti che metto e chiede sempre se mi sento a mio agio nel fare certe cose, non è tipo da comportarsi in quel modo.

Spero davvero che cambieranno idea sul suo conto dopo averlo conosciuto meglio e aver visto quanto sono felice e che non hanno nulla di cui preoccuparsi.

Adesso devo soltanto trovare un modo per dirlo a mia sorella prima che lo scopra da sola.

Ma quel giorno non sarà oggi, perché Waylon ha pianificato un intero sabato per portare me e mio padre in un prestigioso centro equestre per cavalieri d'élite, a un'ora e mezza di distanza. Waylon ha acquistato un supporto per il retro del suo pick-up, in modo da poterci accompagnare in giro e assicurarsi che mio padre abbia tutto ciò che gli serve.

Ci è voluto un po' per convincere papà ad accettare di venire con noi, ma dopo che mamma gli ha parlato ha cambiato idea. So che per lui non è facile a causa dell'ansia e del dolore cronico, però spero che portarlo fuori casa faccia bene alla sua salute mentale.

Ultimamente sta vivendo un periodo più difficile, e credo che in parte sia dovuto al fatto che siamo nel bel mezzo della stagione invernale; però questo posto ha delle salette riscaldate per poter osservare in tutta comodità l'arena. Come se non bastasse, ogni zona è accessibile ai disabili; quindi non dovrebbe avere alcun problema a usare la carrozzina elettrica.

Sono emozionatissima di poter vedere le esibizioni di salto ostacoli. Sono professionisti che cavalcano da due decenni, se non di più, e fanno percorsi impegnativi e salti alti.

Alle dieci, io sono pronta per uscire e sto aspettando in soggiorno che papà abbia finito. Mentre cazzeggio al telefono, mi ricordo che devo eliminare l'app CowboyMatch. Ma prima devo cancellare il mio profilo.

Solo che, quando controllo i messaggi più recenti, ne vedo uno non letto da parte di Emery. So cosa significa essere piantati in asso e ghostati; quindi vorrei fargli la cortesia di dirgli che non sono più interessata.

EMERY

> Ehi, splendore, speravo che potessimo organizzare un secondo appuntamento. Sabato sei impegnata?

L'ha mandato tre giorni fa.

HARLOW

> Ciao, Emery. Mi dispiace tantissimo di non averti risposto prima. Onestamente, ho dimenticato di controllare i messaggi sull'app. In realtà, al momento mi sto vedendo con una persona e cancellerò il mio profilo, però volevo dirtelo per non lasciarti in sospeso.

Credo che vada bene, giusto? Sono stata diretta e onesta, e, se dovesse arrabbiarsi, allora sarebbe un suo problema.

EMERY

> Oh, che peccato! Però apprezzo che tu me l'abbia detto. Magari qualche volta ci vediamo nel tuo negozio. Stammi bene!

Prima che possa rispondere, il suo profilo sparisce.
Mi ha appena bloccata?
Che strano!
Cancello il mio profilo e poi elimino l'applicazione.

WAYLON

> Sto arrivando, piccola. Sarò lì tra 15 minuti.

Non mi stancherò mai di farmi chiamare così.

Di persona, quando le sue mani mi toccano dappertutto, o quando siamo in videochiamata a chiacchierare tranquillamente della nostra giornata o per messaggio. Mi fa venire le farfalle nello stomaco nel giro di pochi secondi.

"Ehi, papi? Hai quasi finito?" gli chiedo dalla porta di camera sua. Quando non risponde nessuno, busso qualche volta e poi giro il pomello. "Papi?"

È seduto sul bordo del letto con il piede sul pavimento, ancora vestito con gli abiti da casa. Ha la testa china e sta scuotendo il moncone.

Entro e gli poso una mano sulla spalla. "Stai bene?"

Trasalisce al suono della mia voce, come se non mi avesse sentita chiamare il suo nome o bussare alla porta.

"Oh, ciao, tesoro". Mi guarda con occhi tristi, e noto la sua espressione. "Mi dispiace. Non credo di poter venire, oggi".

"Non vuoi uscire di casa e vedere dei cavalli?" chiedo dolcemente.

"Oggi il dolore è terribile. I cambiamenti del tempo mi stanno dando fastidio e lo stanno peggiorando".

Le temperature sono state molto variabili nelle ultime due settimane. Un giorno si toccano i due gradi e quello dopo si arriva ai quindici. Non è ideale per chi soffre di dolore cronico.

"C'è qualcosa che posso fare?" chiedo, consapevole che non c'è; però glielo chiedo comunque.

Mi dispiace che non possa venire, però capisco.

"No, no. Tu e Waylon andate a divertirvi. Io mi prendo un sonnifero e mi stendo".

"Per favore, stai attento con quella roba", gli ricordo.

È davvero brutto che debba dipendere dai farmaci per riuscire a dormire, quando soffre, però mi preoccupo principalmente quando il dolore è così intenso e lui ne prende troppi.

"Non preoccuparti per me. Mamma sarà a casa tra un'ora".

Dato che oggi lei non lavora, è andata a fare la spesa e a prendergli le medicine per il mese in farmacia.

"Io e Waylon possiamo aspettare finché non arriva", gli dico.

"Ok, tesoro".

Lo bacio sulla guancia. "Ti voglio bene".

"Ti voglio bene anch'io".

Prima di chiudere la porta della camera, chiamo i due cani di mia madre per farli entrare. Adorano accoccolarsi sul letto insieme a lui, e mi dà un certo conforto sapere che non è solo.

Moose mi segue in camera mia e si siede sul letto con me mentre scrivo a Waylon.

HARLOW

> Ehi, cambio di programma. Oggi papà non riesce a venire. Sta soffrendo molto, quindi sta andando a letto. Mia madre è fuori a fare commissioni, così gli ho detto che avremmo aspettato finché non torna lei.

Può essere difficile per alcune persone che non convivono col dolore cronico o che non sono disabili – o non vivono con qualcuno che lo è – capire veramente che non è così facile come balzare in macchina e partire ogni volta che ci pare. Non ci si rende conto di quanto sia un privilegio avere libertà di movimento finché non ti viene portata via o non ci si accorge di quanti spazi pubblici non sono accessibile ai disabili. Tra papà che ha perso la gamba e io che le ho rotte entrambe un anno dopo, riesco a malapena a ricordare un periodo nella mia infanzia in cui non dovevamo pensarci due volte prima di uscire di casa e assicurarci che ci fosse una rampa per la carrozzina, un bagno accessibile e porte abbastanza larghe perché lui ci passasse.

Ci sono state numerose volte nel corso degli anni in cui siamo andati da qualche parte e abbiamo scoperto presto quanto inaccessibile fosse il luogo, nonostante affermassero il contrario: porte troppo piccole, spazi troppo stretti tra i tavoli e le sedie e soltanto uno o due parcheggi per i disabili. Credo che queste brutte esperienze abbiano aggravato la sua sensazione di essere un peso e alimentato la sua ansia fino al punto in cui ha smesso di voler uscire del tutto.

WAYLON

Nessun problema. Possiamo stare insieme finché
non si sveglia e poi vedere se gli va di fare un
gioco da tavolo o un puzzle. O perfino guardare
la TV.

HARLOW

Trascorreresti la tua unica giornata libera seduto a
casa mia a giocare?

WAYLON

Certo. Non mi viene in mente nient'altro che
preferirei fare.

Ah, quanto è dolce!

Quando arriva, cinque minuti dopo, mi getto tra le sue braccia e
lo bacio come se non ci fosse un domani.

"A cosa lo devo?" chiede quando finalmente lo faccio respirare.
"Non che mi stia lamentando, però avevo intenzione di limitare le
effusioni di fronte ai tuoi genitori".

Ridendo, lo prendo per mano e lo conduco nel corridoio in cui
teniamo i giochi. "Adesso ci siamo soltanto noi".

Quando apro l'armadio, spalanca gli occhi per la sorpresa.
"Wow, avete un sacco di opzioni!"

"Già, e probabilmente ti straccerei in quasi tutti".

"Oh, non sapevo che fossi una di quelli".

"Di quelli chi?"

"I fanatici dei giochi competitivi".

"Come, prego?" Gli do un colpo d'anca. "Era tutto ciò che
potevo fare quando avevo metà del corpo ingessato".

"D'accordo, hai ragione. Quindi a cosa vuoi giocare?"

"Sei tu l'ospite. Scegli tu".

Si avvicina, dando un'occhiata a tutti i giochi. "Questo non lo
faccio da anni, però ricordo che Noah provava sempre a barare".

Faccio un largo sorriso quando prende la scatola di Cluedo.
"Quello è uno dei miei preferiti. Ti *annienterò*".

"Mi sembri terribilmente sicura di te". Il suo tono canzonatorio mi strappa una risatina.

"Beh, giochiamo e vediamo come va".

"Stai barando!" esclamo quando Waylon rivela l'ultima carta tolta dalla busta.

Questa è la quarta partita di fila che ha vinto. O meglio, in cui ha *barato*.

Gli si increspano gli occhi ai lati mentre scoppia a ridere. "Come posso barare, quando tu sei proprio lì?"

"Perdonala. Da bambina la facevamo vincere così tanto che ora pensa che stiamo barando, se perde", dice mio padre, seduto accanto a me, schierandosi all'improvviso dalla parte di Waylon.

"Non mi *facevate* vincere!" ribatto. "Avevo un buon intuito!"

"Tesoro, dicevi quasi sempre la stessa persona", interviene mamma. "Quindi ci assicuravamo che quella carta fosse sempre nella busta, così che avessi più possibilità di indovinare".

Rimango a bocca aperta. "Mi state dicendo che mi avete fatto credere per sette anni che vincevo da sola?"

"Eri la piccola della famiglia, e ci sentivamo in colpa. Riuscivi a malapena a camminare", spiega mamma.

"Oddio! Erano vittorie per pietà? Non ci posso credere".

"Se può farti sentire meglio, io non ti lascerò mai vincere di proposito". Waylon fa un sorriso raggiante.

"Sai che ti dico?" Gli punto un dito contro. "Sei bandito dalla serata giochi".

"Accetta la sconfitta", dice papà. "Ti serve solo più pratica.

Lo fulmino con lo sguardo perché in parte è colpa sua se, a quanto pare, faccio schifo in questo gioco.

"Va bene". Faccio un sorriso forzato. "E Uno, invece? Mi facevate vincere a Uno?" Cala il silenzio. "Oh, mio Dio!" Getto in aria le braccia, incredula, e poi sbatto la fronte sul tavolo. "Sono un impostore".

"Possiamo giocare a Monopoly. Volevi giocarci raramente perché dura molto; quindi non finivamo quasi mai le partite", dice mamma.

Sollevo la testa e scoppio a ridere per l'intera situazione, con i miei che confessano che mi facevano vincere e Waylon qui da noi il sabato sera, a giocare a giochi da tavolo con la mia famiglia. E sembra che si stia divertendo sul serio.

"Con quello sei bravo?" gli chiedo, rivolgendogli uno sguardo scherzosamente minaccioso.

"Ci ho giocato giusto qualche volta al liceo; quindi saremo alla pari".

"D'accordo. Che la sfida abbia inizio!"

Mamma mette una pizza in forno mentre io e papà sistemiamo il tabellone. Decidiamo che lui farà la banca e poi io organizzo le carte. Vedere Waylon che legge le istruzioni mi strappa una risatina.

"Che c'è? Voglio assicurarmi di batterti onestamente".

"Molto spiritoso", lo sbeffeggio. "Spero che tu sia pronto a renderti ridicolo di fronte ai miei, quando vincerò io".

Mio padre si gira e guarda Waylon. "Adesso capisci perché la *facevamo* vincere".

Dopo tre ore – e tanti pagamenti versati a Waylon per le case e gli alberghi di sua proprietà – alla fine vado in bancarotta e devo arrendermi.

"Cos'è che dicevi sul fatto che mi sarei reso ridicolo?" Si mette una mano vicino all'orecchio, come se stesse aspettando che ammetta di essermi sbagliata.

"Sai, *gongolare* non è molto da gentiluomini".

Fa un sorrisetto, aiutando mia madre a riordinare il tavolo.

"Se vuoi, posso *insegnarti* a elaborare strategie migliori, così riuscirai a non perdere tutti i tuoi soldi prima di poter fare investimenti". Il modo in cui mette enfasi su quella parola, giocando sulla sottile allusione, mi fa stringere le gambe.

Ottima giocata, cowboy!

Alle sette, papà è pronto per andare a letto e mamma domattina ha un turno molto presto; quindi anche lei va a dormire.

"Sei stato gentile a restare", dice papà a Waylon, e mi batte forte il cuore per la felicità. Anche se la giornata di mio padre è cominciata male, penso che avere compagnia e potersi distrarre lo abbia aiutato a gestire il dolore.

"È stato un piacere, signore. Grazie per l'ospitalità".

Papà fa girare la carrozzina attorno al tavolo fino a raggiungermi. "Mi piace".

Non posso fare a meno di sorridere mentre guardo Waylon con la coda dell'occhio. "Già, piace anche a me".

"Adesso vedi di non farlo scappare con la tua competitività esagerata".

Alzo gli occhi al cielo. "E di chi sarebbe la colpa?"

Papà fa spallucce, ridacchiando. "È quello giusto per te. Non ti lascia vincere per pietà".

Non ha neanche provato a parlare a voce bassa e temo che Waylon abbia sentito tutto; però avere la sua approvazione mi riempie di orgoglio.

"Ti voglio bene, papi". Mi chino e lo bacio sulla guancia; poi lui si dirige verso la sua stanza.

Dopodiché, mamma ci dà la buonanotte e ringrazia Waylon per aver trascorso del tempo con loro.

"Grazie per la cena", dice lui.

Mamma arrossisce, liquidando il commento con un gesto della mano. "Oh, non è stato niente di che".

Fa il giro del tavolo e mi abbraccia, poi si china sul mio orecchio. "Divertiti. Non fare troppo tardi".

"Non lo farò. Ti voglio bene".

Quando non la vedo più, raggiungo Waylon e mi siedo sul suo grembo; poi premo le mie labbra sulle sue.

"Ha significato molto il fatto che sei rimasto e hai passato del tempo con noi".

"Mi sono divertito… soprattutto a farti il culo".

Gli do una gomitata al petto. "Ok, adesso puoi smettere di dirlo".

Ridacchia, afferrandomi il mento e attirandomi a sé per un altro bacio. "Ti farò sempre vincere per prima quando *giochiamo* in privato".

"Ma davvero? Mi sa che dovrai dimostrarmelo…"

Mi rivolge un sorrisetto spavaldo. "Portami in camera tua e lo farò".

"Con i miei in casa?" sussurro.

Non ho mai portato un ragazzo in camera mia, e non so cosa penserebbero se lo trovassero lì.

Si sporge verso di me e preme in modo seducente la bocca sul mio orecchio. "Dovrai fare poco rumore. Credi di poterci riuscire?"

Quando mi bacia il collo, inspiro violentemente per quanto è bello quando mi tocca. "Non è giusto".

"Non ti starai mica lamentando delle mie doti, vero?"

Assolutamente no.

Capitolo Ventisei

Waylon

Sono passati tre giorni dall'ultima volta che ho visto Harlow, e sono già in astinenza. Mai avrei pensato di essere quel tipo che vuole vedere una ragazza di continuo, ma quando siamo lontani mi manca da impazzire.

Ne sono ossessionato.

Tra i nostri impegni di lavoro e le volte in cui resta a casa con il padre, non siamo più riusciti a passare del tempo insieme. Però ci scriviamo durante la giornata ogni volta che possiamo.

Poi, di notte, ci videochiamiamo e io la guido per farle raggiungere l'orgasmo da sola… Però adesso non devo più trattenermi come facevo prima. Posso dirle tutti i modi zozzi in cui la toccherei e le darei piacere, se fossimo insieme.

HARLOW

A che ora dovrei venire stasera?

Dato che lavora solo fino alle quattro e ci sarà sua madre a casa, finalmente possiamo organizzare qualcosa.

WAYLON

Io sarò pronto per le 6? Vuoi uscire a mangiare qualcosa?

HARLOW

Certo, e poi possiamo tornare da te e puoi
mangiarmi per dessert.

Cristo santo!

WAYLON

Piccola! Non puoi dire queste cose mentre sto
lavorando.

HARLOW

Perché no?

WAYLON

È un pericolo per la sicurezza. Avrei potuto
schiantarmi contro qualcosa.

HARLOW

Adesso stai guidando?

WAYLON

No, sto per raggiungere il Lodge a piedi per fare
colazione con Wilder.

HARLOW

Quindi non dovrei dirti che stasera mi piacerebbe
avere la tua lingua tra le cosce? Per scopi
educativi...

WAYLON

Sto per mollare il lavoro e precipitarmi a casa tua
all'istante, se non la smetti di torturarmi.

E, visto che adora provocarmi, mi manda una foto a letto in cui
indossa soltanto le mutandine.

HARLOW

Le fragole per il dessert mi sembrano perfette, non
credi?

WAYLON

Cazzo, sì. Però adesso me ne andrò in giro tutto il giorno con l'uccello duro. Quindi grazie mille!

HARLOW

Se dovessi sentire il bisogno di occupartene prima del mio arrivo, mandami un video.

WAYLON

Mi stai uccidendo, donna.

HARLOW

Io te ne mando uno mio per farti vedere quanto sono bagnata anche solo pensando a te.

Porca troia!

WAYLON

Questo significa barare, se io non posso smettere quello che sto facendo per filmarne uno per te.

HARLOW

Barare… oppure sapere come vincere onestamente?

Aggiunge l'emoji del diavoletto.

Non riesco a trattenere un sorrisino di fronte alla sua natura competitiva, però la adoro anche per questo.

WAYLON

Funziona così, eh? Ok, tu aspetta e vedrai… Ti porterò al limite ancora e ancora finché non mi implorerai di farti venire. E perfino allora non ti lo lascerò venire finché non avrai ammesso la sconfitta.

HARLOW

Non succederà mai.

WAYLON

Questo lo vedremo, piccola.

"Smettila di fare sexting con la tua ragazza, altrimenti finisci contro qualche porta".

La voce di Wilder mi fa sussultare, e mi rendo conto di essere di fronte al Lodge.

"Tu smettila di leggere da sopra la mia spalla". Blocco il telefono e lo infilo in tasca.

"Quando lo dirai a Delilah?" chiede mentre entriamo.

"Quando Harlow sarà pronta".

Confessarlo a sua sorella non è l'unico peso che sento addosso in questo momento. La verità sulla chat di gruppo mi sta ancora sullo stomaco come un pezzo di carne che non riesco a digerire. Più penso a come rivelarglielo, più ho paura di perderla dopo che l'avrò fatto. Questa è la mia prima relazione dopo anni, e l'ultima cosa che voglio fare è complicare le cose, specialmente considerando quanto mi piace e quanto lei si fida di me.

Devo soltanto trovare il momento giusto.

"Ascolta, voglio che tu sia felice. Diamine, sono contento che finalmente te la spassi e non mi stai più tra i piedi. Però devi dirglielo prima che lo scopra".

"Lo faremo. Ma ora è bello non avere tutti che si immischiano nei nostri affari e ci danno le loro opinioni mentre cerchiamo di conoscerci meglio", gli dico mentre ci avviciniamo al buffet.

"Lo dirai a mamma e papà?"

"Prima o poi". Prendo un piatto e aggiungo tutto il cibo possibile, sperando mi faccia sentire sazio per le prossime dodici ore. Quando avrò Harlow tutta per me, non mangerò altro se non lei.

Alle diciotto precise, bussano alla porta. Contraggo la bocca in una smorfia, consapevole che Harlow si arrabbierà quando vedrà che ho soltanto un asciugamano addosso. Sono rimasto bloccato al lavoro più a lungo del previsto; quindi sono entrato in doccia soltanto dieci minuti fa.

Però, quando apro la porta, quello sorpreso sono io.

Mordendomi l'interno della guancia per trattenermi dal sorridere, mi appoggio allo stipite con le braccia conserte. "Che cos'hai addosso?"

Abbassa lo sguardo sulla minigonna, gli stivali alti aderenti e il corsetto in pizzo nero. "Giusto un outfit nuovo che ho preso ieri al lavoro".

"Da quando in qua la Rodeo Belle vende capi di lingerie?

"Oh, giusto…" Si dà un colpetto sulla testa. "Dopo sono passata al Lacey's. Non ti piace?" Senza riuscire a trattenermi, faccio un sorrisetto per la sua falsa innocenza. "Perlomeno io indosso dei vestiti…" Fa scorrere lo sguardo sul mio petto, l'addome e l'asciugamano, che rimane su per miracolo. "Mi stavi nascondendo tutto questo ben di Dio".

"Beh, perché non entri e controlli meglio da sola?" Faccio un passo indietro, lasciandole spazio per farla entrare.

Si ferma a metà passo e incrocia il mio sguardo. "E poi dici che sono *io* quella che bara".

Sollevo le mani. "Ho avuto letteralmente dieci minuti per fare la doccia".

"Mmm-mmh…" Entra in casa e lascia cadere la borsa vicino alla scarpiera.

Chiudendo la porta alle sue spalle, le afferro il polso e la attiro a me, intrappolandola tra il legno e il mio corpo.

Inclinandole il mento verso l'alto, dico: "Sei tu quella che mi ha inviato un video sconcio, e poi io ho dovuto aspettare ore prima di potermi sfogare. Quindi, se qui c'è qualcuno che gioca sporco, quella sei tu, piccola".

"Non è colpa mia se tu stai giocando a dama, mentre io a

scacchi". Si morde il labbro inferiore come la piccola seduttrice che è.

In quel caso...

La cena può aspettare.

Abbassando la mano fino all'asciugamano, ne allento il nodo e lo faccio cadere sul pavimento. Lei segue il movimento con gli occhi e li sbarra quando si posano sull'uccello mezzo eretto. Avvolgendo la mano attorno all'asta, inizio a massaggiarla, spingendomi contro il suo ventre a ogni passata.

"Fai la brava studentessa e mettiti in ginocchio". Il fuoco nei suoi occhi mi dice che sta lottando tra la voglia di sfidarmi e la tentazione di cedere a ciò che desideriamo entrambi. Su, forza! So quanto ti piace seguire le mie istruzioni".

Il suo sguardo è ancora incollato sul mio quando finalmente obbedisce e si inginocchia tra i miei piedi.

C'è un fiocchetto rosa dietro la sua testa, che raccoglie metà dei capelli e mi ricorda il giorno in cui avremmo dovuto incontrarci di persona. Vorrei poter dire che vederlo mi invoglia a fermarmi – e dirlo a Harlow in questo momento – ma, onestamente, nemmeno una catastrofe naturale potrebbe impedirmi di fare quest'esperienza con lei.

Domani, glielo dirò domani.

Le afferro il mento con l'altra mano. "Ma che brava bambolina! Adesso fammi vedere la lingua".

Quando lo fa, ci sbatto sopra l'uccello un paio di volte, lasciandole un momento per abituarsi. Anche se l'ha già fatto una volta nel mio pick-up, è diverso da questa angolazione, mentre torreggio su di lei.

"Toccami la coscia due volte, se hai bisogno che mi fermi, ok?"

Annuisce, tirandola fuori ancora di più. Mi spingo più in profondità nella sua bocca calda e poi lei assume il controllo serrando una mano attorno alla base dell'asta, succhiando e leccando. Quando ci avvolge le labbra attorno e poi svuota le guance per prenderne di più, mi abbandono al piacere.

"Cazzo, Harlow!" Appoggio il palmo sulla porta alle sue spalle e osservo meravigliato il modo in cui sta ingoiando ogni centimetro. "Proprio così. È bellissimo".

Sensazioni magiche schizzano su per la mia spina dorsale ogni volta che fa roteare in modo seducente la lingua attorno alla punta. Sorride sul mio uccello, alzando il suo sguardo malizioso come se sapesse che questo round lo vincerà lei.

"Riesci a prenderne di più?" chiedo, e annuisce con entusiasmo. Le porto una mano dietro la testa. "Rilassa la mandibola, tesoro. Ti fotto questa bocca perfetta finché non ti vengo in gola".

Quando sento i muscoli distendersi, mi spingo dentro e fuori, continuando a guardarla negli occhi mentre le lacrime le rigano le guance; però osservo con attenzione le sue mani, nel caso abbia bisogno che mi fermi.

"Mi manca pochissimo, piccola. Stringi più forte". E, quando lo fa, ci vogliono solo pochi altri secondi prima che perda il fiato e le dia in pasto il mio seme. "Cazzo, quand'è che sei diventata così brava?" chiedo ansimando e cercando di riempire i polmoni.

Mi guarda con un largo sorriso, leccandosi le labbra. "Ho avuto un ottimo insegnante".

Quando le porgo la mano, la afferra, e io la tiro su contro di me. Prendendole il viso tra le mani, la bacio e sento il mio sapore su di lei.

"Dovrai avere molti meno vestiti addosso, se vuoi che ti mangi la passerina, piccola".

"E la cena?"

"L'antipasto ce l'hai avuto adesso, mentre io salto direttamente al dessert".

Prima che possa rispondere, la sollevo da dietro le cosce, e lei me le avvolge rapidamente attorno alla vita. Serra le mani sulle mie spalle mentre cammino verso la cucina.

"Vorrei provare qualcosa di nuovo… per scopi educativi", dico con malizia, usando le sue stesse parole. "Non l'ho mai fatto su un bancone della cucina… Vuoi provare?"

"Provare cosa, esattamente?"

La lascio sull'isola, mi metto tra le sue gambe e poi affondo la faccia tra i suoi capelli.

"Banchettare con la tua dolce fighetta proprio qui, in bella mostra. Divorare ogni centimetro del tuo corpo tra queste cosce e non fermarmi finché non vieni tremando e gridando sulla mia lingua".

"Ok, hai vinto tu…" dice ansimando e subito divarica le gambe attorno a me.

Ridacchio divertito, facendo scorrere il naso lungo il suo collo, per poi succhiare la pelle sopra l'osso della clavicola.

"Togliti i vestiti per me… Un indumento alla volta".

Mi viene già duro di nuovo vedendola spogliarsi per me. Per primo, il corsetto cade sul pavimento. Poi la aiuto a sfilarsi gli stivali e la gonna. In seguito, le mutandine scivolano lungo le gambe nude, e finisco di strappargliele dalle caviglie con i denti.

"Cazzo, sei bellissima, piccola! Così maledettamente perfetta!" Le palpo i seni, poi porto la bocca a un capezzolo. "Piegati all'indietro reggendoti con le mani, così posso gustarti".

Quando è in una posizione comoda, scendo lungo il suo ventre, leccandolo e baciandolo prima di inginocchiarmi tra le sue gambe.

"Se non ti piace la sensazione o qualunque cosa che faccio, toccami la spalla o dimmi di fermarmi. Ok?"

Annuisce, mordendosi il labbro inferiore.

Anche se l'ho penetrata con le dita, far scorrere la lingua tra le sue pieghe bagnate è estasi allo stato puro, ed è sufficiente per farmi desiderare di più.

"Mmh… Cazzo, quanto sei dolce, Harlow!"

Le stuzzico il clitoride e muovo le dita in cerchio sulla fessura scivolosa. Quando il suo respiro si fa profondo con sospiri colmi di desiderio, so che è pronta ad avere di più.

Infilando due dita dentro di lei, affondo la faccia nella sua passera, stuzzicando e succhiando, risvegliando tutte le sue cellule nervose. I gemiti di Harlow riempiono la cucina, le sue dita si intrecciano ai miei capelli e, presto, si avvicina all'apice.

Ma poi rallento il ritmo, ritraggo un poco le dita e do una sbirciatina, vedendo i suoi occhi strabuzzati.

"Perché ti sei fermato?"

Leccandomi le labbra, faccio un sorrisetto. "Si chiama *edging*, tesoro. Fa ritardare l'orgasmo".

"È una tortura! Punibile in cinquanta stati con l'ergastolo in una prigione federale".

Ridacchio per il suo umorismo, spingendo di nuovo le dita dentro.

"Ma davvero? Mi metterai in manette e mi consegnerai alla giustizia?" chiedo con ironia, stuzzicando con un altro colpetto il clitoride.

"Dovrei farlo, e poi sedermi sulla tua faccia per punizione".

"Oh, non preoccuparti, piccola. Ti insegnerò a farlo prima che tu te ne vada".

I gemiti dolci e disperati di Harlow continuano a nutrirmi mentre la divoro. Ho le dita fradice dei suoi umori, il viso ricoperto dal suo odore, mentre le sue cosce tremano attorno a me ogni volta che la faccio arrivare al limite, ancora e ancora – portandola vicina, quasi sulla linea del traguardo – e poi mi ritraggo.

"Ti prego, farò qualunque cosa", sibila, implorando pietà.

"Non ne ho mai abbastanza della mia fragola preferita…" la provoco, mentre i miei grugniti vibrano contro la sua passera. "Ho sviluppato una dipendenza".

Ne sono ossessionato.

Prima che possa continuare a supplicare, la prendo tra le braccia e vado in camera da letto. Ce l'ho talmente duro che sta quasi pulsando per il dolore.

Però questa sera non farò sesso con lei. Voglio fare le cose con calma, assicurarmi che sia pronta tanto a livello mentale quanto fisico e rendere il momento il più speciale possibile. Merita questo e molto di più.

"Voglio che tu finisca cavalcandomi la faccia".

"Cosa devo fare, esattamente?" chiede quando mi siedo sul bordo del materasso e le faccio cenno di alzarsi.

"Io mi stendo, in questo modo…" Mi metto in posizione con la testa al centro del letto. "E tu ti metti a cavalcioni sul mio viso, così posso mangiartela". Sale sopra di me, pronta ad assumere la posizione. "Perfetto, adesso abbassa il corpo, così posso gustarti".

"Fino a sedermi?" chiede.

Annuisco. "Fino. A. Sederti".

"Mi sembra un pericolo per la respirazione, ma ok…" dice strascicando l'ultima parola e poi si siede proprio là dove ho bisogno di averla.

Quando alzo lo sguardo, i suoi occhi incontrano i miei e un bellissimo rossore le copre il petto e la faccia. Sollevo una mano, le palpo il seno e pizzico il piccolo capezzolo turgido.

Prendo il clitoride pulsante tra le labbra prima di disegnare dei cerchi sul punto delicato con la lingua.

"Porca puttana, è bellissimo…" Getta un poco indietro la testa mentre preme i palmi sulla parete di fronte a sé.

Afferrandole il sedere con l'altra mano, la spingo avanti e indietro per farle capire che deve muoversi contro la mia faccia.

"Cazzo, Waylon! Proprio lì… Stavolta non azzardarti a fermarti!"

Grugnendo contro la sua carne, continuo a succhiare e leccare a turno finché non urla per l'orgasmo e io mi gusto i suoi dolci umori.

"Sì, sì… Oh, mio Dio!" Il suo corpo freme, e io gemo contro il suo interno coscia; poi le do due colpetti proprio lì.

Quando si solleva dalla mia testa, mi giro fino a torreggiare su di lei.

"Cristo santo, sei stata bravissima!" Poi porto la bocca alla sua perché possa sentire quanto è deliziosa.

"Ho tutto il corpo insensibile", dice in un lamento.

Ridacchiando contro il suo collo, traccio una scia di baci delicati lungo la mascella e l'orecchio. "Direi che questo round è stato un pareggio. Che ne dici?"

"Ok…" Fa una risatina. "Immagino voglia dire che dovremo trovare un modo per spareggiare e determinare un vincitore".

"Magari, se fai la brava bambolina, la prossima volta ti faccio vincere e poi potrai reclamare il tuo premio".

"Mmh". Fa un sorrisetto con uno sguardo malizioso negli occhi. "Di che genere di premio stiamo parlando?"

Faccio scorrere il dito sulla sua guancia, lungo il mento e poi lo faccio scivolare tra le sue labbra finché non lo succhia. "Quel genere di premio che ti fa perdere la voce, tanto che poi ti occorrono dai e tre ai cinque giorni lavorativi per recuperarla".

Capitolo Ventisette

Harlow

Il giorno dopo aver ricevuto il miglior sesso orale della mia vita ho allenamento con Noah, però riesco ancora a sentire Waylon tra le cosce.

Dopo essermi ripresa dall'estasi dell'orgasmo, ho notato che gli era venuto di nuovo duro. Però gli ho detto di masturbarsi per poter osservare dal vivo. È stato ancora più sexy che attraverso uno schermo, specialmente perché, questa volta, mi ha schizzato lo sperma sul petto e poi l'ha leccato via.

Posso affermare con certezza che è stata la notte più eccitante che abbia mai vissuto. Sentire i suoi peli facciali grattare contro il mio sesso e le mie cosce è stato un nuovo tipo di sensazione che spero di poter rivivere ancora e ancora.

Dopo che ci siamo puliti e vestiti, lui ha preparato la cena e abbiamo guardato *Le pagine della nostra vita* perché potessi rinfrescargli la memoria sulla scena del litigio sotto la pioggia. Così mi ha chiesto se avessi altre cose sulla mia lista di desideri romantici.

Fare una gara con i go-kart: chi vince può far fare al perdente tutto quello che vuole, che sia qualcosa di sessuale o meno,
Degustazione di vini ma con pausa caffè,
Leggere lo stesso libro insieme.

Ogni volta che mi viene in mente un'altra cosa che voglio provare o fare con lui, la aggiungo alle note. Sono arrivata a centodiciassette.

Oggi le barriere non sono state piazzate nel centro di addestramento; il che vuol dire che Noah mi darà degli esercizi e mi farà allenare sul condizionamento con Piper. È tanto importante quanto i salti di prova, ma, considerando che oggi sono più stanca del solito, battiamo la fiacca, e Noah lo nota.

"Stai bene?"

"Sì, perché?" chiedo, afferrando la briglia di Piper mentre cammino verso di lei.

Solleva una spalla. "Hai meno energie del solito".

Deglutisco con forza perché, a quanto mi risulta, Waylon non ne ha parlato con la sua famiglia, tranne che con Wilder.

"Ieri notte non ho dormito molto, però prometto che la prossima volta sarò in forma smagliante".

Nasconde un sorrisino d'intesa con la cartelletta. "Ok, nessun problema. Abbiamo tutti le nostre giornate no".

"Porto Piper alla toelettatura e poi nel suo box", le dico.

"Tua sorella dovrebbe arrivare da un minuto all'altro per la sua sessione, se ti va di restare".

Delilah pratica equitazione acrobatica a livello professionistico; quindi non ha bisogno di molto allenamento aggiuntivo, però le piace allenarsi di più durante la bassa stagione per non arrugginirsi.

"D'accordo. Torno qui quando ho finito".

Dopo aver guidato Piper nella scuderia, la lego nel box per la toilettatura e tolgo la bardatura. Quando porto la sella in selleria, trovo Waylon ad aspettarmi.

"Che stai facendo?" gli chiedo sussurrando, anche se non c'è nessun altro.

"Mi mancavi e ho visto che avevi quasi finito; quindi volevo farti una sorpresa". Mi prende tra le braccia, mi solleva il mento e preme le sue labbra sulle mie. "E speravo che potessimo parlare".

"Beh, certo che sei proprio dolce". Ridacchio tra le sue braccia, ricambiando il bacio. "Noah ha notato che oggi stavo battendo la fiacca".

"Non sei l'unica. È tutta la mattina che Wilder mi sta col fiato sul collo, ed è ironico che lo faccia proprio *lui*". Sbuffa. "Ma, beh, ne è valsa assolutamente la pena".

"Decisamente".

Affonda la lingua nella mia bocca, e mi perdo talmente tanto in lui da non sentire la porta che si apre; ma il suono viene seguito da un forte sussulto.

Waylon strabuzza gli occhi; al che do un'occhiata alle mie spalle e trovo mia sorella sulla porta, che, a giudicare dall'espressione, sembra pronta a ucciderlo.

"Oh, merda!" Mi giro e mi asciugo il mento.

"Mia *sorella* minore?" sbotta Delilah contro di lui, incrociando le braccia sul petto. "Da quanto va avanti questa storia?"

"Un mese", rispondo nello stesso momento in cui lui dice: "Un paio di settimane".

Assottiglio lo sguardo e lo sposto su di lui. Non stavamo *insieme* all'inizio delle mie lezioni, però abbiamo cominciato a parlare prima che mi confessasse i suoi sentimenti.

Delilah aggrotta le sopracciglia, confusa. "Quale delle due?"

Waylon si passa una mano sulla barbetta. "Abbiamo cominciato a parlare l'ultimo dell'anno".

"Quindi... da più di tre settimane?" Gli lancia un'occhiataccia.

Prima che uno dei due possa rispondere, Noah apre la porta, inconsapevole di ciò che sta per trovarsi davanti.

"Oh, ehi!" Noah nota l'espressione incazzata di Delilah e poi guarda me e Waylon. "Oh-oh... non glielo avete ancora detto?"

Delilah ci fulmina con lo sguardo. "Sono l'ultima che viene a saperlo?"

"Se proprio vogliamo dirla tutta, non credevo che Noah lo sapesse", risponde Waylon.

"Oh, ma per favore!" Noah fa una risata nasale. "Riconosco una relazione segreta, quando ne vedo una. Non siete stati molto discreti. Non è mai venuto a vedere i tuoi allenamenti nei quattro anni da quando hai cominciato, e tutto d'un tratto si presenta. Non lo avevo mai visto passare così tanto tempo al telefono. Harlow arriva agli allenamenti esausta, come se avesse passato la notte fuori. Un tempo anch'io ero giovane e me la facevo di nascosto con Fisher".

Oh, mio Dio!

Arrossisco per l'imbarazzo.

"*Grandioso…*" Delilah finge entusiasmo. "Sono proprio contenta che il mio ex stia corrompendo la mia sorellina".

Questa è proprio una pugnalata al cuore: detesto che mi veda ancora come una bambina.

"In realtà, sono stata io a corrompere lui", dico d'impulso. "Non sono più una bambina, Delilah".

Compirò ventun anni tra meno di due mesi. Però, ai suoi occhi, sono una bimba fragile, costretta a letto e bisognosa del suo aiuto per tutto.

"Già, i dettagli non mi servono". Delilah sposta lo sguardo su di me. "Mamma e papà lo sanno?"

Deglutisco con forza e annuisco. "Sì, ha trascorso il sabato a casa a giocare a giochi da tavolo".

"E a loro sta bene che frequenti il mio ex?" chiede sotto shock. "Che ha oltre un decennio in più di te?"

Nervosamente, mi succhio il labbro. "Lo adorano".

E io mi sto innamorando perdutamente di lui.

Dopo un imbarazzante momento di silenzio, Delilah dice: "Ok, beh, devo prendere la sella di Jasmine. Scusatemi".

Rendendoci conto che le siamo di intralcio, io e Waylon ci spostiamo di lato; al che lei la tira giù in silenzio dal supporto.

Anche Noah recupera quello che le serviva e poi noi due veniamo lasciati soli.

"Beh… è andata come ci aspettavamo", dico. "Cambierà idea".

Waylon sospira. "Lo spero. Prima che entrasse Noah, pensavo che mi avrebbe tirato un calcio alle palle".

Ridacchio piano. "Sei stato salvato da tua sorella".

Si gratta la guancia. "Già, non posso crederci che lo sapesse già…"

"Secondo te, significa che lo sa anche il resto della tua famiglia?"

"C'è soltanto un modo per scoprirlo". Mi prende per mano e mi conduce alla porta. "Ti va di andare a pranzo al Lodge e dopo parliamo a casa mia?"

"Davvero?" gli chiedo, dato che così i suoi fratelli ci vedrebbero insieme.

"Sì". Mi fa l'occhiolino, portandosi la mia mano alle labbra per baciarne le nocche. "Non ha senso nasconderlo, adesso che tua sorella lo sa".

Quando entriamo al Lodge mano nella mano, gli altri fratelli che si trovano lì per mangiare urlano ed esultano, mettendoci in imbarazzo di fronte agli ospiti.

Waylon si china su di me mentre ci avviciniamo ai tavoli. "Oh, sì, lo sapevano".

Ridacchio e arrossisco per le attenzioni ricevute. "*Grandioso*".

Ci sono anche Magnolia ed Ellie; quindi, quando mi siedo di fronte a loro e mi sorridono dolcemente, ricambio il gesto.

"Allora…" Magnolia agita la forchetta tra me e Waylon. "Com'è successo?"

Trip ridacchia accanto a lei. "Che impicciona!"

"Come se tu non ti stessi chiedendo la stessa cosa!" ribatte lei con una parlata lenta.

"Per farla breve…" comincio, "…gli ho mandato un messaggio su un'app di incontri e abbiamo iniziato a parlare".

A proposito dell'app, devo dire a Waylon che ieri Emery si è presentato alla boutique. Però me ne sono dimenticata non appena sono arrivata a casa sua e ha aperto la porta con soltanto un asciugamano addosso e i capelli ancora fradici dalla doccia.

"Mi ha chiesto di insegnarle ad avere un orgasmo", aggiunge inaspettatamente Waylon nel modo più disinvolto possibile, e poi mangia un boccone del suo cibo.

Gli do una gomitata e lui mi fa l'occhiolino. Che rana dalla bocca larga! "Non c'era bisogno che sapessero anche *quello*".

"Oh, mio Dio, sì, invece!" esclama con voce stridula Magnolia, sporgendosi sul tavolo per avvicinarsi.

Ellie controlla l'orologio inesistente al polso. "Ho tutto il pomeriggio libero".

"Finalmente lo avete detto a Delilah?" chiede Wilder.

"In realtà ci ha beccati mentre pomiciavamo". Faccio una smorfia di dolore, prendendo del purè con la forchetta prima di metterlo in bocca.

"Già, non è contenta di me", aggiungi Waylon.

"Per dire le cose come stanno, non era contenta di te neanche quando stavate insieme; quindi a chi importa quello che pensa adesso?" ironizza Landen, ed Ellie gli scocca un'occhiataccia che può essere tradotta solo come *Stai zitto, idiota.*

"Credo che sia così arrabbiata per il fatto che non gliel'abbiamo detto perché mi vede ancora come la sua sorellina che ha bisogno di lei", spiego. "I miei genitori non hanno problemi; quindi credo che andrà bene anche a lei, una volta passato lo shock".

"Se vi sposate e Delilah sarà la tua damigella d'onore, Waylon dovrà vedere la sua ex camminare lungo la navata prima di sua moglie". Magnolia ridacchia.

"Non c'è *proprio* niente di strano in quello che hai detto, Sole". Tripp la guarda accigliato.

"Oh, ma dai! È un po' ironico. È la *sorella* della sua ex! È come se io e te ci lasciassimo e poi io cominciassi a frequentare Wilder".

Wilder si sporge sul tavolo e le fa l'occhiolino.

"Non pensarci neanche", lo mette in guardia Tripp.

È difficile non mettersi a ridere per le loro buffonate.

"Oppure io posso farmi Delilah, così giochiamo tutti alla pari". Wilder agita le sopracciglia.

"È una cosa ancora più folle!" esclama Magnolia. "La ex di tuo fratello gemello? È roba che ti fa finire dritto in prigione".

"Non sarebbe la prima volta che si porta a letto una tipa a cui ero interessato…" Lancio un'occhiataccia a mio fratello.

"È successo una volta sola!" si difende Wilder. "E come facevo a sapere che glielo avresti detto davvero? L'hai tirata per le lunghe così tanto che si è sposata ed è rimasta incinta sei mesi dopo".

Waylon si china su di me. "Non ascoltarlo".

Wilder alza gli occhi al cielo e poi mi guarda. "Un attimo, pensavo che aveste cominciato a parlare in quella chat di gruppo, no?"

Waylon si irrigidisce visibilmente accanto a me, e la sua reazione mi fa battere il cuore a mille.

"Di cosa stai parlando?" chiedo a Wilder, sporgendomi verso di lui.

"Jake mi ha detto che facevate parte entrambi di quella chat di gruppo del club di cavalli. Pensavo che aveste cominciato a parlare lì".

"Wilder, sta' zitto!" gli ordina Waylon a denti stretti.

Non l'ho mai visto comportarsi in questo modo con suo fratello.

Gli do una spintarella per attirare la sua attenzione. "Di cosa sta parlando? Eri nella chat di gruppo di Jake?"

È impossibile; Jake non ce l'ha mai presentato.

Waylon abbassa lo sguardo, mentre la sue fronte si ricopre di rughe per la tensione. "Te lo avrei detto dopo pranzo", mormora piano.

"Detto cosa?" chiedo, però ho già il leggero sospetto che questa cosa mi farà arrabbiare. "Sei tu quello che mi ha detto che avevo un'irritazione da edera velenosa, vero? Quello che mi ha detto che avevo una carenza di vitamina K?"

Annuisce.

Spingo indietro la sedia. "Ci siamo scritti per un mese e poi mi hai piantata in asso al bar!"

"Harlow, lasciami spiegare…" Fa per prendermi la mano, ma mi ritraggo così che non possa toccarla.

"Ti sei *preso gioco* di me".

Si alza, celandomi alla vista dei suoi fratelli. "Te lo avrei detto questo pomeriggio, lo giuro. Stavo cercando di farlo, ma non c'è mai stato un buon momento".

"Adesso non ha importanza, perché la nostra relazione si basa su menzogne". Lo spingo dal petto quando prova ad avvicinarsi e poi me ne vado, superando le porte con rabbia finché non sono all'esterno.

E il bello è che il mio pick-up è parcheggiato dal lato opposto del ranch.

Un attimo dopo, Ellie mi chiama alle mie spalle.

"Harlow, aspetta!" Mi raggiunge. "Ti accompagno io".

Mi si riempiono gli occhi di lacrime e mi asciugo velocemente le guance. "Grazie".

Mi conduce al suo pick-up e, dopo che ci siamo messe la cintura, mette in moto. Per un minuto, tra di noi regna il silenzio, ma poi si gira a guardarmi.

"So che la mia situazione non è proprio uguale, però neanche la mia relazione con Landen è cominciata con la verità".

"In che senso?" chiedo, tenendo lo sguardo basso mentre lotto contro il bisogno di scoppiare a piangere.

"L'ho odiato per quattro anni, prima di perdere la memoria in un incidente di *barrel racing*".

Ricordo vagamente quell'evento di due anni fa; però, non avendo mai fatto parte della loro cerchia, non conosco i dettagli.

"Ma, quando mi sono dimenticata di lui, mi sono resa conto che mi piaceva. Era così gentile e attraente, e proprio non riuscivo a capire perché lo avessi odiato".

"L'hai scoperto?"

"Oh, sì... dopo essermi innamorata perdutamente di lui. Quindi è stato uno schifo".

"Come hai reagito?"

"Beh, sapevo sin dall'inizio che era una persona che avrei dovuto odiare. Tutti continuavano a dirmi: 'Ellie, non lo sopporti'... e Landen ha cercato con tutte le sue forze di tenermi a distanza. Sapeva che, non appena mi fosse tornata la memoria, lo avrei odiato ancora di più. Era costantemente in attesa del momento in cui sarebbero riaffiorati i ricordi e sembrava essere la vittima di uno scherzo crudele. Nessuno sapeva le motivazioni del mio odio; quindi non potevo farmi dire il perché".

"Accidenti, dev'essere davvero frustrante!

"Lo è stato! Però, anche dopo aver ricordato, ci sono stati momenti in cui la nostra relazione non sembrava reale a causa dei quattro anni precedenti, ma il fatto che abbia perso la memoria ci ha dato un'occasione reale per esplorare i nostri sentimenti. Se non fosse successo, non saremmo mai finiti insieme".

Annuisco, comprendendo il suo punto di vista.

"Dunque, ciò che sto dicendo è che, se non fosse andata esattamente come voleva il destino, tutto sarebbe diverso, ed è una cosa che mi rende triste, perché non riesco a immaginare una vita senza di lui. Quindi, anche se la vostra relazione è cominciata con dei sotterfugi, è così che vi siete trovati. Se vuoi far funzionare le cose, dovrai dargli ascolto. Scopri perché ha fatto quello che ha fatto e poi decidi se puoi perdonarlo e voltare pagina".

Parcheggia vicino al mio pick-up e poi si gira verso di me.

"Per ciò che può valere, nessuno di noi lo aveva mai visto così felice. Wilder non è riuscito a tenere chiusa la sua boccaccia e ha spifferato quello che c'è tra di voi; così ho cominciato a notare i segnali quando vedevo Waylon al Lodge o durante le cene di famiglia. I suoi occhi sono più luminosi. Ride e sorride più di quanto non lo abbia mai visto fare. E, anche se non lo conosco molto bene, so che non farebbe mai del male a nessuno di proposito".

"Lo so… È sempre molto paziente e aperto con me". Agito la mano. "A parte con questa cosa".

"E tu hai ogni diritto di arrabbiarti. Anzi, vedi di farlo strisciare come non ha mai strisciato prima". Fa un sorrisetto. "Però non puoi punire te stessa privandoti di una relazione con lui perché hai paura, se è la persona con cui vuoi stare".

"Voglio stare con lui, però non posso fare a meno di rimuginare su tutto ciò che gli ho detto quando non sapevo che fosse *lui*. Sarebbe stato diverso se non ci fossimo mai più contattati, però poi l'ho trovato su CowboyMatch e gli ho mandato un messaggio prendendolo in giro per il suo spunto. Abbiamo cominciato a chiacchierare di quanto erano terribili i ragazzi su quell'app e del fatto che io non avessi esperienza con le relazioni. Ha avuto tantissime opportunità per dirmelo prima di confessarmi i suoi sentimenti".

"Se c'è una cosa che so sui ragazzi Hollis, si innamorano come pazzi e hanno una paura terribile di perdere quell'amore".

"Già". Slaccio la cintura. "Grazie per il passaggio".

"Nessun problema. Buona fortuna, Harlow!"

Balzo giù. "Grazie, Ellie".

Quando salgo sul mio pick-up, tiro fuori il telefono e trovo un messaggio ad attendermi.

WAYLON

> Harlow, mi dispiace tantissimo che tu l'abbia scoperto in questo modo. Ti spiegherò tutto quando sarai pronta a rivedermi. Però ti prego, sappi che non è mai stata mia intenzione farti del male o farti dubitare dei miei sentimenti.

Dato che non voglio avere questa conversazione per messaggio, scrivo una risposta veloce.

HARLOW

> Dammi qualche giorno. Ti scrivo io quando mi sento pronta a parlarne.

WAYLON

> Posso farlo.

Lasciando andare il telefono, permetto finalmente alle lacrime di scivolarmi lungo il viso.

Quando abbiamo cominciato a scriverci in una chat separata, mi sono aperta e ho condiviso con lui tantissime cose che non riguardavano il mio passato, e mi sono sentita capita per la prima volta in vita mia. Non ero la ragazza con il trauma. Ero semplicemente *io*.

Mentre ripenso al giorno dell'appuntamento, ho un'intuizione improvvisa: ha visto il fiocco rosa tra i capelli prima del mio viso, ed è per questo che ha finto di trovarsi lì soltanto per prendere un caffè. Mentre io ero lì seduta ad aspettare che *lui* si presentasse, mi ha fatto credere di essere stata piantata in asso.

Ma perché?

Perché fingere di non essere la persona che dovevo incontrare? Suppongo sia questa la risposta che ho bisogno di avere da lui.

Capitolo Ventotto

Waylon

Sono passate soltanto settantadue ore dall'ultimo messaggio che ho mandato ad Harlow, e non sentirla mi sta facendo impazzire.

So che è tutta colpa mia, e devo affrontare le conseguenze di non averglielo rivelato prima, ma, cazzo, non mi sono mai sentito così infelice prima d'ora.

E non so come gestire la cosa.

Wilder è passato ieri sera a scusarsi per esserselo fatto sfuggire e, per quanto sia arrabbiato perché ha tirato fuori l'argomento, non è colpa sua. È ovvio che abbia pensato che io e Harlow sapessimo con chi stavamo parlando, visto che facevamo parte della stessa chat di gruppo.

Ma fanculo a Jake per averglielo detto quando gli stava dando pasticche alle mie spalle!

Avrei dovuto metterlo completamente al tappeto quando ne ho avuta l'occasione.

Ma poi, pensando al suo fratello minore e alle ripercussioni che l'uccisione di Jake avrebbe sulla vita di Kenny, tengo a freno la rabbia.

Jake e Kenny lavorano al ranch dei genitori, a più o meno

quindici minuti dal mio; quindi siamo cresciuti insieme, ed è brutto pensare a quante cose sono cambiate.

"Ehi, fra!" Wilder entra in camera mia e comincia a frugare nell'armadio.

"Che cazzo stai facendo?" Mi ignora. "Devo cominciare a chiudere a chiave la porta", mormoro, tirandomi le coperte sopra la testa per poi girarmi sull'altro lato. Ho lavorato per tutto il giorno, sentendomi perlopiù intontito, e poi sono venuto a casa. Non lascio il letto da allora.

"Ti faccio alzare e muovere il culo", risponde Wilder, tirando fuori una maglietta e dei jeans puliti.

"No, resto qui".

Mi toglie le coperte con uno strattone e poi mi lancia addosso i miei vestiti. "Non potrai riconquistarla restandotene imbronciato a letto. Quindi alzati subito e raggiungimi in soggiorno tra cinque minuti, cazzo!"

Da quando in qua è diventato così autoritario?

Con riluttanza, mi butto giù dal letto e infilo la maglietta e i jeans che ha scelto. Non so bene che cosa abbia in programma, ma sarà sempre meglio del mio piano attuale di non fare niente.

"D'accordo, che facciamo?" chiedo quando lo trovo seduto in cucina.

"Facciamo brainstorming per capire come risolvere la questione".

"*Brainstorming*? Quando mai hai fatto brainstorming in vita tua?"

"Hai intenzione di insultarmi quando sto cercando di aiutarti?"

"Considerando che è stata la tua boccaccia a farselo scappare… dovrei fare molto più di quello".

"Non sapevo che fosse un segreto!"

"Lo so", dico, sconsolato. "Sono stato sul punto di dirglielo così tante volte, ma non volevo rovinare ciò che avevamo".

"Beh, deve esserci un modo per sistemare le cose, e non me ne vado finché non lo avremo trovato".

Considerando che sono passati tre giorni senza contatti, a questo punto non sono sicuro che esista una soluzione.

"Aspetta, è sabato sera. Non esci?" chiedo, prendendo qualcosa da bere dal frigorifero.

"No, non quando tu sei a casa da solo, tutto triste e patetico".

"Wow, grazie", dico con sarcasmo. "Però esci praticamente tutti i weekend. Non farti fermare dal mio cuore spezzato".

"No, non finché non ti sarai ripreso la tua ragazza".

"Ok, esperto d'amore. Qual è il tuo consiglio?"

"Qual è una delle sue passioni? O qualcosa di specifico di cui avete parlato che per lei può essere speciale?"

"Mmh…" Mi siedo di fronte a lui a tavola e controllo i messaggi con Harlow.

"Adora il romanticismo… Ha tutta una lista di desideri romantici che vorrebbe poter esaudire".

"Ok". Wilder inarca un sopracciglio. "Tipo cosa?"

"Ballare all'aperto al tramonto, baciarsi sotto la pioggia, un massaggio di coppia, fare go-kart…" Elenco alcune delle mie preferite che anche io volevo provare con lei.

"Tipo idee per appuntamenti?"

"Sì, più o meno".

"Ok, posso lavorarci sopra". Afferra le mie chiavi dal bancone. "Prendi la tua roba. Andiamo".

Mi alzo in piedi, lo seguo verso la porta e poi mi infilo gli stivali.

"Dove stiamo andando?" chiedo una volta che siamo fuori.

"Al negozio di artigianato".

Che cazzo ha detto?

"Che cosa ne sai tu di artigianato?"

"Scusa, ma facciamo *scrapbooking* durante le serate di famiglia da anni".

"Sì, e tu ti fermi raramente per quello".

"A volte ci sono, ma, se non ti fidi di me, allora va bene… Andiamo a recuperare Noah e chiediamo anche a lei di aiutarci".

Sbuffo. "Grandioso".

Dopo tre ore, un barattolo di vetro con dei cuoricini disegnati sopra a mano e duecentoventicinque cuori di carta… sono esausto.

Portare con noi Noah è stato un grosso errore.

Non appena Wilder le ha parlato della sua idea, lei l'ha portata al livello successivo.

Noah ha dipinto cuoricini in diversi colori attorno al barattolo, lui ha ritagliato i cuori dai cartoncini, mentre io ho scritto uno dei desideri romantici della lista di Harlow su ciascun pezzo. Dato che non me li ha rivelati tutti, ne ho aggiunto alcuni dei miei che voglio fare con lei.

Anche i miei fratelli potrebbero aver contribuito con alcune idee.

Il barattolo dei cuori di Waylon per Harlow è scritto sopra una targhetta legata con del nastro rosa attorno alla parte superiore del barattolo. Spero che accetti questo gesto come una promessa da parte mia che non solo faremo queste cose insieme, ma che non le nasconderò più nulla.

"Cavolo, guardate quanto siamo bravi con i lavori manuali!" Wilder fa un sorrisetto di fronte al macello che abbiamo combinato sul tavolo della mia cucina. Prende un altro paio di birre dal frigorifero e poi me ne lascia una davanti.

"E adesso? Aspetterai che ti contatti e poi glielo dai?"

Sollevo una spalla, fissando il vuoto. "Immagino".

"Aspetta, non pensarci neanche! Deve essere un grande gesto romantico. Le compri il bouquet di fiori più grande che riesci a trovare, le scrivi una lettera in cui ti scusi sinceramente e le spieghi il significato di questo Barattolo dei Cuori, e poi speri che ti accetti di nuovo nella sua vita. Poi lo lasci da qualche parte perché lo trovi da sola e preghiamo che si faccia sentire il prima possibile. In questo modo non le metterai pressione, ma le fai sapere che stai pensando a lei"

"E se non lo accettasse o non mi contattasse?"

"Allora ce ne andiamo in uno strip club!" risponde Wilder con entusiasmo.

"No!" urliamo io e Noah all'unisono.

"Siete proprio dei guastafeste". Mette il broncio.

"Se conosco Harlow, ti darà una seconda chance. Però devi aspettare che le cose vadano secondo le sue condizioni, non le tue".

Sospiro, consapevole che ha ragione.

Noah mi aiuta a riordinare la cucina e, quando mi squilla il telefono e vedo il nome di Delilah sullo schermo, lo sollevo e lo mostro ai miei fratelli.

"Oh, merda! Metti in vivavoce! Voglio sentire mentre ti fa la ramanzina". Wilder fa un largo sorriso.

Alzo gli occhi al cielo, rispondendo alla chiamata. "Ehi, Delilah".

"Waylon, per caso hai visto Harlow?" La sua voce agitata mi fa raddrizzare la schiena.

"No, non la vedo da tre giorni e non si è ancora fatta sentire. Perché?"

"Papà è all'ospedale. L'ho chiamata al lavoro per dirle di venire subito, però non si è presentata. Non sta neanche rispondendo alle mie chiamate o ai messaggi. Quando ho sentito la boutique, mi hanno detto che è uscita più di un'ora fa".

"Oh, mio Dio! Tuo padre se la caverà? Hai idea di dove Harlow possa essere andata?"

"Non è proprio in ottima forma. Mamma l'ha trovato svenuto dopo che è andato a stendersi, e non si è ancora svegliato. Ha trovato diversi flaconi di pillole vuoti e ha chiamato i soccorsi. Però Harlow avrebbe dovuto arrivare più di mezz'ora fa".

"Oh, merda". Mi strofino una mano sul viso, sudando freddo. "Vado in paese e vedo se riesco a trovarla".

"Grazie. Fammi sapere se hai sue notizie, per favore".

"Lo farò. E tu tienimi aggiornato, se dovesse arrivare".

Delilah accetta e poi chiudiamo la chiamata.

"Devo andare". Mi affretto a prendere le chiavi, però Wilder tira fuori le sue.

"Sei un disastro. Guido io".

"Guida con prudenza! Scrivetemi se avete bisogno che faccia qualcosa", ci urla dietro Noah mentre ci lanciamo fuori dalla porta.

"Ho un brutto presentimento", dico a Wilder mentre sfreccia lungo il sentiero ghiaioso. "Sarebbe andata direttamente in ospedale o perlomeno avrebbe detto a sua sorella dove si trovava".

"La troveremo", prova a rassicurarmi Wilder, però un nodo mi serra lo stomaco.

Wilder ci fa arrivare in paese in dodici minuti e poi va in centro.

"Mettiti dietro l'edificio. È dove parcheggiano quasi tutti i dipendenti", gli dico. "Quello è il suo pick-up!" Lo indico per fargli capire dove andare.

Non appena siamo abbastanza vicini, balzo fuori e controllo all'interno. La portiera è bloccata e dentro non c'è la sua borsa.

"Entro in negozio e controllo di nuovo se si trova ancora qui", dico a Wilder.

"Vengo con te", si offre subito lui, spegnendo il motore.

Quando entriamo trovo la sua manager, Ashley.

"Waylon! Wilder! Oh, cielo! Ehi!" I suoi occhi si illuminano in un modo che mi mette i brividi.

"Per caso Harlow è qui?"

"No. Ha avuto un'emergenza familiare".

"Il suo pick-up è ancora nel parcheggio; quindi non se n'è andata".

"Sì? È corsa fuori di qui non appena ha saputo che suo padre era all'ospedale".

"Dove diavolo è?" Giro su me stesso, tirandomi i capelli.

"Forse si è fatta dare un passaggio dal suo amico".

Mi volto verso di lei e incrocio i suoi occhi. "Quale amico? Chi?"

"Non so come si chiama, solo che è venuto a farle visita per tutta la settimana".

Mi si blocca il cuore in gola.

"Che aspetto ha?" chiede Wilder.

"Ehm… capelli castani, mento rasato… basso".

"Basso quanto?" domando in tutta fretta.

"Poco più di un metro e settantacinque, direi".

"Porca puttana!" sibilo. "Si chiama Emery?"

Fa spallucce. "Harlow non me l'ha mai detto. So soltanto che hanno avuto un appuntamento qualche settimana fa".

Perché diamine non mi ha detto che veniva a trovarla sul posto di lavoro?

"Grazie, Ashley. Wilder, andiamo!"

Esco a passo pesante e richiamo Delilah.

"Ehi, l'hai trovata?"

"Non ancora. Per caso conosci la sua amica Natalie?" chiedo con urgenza.

"Sì, certo".

"Non è che hai il suo numero?"

"Sì. Di che si tratta?"

"Harlow condivide la posizione con lei. Devi chiedere a Natalie se può vederla. Sempre che abbia il telefono con sé, Natalie dovrebbe essere in grado di vedere dove l'ha portata".

"Dove l'ha portata chi?"

"Un tipo di nome Emery. Si sono conosciuti su un'app di incontri, ma, stando alla manager di Harlow, lui veniva qui in negozio", spiego, camminando avanti e indietro nel parcheggio. "Il pickup di Harlow è ancora qui".

"Oh, mio Dio! E lei a te non ha mai detto niente?"

"No". Serro la mascella. "Ma, se la stava stalkerando, non possiamo sapere di che cos'altro è capace".

"Sto scrivendo adesso a Natalie. Aspetta…"

Dopo quella che mi sembra un'eternità, finalmente Delilah riceve una risposta. "Natalie mi ha mandato la sua posizione. Si trova…" Fa una pausa. "Dev'esserci qualcosa di sbagliato. Dice che si trova al ranch dei Murphy".

"A casa dei genitori di Jake?" chiedo incredulo.

"Già… Perché diavolo dovrebbe trovarsi lì?"

Ottima domanda, cazzo!

"Non lo so, ma lo scopriremo. Ti richiamo".

"Waylon!" esclama in tutta fretta. "Chiama lo sceriffo e chiedigli di raggiungerti lì".

"Lo farò. Ciao".

Io e Wilder saliamo sul pick-up, poi ci dirigiamo fuori dal paese verso casa dei genitori di Jake.

"Non chiamerai lo sceriffo, vero?"

Mi giro a guardarlo, col cuore che batte freneticamente. "Hai ancora il fucile qui dietro?"

"Sì, perché?"

Guardo dritto di fronte a me. "Allora no. Non lo chiamo".

Capitolo Ventinove

Harlow

"Papà sta andando all'ospedale. Devi venire subito".

La voce angosciata di Delilah mi fa battere il cuore a mille.

Non mi chiama mai quando sono al lavoro; quindi, non appena Ashley mi ha detto che c'era mia sorella al telefono, ho avuto il brutto presentimento che fosse successo qualcosa.

"Oh, mio Dio!" Prendo un respiro. "Sta bene?"

"Non lo so. L'ambulanza l'ha caricato dieci minuti fa. Mamma l'ha trovato privo di sensi".

Il mio peggior incubo ha preso vita.

"Sarò lì il prima possibile", le dico; poi informo Ashley che devo andare.

"Guida con prudenza. Fammi sapere come va!" mi urla dietro mentre corro verso la porta sul retro.

Con la borsa sulla spalla, mi precipito al mio pick-up.

Detesto il fatto che Waylon ed io non ci parliamo da tre giorni, però avevo in mente di contattarlo dopo il turno di lavoro per chiedergli di vederci e parlarne di persona, però in questo momento la mia priorità assoluta è mio padre; dunque quella conversazione dovrà aspettare.

Prima che possa aprire la portiera, qualcuno mi chiama:
"Harlow!"

Girandomi, rimango a bocca aperta. "*Emery*? Che stai facendo?"

Questa settimana, ha gironzolato intorno al negozio ogni
giorno mentre ero qui. Non so se è a conoscenza del mio orario o
se lo sta tenendo d'occhio tutti i giorni, in attesa che mi presenti,
ma la cosa sta cominciando a diventare inquietante.

Un sorrisetto malizioso compare sul suo viso. "Sono venuto a
prenderti".

"Cos…" Qualcosa di duro mi colpisce da dietro, e poi cado in
ginocchio.

"Bello, mi sa che l'ho colpita troppo forte".

"Ma no, se lo meritava".

Faccio fatica ad aprire gli occhi, però capisco che non mi trovo
più nel parcheggio della boutique. Sono sopra qualcosa di duro. E
freddo.

I miei arti lottano per muoversi, come se fossi paralizzata.

Un dolore lancinante nella testa mi fa venire da vomitare.

Però non riesco a pensare ad altro che a mio padre. Dovrei
essere accanto al suo letto, non qui. Non ho nemmeno ricevuto
tutti i dettagli sull'accaduto e non so nemmeno come sta.

"Credi che si sveglierà?"

"Dalle giusto un calcio e lo farà".

Riconosco la voce di Emery, e poi lo sento erompere nella risata
più malvagia che abbia mai udito.

La voce dell'altro tipo ha un qualcosa di familiare, ma non
riesco a identificarlo. Sembrano entrambe due persone terrificanti.

Degli stivali si avvicinano, e poi un calcio alle costole mi fa
gemere forte.

"Visto? Te l'ho detto: sta bene", dichiara Emery.

"Adesso che si fa?"

"Adesso… facciamo ciò che siamo venuti qui a fare". Emery ridacchia cupamente.

L'altro si fa una risata. "Il karma è crudele".

Apro gli occhi e vedo un volto conosciuto chino su di me.

"Kenny?" dico rabbiosamente.

"Ma ciao, Harlow". Sorride, poi fa scivolare la lingua sul labbro superiore.

"Non toccarmi", sibilo.

"Oh, eddai! Non fare così".

Il fratello minore di Jake ha cinque anni in più di me, però tutti conoscono tutti nel nostro piccolo paesino. Anche se non siamo mai andati a scuola insieme, l'ho visto ai rodei con Jake.

Però non ho la più pallida idea di cosa possano volere da me lui ed Emery.

"Lasciatemi andare", ordino. "Devo andare in ospedale per vedere mio padre".

"Non succederà…" Emery afferra una mazza da baseball di metallo e la fa roteare nella mano. "Non finché non te l'avremo fatta pagare".

"Perché non ho voluto un secondo appuntamento con te?" Riesco a malapena a fare uscire le parole perché il dolore alla testa, mentre il sangue mi cola lungo il viso, mi fa vedere le stelle.

"Oh, ti piacerebbe, tesoro".

Emery sbatte la mazza contro la mia coscia, e lancio un urlo agghiacciante che peggiora ulteriormente il martellio nella testa.

"Ogni secondo passato a guardarti è stato una tortura".

Preme la suola dello stivale contro il punto della gamba che ha appena ferito. E poi un altro colpo cala sul mio fianco.

"Aaahhh…" grugnisco, portando la mano verso l'area in cui pulsa il dolore. "Fermati, ti prego!"

"Secondo te, dovremmo dirle perché si trova qui?" chiede in tono provocatorio Kenny, accucciandosi per guardarmi negli occhi. "Hai una qualche sensazione di déjà vu?"

Emery solleva di nuovo la mazza, ma, questa volta, la sbatte con forza contro la mia cassa toracica.

Tutta l'aria viene risucchiata dai miei polmoni e sussulto, facendo fatica a respirare.

"È un peccato che Henry non abbia potuto essere qui per la nostra piccola rimpatriata. Era mio fratello, brutto *ratto* che non sei altro", dice Emery.

Deglutisco a fatica nel sentire il nome del mio precedente aggressore: *Henry Gibbons*.

Fratelli?

"Che ne pensi, Kenny? Possiamo divertirci comunque anche noi due da soli, vero?"

"Mmm-mmh. Secondo me, apprezzerà la nostra dedizione. Abbiamo aspettato anni per questo momento", risponde.

Ed è lì che realizzo.

Emery deve aver riconosciuto il mio viso e il mio nome sull'app di CowboyMatch e poi ha provato ad attirarmi con l'inganno fingendosi interessato e chiedendomi di potermi conoscere. Ora capisco perché e stato così insistente e mi ha fatto un milione di domande sul mio conto.

Psicopatico di merda.

Non è una coincidenza se mi ha scritto dopo che la libertà vigilata di Henry è stata negata.

Probabilmente Emery non aveva previsto che avrei rifiutato un secondo appuntamento, ed è stato allora che si è ritrovato costretto a stalkerarmi. Chi può dire cosa mi avrebbe fatto, se lo avessi frequentato di mia spontanea volontà e fossimo rimasti soli da qualche parte?

Il pensiero mi provoca un brivido di terrore lungo la schiena.

E Kenny? Per tutti questi anni, ce l'ho avuto proprio sotto il naso e non avevo idea che fosse uno di quei tre. È impossibile che Jake lo sapesse… Non può averlo saputo.

Il rombo del motore di un pick-up qui fuori attira la loro attenzione. Quando si sentono dei rumori dall'altro lato della porta, Kenny raccoglie un qualche tipo di arma piuttosto grossa e la solleva

Dio, fa' che sia lo sceriffo o qualcun altro con un'arma carica!

Cerco di spostarmi per poter vedere alle mie spalle, però il dolore è troppo acuto.

"Vai a controllare chi c'è", dice Emery a Kenny.

Quando mi passa accanto, provo a tirarmi su.

"E tu dove pensi di andare?" Emery mi calpesta una caviglia, e sibilo per quanto fa male.

"Lasciami andare!" dico con rabbia.

Del trambusto all'esterno attira l'attenzione di Emery, e poi sento degli scoppi.

"Resta qui!" mi ordina.

Quando fa per scavalcarmi, sollevo la gamba il più possibile e lo faccio inciampare. Gli si piegano le ginocchia, va a sbattere contro il pavimento e, quando prova a tenersi in equilibrio, lascia andare la mazza.

Questa rimbalza e rotola via, finendo a trenta centimetri da me. Con tutte le forze che riesco a radunare, mi giro e provo a prenderla. Prima che possa farlo, lui torreggia su di me e mi calpesta il polso.

"E cosa pensi di farci con quella, puttanella?"

Penso all'infinità di trame di libri che Natalie mi ha raccontato nel corso degli anni. Le ragazze che vengono uccise in quelle storie fanno sempre qualcosa di stupido, prima di venire sgozzare. Se finissi come loro, Natalie mi evocherebbe dal mondo dei morti soltanto per potermi uccidere di nuovo e punirmi così della mia stupidità.

Quando degli altri scoppi riecheggiano all'esterno, Emery sposta l'attenzione sulla porta. Senza esitazione, allungo l'altra mano e afferro la mazza. Prima che possa fermarmi, gli sferro un colpo tra le gambe.

Sento il suo strillo acuto prima che gli cedano le ginocchia, e poi crolla su un fianco con la schiena rivolta verso di me. Una parte del suo corpo finisce sul mio braccio, però lotto contro il dolore per scivolare via da sotto di lui.

Quando provo ad alzarmi, il capogiro e il mal di testa pulsante per poco non mi buttano di nuovo a terra, però mi rifiuto di arrendermi quando mi manca così poco.

Strisciando verso la mazza caduta tra le sue gambe, stringo i denti per ignorare il dolore che si sta irradiando in altre parti del mio corpo finché non avvolgo la mano attorno al metallo. Anche se fatico a respirare, una botta di adrenalina alimenta la mia forza quel tanto da permettermi di sollevare la mazza sopra la testa.

"Puoi dire a Henry che non ho più tredici anni!" Poi la sbatto con forza contro la sua cassa toracica: una, due, tre volte, finché non sento le costole rompersi.

Priva di energie, incapace di reggermi in piedi per l'intenso dolore causato dalle ferite, cado a terra accanto a lui.

Gli ultimi suoni che sento sono quello della mazza di metallo che rotola via e la voce di qualcuno che urla il mio nome.

Capitolo Trenta
Waylon

Non appena imbocchiamo il vialetto di ghiaia che porta al ranch dei Murphy, capisco che c'è qualcosa che non quadra. Jake non c'è, mentre suo fratello sì. Il pickup di Kenny è parcheggiato vicino al capanno dietro la casa, invece di essere di fronte al garage come al solito.

"Vai là dietro!" ordino a Wilder perché si fermi vicino al pick-up di Kenny.

"Perché Kenny dovrebbe averla rapita?" chiede.

"Stiamo per scoprirlo. Prendi il fucile", gli dico quando parcheggia.

Non appena io e Wilder apriamo il portellone, vengo colpito alla spalla.

"Ma che cazzo?" Sibilo per la sensazione di bruciore.

Cado in ginocchio e porto la mano sul punto che mi fa male, però non c'è sangue.

"Credo che mi abbia colpito con un cazzo di fucile da paintball", dico a Wilder, inginocchiato accanto a me. "Che cavolo significa? Hai visto da dov'è arrivato?"

"Sono piuttosto sicuro che ci fosse Kenny dietro quelle porte".

"Figlio di puttana! Si pentirà presto di aver portato un coltello a una sparatoria". Provo a tirarmi su, però rimango accovacciato.

"Waylon… fammi andare per primo". Tira fuori il fucile, lo carica e poi rimuove la sicura. "Resta dietro di me".

Ruoto la spalla, incazzato perché quello mi ha beccato mentre non stavo guardando. Mi rimarrà un brutto livido.

Si sentono un altro paio di scoppi, però non colpiscono il bersaglio.

Ci spostiamo fino al lato del conducente del pick-up per nasconderci dalla sua vista.

"Tu lo vedi?" chiedo quando solleva l'arma sul bordo del cassone. "Non sparare, se non sei sicuro. Harlow è lì dentro da qualche parte".

Senza preavviso, preme il grilletto e un forte sparo riecheggia nell'aria. Wilder si alza in piedi ed espelle il bossolo vuoto, che cade a terra con un tintinnio metallico.

"L'ho colpito".

La sua calma è inquietante.

"Chiama lo sceriffo!" gli dico prima di fare il giro del pick-up e precipitarmi verso la porta del capanno. Quando la spingo per entrare, Kenny non si muove. Però sembra che Wilder lo abbia colpito alla coscia; quindi dovrebbe cavarsela, a patto che l'ambulanza arrivi prima che muoia dissanguato.

Seguo il suono delle urla e trovo Harlow che sta crollando al suolo, mentre una mazza di metallo le cade dalle mani.

"Harlow!" grido, però sviene prima che possa prenderla al volo.

Corro al suo fianco e la sollevo tra le braccia.

Guardando dietro di lei, vedo Emery steso su un fianco, privo di sensi. Probabilmente per colpa delle mazzate di Harlow.

"Sei stata brava, piccola! Adesso ti devi svegliare". Mi alzo tenendola stretta contro il petto e mi precipito fuori dal capanno. Wilder ci nota subito e apre la portiera del passeggero.

"Dobbiamo portarla al pronto soccorso". Salgo a bordo, reggendo Harlow tra le braccia. "Credo che l'abbia colpita parecchie volte con una mazza".

E, se mai riuscirò a mettergli le mani addosso, se la vedrà brutta.

Quella mazza finirà così in alto nel suo culo, che mi implorerà di porre fine alla sua sofferenza.

"Cristo santo!" sibila Wilder. "Lo sceriffo e l'ambulanza stanno arrivando".

Chiude il mio sportello e poi balza dietro il volante, facendo stridere le gomme mentre sfreccia via da qui.

Tengo un dito sul collo di Harlow per sentire il battito e assicurarmi che resti con me. Sono furioso con me stesso per non averla protetta da lui.

"Harlow, se riesci a sentirmi, devi provare a guardarmi", le dico dolcemente. Le sue palpebre si aprono e richiudono. "Resisti, amore mio!" La stringo a me e lei sibila per il dolore. "Merda, scusami!"

Quel bastardo l'ha colpita alle costole e soltanto Dio sa a cos'altro ancora.

Non provavo questo tipo di paura dalla notte in cui ho trovato Wilder in bagno.

"Se la caverà", mi rassicura Wilder, come se sapesse che ho bisogno di sentirmelo dire.

"Deve farlo", mormoro; poi le accarezzo delicatamente la guancia con un dito. "È sopravvissuta una volta. Può farlo di nuovo".

Dopo venti, orribili minuti, Wilder si ferma su un lato dell'ospedale, e io la trasporto dentro. Ha chiamato prima del nostro arrivo, così che fossero pronti. Poi ha sentito Delilah e le ha dato la notizia.

Basandomi sul fatto che Harlow recupera e perde conoscenza, direi che ha una commozione cerebrale e forse un'emorragia interna, se l'ha colpita abbastanza forte.

Il pensiero mi fa venir voglia di andare a trovarlo e terminare l'opera.

L'ambulanza con Kenny ed Emery è arrivata cinque minuti fa.

C'è anche lo sceriffo, che ci sta interrogando.

È un delirio assurdo.

"Come cavolo è potuto succedere?" chiede Delilah tra le lacrime, qui accanto.

Le passo un braccio sulle spalle, attirandola a me. "Non lo so. Deve averla colpita nel parcheggio e poi i due l'hanno portata al ranch dei Murphy".

"Perché il fratello di Jake sarebbe coinvolto?"

"Non so nemmeno questo".

La signora Fanning è disperata, e mi dispiace tantissimo, perché sta ancora aspettando notizie sul marito. Tutto ciò che sanno è che è stato intubato dopo che gli hanno svuotato lo stomaco. Adesso non resta che aspettare e vedere se riuscirà a respirare da solo.

Sono assolutamente sopraffatto dalle emozioni: una rabbia che non ho mai provato prima mi consuma, la paura che Harlow non sopravviva mi soffoca e la tristezza che debba rivivere un tale incubo mi fa desiderare di prendere il suo posto.

Non so come gestire questo livello di dolore, però devo essere forte per lei.

Nel giro di un'ora, la sala d'attesa si riempie: arrivano i miei familiari, Jake e i suoi genitori e qualche amico della chat di gruppo del club di cavalli.

Mi rifiuto di guardare la famiglia di Jake, e scatenare una rissa, con lo sceriffo qui, sarebbe una mossa stupida.

Però arriverò in fondo alla faccenda.

Le sessanta ore successive scorrono avvolte da un alone di stanchezza e automatismi mentali. Non la lascio sola neanche un istante, dopo l'intervento chirurgico per l'asportazione della milza, lacerata dall'impatto della mazza, e per arrestare l'emorragia interna provocata dalla nuova rottura delle costole. È ricoperta di lividi e le è stato diagnosticato un lieve trauma cranico.

Solo con me

La guarigione richiederà mesi, e questo purché non abbia alcuna complicazione post-operazione, come infezioni o lacerazioni. Però so che la mia ragazza è forte; se c'è qualcuno che può superarlo, quella è lei. Detesto il fatto che non potrà competere per la stagione di salto ostacoli dell'anno prossimo, ma, a questo punto, sono semplicemente sollevato che sia sopravvissuta all'intervento.

Le stanno somministrando forti dosi di antidolorifici mentre il suo corpo guarisce; quindi non riesce a tenere gli occhi aperti per più di qualche secondo alla volta. Purtroppo, ciò significa che non sa ancora nulla di suo padre.

Il signor Fanning non riesce ancora a respirare da solo e non ha ripreso conoscenza.

Quando hanno chiesto informazioni sul suo testamento biologico e sulle disposizioni di fine vita, la signora Fanning è scoppiata in lacrime perché il marito non vuole essere mantenuto in vita con interventi medici straordinari. Questo significa che, se continuerà a non respirare in modo autonomo, dovranno staccare il respiratore.

Delilah è in crisi e, date le circostanze, la capisco: sia il padre che la sorella stanno lottando per la vita, ed è perfino peggio dell'ultima volta, quando i loro incidenti erano avvenuti a un anno di distanza l'uno dall'altro.

Non riesco a concepire che stia succedendo a entrambi la stessa cosa di nuovo.

La comunità del nostro paesino si è unita per portare cibo alla famiglia e a tutte le persone coinvolte; un qualcosa che ha aiutato, anche se nessuno ha molto appetito. Gli altri miei fratelli fanno a turno per controllare come sto e assicurarsi che mangi qualcosa e Wilder mi ha portato una borsa di vestiti puliti e articoli da bagno perché possa fare la doccia qui.

Si sta impegnando come non l'ho mai visto fare prima.

Per quanto lo apprezzi più di quanto possa esprimere a parole, tutto ciò che ora voglio è poter parlare con Harlow e dirle quanto mi dispiace averla ingannata. Non essere stato lì con lei per proteggerla.

Voglio dirle quanto la amo.

Quanto vorrei stringerla e tenerla per sempre con me.

Voglio darle il mio barattolo dei cuori e provare con lei tutti i suggerimenti scritti su di essi. Si merita questo e molto di più.

Vorrei poter tornare indietro di una settimana, prima che Wilder si lasciasse sfuggire il segreto che avrei dovuto rivelarle io stesso. Il fatto che lei l'abbia scoperto e che non siamo ancora riusciti a parlarne mi sta uccidendo.

Voglio cancellare il dolore che sta provando nell'affrontare di nuovo tutto questo mentre sta perdendo suo padre.

E voglio farla pagare a quei due stronzi.

Kenny ha subito un intervento per la ferita d'arma da fuoco e adesso è agli arresti domiciliari finché non si riprende. Lo sceriffo Wagner ci ha assicurato che verrà accusato di rapimento e cospirazione.

Le ferite di Emery non erano abbastanza gravi da richiedere un'operazione; così ora sta soffrendo al fresco in prigione, in attesa dell'udienza preliminare per aggressione e rapimento.

Lo sceriffo avrebbe potuto mettere anche lui agli arresti domiciliari finché le costole rotte non fossero guarite, ma ho l'impressione che con lui non ci sia andato leggero di proposito, dopo aver visto il modo in cui ha maltrattato Harlow.

Spera che accettino entrambi un patteggiamento, così che lei non debba rivivere il trauma con un altro processo.

"Waylon?" Delilah attira la mia attenzione, e sbatto le palpebre un po' di volte per schiarirmi la vista.

"Sì?" Mi alzo dalla sedia mentre entra nella stanza.

Ha gli occhi rossi. "Staccheranno il respiratore di papà questa sera".

"Mi dispiace tantissimo, Delilah". Scuoto la testa, addolorato, avvicinandomi per poterla avvolgere tra le braccia.

"Non posso crederci che stia succedendo".

Le accarezzo la schiena, desiderando anche di poterle rubare il suo dolore. Solo perché non abbiamo funzionato come coppia non significa che non possa essere suo amico e offrirle supporto durante una delle settimane peggiori della sua vita.

"Mamma vuole avvisare Harlow prima che lo facciano loro; quindi inizieranno a diminuire la dose di antidolorifici".

"Harlow vorrebbe dirgli addio", le dico, per rassicurarla che è la cosa giusta da fare. "Spero che possa trovare sollievo anche con dei medicinali che la rendono meno intontita".

"Non mi sorprenderebbe se fosse confusa e non ricordasse niente di ciò che le diciamo. È quello che è successo l'ultima volta: ha avuto la mente annebbiata per giorni".

Entra l'infermiera, seguita dalla signora Fanning, e regola la frequenza della flebo di morfina.

"Dovrebbe iniziare a svegliarsi entro un paio d'ore, forse anche prima, ma potrebbe non essere molto lucida", spiega l'infermiera.

Noi tre aspettiamo accanto al letto e, dopo quarantacinque minuti, Harlow comincia ad aprire gli occhi e a muovere la mano contro la mia.

"Mamma?"

"Sono qui, tesoro. Ci sono anche Delilah e Waylon".

Harlow si guarda intorno finché il suo sguardo non trova il mio. Mi si riempiono gli occhi di lacrime per l'ennesima volta in tre giorni, ma ora le lascio scendere. Non sono mai stato così felice di vedere quei bellissimi occhi verdi fissi sui miei.

"Ciao, piccola", dico dolcemente, mandando giù il groppo di emozioni.

"Cos'è successo?" chiede con voce roca.

Dopo aver spostato lo sguardo per qualche secondo tra sua madre e sua sorella, rispondo: "Ricordi che Emery e Kenny ti hanno aggredita?"

Sbatte le palpebre un po' di volte e poi muove la mano fino al lato del ventre. "Mi hanno presa nel parcheggio della boutique".

"Sì. Ricordi dove stavi andando?" chiede Delilah.

Harlow sbarra gli occhi e poi guarda sua sorella e sua madre.

"Papà! Sta bene?"

Cala un silenzio abbastanza lungo da permettere ad Harlow di capire da sola. Nel giro di pochi secondi le lacrime le riempiono gli occhi, per poi scenderle lungo le guance. Li chiude per così tanto tempo che ho paura che si sia riaddormentata.

"Cosa è successo?" chiede alla fine.

Sono contento di vederla più lucida di quanto ci aspettassimo, però detesto che sia questa la prima cosa che deve sentire dopo essersi svegliata.

La signora Fanning le spiega tutto ciò che è accaduto, dal momento in cui è andata a controllare le condizioni del marito e si è resa conto che non stava respirando a quando ha chiamato il 911 e poi ha trovato i flaconi di medicinali vuoti.

Da quello che Harlow ha condiviso con me, questa è sempre stata una delle loro paure.

"Puoi ancora dirgli addio, se vuoi", la informa la signora Fanning. "Abbiamo un po' di tempo prima che gli tolgano il respiratore".

"Mi faranno usare una sedia a rotelle perché possa stare con lui?" chiede e, quando si muove appena per cambiare posizione, fa una smorfia di dolore.

"Fai piano. Lascia che ti aiuti". Mi alzo, sprimacciando i cuscini bloccati lungo il suo fianco per tener fermi gli impacchi di ghiaccio.

Dopo che Harlow si è messa comoda, sua madre le dice che faranno tutto il possibile per soddisfare le sue richieste, purché lei non faccia troppi sforzi.

Poi raccontiamo la storia di quando io e Wilder l'abbiamo trovata e la informiamo sulle ferite che ha riportato e su come sarà il suo percorso di recupero nei prossimi mesi. Le ripeto tutto ciò che lo sceriffo Wagner ha detto riguardo alle accuse di Emery e Kenny e le assicuro che la pagheranno per ciò che hanno fatto.

"Non posso crederci che è successo di nuovo".

"Però questa volta ti sei difesa, Harlow", le ricordo. "Hai assestato dei bei colpi e non gli hai reso le cose facili. Anche quando stavi soffrendo, hai lottato. Sono tanto orgoglioso di te!"

"È strano se sono contenta che papà non sappia di questa cosa?

Lo sconvolgerebbe tantissimo sapere che non ha potuto proteggermi da loro un'altra volta".

Sua madre e sua sorella piangono con lei, tenendole la mano mentre si concedono uno spazio sicuro per buttare fuori tutte le loro emozioni.

"Papà sapeva che eri in buone mani". Delilah mi guarda con sincerità. "Il giorno in cui ho scoperto di voi due mi ha detto di essere certo che Waylon si sarebbe preso grande cura di te".

Alle sue parole, un nodo mi serra la gola, sapendo che non ho deluso soltanto Harlow, ma anche suo padre.

Dopo un'altra ora passata a parlare dell'incidente e di suo padre, la signora Fanning ci dice di voler andare a casa per darsi una rinfrescata prima di tornare la sera per gli addii. Vuole anche fare qualche telefonata, far arrivare il loro pastore e avvisare alcuni amici.

Mi dispiace tantissimo per lei. Nessuno dovrebbe vivere un qualcosa del genere.

Delilah si offre di accompagnarla; quindi rimango con Harlow per trascorrere del tempo da solo con lei.

"Ti senti bene senza la morfina?"

"A meno che non lenisca un cuore infranto, ho l'impressione che non sarebbe comunque sufficiente".

"Non so come dirti quanto mi dispiace. Per quello che stai passando. Per quello che ti è successo. Per averti tenuto un segreto".

"Beh, tu sei responsabile soltanto per una di quelle tre cose".

"Sei la persona più forte che conosco, piccola. Supererai questo momento. So che sarà difficile, ma, se me lo permetterai, resterò al tuo fianco a ogni passo".

Deglutisce con forza, ricacciando indietro le emozioni, come se le stesse tenendo da parte per ciò che accadrà dopo.

"Mi piacerebbe". Mi stringe la mano. "Ma, se Ellie dovesse chiedertelo, dille che ti ho fatto strisciare".

Rido per la prima volta dopo giorni perché, ovviamente, l'unica che poteva farmi ritrovare il buonumore era lei. "Non so cosa significhi, ma le dirò tutto quello che vuoi".

Più tardi, quella sera, quando la signora Fanning e Delilah ritornano, sistemiamo Harlow su una sedia a rotelle. Capisco che ce la sta mettendo tutta per non lamentarsi del disagio fisico, ma io glielo leggo scritto in faccia, a caratteri cubitali.

Prima che vadano nella stanza del signor Fanning, Delilah pettina i capelli di Harlow e le fa una treccia. Poi le stende addosso una coperta di casa perché abbia qualcosa di confortante da stringere mentre rimane seduta al capezzale del padre.

Non posso nemmeno fingere che questa situazione non stia avendo un effetto su di me. Poter frequentare il signor Fanning, perfino per quel breve periodo passato a giocare ai giochi da tavolo insieme, è stato un onore. Era ovvio che amava e adorava la sua famiglia.

Però è terribile che abbia dovuto soffrire ogni giorno.

Non è giusto. Nulla di tutto questo lo è per la loro famiglia.

Però sarò qui a dare supporto a Harlow e ad aiutarla a superare il dolore per il resto delle nostre vite, se me lo permetterà.

"Ok, sono pronta", dice dolcemente Harlow.

La sua infermiera spinge la carrozzina fuori dalla stanza e poi la porta in quella del padre, su un altro piano.

Io rimango dietro a Delilah e la madre, mantenendo le distanze perché possano avere abbastanza spazio attorno al suo letto.

"Il suo dottore sarà qui fra mezz'ora, ma sentitevi pure libere di prendervi tutto il tempo che vi serve", dice l'infermiera prima di chiudere la porta.

Per i primi diversi minuti regna il silenzio. Harlow gli tiene la mano e lo guarda mentre piange piano.

"Mamma?" Harlow attira la sua attenzione. "Dovremmo dire a papà che può andarsene. Ha bisogno di sentirci dire quelle parole per sapere che gli vorremo bene comunque".

Delilah scoppia a piangere; a questo punto, è impossibile non farlo.

Harlow è la prima, con la voce rotta dall'emozione, ma alla fine riesce a trovare le parole. Poi tocca a Delilah e, infine, alla signora Fanning.

Dopo aver sentito sua moglie dire addio all'uomo con cui è stata sposata per trentatré anni, io, se possibile, perdo ancora di più il controllo.

"Waylon…" mi chiama Harlow. Mi asciugo velocemente le guance e mi inginocchio accanto a lei. "Devi dirglielo anche tu".

Cazzo!

Annuisco, facendo del mio meglio per riprendermi.

Quando alla fine riesco a parlare, mi avvicino al letto.

"La ringrazio per aver condiviso con me la sua famiglia, signore. Le prometto che mi prenderò cura di loro finché sarò in vita". Chiudo gli occhi, cercando di respirare tra le lacrime per poter dire le mie ultime parole: "È libero di andare, signor Fanning. D'ora in avanti ci penserò io".

"È stato splendido, Waylon", dice la signora Fanning, attirandomi in un abbraccio.

"Già", concorda Delilah, dandomi una pacca sul braccio. "Sei un brav'uomo, Way-Way".

Il suo tentativo di alleggerire l'atmosfera mi strappa una risata strozzata.

"A papà sarebbe piaciuto proprio tanto sentirtelo dire". Harlow mi prende la mano. "Grazie".

"Non c'è di che", mimo con la bocca.

Quando arriva il pastore, legge alcuni versi della Bibbia e prega per il signor Fanning. È un'esperienza dolce amara perché, per quanto sia incredibilmente triste, c'è anche un qualcosa di meraviglioso nell'essere circondati dai propri cari mentre lasci questa terra.

E, meno di un'ora dopo, se ne va.

In un sonno sereno, ci lascia mentre la moglie e le due figlie gli dicono che gli vogliono bene e che lo rivedranno presto.

Capitolo Trentuno

Harlow

Il funerale di papà è stato bellissimo. Triste e tragico, però è stato comunque meraviglioso vedere centinaia di persone della nostra comunità venire a rendergli omaggio.

Nonostante sia stato cremato, abbiamo tenuto comunque uno splendido memoriale in suo onore. Io e Delilah abbiamo parlato del guerriero che era e di come, nonostante le sue sfide, abbia sempre messo la famiglia al primo posto.

Mamma ha provato a leggere una poesia sul vero amore, ma si è commossa a tal punto da non riuscire a finirla; quindi Waylon si è fatto avanti e ha continuato a leggerla al posto suo.

Non sarei riuscita a superare le ultime due settimane, se non fosse stato per lui.

Anche se il mio corpo è ancora in fase di guarigione, sto facendo del mio meglio per prendere le cose con calma e riposare. Mamma mi lascia a malapena alzare un dito e Waylon viene tutte le notti per non lasciarmi sola.

Non che mi lamenti di poter passare del tempo con lui, però so che sta cercando di tenere occupata la mia mente perché non scoppi a piangere o non mi avvilisca a causa delle ferite.

Onestamente, non ho permesso a me stessa di pensare troppo a ciò che è successo quel giorno. È stata la settimana peggiore della mia vita, però mi sto appoggiando a Waylon e alla mia famiglia il più possibile. Adesso che sono cresciuta, mi sento più forte e coraggiosa rispetto all'ultima volta, però mi dà comunque fastidio essere stata ingannata e aggredita di nuovo. Ho già detto loro che, quando mi sentirò pronta a livello mentale, andrò in terapia.

Il lato positivo – se proprio se ne vuole trovare uno – è che stavolta non mi hanno rotto le gambe. Ho le cosce conciate piuttosto male, ma perlomeno posso ancora camminare, e ne sono lieta.

Sono anche contenta che Emery e Kenny abbiano accettato un patteggiamento; così non dovremo passare mesi ad aspettare un processo. Andranno entrambi in prigione per molto tempo. Per quanto mi dispiaccia per Jake, soprattutto perché non aveva idea di ciò in cui era coinvolto suo fratello, ho chiuso tutti i contatti con lui.

Sono anche incazzata perché non potrò partecipare a nessuna gara di salto ostacoli per questa stagione. Sarebbe impossibile, con le costole in queste condizioni e dovendo riprendermi dall'intervento alla milza; quindi per il momento ci pensa Waylon a tenere d'occhio Piper per me. Mi videochiama per farmi parlare con lei. Spero almeno di poterla portare a fare affondi fra qualche settimana, dopo aver ricevuto l'ok del dottore.

Quando sono tornata a casa dall'ospedale, Natalie è venuta ed è rimasta con me fino al funerale. È stato interessante presentarla a Waylon e vederla arrossire di fronte a lui.

Giuro, quell'uomo potrebbe affascinare una suora.

Adesso la mia amica capisce perché sono andata in macchina in campagna con lui persino dopo che mi aveva avvisata che è una cosa che fanno soltanto i serial killer.

Poi ho dovuto ricordarle un po' di volte che lui non è più sul mercato, ma che ha un fratello gemello single.

Quello è stato sufficiente a distrarla abbastanza a lungo da farle smettere di flirtare col mio ragazzo.

Il mio ragazzo.

Mi pare ancora surreale chiamarlo in quel modo, dopo aver avuto così tanta sfiga su quell'app di incontri.

Alla fine, non ne ho mai avuto bisogno.

Però fa parte di come sono cominciate le cose tra me e Waylon; quindi la cosa non mi turba.

A proposito...

Finalmente ci siamo seduti e abbiamo avuto quella conversazione sulla chat di gruppo. Gli ho detto che mi sentivo tradita e che la nostra relazione era cominciata con una menzogna.

Ha ammesso di aver fatto un casino e che avrebbe dovuto dirmelo prima che il nostro rapporto progredisse. Ha giurato di non ingannarmi mai più e che è disposto a passare il resto della vita a dimostrarmi quanto è dispiaciuto.

Waylon ha un cuore grande, e credo che avesse tutte le intenzioni di dirmelo quel giorno. Quindi, anche se non l'ho fatto strisciare per giorni, ho accettato le sue scuse sincere e gli ho dato una seconda chance.

Abbiamo deciso di ricominciare da capo e di lasciarci il passato alle spalle. Niente più segreti.

Poi mi ha sorpresa con un barattolo pieno di cuori, con su scritte tutte le idee elencate nella mia lista dei desideri e alcune sue, e il gesto mi ha fatta piangere. Nessuno aveva mai fatto qualcosa del genere per me, e sapere che Wilder e Noah lo hanno aiutato rende tutto ancora più dolce.

Immagino loro tre attorno a un tavolo, a formare una catena di montaggio, con uno che dipinge, uno che taglia e uno che scrive: un adorabile momento tra fratelli.

Tengo il barattolo sul comodino e, quando lui mi dice di pescare un cuore, facciamo quello che c'è scritto sopra, a meno che non si tratti di un'attività fisica.

Per il momento, abbiamo seguito un corso serale di pittura in un atelier locale e, un'altra sera, abbiamo preparato dei muffin e bevuto sidro di mele di fronte al camino.

Ammetto che questa idea gli ha fatto guadagnare *molti* punti.

Nelle ultime due settimane, mia madre ha provato a tenersi

impegnata mentre elabora il lutto, così come stiamo facendo tutti. Però il modo in cui non sta mai ferma è quasi malsano: torna a casa dal lavoro, prepara la cena, pulisce la casa, fa il bucato, riordina di nuovo prima di coricarsi e, quando finalmente è stanca, si addormenta sul divano.

Non è pronta a stendersi sul loro letto.

Non che possa biasimarla.

È dura vedere la carrozzina elettrica di papà, la sua poltrona e le sue cose in giro per la casa.

Abbiamo chiesto a mamma se possiamo spargere alcune delle ceneri e ha accettato con esitazione; quindi ora Waylon ci sta portando da qualche parte per farlo.

"Siete pronte?" chiede lui, a disagio, dopo aver aspettato venti minuti con l'urna sul tavolino di fronte.

"Mamma?" chiamo. "È ora di andare, prima che faccia buio".

Percorro il corridoio e, quando la trovo, è seduta sul loro letto con un album di fotografie sul grembo.

"Mamma? Stai bene?" Entro e mi fermo al suo fianco.

"Sì, tesoro. È solo che mi manca, tutto qui".

Le accarezzo la schiena, sapendo che non c'è nulla che possa dire o fare per renderle le cose più facili. Posso soltanto darle conforto come meglio posso.

"Se non ti va di farlo, non c'è…"

"No. Va tutto bene, tesoro. Credo che a papà piacerebbe tanto fare un altro giro in trattore nella fattoria".

Faccio un largo sorriso, con le lacrime agli occhi. Anche se è stato quello a causare il suo infortunio, papà amava lavorare in quella fattoria ed essere parte di un qualcosa di importante. Dunque, quando ho chiesto ai proprietari se potevamo spargere le sue ceneri sul loro terreno, sono stati più che felici di accettare.

Mamma si alza e raggiungiamo Waylon in soggiorno. Lui la saluta con un sorriso caloroso e un abbraccio. Apprezzo che stia così vicino anche a lei.

Usciamo e, una volta saliti sul suo pick-up, ci dirigiamo verso la casa dei Foster. È un tragitto di dieci minuti e, quando arriviamo, il signor Foster ha già portato fuori il trattore per noi.

Waylon mi porge l'urna, poi sale a bordo prima di riprenderla, così che anche mamma ed io possiamo salire.

"Andiamo?" chiede quando abbiamo chiuso le portiere.

"Sì".

Ci conduce in uno dei campi e poi abbassa il caricatore frontale. Quando ha parcheggiato, scende e io gli restituisco l'urna un'ultima volta.

Waylon versa le ceneri di papà nel caricatore perché possano volare via con il vento mentre lui guida.

Dopo aver perso la gamba, mio padre non ha più potuto guidare un trattore o passare un altro giorno in quella fattoria, mentre adesso riposerà per sempre nel posto che l'ha reso così tanto orgoglioso.

"Grazie per oggi", dico a Waylon quando siamo seduti nel suo pick-up da soli.

Mamma è entrata per prepararsi per andare a letto e io volevo dargli la buonanotte in privato.

"Figurati, piccola. Sono stato contento di farlo e di poter vivere questa esperienza con voi".

"Posso sedermi velocemente sopra di te?" Indico il suo grembo con un cenno del capo.

"Credi di potercela fare?"

"Sedermi? Sì, sono piuttosto sicura di poterci riuscire", ribatto ironica.

Alza giocosamente gli occhi al cielo. "Lo sai cosa intendo".

Quando ha sollevato il volante, tira la leva sotto il sedile. "Balza su". Si tocca le cosce come se stessi per montare in sella.

Scivolo verso di lui, mi metto a cavalcioni sul suo grembo e poi gli avvolgo le braccia attorno al corpo.

"C'è una cosa che volevo dirti, e credo che adesso sia il momento perfetto per farlo".

Mi afferra i fianchi con le mani, poi mi attira più vicina. "Ok".

Strofino nervosamente la mano sulla sua guancia, giocando con la barba appena accennata.

"Ne abbiamo passate tantissime insieme in così poco tempo, però non riesco a immaginare un uomo migliore per me. Qualcuno che non è stato altro che gentile e paziente, ma anche dolce e premuroso con la mia famiglia. Ho avuto tutte le mie prime volte con te, e sono felicissima di questo perché ti amo follemente, Waylon".

Un ampio sorriso compare sul suo volto mentre mi afferra il mento e porta teneramente la mia bocca alla sua. Poi appoggia la fronte sulla mia. "Ti amo da impazzire, Harlow. È da tanto tempo che sono innamorato di te e, onestamente, questa è una prima volta anche per me. Non ho mai provato sentimenti così forti per qualcuno".

"Davvero?" Mi morsico il labbro inferiore, ritraendomi per poterlo guardare. "Com'è che non me l'hai detto prima?"

Mi scosta delicatamente i capelli dal viso. "Perché ti avrei fatta fuggire, se lo avessi detto la prima volta che ti sei seduta sul mio grembo in questo modo".

Il suo accenno al fatto che è innamorato di me da così tanto tempo mi strappa una risata nasale.

Forse è vero.

"Significa che adesso verrò invitata per lo *scrapbooking*?"

Fa una risatina, scuotendo la testa. "No, mi dispiace".

"Non è affatto giusto. Dovrò parlarne con i pezzi grossi".

Si avvicina al mio collo e fa scivolare la lingua sotto l'orecchio, prima di catturarlo tra i denti.

"Abbi pazienza, amore mio".

"Non ne ho neanche un briciolo". Mi strofino contro il suo

inguine, cercando di stuzzicarlo abbastanza da farglielo venire duro.

Mi stringe piano i fianchi. "Harlow…"

Il suo tentativo di ammonirmi, con quella voce profonda, non fa altro che farmelo desiderare di più.

"Per quanto mi piacerebbe scoparti come se non ci fosse un domani, dobbiamo aspettare il tuo controllo".

Giocosamente, metto il broncio e mi acciglio.

"Sei stata aggredita due settimane fa".

"Ok, e quindi? Non riesci a essere delicato?"

"Certo che sì, specialmente contando che sarà la tua prima volta, ed è per questo che è ancora più importante non correre troppo, considerate le tue ferite". So che ha ragione, ma questo non rende più semplice aspettare, quando lo desidero da così tanto tempo. "Però sarei felice di aiutarti a raggiungere l'apice, se hai bisogno di aiuto…" Solleva il bacino per punzecchiarmi con il suo membro.

E il sorrisetto malizioso che ha sul volto mi dice esattamente a quale tipo di *aiuto* si sta riferendo.

"Permettimi di succhiarti il cazzo, e affare fatto".

Erompe in una sonora risata, scuotendo la testa per la mia controfferta. "Immagino di poterlo sopportare".

"Oh, però voglio che lo facciamo nel bel mezzo di una foresta".

"Ehm… per caso è una specie di strana fantasia con serial killer presa dalla tua lista dei desideri romantici?"

Ridacchio per la sua espressione scioccata. "Voglio vedere quanto ci mette Natalie a dare di matto e chiamare di nuovo lo sceriffo".

"È come chiedere di essere arrestati".

"Non se lo seminiamo".

"Harlow Fanning… Mi sa che, dopotutto, sei tu quella che sta corrompendo me".

Però non rifiuta. Anzi, guida per venti minuti e si addentra nella foresta, dove c'è buio pesto.

Se non mi fidassi di lui con tutta me stessa, mi sentirei

terrorizzata qui in mezzo al nulla. Però questo non fa altro che rendere la cosa più eccitante.

"Usami, piccola. Usami per godere", mi ordina dolcemente Waylon nell'orecchio.

Mi muovo sopra di lui, sentendo l'erezione indurirsi sotto di me, e gemo per quanto è piacevole averla contro il clitoride.

"Proprio così… Stai andando benissimo".

Avvolgendo le mani attorno alle sue spalle, mi sfrego più velocemente, cercando con disperazione di raggiungere l'apice prima che ci becchino.

Waylon fa scivolare la mano fino al mio seno per stuzzicare un capezzolo attraverso il tessuto della maglietta, gemendo mentre mi bacia lungo la mascella.

"Non ti trattenere. Voglio sentirti urlare mentre mi vieni addosso".

"Puoi aiutarmi? Guidami fino all'orgasmo…" lo supplico. Non c'è nulla di più sexy di Waylon che mi dice tutti i modi in cui vuole toccarmi.

"Immagina la mia lingua sul tuo piccolo bocciolo voglioso mentre cavalchi velocemente e in profondità le mie dita finché gli umori dolci della tua fighetta non mi imbrattano la faccia. Poi scivolo più in basso e stuzzico il buchino stretto finché non mi implori di lasciarti venire di nuovo".

"Oh, mio Dio…" Mi si incrociano gli occhi mentre stringe la presa su di me.

"Sei fottutamente perfetta quando ti manca poco…" Porta le sue labbra alle mie, ci infila dentro la lingua e mi bacia con trasporto e urgenza. "Sei bellissima e *mia*".

Questa è la prima volta che mi dice che sono *sua*, e la cosa mi fa eccitare da morire.

"Ci sono quasi. Dillo di nuovo", lo supplico mentre cerco di riprendere fiato.

"Sei tutta mia, piccola. Ti amo tantissimo". Mi solleva il mento con i polpastrelli dei pollici, tenendo gli occhi puntati sui miei. "Tutta *mia, mia, mia*".

La sua voce profonda e roca mi riecheggia nelle orecchie e schizza dritta come un fulmine fino al mio nucleo.

E, come ha chiesto lui, non mi trattengo. Urlo il suo nome come una preghiera disperata. Ogni centimetro del mio corpo vibra per il piacere. Quando riprendo fiato, Waylon preme con forza la sua bocca sulla mia e mi reclama come non ha mai fatto prima.

"Rischio di venirmi nei pantaloni, se non ti sposti dal mio grembo, piccola".

"Ma davvero?" Faccio roteare un'altra volta i fianchi sopra di lui.

Mi afferra le cosce e le tiene ferme. "Non torturarmi in questo modo!"

"Permettimi di aiutarti con quel problema".

Guarda fuori per assicurarsi che siamo ancora soli. Scendo dal suo grembo e libero l'erezione; poi avvicino la bocca.

"Cazzo, non durerò molto!"

Dopo aver leccato l'asta e averlo succhiato per un po', svuoto le guance e stringo le dita attorno alla base.

La sua mano si chiude tra i miei capelli, e mi viene in gola con un ruggito. Faccio del mio meglio per ripulirlo con la lingua; poi mi tira su e mi bacia in tutta fretta.

"Dobbiamo andare". Se lo infila nei jeans e inserisce la marcia.

Guardo alle nostre spalle e vedo il SUV dello sceriffo, con i lampeggianti che brillano direttamente sul pick-up di Waylon.

Schiaccia con forza l'acceleratore, e scoppio a ridere mentre allaccio la cintura. Per fortuna, lo sceriffo non si prende neanche la briga di seguirci.

"Natalie si sta arrugginendo", dico una volta che siamo tornati sulla strada. "Ci ha messo quindici minuti in più dell'altra volta a mandare qualcuno a trovarci".

"Ho il presentimento che lo sceriffo non sia venuto a cercarci subito".

"La prossima volta che lo vediamo ci farà una bella lavata di capo, vero?" Faccio una smorfia addolorata.

Waylon mi rivolge un sorrisetto. "Di sicuro".

Capitolo Trentadue

Waylon

SEI SETTIMANE DOPO

Oggi Harlow compie ventun anni e, dato che non è interessata a passare la serata in un bar, ho deciso di organizzare per lei i migliori festeggiamenti possibili. Ma, prima, mi serve l'aiuto di Wilder per una parte del piano.

"Wilder? Ci sei?" chiedo, restando al di qua della porta d'ingresso.

A differenza sua, sono capace di bussare e non entrare in casa di qualcuno senza preavviso.

Quando non risponde, varco la soglia. "Ehilà? Spero che tu non sia nudo".

Visto che non sento niente e non lo vedo né in camera sua né in cucina, controllo la sua posizione e scopro che si trova a due minuti da qui; dunque esco e lo aspetto vicino al mio pick-up.

Quando finalmente arriva, sono pronto a fargli la ramanzina per il ritardo, però poi noto la sua espressione: un misto di emozioni che non sono abituato a vedere sul suo volto.

"Ehi, stai bene?" Mi spingo via dalla portiera e cammino verso di lui.

"Sì, avevo solo un appuntamento che si è protratto più del solito".

"Che genere di appuntamento?" Fa per superarmi, però gli afferro rapidamente il braccio. "Che succede? Stai male?"

"No… Beh, dipende dai punti di vista". Si stringe nelle spalle.

Lo fisso, in attesa che mi spieghi cosa vuol dire.

"Che genere di appuntamento era?" chiedo di nuovo.

Sospira sconfitto, come se sapesse che non potrà sfuggire a questa conversazione. "Ho cominciato a vedere uno psicologo qualche settimana fa".

Strabuzzo gli occhi per lo shock e il sollievo. "Davvero? È… fantastico. Perché non me l'hai detto?"

Solleva di nuovo le spalle, evitando di guardarmi negli occhi. Si sente in imbarazzo, e lo capisco, però non ne ha alcuna ragione.

"Perché sapevo che avresti detto roba tipo: *Wilder, sono così fiero di te. Stai facendo la cosa giusta. Complimenti perché stai lavorando sui tuoi problemi…*" Il suo tono derisorio mi strappa una risata nasale.

"Oddio, come oso preoccuparmi per il mio fratello gemello? Che stronzo che sono, vero?"

"Già, lo sei. Sono contento che tu l'abbia finalmente ammesso".

Alzo gli occhi al cielo. "Beh, *sono* fiero di te. Cos'è che ti ha fatto finalmente decidere di andarci?"

Erano solo quindici anni che lo imploravo di farlo.

Si appoggia al pick-up, incrociando le braccia mentre fissa il terreno. "È stato dopo che il signor Fanning è morto e mi sono reso conto che questo ha avuto un impatto su tante persone. Peggio ancora, ho visto quanto dolore ha provato la sua famiglia, perfino tu. Ha vissuto con il dolore cronico per anni, prima di decidere di non poterci più convivere. Immagino che la cosa mi abbia fatto capire che un giorno avrei potuto essere al suo posto, se avessi continuato a ignorare la mia salute mentale. Certo, il mio non è un dolore fisico, ma ho un bel po' di casini che devo assolutamente risolvere, per non raggiungere il punto in cui non ce la farò più. Vedere quanto voi tutti eravate tristi e turbati mi ha colpito. Non vorrei mai essere io la ragione per cui vi sentite così e, se c'è qualcosa che posso fare adesso prima di perdere la capacità di intendere, allora devo alla mia famiglia il favore di provarci. Solo perché adesso non la penso in quel modo non significa che non possa davvero accadere un giorno, e quel pensiero mi terrorizza a morte".

"Wow… sono davvero sorpreso! E dannatamente orgoglioso che tu l'abbia capito". Lo attiro in un abbraccio, anche se all'inizio oppone resistenza.

"Mi dispiace tantissimo che sia dovuta succedere una cosa del genere perché me ne accorgessi".

"In ogni caso, è un passo enorme. Anche tu meriti di essere felice. Elaborare i tuoi problemi in modo salutare ti aiuterà a vedere che nella vita c'è molto più dell'alcol e delle avventure occasionali".

"Già, restare sobrio e in astinenza è fottutamente difficile", brontola, e scoppio a ridere; però sono contento che ci stia provando. "Ed ero vicinissimo a raggiungere gli otto secondi sul toro meccanico".

Faccio una risata nasale. *Sì, come no.*

"Se vuoi che venga con te per una sessione, ti basta farmelo sapere".

"Sì, ne ho parlato con il mio psicologo, però prima preferirei passare un po' più di tempo da solo con lui. Mi farà parlare con uno psichiatra per poter discutere anche di farmaci".

Annuisco, dandogli una pacca sulla schiena. Anche se sembra ben poco entusiasta, sono felice che lo stia facendo. "Prenditi tutto il tempo che ti serve. Io sarò qui".

"Grazie. Lo apprezzo".

"Beh, adesso sei pronto ad aiutarmi con la sorpresa di compleanno di Harlow?"

"Perché tu possa raccoglierne i frutti e farti una scopata?"

Faccio un sorrisetto, stringendomi nelle con ostentata nonchalance.

Ce la siamo spassata un po' da quando lei ha cominciato a sentirsi meglio, e l'ho perfino sorpresa con un giocattolino, così che potesse cominciare ad abituarsi alle dimensioni e alla sensazione di avercelo dentro. Però stiamo aspettando che le costole e il corpo guariscano dopo l'intervento. Ha appena ricevuto l'ok dal suo dottore per cavalcare di nuovo Piper; quindi può ricominciare la sua routine di allenamento.

"D'accordo. Cos'hai bisogno che faccia?" mi chiede, e subito gli do un elenco di istruzioni.

Una delle idee sulla lista dei desideri romantici di Harlow è un qualcosa che intendevo fare solo quando le temperature si fossero rialzate, ma, visto che oggi è il suo compleanno, ho deciso di anticipare questa sorpresa a stasera.

Voglio anche aggiungere qualcosa per tirarle su il morale. Per quanto finga che tutto vada bene dopo ciò che le è successo e la morte del signor Fanning, so che sta soffrendo. Per fortuna, la settimana scorsa ha cominciato ad andare in terapia e sta ancora facendo sedute per elaborare il lutto con la sua famiglia.

Ma in questa parte del piano entrano in gioco i miei familiari.

Anche se oggi non è domenica, ho chiesto a Wilder di aiutarmi a organizzare tutto a casa dei nostri genitori per un'occasione speciale a cui Harlow mi supplica da tempo di partecipare.

Appena sono pronto, le scrivo che sto arrivando.

Quando prima sono passato in paese, ho comprato due bouquet di rose per poterne dare uno anche alla signora Fanning. Sto cercando di assicurarmi che io e Harlow passiamo la stessa quantità di tempo nelle rispettive case, così che sua madre non si senta troppo spesso sola. Delilah va da loro la sera, quando non lavora, e abbiamo perfino ottenuto una serata di giochi in onore del signor Fanning.

Le tre donne hanno cominciato a frequentare un gruppo di

supporto per il lutto, e trovo che sia utile stare con altre persone che stanno attraversando le stesse difficoltà.

So che nulla potrà mai cancellare completamente il loro dolore, però è comunque bello vedere la signora Fanning sorridere di tanto in tanto.

Quando busso, mi apre lei la porta. "Waylon, tesoro! Entra pure. È quasi pronta".

"Questi sono per lei". Varco la soglia e le porgo uno dei bouquet.

"Oh, mio Dio, dopo tutto ciò che hai già fatto oggi!" Si avvicina i fiori rosa al naso. "Sono mozzafiato".

"Proprio come lei". Le faccio l'occhiolino.

"Piantala!" dice, agitandosi tutta.

"Ci stai provando con mia madre proprio di fronte a me?" Harlow entra in soggiorno, mozzando il fiato a *me*.

Indossa uno splendido vestito bianco, con l'orlo in pizzo, che le arriva al ginocchio, una giacca blu e degli stivali da cowboy.

"Hai un aspetto incredibile…" Abbasso lo sguardo sul suo corpo e premo le labbra sulle sue. Poi rivelo l'altro bouquet che stavo nascondendo dietro la schiena. "E questi sono per te".

"Rose rosse… Le mie preferite". Fa un sorriso dolce mentre le annusa. "Hai già passato tutta la giornata a viziarmi".

Le scosto una ciocca di capelli castano dorato dietro l'orecchio. "Volevo che oggi fosse una giornata davvero speciale per te".

"Grazie. Apprezzo tutto quanto. I cupcake erano deliziosi!"

"È proprio vero!" aggiunge la signora Fanning, che poi prende le rose rosse dalle mani della figlia. "Te le metto in un vaso".

Quando siamo soli, tocco il viso di Harlow e la bacio di nuovo. "Buon compleanno, amore!"

"Grazie. Finalmente posso comprare alcolici. Attento, mondo! Io e il mio Margarita alla fragola spaccheremo tutto".

Ridacchiando, prendo la sua mano e intreccio le sue dita alle mie. "Sei pronta ad andare? Ho organizzato tantissime cose per la nostra serata".

"Sì, prima devo solo prendere le mie cose e abbracciare mamma".

Dato che ci siamo messi d'accordo per farla dormire da me, ha preparato un borsone. Ha passato la notte a casa mia già qualche altra volta, ma, dato che devo sempre svegliarmi presto per il lavoro, alla fine si sveglia anche lei.

Tuttavia, domani comincerò più tardi.

"Mi sono ricordata una cosa che volevo chiederti", dice durante il tragitto in macchina.

"Ok".

"Quando ci stavamo scrivendo nella chat di gruppo, come avevi salvato il mio numero?"

"Ehm… Perché vuoi saperlo?"

"Perché stavo controllando i miei vecchi messaggi e ho visto il nome che ho dato al tuo contatto".

Non avevo nemmeno preso in considerazione l'idea che me ne avesse dato uno.

"Qual era?" Mi giro a guardarla.

"Prima tu!"

Sospiro. "Non puoi arrabbiarti".

Inarca un sopracciglio. "Non prometto niente".

"Era "Ragazza dell'edera velenosa"".

Rimane a bocca aperta e strabuzza gli occhi. "Ma è orribile! Tra tutte le opzioni che avevi, hai scelto proprio quella?"

"Avresti dovuto vedere come avevo chiamato gli altri". Ridacchio, ricordando "Stronzo pervertito magrolino". "Allora com'è che mi hai chiamato tu?"

""Ragazzo misterioso", però adesso penso che avrei dovuto optare per qualcosa tipo "Pinocchio"".

Le scocco un'occhiata, cercando di trattenere un sorriso e fingermi arrabbiato.

"Però non è intrigante come "Ragazzo misterioso"". Le faccio l'occhiolino e finalmente ride.

Quando arriviamo al ranch, la porto a casa dei miei genitori, invece che da me.

"Che ci facciamo qui?" chiede quando le apro la portiera.

"Questa è la tua prima sorpresa". Sorrido, prendendola per mano e aiutandola a scendere dal pick-up.

La conduco in casa e, non appena entriamo in cucina, rimane a bocca aperta nel vedere tutti che la stanno aspettando.

"Buon compleanno!" urlano, e la reazione scioccata di Harlow mi strappa un sorriso raggiante.

"Oh, santo cielo, che sta succedendo?" Si gira e mi guarda.

"È la tua festa di compleanno a tema *scrapbooking*".

"Non ci credo!" Ridendo, si lancia tra le mie braccia, incredula. "Hai detto che bisognava essere sposati con un Hollis per poter essere invitati".

"Beh…" Faccio spallucce. "Ne ho parlato con i *pezzi grossi* e abbiamo preso la decisione esecutiva di concederti un pass anticipato".

"Abbiamo tutto il materiale che potrebbe mai servirti e degli album nuovi per farti creare il tuo *scrapbook* personale", dice mia madre, avvicinandosi per abbracciarla.

"Siete tutti così incredibilmente dolci! Non ci posso credere. Non sapete quanto questo signifíchi per me". Le si riempiono gli occhi di lacrime, e mi sento in colpa per averla fatta piangere. "Giuro che sono lacrime di gioia".

"Nonna Grace ti ha preparato una torta. Potremmo mangiare e fare *scrapbooking* per un paio d'ore. Che ne dici?" chiedo, spostando una sedia per farla accomodare.

"Mi sembra perfetto". Mi dà un bacio fugace prima di prendere posto.

Ci sono degli snack e degli stuzzichini disseminati sull'isola della cucina; quindi metto alcune delle sue cose preferite su un piatto e poi mi siedo al suo fianco.

"Queste come le hai avute?" Apre una scatola di fotografie della sua famiglia e comincia a sfogliarle. Ce ne sono molte di lei e Delilah, dei loro genitori e alcune scattate agli eventi di salto ostacoli.

"Ne ho chieste un po' a tua madre qualche giorno fa e mi sono intrufolato da te mentre eri al lavoro". Faccio un largo sorriso.

"Pensavo che, se avremmo dovuto fare scrapbooking, avresti preferito fare un album con le tue foto".

Tira fuori il labbro inferiore e trattiene altre lacrime. "È la cosa più dolce che qualcuno abbia mai fatto per me. Grazie".

Premo un bacio delicato sulle sue labbra, asciugandole le guance con i pollici.

Continua a guardarle, soffermandosi su quelle con suo padre e piangendo in silenzio. Sapevo che per lei sarebbe stato difficile vederle, ma anche che non avrebbe voluto farsi sfuggire l'occasione di creare un album che potrà custodire per sempre.

Quando mancano trenta minuti al tramonto, le dico che dobbiamo andare per non perderci la prossima sorpresa. Ha completato metà delle pagine dell'album, però le ho promesso che la inviteremo di nuovo perché continui a lavorarci.

"Dove stiamo andando?"

"Lo vedrai… È vicino".

Mi addentro nella proprietà del ranch, nei pressi di un'area boschiva.

"Ok, siamo arrivati…" annuncio, parcheggiando su un sentiero tra gli alberi da dove possiamo vedere il tramonto.

"Per caso è una fantasia da serial killer in cui dovrei scappare mentre tu mi insegui con un coltello, poi mi acciuffi e…"

Si ferma quando vede l'espressione inorridita sul mio volto.

"Sto cominciando a preoccuparmi un tantino dei gusti di Natalie in fatto di libri".

Ridacchia. "Ricordami di parlarti di quello con il prete".

"Comunque sia… stiamo per fare qualcosa che è nella tua lista dei desideri romantici. Quindi scegli una canzone".

Le passo il mio telefono con la musica e scrolla fino a fermarsi su *Creek Will Rise* di Conner Smith.

"Scelta perfetta". Sfodero un largo sorriso, poi faccio partire la canzone a palla dagli altoparlanti del pick-up e abbasso tutti i finestrini. "Andiamo, amore!"

Lascio i fari accesi e la raggiungo di fronte all'auto.

"Mi dispiace se non sono riuscito a far piovere, però mi piacerebbe comunque tanto poter ballare con te". Le porgo la mano e lei la accetta con un largo sorriso sul volto.

"Non ci posso credere che te lo sia ricordato, dopo tutti questi mesi".

Attirandola più vicina, le faccio fare una giravolta prima di sollevarle il viso per un bacio.

"Ricordo tutto quello che mi dici o che mi chiedi". Le faccio l'occhiolino. "Specialmente la roba strana".

"Quale roba strana?" chiede, offesa.

Facendola roteare di nuovo, rido per il suo falso cipiglio.

"Mi vengono in mente almeno una decina di domande che ruotano attorno ad orgasmi, peni e sperma, se fa male quando si stringono le palle…"

"Quelle sono domande sincere!"

Con un sorriso raggiante, la attiro al mio petto e le passo un braccio attorno al corpo. "E io adoro ogni singola domanda che mi fai".

Le bacio la fronte e la faccio volteggiare un altro po' di volte. Continuiamo a ballare finché il sole non svanisce oltre l'orizzonte e poi andiamo a casa mia, così posso finalmente darle il mio regalo.

Capitolo Trentatré
Harlow

Waylon ha già reso il mio compleanno talmente magico – un compleanno che ricorderò per sempre – che non riesco a immaginare quali altre sorprese abbia in programma, dopo tutto ciò che ha fatto.

Stamattina mi sono svegliata con il messaggio più dolce da parte sua, in cui diceva quanto mi ama e che era impaziente di vedermi stasera.

Un'ora dopo, un dipendente del Grindhouse ha consegnato i caffellatte preferiti da me e mia madre e dei muffin.

A mezzogiorno, il fattorino di Maria's Kitchen è arrivato a portarci i nostri piatti messicani preferiti per pranzo.

Dopodiché, il proprietario del Tillie ci ha presentato dei cupcake speciali al cioccolato fondente guarniti con fragole.

Non c'è bisogno di dirlo, ma quando è passato a prendermi ero più che pronta a baciarlo.

Fare *scrapbooking* con la sua famiglia e ballare al tramonto di fronte ai fari del pick-up sono stati la ciliegina sulla torta.

Quando entriamo a casa di Waylon, ci saranno tipo un centinaio di palloncini che ricoprono il soggiorno e un grande striscione con su scritto "Buon compleanno".

"Sei impazzito!" rido, togliendo la giacca per appoggiarla sopra la borsa. "E come hai fatto a gonfiarli tutti?"

"Ho reclutato un paio di aiutanti". Fa un sorrisetto. "È venuto Bentley e poi ho corrotto Wilder a donarmi un po' di quell'aria calda che ha in testa".

"Che cattivo!" Gli do un colpetto sul petto e lui mi cattura il polso.

"Volevo soltanto rendere questa giornata super speciale per te".

"L'hai resa indimenticabile".

"Bene". Fa l'occhiolino, poi mi coglie di sorpresa quando mi solleva e mi trasporta tra i palloncini fino in cucina.

Quando mi lascia andare sull'isola, si posiziona tra le mie gambe.

"Ho un regalo per te".

"Waylon, oggi hai già fatto tantissimo".

"Soltanto un altro".

Cerca qualcosa nel cassetto e sbarro gli occhi quando vedo la scatola di una gioielleria.

"Quando mi sono reso conto che ti vedevo come più di un'amica, ho capito di essere nei guai. Pensavo che mi avresti spezzato il cuore oppure che io avrei dovuto spezzare il tuo, perché le persone non avrebbero accettato la nostra relazione. Ma poi ho cominciato ad innamorarmi di te e quelle paure non contavano più, perché volevo soltanto te. E, per dimostrarti che avrai sempre il mio cuore, a prescindere da tutto, volevo darti questo lucchetto".

Apre la scatola, rivelando un tipo di collana unico che non ho mai visto prima.

"Quando premi il bottone, si sente il battito del mio cuore. Il che vuol dire che sei l'unica che mai lo avrà. Te lo sto dando così che tu possa tenerlo per sempre".

Rimango a bocca aperta di fronte al modo romantico in cui mi sta promettendo che io sarò sempre sua e lui sempre mio.

"Questa è la cosa più dolce che abbia mai ricevuto", esclamo con entusiasmo. "Posso provarla?"

"Sì, ma solo…" la tira fuori dalla scatola e poi la solleva per farmela vedere, "…se è l'unica cosa che hai addosso".

"Mmh…" Mi mordo il labbro inferiore. "Potresti cambiare idea al riguardo, quando vedrai cos'ho sotto il vestito".

Solleva le sopracciglia. "Giochi sporco, eh?"

"Non hai ancora imparato? Gioco sempre per vincere".

Waylon fa un sorrisetto, poi mi mette al collo la collana. Quando premo il pulsante e sento il suo battito regolare, per poco non comincio a piangere di nuovo. Considerando che ho perso mio padre da poco, questo regalo significa davvero tanto. Mi farà sentire meno sola anche quando lo sarò, e saprò anche di avere Waylon sempre vicino al cuore.

"Ti sta benissimo addosso". Mi prende il viso tra le mani e mi bacia con tenerezza.

Tocco il ciondolo sul collo. "Grazie. L'adoro".

"E io adoro te".

"Adesso portami in camera da letto. Non ne posso più di aspettare".

"Harlow Fanning, stai dicendo che mi vuoi soltanto per il sesso?"

"In questo momento, sì", dico impassibile; però sa che lo sto prendendo in giro.

Abbiamo parlato del fatto che il dottore ha approvato un'attività fisica leggera; quindi lo prendo come un via libera per perdere la verginità.

"Stai…" mi prende di nuovo tra le braccia, "…per pentirti di averlo detto".

Waylon mi posiziona sul suo letto, poi infila un ginocchio tra le mie cosce e si china in avanti finché non mi reggo sui gomiti.

Mi solleva il vestito sopra i fianchi e trova il perizoma e il corsetto di pizzo rosso con i fiocchetti bianchi sopra. "Cazzo, indossi della lingerie?"

"Mmm-mmh. Pensavo che potesse piacerti il rosso *fragola*", lo provoco.

"Mmh… è il mio preferito". Si lecca le labbra e fa scorrere un dito giù sulle mie mutandine e poi verso l'alto, fino a massaggiare il clitoride.

"Strusciati sul mio ginocchio", mi ordina, muovendosi avanti e indietro contro di me. "Mettiti giù e solleva le braccia".

Faccio come dice e poi mi sfila del tutto il vestito.

"Cristo santo, sei stupenda! Così fottutamente perfetta". Mi palpa il seno, che esplode dalle coppe. Mia sorella mi ha aiutata con questo set dopo aver superato l'imbarazzo di doverlo scegliere per il suo ex ragazzo, che si sarebbe portato a letto la sua sorellina.

Mi ha fatto giurare di non raccontarle mai neanche un singolo dettaglio.

Waylon torreggia su di me, porta le labbra alle mie e strofina il ginocchio tra le mie cosce. È una sensazione piacevole, però sono pronta per l'atto reale. Basta strusciarci o strofinarmi contro i suoi vestiti. Voglio sentire tutto di lui.

Abbasso le mani fino alla fibbia della sua cintura, nel tentativo di slacciarla per poter sbottonare e abbassare la zip.

"Abbi pazienza, piccola. Voglio fare le cose con calma con te e assicurarmi che tu possa prenderlo tutto".

"Non mi importa se ce lo devi ficcare dentro con l'aiuto di un flacone di lubrificante. Ti voglio dentro di me".

"Harlow…" Ridacchia contro di me come se non avesse ancora imparato a non restare sorpreso da ciò che mi esce dalla bocca.

"Non è colpa mia se ti sei presentato con dei jeans attillati sexy e un cappello da cowboy. Mi stai stuzzicando da quando sei arrivato".

Quando siamo arrivati a casa sua ha lasciato il cappello nel pick-up, però adesso sono tentata di chiedergli di indossarlo di nuovo.

"Oh, è così che ti ecciti?"

"Mmh, sì… Se ti presenti con tutto l'aspetto di un cowboy figaccione, è praticamente garantito che te la darò".

"In quel caso, mi assicurerò di averne sempre uno addosso".

"Sempre che tu sia pronto a pagarne le conseguenze", dico

ironica, agitandomi sotto di lui. "Perché, dopo questa sera, sarai fortunato se ti permetterò più di vestirti di nuovo".

"Mi sembra una minaccia".

"Ora cominci a capire, cowboy".

Come se non riuscisse a trattenersi dal sorridere, raggiunge gli occhi con gli angoli delle sue labbra. Poi si sporge all'indietro e si toglie la maglietta sfilandola da dietro il collo con una mano sola.

Cazzo, che mossa sexy!

Quindi fa scivolare i jeans e i boxer aderenti lungo le gambe (finalmente ho imparato la differenza tra boxer e boxer aderenti, e preferisco decisamente i secondi). Poi, quando è completamente nudo, prende un preservativo e il flacone di lubrificante dal comodino e li mette sul ripiano.

"Prima ti preparo, così sarai tutta bella bagnata", dice, buttandosi in ginocchio; poi mi allarga ulteriormente le gambe.

Mi bacia le cosce, prima la destra e poi la sinistra. Lecca con movimenti lenti e provocanti la zona attorno al mio sesso e alla fine sposta il sottile cordino di tessuto e mette la lingua dove ho più bisogno di averla.

Il sesso orale praticato da Waylon è sempre strepitoso, però adesso sembra ancora più coinvolgente, visto quanto sono eccitata. Divora ogni centimetro di me, il clitoride e giù fino alla fessura. Poi infila dentro due dita e mi mangia come se fosse affamato di me.

"È bellissimo", gemo, intrecciando le dita ai suoi capelli.

"Adesso aggiungo un terzo dito. Fammi sapere se è troppo", dice.

"Potresti mettercele anche tutte e dieci, purché voglia dire che poi riuscirai a entrare dentro di me".

"Harlow…" Scuote la testa, sorridendo. "Te la allargherò gradualmente".

Tutta la mia sicurezza svanisce quando quel terzo dito è sufficiente a farmi scattare per quanto mi sento stretta e piena.

"Rilassa i muscoli, piccola. Fammi entrare fino in fondo".

Non lo ha neanche infilato tutto?

Rilascio un respiro, e lui scivola più in profondità.

"Brava bambolina… Proprio così".

Si muove seguendo un ritmo lento e regolare, stuzzicando il clitoride mentre i miei umori gli ricoprono le dita".

"Fammi gustare la mia fragola *preferita…*" mormora roteando il polso, per poi spingere contro qualcosa dentro di me che mi fa gemere più forte di prima. "Ecco, proprio così. Fallo di nuovo".

Ripete il movimento, ma questa volta il piacere mi travolge, come se un'esplosione deflagrasse dentro di me.

A questo punto, imploro pietà perché il mio corpo non riesce a smettere di tremare. Vengo con più violenza di quanto non abbia mai fatto quando ce la spassavamo, perfino con il vibratore che mi ha comprato. Questa sensazione è molto più intensa.

"Porca troia!" riesco finalmente a dire quando riprendo a respirare. "Come hai fatto?"

Si solleva finché non riesco a vederlo, mentre si lecca le labbra come se avesse appena mangiato il suo dolce preferito.

"Non sei l'unica capace di chiedere consigli sul sesso".

A chi avrebbe chiesto…

"Ne hai davvero parlato con tuo fratello?"

Solleva una spalla. "È passato diverso tempo anche per me. Non sei l'unica ad essere nervosa. E volevo assicurarmi di prepararti a dovere".

"Ricordami di ringraziarlo, la prossima volta".

Erompe in una risata. "Ti farò urlare talmente forte che lo ringrazierai per entrambi".

Faccio schizzare gli occhi al soffitto, rendendomi conto che Wilder è proprio sopra di noi.

"Camera sua è qui sopra?" Indico verso l'alto.

Waylon preme la bocca sul mio petto, tracciando una scia con la lingua che parte dalla zona tra i seni e sale lungo il collo. "Sì. E devo vendicarmi per tutte le volte che io ho sentito lui; quindi ti conviene *gridare*, piccola".

Per qualche strano motivo, questa consapevolezza mi eccita ancora di più.

"Allora ti conviene darmi qualcosa per cui gridare, cowboy".

Senza preavviso, si alza e trascina le mie gambe quasi fuori dal letto. Lancio un gridolino mentre mi reggo al bordo per non cadere.

"Ti pentirai di averlo detto".

Il suo provocante tono di avvertimento dovrebbe spaventarmi, però voglio tutto ciò che ha da offrirmi.

Waylon mi fa alzare in piedi. "Via tutto! Voglio vedere ogni parte di te".

Mi aiuta a sfilare il corsetto e poi le mutandine. Fa scorrere lo sguardo lungo il mio corpo nudo, ammirando ogni curva e cicatrice. Le ha baciate decine di volte mentre ce la spassavamo, però non mi stanco mai di vedere il modo in cui accetta così apertamente il fatto che la mia pelle non è perfetta. Ma, per lui, io lo sono, ed è tutto ciò che conta.

Waylon mi porta a letto, per poi stendersi sotto di me. Srotola il preservativo sulla notevole, dura erezione e la cosparge di lubrificante.

"Stando sopra, puoi avere più controllo sulla velocità e sul ritmo. Scivola sull'asta e poi muoviti contro di me come faresti normalmente se ci stessimo strofinando l'una sull'altro nel pick-up".

Adoro il fatto che mi stia guidando volontariamente, senza che avvia dovuto chiederglielo, perché sa che, prima di iniziare, mi piace ricevere istruzioni.

Mettendomi a cavalcioni sulle sue gambe, mi sollevo in ginocchio e posiziono il suo membro tra le cosce. Afferro l'asta e la spingo lentamente dentro di me.

Waylon mi tiene ferma per i fianchi, osservando il mio volto alla ricerca di segnali di disagio, però io sono concentrata su di lui, perché voglio vedere la sua espressione quando mi penetrerà fino in fondo per la prima volta.

"Cazzo, sei strettissima!" Per poco non gli si incrociano gli occhi.

Non credo neanche che sia tutto dentro.

"Posso continuare?" chiedo.

"Sì, sempre che non ti stia facendo male".

Sono pronta ad affrontare il dolore, perché so che all'inizio ci sarà comunque.

Buttando velocemente fuori l'aria, mi spingo completamente verso il basso.

Sussulto per la sensazione di pienezza e, prima di inspirare, aspetto che il mio corpo si adatti.

"Stai bene?" Mi stringe il fianco per attirare la mia attenzione.

"Mmh-mmm…" Sento un dolore acuto, però è tollerabile.

Mi sollevo leggermente prima di scivolare di nuovo verso il basso, e ora il dolore non è altro che una lieve sensazione. "Penso che il peggio sia passato".

"Metti le mani sul mio petto e poi puoi muoverti come ti pare".

Quando Waylon ha infilato il vibratore dentro di me è stato lento e delicato, però ora voglio di più. Il lubrificante sembra aver aiutato, perché posso scivolare su e giù molto più facilmente che con il giocattolino.

Premendo i palmi sui suoi addominali, mi struscio contro di lui, all'inizio lentamente, ma poi troviamo un ritmo. Rilasso i muscoli e lui piega un poco le ginocchia, in modo che possiamo ondeggiare avanti e indietro.

"Cazzo, piccola! È incredibile!" Si mette seduto, passandomi una mano dietro al collo, in modo da avvicinarmi e darmi un bacio ardente. "Va tutto bene?"

Annuisco mentre ansimo. "Possiamo provare un'altra posizione?"

Solleva il sopracciglio, con un sorrisetto. Senza dire una parola, ribalta i nostri corpi per mettersi sopra di me, con le mie gambe avvolte attorno alla vita.

"Spingiti più in profondità", gli dico. "Ce la faccio".

Si abbassa sopra di me, mi afferra una gamba e poi se la appoggia sulla spalla.

"Porca troia!" Sussulto quando si muove, penetrandomi ancora più in profondità. "Non fermarti".

Waylon mi bacia e mi succhia il collo, gioca con i capezzoli e si sbatte contro di me con forza e a fondo finché brividi di piacere non percorrono tutto il mio corpo.

"Grida il mio nome, piccola! A pieni polmoni".

E lo faccio, ancora e ancora, finché non ne posso più e lo imploro di farmi venire.

"Waylon, ti prego. Mi manca pochissimo". Avvolgo le gambe attorno a lui, affondando i talloni nel suo sedere per spingerlo più in fondo.

È un esperto dell'*edging*, anche se lo sta facendo per farmi bagnare così tanto da far scomparire il dolore. Adesso è pura estasi. Un sovraccarico di piacere. E voglio che provi la stessa cosa anche lui.

"Di' le paroline magiche, baby, e ti darò tutto quello che vuoi".

Baby? Oh, cazzo, questa è nuova.

A quanto pare funziona su di me, perché il mio nucleo si irrigidisce ancora di più.

"Ti prego, fammi venire sul tuo cazzo… Ne ho davvero tanto bisogno", lo imploro, stringendo i muscoli del sesso per fargli sentire quanto sono vogliosa.

"Sei proprio una brava bambolina per me, Harlow…" Mi solleva entrambe le braccia sopra la testa e le blocca con una mano sola. Con l'altra si solleva leggermente prima di sbattersi di nuovo con forza contro il mio corpo, stuzzicando un punto dentro di me che mi fa urlare di nuovo.

Fa passare il braccio dietro la mia schiena per palparmi il sedere e poi mi solleva per assecondare le sue spinte ancora e ancora. I movimenti violenti della penetrazione mi portano al limite e poi cado dal precipizio, gemendo mentre le ondate di piacere mi travolgono e stritolo il suo membro.

Waylon affonda il viso nel mio collo, emettendo un grugnito con il suo orgasmo.

Questa sensazione che abbiamo appena condiviso è quasi indescrivibile. *Euforia. Beatitudine. Il paradiso in terra.*

Mi immagino che ci si senta così quando si è strafatti.

Non c'è da stupirsi se la gente ne diventa dipendente.

Ho fatto l'esperienza soltanto una volta e sono pronta a rinunciare ai miei risparmi di una vita e a tutto ciò che possiedo soltanto per viverla di nuovo.

"Harlow, parlami. Ti senti bene?"

Cadendo dalle nuvole del paradiso, lo guardo con un sorriso appagato.

"Quando possiamo farlo di nuovo?"

"Cristo, donna!" Cade all'indietro sul letto, con la fronte e i capelli madidi di sudore. "Hai proprio intenzione di uccidermi, vero?"

Mi sollevo su un gomito per poterlo guardare. "Oh, giusto. Tu sei più vecchio; quindi probabilmente ti servono tipo cinque minuti per riposare, vero?"

"*Cinque minuti*? Sì, come no…" Ansima tra una parola e l'altra, facendomi ridere. Mi avvolge le braccia attorno al corpo e mi attira al petto, baciandomi la spalla. "Piccola, domani sarai molto indolenzita. Ti prendo un antidolorifico e un asciugamano fresco per poterti pulire".

Inarcando un sopracciglio, provo ad abbassare lo sguardo tra di noi. "Abbiamo fatto un macello?"

"Hai sanguinato un poco, molto probabilmente per quanto mi sono spinto in profondità, e il sangue si è mescolato al lubrificante".

Storco il naso. "Immagino non sia attraente, eh?"

"Credi che il tuo sangue possa farmi passare la voglia?"

"Non lo so… Pensavo che lo avresti trovato disgustoso. O, magari, che lo avresti associato al trauma, dopo quello che è successo a Wilder".

Anche se tempo fa Waylon mi ha raccontato altri dettagli sul passato di Wilder, è una cosa di cui non parliamo; quindi posso solo supporre che la vista del sangue riattivi in lui il ricordo di quegli eventi.

"Non c'è nessuna parte di te che mi farebbe passare la voglia o che possa trovare non attraente. Potresti squirtarmi piscio su tutto il corpo, e mi resterebbe comunque duro dentro di te".

"Ok, bleah! Aspetta un attimo". Ridacchia come se prevedesse che le sue parole attireranno la mia attenzione. "Le donne squirtano pipì?"

"È ciò che dicono alcuni ricercatori: che il liquido viene dalla vescica. Però ci sono opinioni contrastanti".

"Perché lo vengo a sapere soltanto adesso? Avresti dovuto insegnarmi tutte le cose sul sesso prima di arrivare a questo punto".

Mi bacia la punta del naso. "Ho dovuto tener da parte qualcosina per i crediti extra".

"C'è di più?"

Porta le dita al mio capezzolo, pizzicando finché non si inturgidisce. "Non abbiamo ancora toccato il sesso anale".

Mi scocca un sorrisetto giocoso, pensando che non sappia niente al riguardo, ma, grazie a Natalie e alla sua tendenza a condividere troppo, sono già stata istruita sull'argomento.

Non significa che lui debba saperlo.

"Mmh…" Fingo innocenza. "Per me o per te, cowboy?"

Quando agito le sopracciglia, gli si illumina il volto. "Molto spiritosa". Poi rotola via per scendere dal letto. Tira fuori un flacone dal cassetto del comodino, poi lo scuote e fa cadere due pastiglie.

"Tu siediti, io vado a prenderti dell'acqua".

Lascia le medicine sul mio palmo e poi si infila i boxer aderenti. Ma, prima di lasciare la stanza, scocca un'occhiata alle sue spalle.

"E, per rispondere alla tua domanda, *entrambi*". Poi mi fa l'occhiolino ed esce.

Epilogo

Harlow

"**S**putaci sopra, piccola. Non abbiamo molto tempo".

Sollevandomi leggermente, sputo sulla sua erezione e la massaggio finché non è lubrificata. Poi mi metto in posizione e scivolo sull'asta dura.

"Cazzo…" Getta indietro la testa sul letto mentre mi stringe le cosce, che intrappolano le sue.

"Ti conviene farmi finire più velocemente, se il mio tempo è limitato", lo avverto in tono scherzoso, perché sa esattamente ciò di cui ho bisogno.

Il suo pollice massaggia perfettamente il clitoride come ha già fatto centinaia di volte. Conosce il mio corpo meglio di me, e lo amo più di qualunque altra cosa per avermi accettata esattamente così come sono. Pelle imperfetta e tutto il resto.

"Cavalca il mio cazzo proprio così…" dice quando mi piego all'indietro e appoggio le mani sulle sue cosce. Ha una visuale completa sul mio sesso e questo lo aiuta a spingersi più in profondità mentre gioca col clitoride.

Una delle mie posizioni preferite insieme alla pecorina.

E sì, ne abbiamo provate diverse nel corso degli ultimi otto mesi e mezzo.

Volevo eseguirne il più possibile che non superassero le mie capacità atletiche e, dato che lui è un ottimo insegnante, gli andava benissimo tentare qualunque cosa almeno una volta… incluso il sesso anale.

Ho scoperto di essere piuttosto tradizionale in fatto di sesso, perché adoro quando si sbatte dentro di me da dietro, mi sculaccia o fa passare un braccio attorno ai miei fianchi e pizzica il clitoride.

Adoro quando affonda la testa tra le mie cosce e mi mangia finché non vengo sul suo viso.

Ma ciò che adoro particolarmente è il modo in cui apprezza il mio corpo e mi fa gridare.

Probabilmente Wilder non sarebbe d'accordo.

Per il suo compleanno gli ho comprato delle cuffie antirumore di alta qualità.

Non ha trovato il regalo tanto esilarante quanto me e Waylon.

Dal momento in cui io e Waylon ci siamo messi insieme ufficialmente siamo inseparabili.

Quando abbiamo avuto mezz'ora libera prima di dover tornare all'arena per guardare Ellie gareggiare per il nono giorno delle finali nazionali, abbiamo sfruttato appieno la nostra tranquilla camera d'hotel.

Tutta la famiglia Hollis è venuta a Las Vegas per il campionato, e io ho portato anche mia madre e mia sorella. Visto che siamo quasi a metà dicembre, è stato un bel modo di festeggiare prima del Natale.

È fantastico vedere Ellie fare il culo a tutti. Ha vinto l'anno scorso e ci si aspetta che lo rifaccia quest'anno, però ha alcuni avversari agguerriti; quindi i punteggi sono molto serrati.

Io e Waylon abbiamo deciso di venire fin qui in macchina, dato che faceva parte della mia lista dei desideri romantici, però torneremo in aereo, così che lui possa ricominciare a lavorare.

"D'accordo, mi manca poco…" dice gemendo. "Vieni a sederti sulla mia faccia".

Striscio lungo il suo torso e mi metto a cavalcioni sulla sua testa, a portata di lingua. Mentre mi divora, lui si fotte il pugno, così da riuscire a venire insieme a me.

Di solito usiamo il preservativo, ma *qualcuno* si è dimenticato di comprarne di nuovi e ce ne siamo resi conto soltanto quando eravamo già nudi.

Dato che non ho intenzione di rimanere incinta a breve, non vogliamo correre alcun rischio.

"Proprio lì..." gli dico, rimbalzando sulla sua faccia, e poi mi copro la bocca per soffocare le urla.

La sicurezza dell'albergo ci ha già avvisati due volte di fare meno rumore.

La prima, pensavano che si trattasse di una lite domestica e ho dovuto dimostrare che avevano torto mostrando i succhiotti sul collo e le mutandine strappate sul pavimento.

La seconda, hanno detto che ci avrebbero cacciati, se non fossimo riusciti a controllarci.

Sembriamo quasi in luna di miele, ma a causa degli impegni di lavoro di Waylon, che lo tengono occupato e lo stancano, non riusciamo a passare molte notti insieme, a meno che lui non abbia il giorno seguente libero o sia disposto a uscire di casa tardi.

Però non mi lamento perché sapevo a cosa stavo andando incontro, e faremo funzionare le cose come meglio potremo.

Waylon geme per l'orgasmo, esplodendo sul suo addome. Rotolo giù dalla sua testa, ma poi striscio più vicina per leccare via lo sperma.

"Cristo, piccola! Che cosa sexy!"

Gli rivolgo un sorriso mentre pulisco anche l'erezione. "Non c'è tempo per fare la doccia".

Ride. "Già, è meglio se andiamo, prima che Landen cominci a fare di nuovo domande".

Ieri siamo arrivati in ritardo all'evento di *barrel racing* e lui ci ha fulminati con lo sguardo quando siamo sgattaiolati nell'arena.

Dopo essermi vestita e aver sistemato i capelli in fretta e furia, raggiungiamo la hall con due minuti di anticipo.

"Dov'è Wilder?" gli chiedo.

"Chi lo sa... Gli mando un messaggio".

Wilder è stato costante con le sessioni di terapia e nel bere meno, ma da quando siamo qui è molto più "disinvolto". Non è poi nulla di troppo grave, considerando che siamo a Las Vegas e i ragazzi non hanno molti momenti per distendersi, dati i loro ritmi di lavoro.

"Lo raggiungiamo lì e basta", dice Waylon, prendendomi la mano.

Trascorriamo le due ore seguenti all'arena e, quando arriva il turno di Ellie, facciamo il tifo a pieni polmoni. Si aggiudica il secondo posto, un qualcosa di onestamente incredibile. Domani si terrà il suo ultimo evento e poi, in base al punteggio, verrà deciso se sarà lei la campionessa.

Passiamo il resto della serata con la famiglia di Waylon, a mangiare e divertirci ai casinò. Io non gioco d'azzardo, però guardo alcuni di loro giocare alle slot machine e ad altri giochi di carte. Waylon beve solo acqua; quindi mi concedo di ubriacarmi con i Margarita, sapendo che lui non permetterà che mi accada qualcosa.

È sorto da poco il sole quando il telefono di Waylon squilla. Ci siamo addormentati giusto poche ore fa, però lui tiene sempre la suoneria attiva per le emergenze; quindi ci svegliamo entrambi.

"Delilah?" mormora Waylon, mettendo il vivavoce.

"Ehi, scusa il disturbo. Però per caso hai visto Wilder?"

"Ehm… no. Mi ha scritto ore fa dicendo che era *fuori*. Perché? Va tutto bene?"

"Ricordi quel grosso favore che mi devi?" chiede lei.

"Eh? Di che stai parlando?" Waylon è mezzo addormentato, però si mette seduto e accende l'abat-jour.

"L'ultimo dell'anno ho fatto da babysitter a tuo fratello e tu hai detto che mi dovevi un favore. È arrivato il momento di riscuoterlo".

"Ok… sono tipo le sette del mattino".

"Sì, beh… Mi sono appena svegliata e ho notato che Wilder non c'era. Quindi ho bisogno che tu vada a trovarlo per me".

"Non c'era dove?"

"Ieri notte ci siamo ubriacati".

"Oh, mio Dio, Delilah! Ti sei scopata mio fratello?" Waylon si massaggia le tempie.

"Temo che la situazione sia peggiore di così".

"Cosa potrebbe essere…"

"Siamo finiti alla Little White Wedding Chapel", ammette.

"Oh, mio Dio!" esclamo con voce acuta.

Delilah sospira dall'altra parte del telefono. "Già".

"Aspetta, aspetta, aspetta…" Waylon scuote la testa. "Vi siete *sposati?*"

"Già… Saluta la tua nuova cognata".

Scoppio a ridere per l'espressione assolutamente sconvolta di Waylon.

"Come cazzo è potuto succedere, Delilah? Dovevi assicurarti che non andasse in giro a fare stronzate come questa!"

"Perché ha fatto ubriacare anche me! Chi lo sapeva che i Long Island fossero così forti? Per non parlare degli shot di tequila allo strip club".

Faccio una risata nasale. *Ovvio che siano andati lì.*

"Porca puttana!" Waylon si pizzica la radice del naso, chiaramente infastidito da entrambi. "Non pensavo di aver bisogno di una baby-sitter per la sua babysitter".

"Poteva andare peggio, amore…" gli dico. "Avrebbe potuto sposare una perfetta sconosciuta".

Mi fulmina con lo sguardo. "Questo non migliora le cose".

"Dovrei essere io quella che si arrabbia. Mia sorella si è sposata prima di me e loro due non stanno manco insieme!"

"Mio fratello gemello ha sposato la mia ex", ribatte Waylon.

"Ok, quindi siamo incazzati allo stesso modo". Ridacchio. "Ma non veramente, perché è una cosa divertente. Mamma andrà su tutte le furie, quando lo scoprirà".

"Già. Non dirglielo, ti prego. Almeno non finché non avrò trovato mio *marito* e annullato il matrimonio".

"Vediamo se riesco a trovare la sua posizione…" Waylon apre l'applicazione e clicca sul nome di Wilder. "Dice che si trova in hotel".

Guardo lo schermo per vedere se riusciamo a trovare il piano.

"Sembra sul tetto", dico. "Non può essere giusta".

Il viso di Waylon diventa bianco come un lenzuolo mentre controlla. "Dobbiamo andare. Chiama subito la sicurezza", dice a Delilah.

Waylon afferra i jeans, li indossa con uno strattone e poi si mette una maglietta. Lo seguo a ruota e infine infilo gli stivali.

"Cosa accidenti sta succedendo?" chiede mia sorella, in preda al panico. "L'accesso al tetto è bloccato".

"Non lo so, però è possibile che sia svenuto da qualche parte. O, peggio, che abbia avuto una ricaduta e si sia fatto del male".

Mi batte forte il cuore per la paura che potrebbe aver ragione. Non è una cosa poco comune tra le persone che hanno problemi di depressione e di abuso di sostanze.

Waylon prende la chiave della stanza, mentre io recupero velocemente il telefono perché non se lo dimentichi. "Delilah, ti chiamiamo dopo", le dico e subito dopo riaggancio.

Waylon mi prende per mano e corriamo verso la porta.

Non appena la apre, troviamo Wilder steso sul pavimento.

"Ma che cazzo? Wilder!" Waylon gli dà uno scossone.

Wilder apre gli occhi e sorride quando nota suo fratello.

"Ehi… *finalmente!*"

"Cosa diavolo ci fai qua fuori?"

"Ho dimenticato la chiave".

"Questa non è camera tua", gli ricorda Waylon, aiutandolo ad alzarsi in piedi. "Dov'è il tuo telefono? Dice che la tua posizione è tipo sul tetto".

"Non lo so, l'ho perso", risponde biascicando le parole, chiaramente ancora brillo. "E ho perso la mia chiave. Così sono venuto qui".

"Vuoi parlarmi di questo?" Waylon gli afferra la mano sinistra con la fede nuziale nuova di zecca all'anulare.

"Oh, merda…" La fissa come se fosse la prima volta che la vede. "Chi ho sposato?"

"Cristo santo!" mormora Waylon, passandosi una mano sul viso. "La mia ex ragazza, coglione".

Risucchio le labbra in bocca per trattenermi dal ridere.

"*Delilah?*" chiede Wilder, come se anche lui fosse sorpreso che lei abbia accettato di sposarlo.

"Già", rispondo.

"Cazzo… Mi ucciderà, vero?" Si gratta la testa come se sapesse che questa volta ha combinato qualcosa di davvero grosso.

"Oh, sì…" Waylon scuote la testa, incrociando le braccia. "Forse mi conviene cominciare a scrivere subito il tuo elogio funebre".

* * *

La storia di Wilder e Delilah ti incuriosisce?
Scopri cosa succede in *Pecca con me*

Circa L'autore

Brooke ha cominciato il suo percorso nel 2013, sotto gli pseudonimi di autore bestseller di *USA Today*: Brooke Cumberland e Kennedy Fox, e al momento **Brooke Montgomery** e **Brooke Fox**. Ama scrivere romanzi d'amore che catapultano il lettore in piccoli borghi unici, con famiglie numerose e storie che si concludono con un lieto fine. Abita nella gelida tundra di Green Bay, la "Nazione dei Packer", insieme a suo marito, una teenager ribelle e quattro cani. Brooke non può vivere senza il caffè freddo, i leggings e i pisolini. Ha scoperto la sua passione per la scrittura durante un inverno universitario… e nessuno è più riuscito a fermarla.

www.brookewritesromance.com

Seguimi sui social:

facebook.com/brookemontgomeryauthor
instagram.com/brookewritesromance
amazon.com/author/brookemontgomery
tiktok.com/@brookewritesromance
goodreads.com/brookemontgomery
bookbub.com/authors/brooke-montgomery